EL CORAZÓN DEL CABALLERO DE LAS CRUZADAS

CLAIRE DELACROIX

Traducido por
LAUREN IZQUIERDO

DEBORAH A. COOKE

EL CORAZÓN DEL CABALLERO DE LAS CRUZADAS

MIÉRCOLES 22 DE JULIO DE 1187

DÍA DE SANTA MARÍA MAGDALENA Y SANTA INÉS

CAPÍTULO 1

Venecia

ulfe no podía creer su mala suerte. La lista de sus problemas era realmente larga, y apretaba los dientes mientras marchaba por las sinuosas calles de Venecia en busca de alivio.

Primero, se había visto obligado a abandonar Jerusalén justo cuando esa ciudad se enfrentaba al desafío por su supervivencia como fortaleza de los cruzados. Como caballero y templario, sabía que su espada debía levantarse en defensa del Temple, no estar realizando un recado que podría haber sido realizado por un secretario o un hermano lego. Se había unido a la orden para luchar por la justicia, y no podía haber mayor causa que la defensa de la Ciudad Santa.

Peor aún, ese deber exigía que cabalgara hasta París para entregar dicha misiva, lo que significaba que para cuando Wulfe regresara a Ultramar cualquier batalla podría haber acabado. Podría perder la oportunidad de defender lo que más amaba, lo cual era una abominación según cualquier criterio.

En tercer lugar, solo aparentaba el liderazgo del grupo que

viajaba con él. De hecho, tenía que ceder al dictado de Gastón, un ex hermano del Temple que secretamente estaba al mando de esa misión. Que el preceptor del Temple de Jerusalén hubiese confiado más en un caballero que había dejado la orden que en Wulfe era poner sal en la herida.

Que Gastón tomara decisiones que Wulfe nunca hubiera tomado, y que Wulfe tuviera que presentarlas como sus propias ideas, era irritante. Había sido culpa de Gastón que la misión casi fallara en Acre, porque Gastón había insistido en viajar hacia ese puerto en lugar de partir rápidamente desde el puerto más cercano, Jaffa. Wulfe creía que él debería ser culpado por haber estado tan cerca de fallar.

Aunque era algo reconfortante que Gastón hubiera defendido solo al grupo cuando habían sido atacados y él podría haber pagado su error con su propia vida.

Sin embargo, si la elección hubiese sido de Wulfe, nadie se habría visto obligado a pagar *ningún* error en Acre.

Era suficiente para hacer hervir su sangre.

La gota que colmó el vaso fue que Wulfe había tenido que cargar con el grupo más irritante que se pudiera imaginar para el viaje a París. Quince días atrapado en un barco con todos ellos lo había dejado casi como un asesino.

Allí estaba Gastón, tan tranquilo y deliberado, tan inquebrantable en su confianza, que Wulfe había estado tentado de desafiarlo a una pelea. Quería ver a Gastón enfurecido por algún asunto u otro. Estaba la esposa de Gastón, Ysmaine, una belleza en la que, como todas las mujeres, no se debe confiar, ni debía cabalgar con caballeros en una misión. De hecho, ella evidentemente tenía conocimiento de hierbas peligrosas, ella había adquirido una raíz venenosa y la había llevado consigo. Se les había confiado un tesoro invaluable y no tenían necesidad de tanta tentación con un villano tan cerca.

Estaba el escudero de Gastón, Bartolomé, un hombre de tal edad que hacía tiempo que él mismo debería haber sido nombrado caballero. Wulfe no tenía paciencia con los hombres con poca ambición. Aunque el joven no parecía ser un vago, Wulfe no podía entender por qué él no aspiraba a más. No era natural estar contento con su suerte.

Otro ex templario, Fergus, había completado su servicio militar en Ultramar y viajaba con el grupo a su regreso a Escocia para casarse con su prometida. Wulfe no podía comprender por qué Fergus se apegaría a la fecha de su partida planeada cuando era probable que la Ciudad Santa fuera sitiada. De hecho, no podía encontrar sentido en la decisión de cualquiera de esos hombres de abandonar Jerusalén en su momento de necesidad.

El hecho de que el tesoro secreto que llevaban en encomienda para el Temple de Jerusalén fuera confiado al cuidado de Fergus, otro hermano que había dejado la orden, y no a él mismo, enfurecía a Wulfe más allá de lo creíble. ¡Ni siquiera sabía cuál era el tesoro!

Por mandato del preceptor, el grupo se había ampliado para incluir a los peregrinos que necesitaban la defensa de la orden. Si bien eso había disfrazado la misión, también había ralentizado su progreso. Los grandes grupos eran inconvenientes, en opinión de Wulfe.

El comerciante, Joscelin de Provins, suave como una larva y con razón temeroso de sobrevivir ante cualquier problema. Era perfectamente razonable que un hombre tan regordete, tan preocupado por el valor de sus bienes, quisiera estar lejos de la guerra. A Wulfe no le agradaba ni respetaba a Joscelin, pero era tarea jurada de la orden defender a los peregrinos y él haría eso.

Allí estaba el caballero, Everard, quien aparentemente dejaba una propiedad en los Reinos Latinos para visitar el lecho de muerte de su padre en Francia. Wulfe era incrédulo de que cualquier hombre abandonara su riqueza ganada con tanto esfuerzo por el sentimentalismo. ¿Quién desperdiciaría un regalo que le fuera confiado como el condado de Blanche Garde? Wulfe habría defendido la propiedad con su último aliento. A él le pareció que Everard había tomado una mala decisión al dejar Ultramar y su propiedad.

Quizás Everard fuera un cobarde.

Quizás pensaba en sacar más provecho de su padre moribundo, aunque Wulfe nunca hubiera dejado a un lado una recompensa antes de que la segunda estuviera firmemente a su alcance. Las cosas en este mundo cambian, por lo que se frustran las expectativas.

Solo tenía que mirar esa misión para ver la verdad en eso.

Como un hombre al que se le habían dado pocos regalos en esta vida y que había trabajado duro por todo lo que había ganado con sus propias manos, Wulfe sabía que era un juez severo de los demás. Sabía que gran parte de la humanidad sobraba, pero protegía a aquellos por quienes asumía la responsabilidad. Habría dado su propia vida en defensa de cualquiera de sus escuderos, por ejemplo, y habría recibido golpes destinados a su caballo. A cambio, la lealtad de esos seres —Stephen, Simón y Teufel— era completa.

Wulfe también era un hombre que había aprendido a manejar sus propias pasiones. Cuando el grupo llegó a Venecia, desembarcaron, se ocuparon del cuidado del escudero herido y encontraron alojamiento, él supo que su temperamento era incendiario. ¿Cómo era posible que hazañas tan simples consumieran tanto tiempo? Contrario a su expectativa de que tomarían una sola noche para fortalecerse antes de partir, Gastón decidió esperar los tres días decretados por el boticario como descanso necesario para el escudero herido.

Por un escudero, que era lo suficientemente torpe como para infligirse su propia herida. Por un escudero que parecía suficientemente sano. Wulfe no podía entender por qué el muchacho no podía cabalgar con otro y ser observado con atención mientras continuaban.

Pero Gastón había tomado una decisión.

Wulfe no había podido soportar más su compañía. Había salido de la casa alquilada, sabiendo que necesitaba una guerra o una puta. La única forma de controlar su creciente frustración era gastar pasión en una hazaña u otra. Venecia estaba en paz, sus leyes contra la violencia y sus tribunales eran conocidos por ser duros.

Sus cortesanas también tenían una gran reputación.

La elección fue fácil.

Stephen y Simón se apresuraron detrás de él, sin duda comprendiendo su intención. Se asegurarían de que no le robaran ni le hirieran en esa salida, aunque más de una vez una puta había encontrado inquietante su presencia. A Wulfe no le importaba lo que pensaran esas mujeres. Les pagaban y les pagaba bien, y él sabía que era un amante considerado, además de apasionado.

Era tan exigente en la búsqueda del placer como en todo lo demás.

Elegiría a una mujer joven y vigorosa esa noche.

Quizás ella lo recordara bien. La perspectiva hizo sonreír a Wulfe.

~

OTRO DÍA.

Y peor, otra noche.

Cristina dejó sus oraciones para inspeccionar la gran habitación donde las mujeres dormían juntas. La cámara con corrientes de aire ocupaba la mayor parte del último piso de la casa y estaba toscamente terminada. El techo tenía goteras y el viento siempre era frío, así como las mantas siempre eran demasiado finas. La puerta estaba cerrada todas las noches desde el exterior y durante todo el tiempo que Cristina había estado en la casa, solo una mujer había sido lo suficientemente valiente como para intentar escapar por la ventana. Se había resbalado y sus gritos habían despertado a toda la casa mientras caía.

El silencio después de que ella golpeara el camino de piedra de abajo había sido escalofriante.

Era aún más preocupante que Cristina a veces encontrara atractivo en la elección de esa mujer, aunque sabía que había estado mal. Vivir bajo el control de Costanzia generaba desesperación en Cristina.

La única característica reconfortante del ático era la vista. Cristina se arrodillaba todas las mañanas en la ventana que daba al este, orando hacia la lejana Jerusalén. Aunque la Ciudad Santa había sido su destino años antes, Venecia estaba tan lejos como lo que ya había viajado antes de que ocurriera la tragedia.

Todas las mañanas recordaba la broma rutinaria de Gunther de que rezaba como una pagana y lloraba su pérdida aún más.

Cristina besaba cariñosamente el anillo que Gunther le había puesto en el dedo un buen día que podría haber sido una eternidad antes, y luego lo ocultó una vez más. Algunos días, era imposible creer que alguna vez hubiera sido joven, llena de esperanza, rica y apreciada. ¿De verdad había creído que el bien triunfaría o que la mala suerte podría superarse? Ella había creído en la intervención divina, pero había visto poco de ella desde que había pasado por las puertas de esa ciudad.

El anillo con su piedra azul cuadrada se deslizó en el escondite que ella había creado para él en el dobladillo de su camisola, perfectamente oculto de la vista. Ella había cosido un pequeño bolsillo en el dobladillo de cada prenda que tenía para asegurarse de que el anillo de Gunther nunca se separara de ella. Perder la única cosa que le quedaba de su vida anterior aseguraría que perdiera la esperanza de escapar de ese lugar.

Se levantó de sus oraciones y se estiró, mirando hacia la ciudad. El viento soplaba fuerte y había nuevos barcos en el puerto. Al menos la lluvia había cesado. Había algunas personas del extranjero en las calles adoquinadas de abajo, y varias embarcaciones pequeñas surcaban los canales. Proveedores que realizaban entregas, sin duda. Más de uno se detendría en la morada de Costanzia.

La casa estaba en una esquina, la entrada principal en un amplio canal donde los invitados desembarcaban cada noche. Una vez dentro del edificio, había un bonito patio de piedra con una fuente y jardines que podían ser utilizados por los invitados por las tardes o las noches. Un huésped solo vería el lujo espléndido de las salas públicas donde se reproducía la música y se estimulaba el apetito, tal vez las hermosas habitaciones sobre el entrepiso si abrían sus carteras.

El ático formaba parte del lado oculto de la casa. Desde ese mirador, Cristina podía ver un pequeño patio detrás de las cocinas, un espacio más mezquino y simple que el patio del jardín. Aquí se criaban gallinas y crecían hierbas. Una puerta en la pared trasera conducía al muelle en ese canal más pequeño. Las entregas se realizaban allí, y los vendedores a veces intentaban mirar por las ventanas de arriba, buscando vislumbrar a las bellezas de Costanzia.

Costanzia ya estaba discutiendo con alguien, su voz subiendo estridentemente desde abajo. Cristina no podía distinguir las palabras de su patrona, aunque supuso que la mujer mayor estaba insultando a un vendedor en el dialecto veneciano local. Aunque Cristina podía hacer un buen trabajo al sonar veneciana, cuando Costanzia hablaba rápido y con vulgaridad, a menudo Cristina no podía seguir las palabras.

Sin embargo, el significado siempre estaba claro.

A continuación, Costanzia estaría maldiciendo a las mujeres residentes. No importaba cuánto dinero se hubiera ganado la noche anterior, no sería suficiente.

Cristina suspiró. La rutina de Costanzia era tan implacable como su voluntad. Era otro día más cuando el cinturón de piedras naranjas que se abrochaba alrededor de su cintura parecía mucho más pesado de lo que realmente era.

Se había colocado una tina grande en el patio más pequeño y las criadas estaban vertiendo agua caliente en ella. Cristina escuchó pisadas en las escaleras y supo que pronto habría golpes en la puerta. Luego, la llave giraría en la cerradura y las mujeres marcharían hacia el patio para bañarse, en el orden de preferencia de Costanzia.

Cristina no había entretenido a ningún hombre la noche anterior, lo cual le sentaba bien a ella pero no a su patrona. Ella sería una de las últimas en bañarse, sin duda. A ella no le importaba. No le había gustado la mirada del único hombre que se le había acercado, un brillo en sus ojos que insinuaba violencia. Había mentido, de nuevo, sobre sus períodos.

Había que gestionar un delicado equilibrio entre su ética y su seguridad, y no por primera vez, Cristina deseaba tener otras opciones. Durante años había tenido dos: quedarse en ese burdel o huir. Correr significaba pasar hambre en las calles o ser perseguida por los ejecutores de Costanzia. Eran brutales y rápidos con sus cuchillos. Cualquier mujer fugitiva atrapada por ellos estaría tan marcada que nunca podría volver a trabajar como puta.

Entonces se moriría de hambre.

Supuso que saltar por la ventana ofrecía una tercera opción, pero no era más atractiva.

Cristina se estremeció y se abrazó a sí misma mientras se apartaba de la ventana. La favorita actual, Flavia, roncaba suavemente en su camastro cuando Cristina regresó al suyo. Observó a la otra mujer dormir, admirando su belleza. El cabello de ébano de Flavia se posaba sobre la almohada y sus labios estaban separados, como si fuera una invitación incluso mientras dormía. La mujer era deliciosa y atrevida, casi irresistible para los clientes de la casa.

Flavia merecía su sueño. Tenía una audacia que Cristina trataba de emular. Era una especie de armadura para reírse de la desaprobación, hacer alarde de los encantos de uno, incluso cultivar una reputación lujuriosa.

Cristina y Flavia tenían la misma edad y a menudo se mostraban juntas para contrastar. Flavia, morena y de ojos oscuros, con sus labios rojos y curvas exuberantes, llamaba la atención de muchos hombres. Cristina, de cabello castaño rojizo y ojos verdes, más esbelta pero de similar altura, atraía a otros. Flavia era audaz y atrevida, desafiando a los hombres abiertamente, mientras que Cristina era más recatada, tal vez pareciera tener una docena de secretos. Cuando estaban juntas, parecía que ningún hombre podía evitar mirarlas. Costanzia se beneficiaba enormemente de la vista.

Al menos lo hacía cuando Cristina no mentía.

Sin embargo, las dos mujeres eran diferentes en más que el color.

Cristina era un miembro reacio de esa casa y una que nunca se reconciliaría con sus deberes. Prostituirse era mejor que morir de hambre en la calle, pero solo por un estrecho margen. Había habido noches en las que habría discutido la otra opción. Flavia, por el contrario, había buscado esa vida, decidida como estaba a tomar sus propias decisiones sin casarse. Había jurado que nunca estaría en deuda con un hombre y tenía la intención de establecer su propia casa. Su ambición ya había intrigado a Costanzia, que sin una hija propia, bien podría estar buscando una heredera.

Cristina, en cambio, buscaba un escape.

Se giró la llave en la cerradura, hubo un golpe en la puerta con un puño al abrirse y la propia Costanzia entró en la habitación. ¡Levántense todas! gritó ella y las mujeres dormidas se despertaron con una sacudida. "Flavia, eres la primera en el baño, mi belleza", continuó Costanzia en un arrullo, haciéndole cosquillas a esa mujer debajo de la barbilla. Golpeó a una muchacha más joven en el hombro. "Teresa, si aún no tienes tus períodos, verás a Raoul por una poción."

Cristina oró para que no la señalaran. Costanzia caminaba de un lado a otro entre los catres, enviando instrucciones, alabando a las rentables, regañando a las viejas y a las no elegidas. El corazón de Cristina latió con fuerza cuando la mujer mayor se acercó.

Se hundió hasta los dedos de sus pies cuando Costanzia se detuvo directamente frente a ella. "Y tú", dijo la patrona en voz baja. Su tono sonaba amenazador, y Cristina se atrevió a mirar su rostro, solo para encontrar esos ojos oscuros entrecerrados. —Has olvidado tu muy buena suerte, querida —dijo Costanzia, su voz tan dura como su mirada—. "No necesito bocas para alimentar que no traen dinero."

"No pude evitar que eligiera a otra..."

"¿No puedes?" Reflexionó Costanzia, y Cristina se preguntó lo qué había oído. "En esta noche, te asegurarás de ser elegida. No me importa lo que tengas que hacer para que se haga".

Cristina juntó las manos. "Por supuesto."

"De hecho, estarás ocupada toda la noche, o en la mañana, estarás en las calles. Hay noches para las que aún no te has ganado el sustento".

Los labios de Cristina se entreabrieron con consternación. ¿Toda la noche?

"¿Nos entendemos?"

Cristina asintió e inclinó la cabeza en señal de asentimiento, tanto para disimular su ira como para fingir sumisión. Por todo lo sagrado, tenía que haber una salida de ese infierno.

Solo tenía un día y una noche para encontrarlo.

LA MEJOR CASA de cortesanas se había ubicado con relativa facilidad, pues Wulfe había preguntado en el mercado junto al puerto. Los marineros siempre sabían dónde encontrar putas. Los muchachos también habían buscado información y, para cuando consultaron a media tarde, una respuesta estaba clara.

Él debía buscar el establecimiento de Costanzia.

Los canales y puentes eran confusos y las direcciones menos claras de lo que podría haber sido ideal. Wulfe se convenció de que Venecia era un burgo diseñado para ayudar al comercio de ladrones, porque parecía un laberinto de calles tortuosas con cien lugares para que un villano se escondiera y esperara a su presa. Peor aún, muchos de esos callejones terminaban abruptamente con una pared o un canal. Las casas estaban bien cerradas al nivel de la calle, y vislumbró que el piso más bajo de los más ricos albergaba muelles en los canales más grandes. Todos tenían al menos dos pisos de altura, a menudo con ventanas altas en arco, y se imaginó que la gente prefería estar lejos del agua.

Tenía un olor nauseabundo cuando la brisa se calmaba.

Finalmente localizaron la casa en cuestión y fueron interrogados antes de que se abriera la pesada puerta. La patrona bajó la mitad del tramo de escaleras en el lado más alejado del vestíbulo, su atuendo parecía tan rico como peligrosos los hombres a su servicio. Ella tenía ojos astutos pero buenos modales, y lo que podía ver de la casa estaba en buen estado. Wulfe notó que una vez ella debió haber sido una belleza y se preguntó si había trabajado duro en su juventud. Ella ciertamente era directa. Una breve conversación aseguró que sus preferencias quedaran claras y que su dinero fuera bueno, luego la patrona le hizo un gesto gentil para que la siguiera escaleras arriba.

La puerta se cerró audiblemente detrás de ellos.

Wulfe estaba asombrado por las generosas proporciones y la riqueza de la habitación que casi llenaba el segundo piso de la casa. La luz del sol brillaba a través de las ventanas altas y arqueadas y se veía el puerto, el mar de un azul brillante. Cortinas de terciopelo colgaban junto a esas ventanas, su tono oscuro era inconfundiblemente costoso. Se había colocado una mesa larga con manteles finos y comida rica, y los muchachos servían generosas copas de vino. Las mujeres eran numerosas y hermosas. Algunas estaban de pie y charlaban entre ellas, varias tocaban laúdes, más de una holgazaneaba y le brindaban sonrisas alentadoras. No parecían estar hambrientas o magulladas, y decidió que, en ese caso, el rumor había proporcionado la verdad. Todas llevaban cinturones de piedras que claramente no eran gemas, y sus tonos revelaban que debían estar hechos de vidrio. ¿Era ese cinturón enjoyado una marca de la casa?

En verdad, a Wulfe no le importaba.

De hecho, su estado de ánimo mejoraba por momentos. Debía ser que la compañía era amable, ya que no le gustaban los lujos.

"¿Una doncella?" sugirió la patrona, señalando a un par de chicas jóvenes. Ellas se sonrojaron y bajaron la mirada como si fueran tímidas, pero Wulfe no dudaba de que sus doncellas ya se hubieran vendido repetidamente.

"Tengo poca afición por la inocencia", dijo, porque era verdad. Le gustaba estar con una mujer que conociera su cuerpo y sus deseos, así como con una que pudiera anticipar los suyos propios. "La enseñanza no es un pasatiempo que me guste seguir en la cama", aclaró, y la patrona soltó una risita gutural.

"¡Ah! Una tigresa, entonces —respondió Costanzia, señalando a una mujer que podría haber visto treinta veranos. ¡Flavia te hará rugir! Había una astucia en la expresión de esa Flavia que Wulfe no encontró atractiva. Ella podría tomar más de lo que él deseaba entregar. Su cabello era oscuro y su sonrisa era cómplice, y realmente tenía suficientes curvas para tentar a cualquier hombre.

Pero no a Wulfe.

La patrona notó cómo su mirada se deslizaba más allá de su sugerencia y chasqueó los dedos para que otras mujeres se acercaran. "Llega temprano este día, señor, lo que le brinda la mejor opción. Por supuesto, dada la hora, debo asumir que desea compañía solo por la tarde". Dio una palmada cuando las mujeres no se movieron lo suficientemente rápido para su gusto, y Wulfe vislumbró una en el otro extremo de la habitación.

Ella era exquisitamente hermosa, su cabello como seda de rojo dorado. Ella lo llevaba suelto y la longitud brillaba, cayendo hasta sus caderas. El color de su cabello era raro en esa ciudad, donde la mayoría de las otras mujeres tenían trenzas de color marrón oscuro o negro. También era más alta que la mayoría de las otras mujeres, esbelta y elegante como prefería Wulfe. Iba vestida de oro y verde, la riqueza de su atuendo no era diferente a la de una mujer noble. Wulfe sabía que el escote era más revelador de lo que hubiera sido la elección de cualquier aristócrata, pero mientras caminaba hacia él ante la llamada de su ama, había podido imaginar que una reina se le acercaba.

Había una desgana en sus modales que él también admiraba. No era para él, la ramera que se arrojaba a sus pies, deseosa y ansiosa por su toque y su dinero. Quizás esta simplemente se tomaba su tiempo. Quizás tenía la confianza de que una vez que un hombre la mirara, él esperaría. A Wulfe no le importaba. Estaba fascinado por su gracia, por su propia impresión de que ella no pertenecía a ese lugar.

O por la manera en que su sonrisa insinuaba misterios que no serían confesados.

Supuso que el rico atuendo revelaba que ganaba bien para su patrona, pero él prefería no considerar eso. Sus labios carnosos se tensaron levemente, mientras seguía a las otras mujeres. Él pensó que veía desafío y resignación en su expresión, pero luego ella levantó la cabeza y le sonrió.

Y ahí estaba la clave. La suya no era una sonrisa genuina, porque su luz no llegaba a sus ojos. Sus labios se curvaron en sensual bienvenida, pero su mirada permaneció cautelosa, otro indicio de esa desgana.

Wulfe comprendió de inmediato que esa vida no era su elección y, al darse cuenta de ello, tomó su propia decisión. De hecho, sentía una extraña afinidad con esa mujer, aunque aún no sabía ni siquiera su nombre. Sabía lo que era dejar de lado los propios deseos para servir a los de otro. Sabía lo que era sentirse atrapado y tener pocas opciones. Sabía lo que era sacar el máximo provecho de las circunstancias de uno, sin importar el precio. De hecho, lo hacía cada hora en esa misión.

Wulfe también sabía lo que era esperar una mejor elección, con la mayor paciencia posible.

"Esta", dijo, señalando a la belleza que había reclamado su atención. No le importaba estar interrumpiendo a la patrona mientras enumeraba los encantos de sus mujeres.

"Ah, Cristina es una elección popular", reconoció ella, incluso cuando la mirada de la mujer se alzó para encontrarse con la de Wulfe. Sus ojos eran de un fascinante tono verde, de pestañas espesas y no sin inteligencia. ¿Estaba sorprendida? Se detuvo ante Wulfe, más amable y encantadora que cualquier mujer que hubiera visto en su vida. A él le gustaba que no pudiera discernir sus pensamientos, que ella mantuviera una parte de sí misma en reserva.

Él también entendía ese hábito.

Costanzia miró entre ellos. "Puede encontrar que su precio es alto", advirtió, más que un poco alegre.

A Wulfe solo le importaba la dama que había elegido. Cristina sostuvo su mirada, como si supiera su propio valor y tal vez no esperara que él lo pagara. Sí, había sombras en esos ojos maravillosos, sombras que hablaban de decepción.

Quizás de los hombres.

Quizás de un hombre.

Wulfe sintió que un valor inesperado surgía dentro de él y aumentaba su necesidad.

"Dígalo", dijo, incapaz de imaginar lo que Cristina había visto del mundo. Dudaba que todo hubiera sido bueno y deseaba sorprenderla.

La patrona lo hizo, claramente esperando que Wulfe regateara. Sin embargo, no lo hizo, porque nunca manchaba la adquisición de ningún deseo con un regateo tan mezquino. Su bolsa no era tan ligera. Él ejercía moderación y ahorraba su dinero, por lo que cuando se complacía, podía adquirir a la mujer que más deseaba. Era mejor saborear el placer pocas veces y tener el verdadero deseo, que complacer con frecuencia y comprometerse.

"Eso, por supuesto, es solo por la tarde", agregó la patrona con picardía.

"¿Y por la noche también?"

Un destello de interés brilló en sus ojos cuando Cristina lo miró de nuevo.

"El triple", dijo secamente la mujer mayor. "Porque hay barcos en el puerto."

Cristina bajó las pestañas, evidentemente anticipando su negativa.

—El triple —asintió Wulfe tan fácilmente que estaba seguro de que la patrona lamentaba no haber pedido más. Solo le importaba la forma en que la mirada de Cristina había volado a su rostro de nuevo. Ella se sorprendió y él se alegró. Estaba muy contento de que ella pareciera complacida. Él le sonrió abiertamente, le pagó a la patrona y luego le ofreció la mano a la dama que tanto deseaba.

Le besó la mano y vio que sus ojos se estrechaban ligeramente.

"¿Supongo que tiene una cámara privada donde podría perseguir nuestro placer?"

"Por supuesto, señor", dijo, y le gustó que su voz fuera a la vez rica y ronca. Hablaba en el mismo dialecto veneciano que su patrona, pero no con tanta fluidez como una nacida en esta ciudad de ciudades.

"Wulfe", corrigió, y ella asintió con la cabeza.

"Wulfe", dijo, sonriendo levemente mientras le agarraba los dedos, se volvía y lo conducía hacia la mesa de comida y bebida. La patrona retrocedió, sonriendo con satisfacción mientras contaba las monedas de nuevo, pero Wulfe solo estaba interesado en la seductora Cristina.

¿De dónde era ella? ¿Qué la había llevado a esa casa? A Wulfe le sorprendió lo mucho que deseaba saber.

De hecho, sus frustraciones ya se habían desvanecido y la búsqueda del placer aún no había comenzado.

CRISTINA NO CREÍA ni por un momento que el Templario fuera realmente diferente a cualquiera de los otros hombres que habían visitado la casa de Costanzia, pero era inofensivo esperar lo contrario. Después de todo, aún no se había acostado con un templario, y había algo intrigante en su determinación de tenerla tanto de día como de noche.

La orden se comprometía a defender a los peregrinos, lo que fue casi suficiente para hacerla sonreír. ¿La defendería este caballero si se enterara de que era una peregrina que se había perdido?

Aunque se burlaba de sí misma, la perspectiva era digna de consideración.

¿Podría él ayudarla?

¿Cómo podría convencerlo de que lo hiciera?

A este Wulfe no le faltaba dinero —al menos, no antes de su llegada a ese lugar— y había una determinación en él que ella admiraba. Era fácil de ver, un hombre que claramente se ganaba el camino con trabajo duro. Era alto y robusto, rubio, y decidido en todos los sentidos. Su rostro estaba bronceado, lo que solo hacía que su cabello se viera más dorado y sus ojos más pálidos. Tenía una cicatriz en la mejilla, la marca de una herida vieja y profunda, pero por lo demás, parecía estar sano. Sus modales eran nítidos y no se detenía en sus elecciones. Cristina admiraba a los hombres decididos.

De hecho, si su padre hubiera sido más decidido, era posible que no se encontrara en su situación actual.

Pero no se ganaba nada con el arrepentimiento o la amargura. Lo que necesitaba era un cambio.

¿Era Wulfe la solución que buscaba? Si nada más, parecía que no sería arrojada a morir de hambre con la luz de la mañana. Ella se encontraba ansiosa por más. Cristina prefería no hablar demasiado con sus clientes, eligiendo en cambio pagar la deuda y deshacerse de ellos. Sería prudente adaptar su estrategia esta noche.

"¿Has viajado desde lejos hoy?" preguntó ella, deslizando la mano en su codo como si estuvieran paseando en una buena celebración.

Wulfe la miró de reojo. Su tono plateado no era del todo azul ni del todo gris. Se imaginó que podrían cambiar según su estado de ánimo, pasando del tono del hielo al del cielo. "¿Qué importancia tiene eso? No estoy cansado, si eso es lo que te preocupa".

Cristina sonrió con una serenidad que no sentía del todo. "Simplemente hago una conversación."

Algo de su irritación debió de mostrarse, o de lo contrario él era particularmente perceptivo, porque Wulfe casi sonrió. Sus ojos brillaron, y la vista tentó a Cristina a sonreír sinceramente. "Sabía que había algo diferente en ti", dijo, con humor en su tono.

"¿De verdad?"

"En efecto." Él inspeccionó la habitación y ella sintió que hacía un inventario de sus ocupantes y su contenido. "Solo he viajado desde el puerto hoy, porque nuestro barco llegó con la marea de la mañana." Él encontró su mirada y sus ojos eran más azules de lo que habían sido. "Zarpamos desde Acre, antes de que me lo preguntes, en el último barco que partió antes de que los sarracenos atacaran."

"Entonces es verdad", dijo Cristina. Se dio cuenta de que su agarre se había apretado sobre su brazo solo cuando Wulfe puso su otra mano sobre la de ella. Su piel estaba caliente, pero era la protección de su gesto lo que hizo que su corazón saltara. "Habíamos oído que los Reinos Latinos estaban sitiados."

"Y muchos de mi orden se perdieron, así como los juramentados a los Hospitalarios", dijo él, frunciendo el ceño. Él debía haber perdido camaradas.

"¿Qué hay de la Ciudad Santa?"

Wulfe emitió un suspiro, retrasando su respuesta, y ella temió escuchar sus palabras. "Fuerte cuando nos fuimos, pero esperando un ataque"

"De seguro puede ser defendida"

"¿Con tantos caballeros masacrados y el mismo Rey de Jerusalén capturado? Su expresión se tornó sombría. "Me temo que habrá malas noticias antes de que haya mejores"

"Aun así dejaste Ultramar", dijo ella antes de poder contenerse. "¿Por qué?"

"Porque así me lo ordenaron, y las reglas impiden que un Templario desobedezca una orden." Él se volvió hacia ella con una mirada de acero, y su expresión la hizo temblar. Era fácil creer que él había ejecutado a los infieles cuando lucía así. Sería mejor para mí morir.

¿Cómo podía él citar las leyes de la orden mientras estaba en un burdel? Seguro su orden prohibía su visita a ese lugar.

Quizás este Templario no era mejor que un mercenario. Cristina había estado obligada a servir a algunos de esos hombres y no apreciaba la perspectiva de entretener a otro.

Tal vez ella podría emborracharlo en el transcurso del día y la noche, después escabullirse dela casa con su lleno monedero. Dos muchachos los seguían, y ella adivinó que eran sus escuderos. Ellos eran lo suficientemente pequeños de estatura, que ella podría derribarlos si fuera necesario.

Aun así, a ella no le gustaba que fueran tres. Su corazón se sobresaltó y ella intercambió una mirada con uno de los hombres parado junto a él. A los clientes se les decía que esos hombres defendían la casa y su dinero, pero Cristina sabía que un grito traería al menos a uno de esos hombres corriendo a defender a cualquiera de esas mujeres.

Ella también suponía que era una defensa para las posesiones de la casa.

Cristina asintió, consciente de que Wulfe esperaba su respuesta. "¿Pretendes regresar a los Reinos Latinos?

"Tan pronto como pueda. Me han encargado una misión, y una vez que esté completada regresaré inmediatamente a Ultramar. La espada de cada caballero será necesaria para defender todo lo que es santo. Yo solo puedo rezar por no llegar demasiado tarde para hacer mi parte."

"¿Puedo preguntar por su misión?"

"No." Él se quedó en silencio, tal tensión en su cuerpo que Cristina sabía que ella había hecho poco para contentarlo. Ella era plenamente consciente de la mirada vigilante de Costanzia y le sonrió al caballero como si nada fuera extraño.

¿No comerá nada? Preguntó ella guiando a Wulfe a la mesa, tal como le habían instruido. Él parecía un sujeto más seguro que antes. Ella podría pensar luego sobre la perspectiva de la ciudad de Jerusalén siendo perdida. ¿Un poco de vino, o ginebra? Carne y pan"

Él exhaló decididamente y la miró de frente. "Yo solo tengo apetito para un festín en este momento" dijo él. "Me disculpo si mi compromiso con mi orden te ofende."

Cristina se forzó a sí misma a sonreír. "De ningún modo. Los guerreros son siempre tan decididos."

"¿Guerreros?" Wulfe arqueó un ceja y ella sintió que el bromeaba con ella. "¿Así es como llaman a los caballeros en esta ciudad? No fue una tarea fácil ganar mis espuelas."

"Y muchos mercenarios han trabajado duro para pagar las suyas." respondió Cristina antes de darse cuenta. "No estoy segura de la distinción de rango en los asuntos de guerra es de tanta importancia como muchos caballeros insisten."

Wulfe se rió de eso, sorprendiéndola. "Es justo" reconoció él. "Supongo que los hombres son más o menos lo mismo cuando están desnudos. Un imbécil con un poco de dinero."

Cristina se acercó a darle una palmada, tan confiada era la sonrisa de él, pero ella adivinó que él trataba de provocarla. Lo más razonable era provocarlo también.

"Te sorprenderías" dijo ella sin darle importancia. "El hecho de que seas un monje guerrero te hace parecer diferente de otros hasta ahora."

Sus ojos se entrecerraron pero ella vio su cuello subir de color. "¿de veras?"

"Seguramente tus reglas te advierten de frecuentar burdeles"

"Por supuesto" reconoció él. "Pero no puede ser tan poco frecuente. Esto es Venecia, la ciudad de tal reputación que toda la cristiandad habla de sus pecados. Estoy seguro de que hay muchos obispos y curas que visitan este establecimiento."

"Tienes razón en eso", admitió Cristina. "Pero tenía entendido que los caballeros juraban a tu orden sujetos a ideales mayores."

"¿Decepcionada?" Había un reto en su expresión que hizo que el corazón de ella se saltara un latido, pero Cristina disfrazó su reacción.

"Veremos." Ella lo miró de arriba a abajo. "Wulfe."

Él sonrió maliciosamente ante eso. "Yo debería haber visitado antes un burdel en esta ciudad", dijo él, su mirada fija en la de ella. "La compañía es muy tentadora." Él levantó su mano y le besó los dedos, arreglándoselas para lucir a la vez malvado y atractivo.

"No más atractivo que otros."

Wulfe sacudió su cabeza. "Infinitamente más atractivo", corrigió él. "Porque nunca una puta había conversado conmigo, mucho menos enfrentar criterios conmigo."

Cristina carraspeó ante el nombre que se había ganado. "Cortesana" corrigió ella.

"sí así lo prefieres." Él viró su mano y le dio un beso cálido en la palma, su mirada sin dejar la de ella. "No puedo esperar a que los placeres de esta noche se revelen."

El deseo de él por ella era tan evidente para ella que la boca de Cristina se quedó seca. Sin embargo era diferente, porque el respondía a sus palabras, no a su rostro o a sus senos. El corazón de ella corría con una anticipación que ella rara vez sentía, y temió ser decepcionada.

Ella deseó que ese momento de galanteo durara.

"Al menos prueba una copa de vino", le urgió ella, arrastrándolo a su lado otra vez y pasando sus dedos por su brazo. "Mi patrona está muy orgullosa de los vinos que adquiere" Cristina se recordó a sí misma que era imposible saber que esperar de un hombre antes de que se cerrara la puerta de la habitación. El encanto de Wulfe podría ser transitorio. Era más fácil si el cliente bebía al menos una copa de vino, porque eso movía las probabilidades en caso de que ella tuviera que luchar por su supervivencia.

Wulfe aceptó la copa y la dejó llenarla, pero apenas dejó el vino tocar la punta de sus labios cuando lo probó. ¡Maldito él por ser moderado!

"¿La habitación?" preguntó él, evidentemente determinado a tener su único deseo satisfecho más temprano que tarde.

Toda la noche. ¿Cuantas veces sería?

Ella esperaba que él no invitara a los muchachos también.

Cristina señaló a un sirviente, pero uno de los escuderos del caballero dio un paso adelante para tomar la copa y el decantador. "Los muchachos pueden permanecer aquí en el pasillo…" comenzó a sugerir ella.

Él sacudió su cabeza con tal resolución que ella se calló de pronto. "Ellos me acompañarán. No debes temer su intervención. Ellos solo me protegen a mí y a mí dinero." Wulfe sonrió pero ella supo por sus ojos que él no podría ser disuadido. "Ellos practicarán su ajedrez."

Cristina miró hacia los muchachos, sin estar particularmente convencida.

Costanzia le dio una mirada severa desde el otro lado de la habitación, y Cristina desistió de cualquier argumento que pudo haber dicho. En ese momento las calles parecían más desagradables que la noche ante ella.

La habitación sería.

CAPÍTULO 2

*E*ntonces, ¿hace tiempo que juraste a la orden? Preguntó Cristina, girando sus pasos hacia las escaleras. Apretó a Wulfe rápidamente contra su costado, asegurándose de que su pecho estuviera presionado contra su brazo, esperando que su perfume jugueteara con sus fosas nasales.

Los muchachos los seguían.

Vio el fugaz ceño fruncido del caballero. "¿Qué importancia tiene eso?"

"Pensé que tal vez tu apetito estaba abierto por un hambre insatisfecho." Ella guardó silencio por un momento, luego continuó, queriendo saber su régimen. "Pensé que tal vez te dedicabas a las leyes de la orden hasta el día de hoy."

Wulfe se rió entonces y no fue forzado. De hecho, sus ojos brillaban. "Cuando me enteré de la belleza de Cristina y dejé de lado mis votos en busca de la verdad."

"No te burles de mí."

"No es mi intención hacerlo", dijo, poniéndose serio. "Pero hablas bien al nombrar mi defecto. Mi desafío personal es mantener la promesa de castidad".

A Cristina no le gustó el sonido de eso, pero sonrió. "¿Entonces pagas a menudo por la satisfacción?"

"No a menudo", reconoció. "Pero hay ocasiones en las que un hombre necesita la caricia de una mujer."

"Y te encuentras en una ocasión así." Era más fácil si los hombres hablaran de sí mismos, si ella aprendía más sobre sus necesidades y deseos antes de llegar a la cama. "¿Son esas predecibles ocasiones?"

"Solo en su vínculo con la frustración en otros ámbitos". Wulfe hizo una mueca cuando ella miró en su dirección. "Me esfuerzo por ser moderado. No debes temer que te contagie una viruela. No soy tan lujurioso como para haberme ganado esa condenación". Cristina se sintió aliviada por su intento de tranquilizarla y solo esperaba que él le dijera la verdad. "Pero hay momentos en los que sé que estoy enfadado."

"¿Enfadado?" Repitió Cristina, divertida por su elección de palabras a pesar de sí misma.

"Enfadado", estuvo de acuerdo Wulfe. "Si no puedo cambiar mi situación, debo esforzarme por encontrar la liberación de otras formas, no sea que mis habilidades de lucha se vean comprometidas por mi estado de ánimo." Él le lanzó una mirada intensa. "Un hombre molesto atacará demasiado pronto y errará en sus elecciones. Es mi juramento defender a los más débiles que yo, y no permitiré que la irritación comprometa ese voto".

Cristina podía entender eso bastante bien. "Tú eliges por el bien mayor."

Él asintió. "Es una debilidad y la conozco bien. Sin embargo, hasta que la conquiste, mi capacidad para cumplir con mi deber debe estar protegida, a cualquier precio".

Con otro hombre, Cristina podría haber pensado que había construido una excusa para su coqueteo, pero Wulfe hablaba tan en serio que le creyó. "¿Qué situación podría causar tal estado?" Llegaron al siguiente piso y ella lo guió hacia el extremo más alejado del pasillo donde se encontraba la mejor habitación. No podría haber mayor contraste entre ese amplio pasillo, con su piso de parquet y su techo cuidadosamente pintado, y el ático de arriba. La diferencia era mayor en las habitaciones.

"Una tarea que resulta molesta de cumplir". Wulfe exhaló un suspiro. "De hecho, me temo que este no puede completarse con nada parecido a la puntualidad, y eso me irrita más allá de todo."

"¿Por qué? ¿Seguramente el Temple garantiza tu comodidad independientemente de tu misión? "

La consideración y quizás el humor iluminaron sus ojos. "¿Como este lugar asegura el tuyo?"

Cristina se puso roja. "Hay comida y un techo."

"Sí, hay comida y un techo. ¿Nunca aspiras a más? "

Era curioso ver algún punto en común en sus situaciones, sobre todo porque él lo había notado primero. Después de todo, él era un caballero templario. Ella prefería llamarse cortesana, pero la verdad era que era una puta. De cualquier manera, las expectativas sexuales de sus respectivos roles no podrían haber sido más diferentes. "¿Tú sí?"

"Por supuesto." Wulfe negó con la cabeza. "Pero las aspiraciones no garantizan comida y techo, por lo que se deben tomar decisiones. Quizás se deban hacer concesiones".

Cristina se sorprendió al encontrar su razonamiento tan cercano al suyo. "¿Al servicio del bien común?" preguntó a la ligera cuando llegaron al final del pasillo. El sonido de la música de abajo era débil y podía escuchar los graznidos de las aves marinas.

Wulfe miró a su alrededor con evidente curiosidad, y ella supo que él había notado la puerta al final del pasillo con su férrea cerradura. "Al servicio de la propia supervivencia. Después de todo, la vida de uno es lo que uno hace con ella".

¿Qué le había llevado a los Templarios? Se detuvo al final del pasillo, fuera de la habitación que elegiría, y su valentía flaqueó en este momento. ¿Cuánto más de él podría aprender antes de encontrarlo en la cama?

Wulfe la sorprendió mirándolo y sus miradas se cruzaron. "¿Cómo llegaste a este lugar?"

"¿Importa?"

"Solo que apuesto a que hiciste una elección similar a la mía". Wulfe se inclinó más cerca y ella captó el olor de su piel. Era seductor, más seductor de lo previsto. Había mucho que decir de un hombre limpio. "Para asegurar tu propia supervivencia, a pesar del alto precio."

"Ganarías esa apuesta", admitió ella, luego deseó no haberlo hecho. Él la miró más de cerca, curioso, pero Cristina no se atrevió a confiar más. Ella cambió de tema. "Pensé que su dinero era común entre la orden. ¿La adquisición de dinero es otra de tus debilidades? Ella se ganó una mirada de soslayo por eso.

Entonces, ¿sabes mucho de los Templarios?

"No, pero todas las órdenes monásticas prohíben la posesión de riquezas personales."

Pero se deja el asunto al criterio del señor del priorato. En Ultramar, no es raro que un dinero ganado por un caballero y entregado al maestro sea devuelto, al menos en parte, al propio caballero".

"¿Entonces la disciplina es tan laxa?"

Su expresión se volvió cautelosa. "La vida es dura y está llena de peligros. Es un maestro sabio que sabe cómo asegurarse de que sus hombres sean sustentados".

"¿Cómo se gana el dinero?"

"Rescates, principalmente", reconoció él fácilmente. "Al menos esa es la fuente del mío. La captura de una persona importante del lado opuesto a menudo garantiza que se pague un rescate".

Cristina podía creer que Wulfe podría tener éxito en tal empeño y se sintió aliviada de que no se hubiera ganado su dinero jugando a los dados u otros juegos de azar. "Pero los caballeros seculares en Ultramar a menudo ganan sus fortunas allí."

"Suficientemente cierto."

"Escuchamos de hijos menores que regresaron con títulos y

fortunas. Seguramente podrías haber cabalgado hacia el este sin unirte a los Templarios".

Él sacudió la cabeza. "Debería haberme muerto de hambre al oeste de aquí." Hizo un gesto hacia su atuendo y sus escuderos. "Todo lo que llega a mi mano lo he ganado con mi propio trabajo, pero nunca habrá suficiente para una propiedad."

"Podrías vender tu espada."

"Nunca", respondió Wulfe con una firmeza que indicaba que había considerado el asunto. "Un hombre que vende su espada es un mercenario o no es mejor que uno, condenado a seguir el dictado de cualquier hombre que pague, sea su causa justa o no."

"Podrías jurar el servicio de un señor que supieras que es moral".

Él la miró, sus ojos aún brillaban pero su expresión era más sobria. "¿Sin linaje noble? No sucederá, Cristina. Los Templarios serán mi vida, eso es seguro".

Ella no supo qué responder a eso. Ella respetaba que él hubiera considerado sus opciones a fondo y se encontró deseando que él hubiera tenido mejores opciones.

Wulfe la sorprendió de nuevo con una mirada repentina. "¿Y tú? ¿Será esta tu vida?

Era una idea espantosa. Cristina bajó la mirada para ocultar su repulsión. "Tenemos asuntos más interesantes que cumplir este día que tener esa conversación", murmuró, asegurándose de que su voz fuera baja y seductora.

La sonrisa de él en respuesta fue rápida. ¿Se sentía aliviado de que ella volviera a la discusión sobre el asunto en cuestión? "Dices la verdad en eso." Su mirada la recorrió, su apreciación era clara. Sigue adelante, bella Cristina. Me siento desafiado a demostrarte que no todos los hombres son iguales".

Cristina ocultó su reacción a esa promesa. Tomó la mano de Wulfe y abrió la puerta de la mejor habitación. La primera en tomar un cliente, y uno que había pagado por toda la noche, le daba el derecho a elegir. Cristina haría que la elección valiera la pena.

Era extraño cómo unas pocas palabras de conversación con un hombre al que realmente encontraba atractivo podían cambiar su punto de vista. Ese Templario era diferente de los hombres a los que normalmente tenía que satisfacer, y era más que su hermoso rostro. Wulfe la miraba de verdad. Él le preguntaba por su propia vida. Le hablaba como si fuera su igual, aunque solo fuera por un día y una noche. Engañarlo estaba fuera de discusión, porque sentía que este caballero era un hombre honorable.

¿La ayudaría Wulfe a escapar de ese lugar si ella le pidiera que lo hiciera? No, no podría tener suficiente dinero para verla liberada, ¿y por qué debería hacerlo? Wulfe podría haber guardado su dinero por un poco de placer, pero no sería suficiente. Costanzia vaciaría su bolso y exigiría aún más. Además, era un caballero juramentado al servicio de una orden monástica, no un hombre que pudiera casarse o incluso tener una amante. Él mismo dijo que siempre sería un templario.

No, tendría que encontrar otra forma de escapar de ese lugar.

EL SILENCIO entre ella y Wulfe le pareció tenso a Cristina, cuando entraron en la más rica de las habitaciones reservadas para los clientes. Él se detuvo en medio de la habitación y se volvió en su lugar, inspeccionando sus alrededores. Su expresión era imposible de leer y ella esperaba que no estuviera disgustado.

Los muchachos, por el contrario, estaban claramente asombrados. La boca de uno colgaba abierta y los ojos del otro eran redondos. Cristina podría haberse reído si ella misma no se hubiera impresionado.

Esa habitación de la esquina presumía de una cama con pilares envuelta en seda roja, la madera oscura profusamente dorada. Las almohadas estaban apiladas en alto y el colchón era grueso, del mejor plumón. Era una cama digna de un emperador. Ésa era la habitación más grande, con la mejor vista sobre el Adriático a través de las ventanas arqueadas junto a la cama. Además, la cama tenía cortinas y la puerta se podía cerrar con llave. En un rincón había una chimenea y, en el otro extremo, un par de divanes bajos estaban frente a una mesa aún más baja. Nunca le habían concedido esa cámara, solo la había vislumbrado, pero esa noche sería de ella.

En ese momento, Cristina resolvió que esa sería su última noche en la casa de Costanzia. Ella ganaría la ayuda de Wulfe.

De algún modo.

"¿Te desagrada?" le preguntó ella cuando él permaneció en silencio.

Él se encogió de hombros. "Es más lujoso que mi alojamiento habitual." Volvió a inspeccionar la habitación y ella se dio cuenta de que no estaba menos impresionado que sus escuderos. "Me pregunto cómo cambiaría la visión del mundo de un hombre si durmiera así todas las noches."

"Dudo que pelee contra los sarracenos."

Wulfe resopló. Probablemente no. Si pudiera pagar una cámara así, pagaría a otros para que luchen por él".

"¿Luchaste contra los sarracenos?"

"Por supuesto." Él se volvió con el ceño fruncido y ella supo que había enviado sus pensamientos en una dirección que no era bienvenida. Su tarea era reavivar su deseo, dejar de lado su curiosidad por el momento.

Cristina se acercó a la cama, sabiendo que la mirada de Wulfe la seguía. Dejó que sus caderas se balancearan en la forma en que le habían enseñado que era seductora. De hecho, recordaría todas las lecciones que se le habían dado en esa casa y las pondría en práctica esa noche. Pasó una mano por el terciopelo que cubría el colchón y luego soltó los cordones de los lados de su kirtle.

Se tomó una eternidad con la tarea, aprovechando el momento para estimular el interés de Wulfe. Giró los hombros para animar a su prenda a caer al suelo y escuchó su respiración ahogada al ver su larga camisola blanca. Sin duda, podía distinguir las sombras de sus curvas a través de la fina tela. Se inclinó para recoger el kirtle, lo dejó sobre un banco y luego se volvió hacia él. Se sentó en el borde del colchón y comenzó a soltarse el pelo antes de volver a mirarlo.

La mirada de Wulfe estaba fija en ella. De hecho, no estaba segura de que él respirara.

Cristina sonrió satisfecha. "Supongo que los Caballeros Templarios no duermen con lujo."

Se paró frente a la ventana, con los brazos cruzados sobre el pecho. Sus rasgos se ensombrecían así, pero ella escuchó humor en su tono. "Se proporciona un colchón de paja, una almohada y una manta, de acuerdo con la regla, y cada hermano debe usar su camisola, cinturón, calzas y zapatos para ir a la cama." Hizo un gesto hacia la linterna en la mesa delante de la ventana y luego le dirigió una mirada. "Ningún hermano dormirá jamás en tinieblas, para que no sea tentado por la maldad."

"¿Maldad?" Los labios de Cristina se crisparon. "Dado dónde se encuentra, podría ser demasiado tarde para eso."

Wulfe se rió entre dientes y luego pidió a los chicos que encendieran el fuego de la chimenea. Cristina lo miró, consciente de que la incertidumbre que solía sentir en ese momento había disminuido mucho. Les hablaba a los muchachos en un tono firme, dándoles instrucciones pero sin hablarles con dureza. Cristina recordó a Gunther con los hijos pequeños de su hermano y tuvo que parpadear para contener las inesperadas lágrimas de nostalgia.

Qué absurdo confiar en un hombre sabiendo tan poco de él. Se acercó a la ventana y miró hacia la ciudad, notando que las sombras ya se estaban alargando.

"Si se opone, puedo apagarlo." Wulfe se había movido para pararse detrás de ella y el peso de sus manos cayó sobre sus hombros. Cristina saltó un poco, ya que no lo había oído moverse, y él le apartó el cabello con la yema del dedo tranquilamente.

"No tengo ninguna objeción a la luz", dijo ella con voz ronca.

Deseo. Ella realmente sentía deseo. Cristina estaba asombrada. Habían pasado años desde que ese acto la había excitado.

"Dices eso porque es demasiado tarde", respondió Wulfe en voz baja. Tocó con los labios su nuca, enviando un estremecimiento a través de ella, y continuó en un susurro. "Como has notado, ya he sucumbido a la tentación."

Cristina contuvo el aliento ante el vigor de su propia reacción y se refugió en burlarse de él de nuevo. "Este intercambio será complicado, sin embargo, si insiste en permanecer vestido hasta la mañana." Ella lo miró por encima del hombro.

Wulfe asintió, aparentemente serio, pero sus ojos brillaban con tanta intensidad que ella estuvo tentada a sonreír. "Creo que se tendrá que hacerse una excepción", dijo él, tratando claramente de sonar arrepentido. Su mirada se posó en la parte delantera de su camisola y ella vio brillar sus ojos. Su deseo por ella alimentó su confianza y la hizo querer burlarse de él.

"Y entonces vuelves a romper las reglas", reprendió Cristina y chasqueó la lengua con fingida desaprobación. "Hermano Wulfe, ¿siempre eres tan descarriado?"

Una vez más, su sonrisa brilló. "No, pero en este día estoy encantado y no sé lo que hago." Wulfe la hizo girar en su abrazo, luego rozó sus labios con los de ella, su toque envió fuego a través de ella. Su rápido beso fue a la vez suave y confiado, una buena señal para la noche que se avecinaba. La observó por un momento que fue lo suficientemente largo para que su boca se secara, luego se dirigió a la puerta.

"¿Encantado?" Repitió Cristina, adivinando lo que haría y sintiendo que la maldita inquietud aumentaba de nuevo.

"Seguramente." Giró la llave en la cerradura, tal como ella esperaba.

Cristina se quedó como golpeada contra una piedra, incapaz de olvidar noches y experiencias pasadas, aunque sabía que debía ocultar su reacción. Para su asombro, Wulfe retrocedió tranquilamente por el suelo. Se detuvo ante ella y luego le ofreció la llave con una reverencia galante.

"No tienes ningún motivo para temerme, y yo no te daré ninguno", dijo, para asombro de Cristina.

Él lo había notado.

Su protección no era una ilusión.

Wulfe cerró los dedos de Cristina sobre el peso de la llave, su cálida mano se cerró brevemente alrededor de la suya y su boca se secó.

Ella no había esperado galantería.

Quizás ella también estaba encantada.

Quizás ella podría convencerlo de que la ayudara a escapar.

Wulfe debió interpretar su silencio como preocupación. Se acercó a los chicos, comprobó el fuego que habían encendido y les ordenó que colocaran su tablero de ajedrez en la mesa baja entre los divanes. Uno desabrochó el cinturón de Wulfe y tomó la custodia de su espada, mostrando mucho cuidado por esa arma. El otro ayudó a Wulfe a quitarse el tabardo, el aketon y luego la cota de malla y la cofia.

"Cuiden bien el fuego", instruyó Wulfe. "Incluso mientras juegan al ajedrez."

"Sí, señor", coincidieron los muchachos al unísono. Cristina tomó nota de sus modales, obedientes pero sin avergonzarse, y supo que este caballero los trataba con justicia.

Wulfe volvió a ella entonces, con sus botas, calzas y camisola. Su cabello estaba despeinado y parecía menos formidable sin su armadura. Corrió las cortinas de la cama al lado de la puerta, luego cruzó el pie. Su elección aseguraría que los muchachos no pudieran verlos acostarse, y que ellos dos solo tuvieran una vista del mar. Se acercó a ella y se desabrochó la corbata del cuello de la camisa.

Su mirada estaba evaluando. "¿Y entonces te llaman Cristina?"

"Y entonces te llaman Wulfe." La boca de Cristina estaba seca con la certeza de que él había discernido uno de sus secretos.

Él arqueó una ceja claramente. "A veces incluso Wulfe Stürmer".

"Lobo luchador", tradujo fácilmente, creyendo que probablemente era un enemigo temible.

"Así es." Se inclinó más cerca y bajó la voz, la diversión levantando las comisuras de sus labios. "Pero tampoco es mi nombre realmente." La examinó, como si buscara la respuesta a algún acertijo en sus ojos. "¿Tenemos algo más en común, Cristina?" Puso un ligero énfasis en su nombre.

Cristina luchó contra el impulso de admitir la verdad. En cambio, sostuvo su mirada y mintió. "Soy Cristina."

Ella era Cristina, ahora, y en ese lugar.

Puede que algún día volviera a ser Juliana, pero solo podría recuperar ese nombre cuando su vida volviera a ser suya, si es que alguna vez lo fue.

"No creo que siempre hayas sido Cristina", dijo Wulfe, sus manos cayeron hasta su cintura. "Así como no creo que el veneciano sea tu lengua materna."

Cristina bajó la mirada a sus manos, luchando contra el impulso de alejarse. "¿Por qué no?" preguntó, tratando de mantener su tono ligero. Tenía manos finas y fuertes y, aunque podría haberla abrumado fácilmente, le desabrochó lentamente el cinturón enjoyado.

Lo observó durante un momento tan largo que ella se preguntó si él conocía su importancia. "Entendiste mi apodo, que no es veneciano."

"Muchas mujeres en mi oficio entienden más de un idioma."

"Y muchas de tu oficio en esta ciudad, no nacieron aquí." Él levantó la vista de repente, sorprendiéndola con su mirada atenta. "¿Dónde comenzó tu viaje, Cristina?"

Eso no serviría. No le debía a Wulfe historias de su pasado ni confesiones. Su cuerpo podría haber sido vendido, pero sus pensamientos y su historia eran suyos.

La puerta estaba cerrada. Tenía que prestarle el servicio por el que había pagado.

Y eso eliminó cualquier posibilidad de confiar en él.

"¿Qué importancia tiene eso?" Cristina sonrió al ver cómo él miraba su boca. Ella separó los labios, dejándolo ver su lengua, luego se inclinó más cerca para susurrar. "Estoy aquí ahora, como tú." Le habían enseñado mil artes para seducir a un hombre y recordaba deliberadamente su formación. Ella le pasó una mano por el pecho, esperando que una caricia lo distrajera de sus preguntas. "Incluso los nombres no son importantes en este momento."

"¿Entonces qué lo es?"

"Solo el placer". Cristina tocó esa garganta con sus labios. Se había afeitado, lo que le gustaba mucho. Olía a limpio, como debería ser un hombre. No perfumado ni tocado con el olor de otra mujer. Ella lo escuchó recuperar el aliento mientras dejaba que sus labios se demoraran en su piel y lo sintió tragar. Cuando pudo haber retrocedido, él se inclinó y le dio un beso en el lugar debajo de la oreja. Tenía los labios cálidos y Cristina se sorprendió de que fuera tan gentil.

Tierno, incluso.

Wulfe se apartó un poco y la miró, con los ojos brillantes. "No siempre Cristina y no siempre una puta", dijo con una convicción que ella podría haber encontrado molesta si no hubiera estado tan cautivada con él.

Sin embargo, no podía confesar sus secretos tan fácilmente.

"Ninguna mujer es siempre una puta."

"La mayoría de las mujeres no guardan sus secretos tan de cerca como tú", respondió. "No temas, porque admiro tu discreción." Wulfe sonrió y le besó el lóbulo de la oreja, con las manos rodeando su cintura. Cuando él le murmuró al oído, Cristina se estremeció, tanto por su toque como por su promesa. "Pero me encuentro desafiado. Veamos si puedo convencerte de que me confíes la verdad", dijo él, sus palabras no fueron más que un suspiro. "Tengo todo el día y toda la noche para persuadirte. Te aseguro que haré que la rendición valga la pena".

Entonces la besó completamente, antes de que ella pudiera responder, y Cristina se encontró derritiéndose contra él. Su abrazo era en verdad persuasivo, tierno y potente, tan seductor que Cristina podría haber olvidado que ella era la encargada de proporcionar placer.

Pero ella nunca podría olvidar eso.

Cristina se apartó para mirarlo, luego lo guió más cerca de la cama. "No me corresponde confiar en ti", advirtió con una sonrisa juguetona. Ella tiró del encaje de su camisola para liberarlo, de modo que el escote de la prenda se abrió. Su piel estaba bronceada y era tan musculoso como ella había anticipado. Sintió una rara emoción de anticipación. "Son tus secretos los que deben ser revelados, para garantizar tu placer esta noche."

Ella lo alcanzó y lo acarició, luego comenzó a desatar sus calzas. Él contuvo el aliento mientras la miraba. Sus ojos eran más azules ahora, su sonrisa era ganada más fácilmente. Cualquier molestia que lo había atormentado ya había disminuido, y ella se alegró de eso.

Un hombre satisfecho era un compañero más seguro, sin duda.

Cristina no podía permitirse el lujo de entregarse al placer. Ella tenía un servicio que entregar y tenía que garantizar el placer de él a cualquier precio. Ella lo tocó, sabiendo muy bien cómo conjurar su reacción, pero él cerró una mano sobre la de ella y ella miró hacia arriba.

"Sé lo que haces con eso", dijo en voz baja.

"No esperaría que fueras inocente", respondió ella, suavizando sus palabras con un beso.

Wulfe sonrió bajo su abrazo. "Quieres distraerme de este desafío. Pero ten cuidado, Cristina, no seré disuadido fácilmente de esa manera. Seré tu campeón esta noche y desentrañaré todos tus secretos antes del amanecer".

Antes de que pudiera discutir, Wulfe le tomó la nuca con una mano, la puso de puntillas y la besó con nueva exigencia. Fue un beso que ella no pudo negar, uno destinado a hacerla perder sus reservas y su moderación, y estuvo muy cerca de tener éxito.

Y fue solo el comienzo del asalto amoroso de Wulfe.

WULFE HABÍA ELEGIDO BIEN. De eso, no podía tener ninguna duda.

Cristina era un premio raro, una mujer segura de su encanto y protectora de su privacidad. Ella no se apresuró a confesar ningún detalle de su vida, lo que solo alimentó su curiosidad por ella. También le gustaba la visión que había tenido de su rápido ingenio.

Ella era diferente de las mujeres que solía encontrar en los burdeles. Ella no estaba tan endurecida ni tan vulnerable. Supuso que ella no había acudido voluntariamente a ese negocio. Ella lo había elegido, haciendo lo que tenía que hacer para sobrevivir, y dada la inclinación de su barbilla, él habría apostado que su vida anterior había sido tal que ella podría haber esperado algo mejor.

Su sensación de que ella había vencido la adversidad alimentaba su creciente admiración. Se encontró interesado en aprender más de ella que en embarcarse en el hecho por el que estaban juntos.

Sin embargo, una vez que ella lo llevó a la cama, la actitud de Cristina cambió. Se movía con mayor determinación pero, al mismo tiempo, era más esquiva. Wulfe supo por sus ojos que ella seguía una rutina, que él podría haber sido cualquier hombre. Era irritante ser el próximo idiota que ofrecía dinero.

Anhelaba a la dama a la que había acompañado escaleras arriba. Wulfe quería seducir a la mujer que había vislumbrado, no dejarse seducir por su placer como si fuera cualquier hombre.

Sin duda, no había forma de evadir su intención. Cristina había sido bien instruida en las artes de la habitación y él ya estaba excitado. Ella lo tocaba con una seguridad de su respuesta que dejó a Wulfe sin aliento, y conjuró su deseo con tanta seguridad como un roca toca una paja. Su sincronización era exquisita, su dominio de las habilidades amorosas era completo. Ella lo desnudó y lo lavó, acariciándolo todo el tiempo. Cuando él pudo haber protestado, ella lo besó para que se callara. Él estaba lo suficientemente débil como para rendirse. Ella lo complacía y lo seducía, su seducción era tan perfecta que Wulfe no podría haberle negado nada de lo que tenía que ofrecer.

La primera vez fue más rápida de lo que hubiera preferido, pero realmente, dada su irritación por la búsqueda, no podría haber sido de otra manera.

La segunda vez fue más pausada, ya que él estaba decidido a complacerla también. Quería que Cristina fuera consciente de él, no que estuviera oculta en sus propios pensamientos. Sintió el triunfo cuando sus ojos se abrieron y su mirada voló hacia la de él, cuando sus labios se abrieron y su piel enrojeció por la liberación. Ella articuló su nombre, lo que hizo que su corazón latiera de orgullo. Aunque sabía que muchos en su oficio fingían tal respuesta, la sorpresa en su expresión, y el hecho de que ella realmente lo mirara de nuevo, le habló de su propio éxito.

Eso fue suficiente para llevarlo al borde del abismo por segunda vez.

Después, estaba exhausto. No era un hombre que confiara en el lujo o se deleitara con él, pero en ese día, no pudo resistir su atractivo. A Wulfe le gustaba pensar que era porque estaba acostado con Cristina.

La verdadera mujer que había vislumbrado, no la cortesana experimentada.

Aunque no era su costumbre, Wulfe se durmió contra la perfumada suavidad de su piel, el almizcle de su placer le proporcionó una tremenda satisfacción. ¿De verdad confiaba en ella? Parecía que lo hacía. Wulfe sintió sus dedos en su cabello y sus pechos presionados contra su pecho, y sintió una satisfacción desconocida llenándolo.

"No te vayas", susurró y solo escuchó su asentimiento antes de quedarse dormido.

Le gustaba pensar que se habría dado cuenta si Cristina lo hubiera dejado allí, pero la verdad es que Wulfe durmió profundamente y más de lo que hubiera preferido.

El viaje desde Ultramar había sido arduo y él había estado alerta cada noche desde que algún alma en Samaria había registrado el equipaje. Sus sueños eran inquietos, sus incertidumbres sobre la búsqueda se disfrazaban de fantasmas y peligros. Incluso mientras luchaba contra enemigos misteriosos, Wulfe era consciente de que Cristina permanecía a su lado, acariciando su frente con las yemas de los dedos.

Ella le concedía un santuario y un refugio de bienvenida que ya no estaba dispuesto a abandonar.

WULFE SE SORPRENDIÓ cuando despertó y descubrió que la habitación se estaba oscureciendo. Había grandes bandas de color que surcaban el cielo fuera de las ventanas y el aire se había vuelto fresco. Podía escuchar música fuerte y risas, sin duda de la sala común de abajo, y oler carne asada. Sus escuderos discutían en silencio sobre su juego en el otro extremo de la cámara. Wulfe se dio cuenta de que Simón estaba ganando, un hecho poco común que Stephen no siempre aceptaba con gracia. El fuego crepitaba en la chimenea y proyectaba un cálido resplandor sobre la habitación.

Cristina estaba acurrucada a su lado, con la mirada fija en el cielo sobre el mar. A menos que se equivocara por completo en su comprensión de las mujeres, la mujer que había vislumbrado en las escaleras todavía estaba en su compañía.

Wulfe rodó hacia su costado, para atraerla mejor contra él, y se apoyó en su codo para mirarla. Levantó el terciopelo para cubrir sus pechos, ganándose una mirada de sorpresa de ella.

"¿Recordando otros tiempos?" preguntó él, luego se inclinó para besar su hombro. Ella era suave y estaba dulcemente perfumada, su piel sedosa contra la de él. La sensación de su excitación pareció alentar el regreso de la seductora pagada, ya que bajó la mirada para ocultar sus pensamientos.

Ella sonrió y se dispuso a levantarse. "¿Te gustaría algo de vino?"

Wulfe apretó brevemente su brazo alrededor de su cintura, no tanto para contenerla como para mostrar su preferencia. ¿Cómo podía animarla a confiar en él? "No. No antes de hacer una apuesta".

Cristina lo miró con recelo. "Nuestra apuesta está hecha." Su voz era sensual y él escuchó a la seductora en su tono. Ella se echó hacia atrás y se estiró para enredar sus brazos alrededor de su cuello, pero Wulfe tomó sus manos entre las suyas.

Estaba intrigado por la mujer real. Él no estaba saciado y no lo estaría hasta que ella compartiera el momento con él.

Wulfe se dio cuenta entonces de que Cristina se había puesto una máscara para brindar el servicio por el que él había pagado, ocultando su verdadero yo mientras hacía lo que tenía que hacer. Wulfe sabía que él hacía lo mismo cuando iba a la guerra, porque matar no era su instinto.

En la guerra, sin embargo, era su deber jurado y luchaba mejor que la mayoría. Sin embargo, disfrazaba sus pensamientos cuando lo hacía como Cristina ocultó los suyos.

"Creo que tenemos mucho en común", dijo él y su mirada voló hacia la suya.

"¿Porque juraste castidad y yo estoy en el comercio de la promiscuidad?" dijo ella, arqueando una ceja.

Wulfe sonrió ante su rápida respuesta. Le gustaba lo inteligente que era. "Ambos hacemos lo que se debe hacer y hacemos las paces con ello. Tú proporcionas placer y yo reparto la muerte. Ninguno de los dos llega a la tarea con entusiasmo".

"Quizás." Entonces se dio la vuelta, ocultando una vez más sus pensamientos.

"Cuéntame cómo llegaste a estar en este lugar", invitó él.

Cristina dejó la cama abruptamente. Se puso la camisola y él reconoció que ponía una barrera entre ellos con la fina tela. En lugar de volver a la cama, se acercó a la ventana y se quedó allí para contemplar el crepúsculo. Podría haber estado sola, pero Wulfe no se dejó engañar. Pudo ver que aún respiraba rápido.

Esperó un momento y luego se levantó de la cama a su vez. Se puso su propia camisola antes de unirse a ella. Ella le lanzó una mirada cuando él le puso una mano en el hombro, pero su expresión no era desalentadora. Wulfe hizo ademán de abrazarla. "Tendrás frío", murmuró él cuando ella se resistió, y para su alivio, ella se recostó contra él.

Tenía frío y la atrajo hacia sí. Sus brazos estaban alrededor de su cintura y ella cruzó la suya sobre la de él. Él se paró detrás de ella, sus curvas presionadas contra él, y sintió una curiosa satisfacción. En su opinión, encajaban bien, su altura era tal que podía meterla debajo de la barbilla. Sentía que la protegía y le gustaba mucho la sensación.

"Los dos somos tercos", dijo en voz baja, y Wulfe no pudo evitar reír ante esa observación.

"Quizás no sea un rasgo tan admirable para tener en común."

"Pero uno útil, sin duda."

"En efecto." Vio una estrella fugaz trazar su camino a través del cielo, incluso cuando la última luz bailaba sobre las olas del mar. Qué lugar tan improbable para él para encontrar tranquilidad.

Wulfe supuso que su estado de ánimo podía atribuirse más a la empresa que a la ubicación. Los muchachos discutieron cordial-mente por la victoria de Simón, luego comenzaron otro juego. Se quedaron en silencio en su concentración.

"¿Sabes que hoy es el día de María Magdalena?" Preguntó Cristina.

"No me di cuenta de eso", admitió Wulfe, preguntándose por el punto de esa confesión.

"¿Conoces su historia?"

Wulfe se encogió de hombros. "Una prostituta que siguió a Jesús".

"Más que eso", murmuró Cristina, luego suspiró. "Mucho más que eso".

"Cuéntame", instó él, queriendo saber por qué ella había mencio-nado la historia.

"María era hija de una familia noble y nació de la riqueza. Se llama Magdalena porque tenía la ciudad de Magdalum como derecho propio".

"¿Verdaderamente?" Dijo Wulfe, porque estaba sorprendido por ese detalle.

Cristina se retorció en sus brazos para concederle una pequeña sonrisa. "¿Le sorprende la idea de que una mujer tenga el título de una propiedad?"

"No en nuestros tiempos, porque he visto mujeres gobernar posesiones en ausencia de sus maridos y padres, pero en aquellos días, sí, me sorprende."

"Debió ser muy común, porque nadie en la historia parece sorprendido por sus responsabilidades. De hecho, su padre había dividido sus propiedades entre sus tres hijos, dos hijas y un hijo."

"Eso sería inusual en nuestros tiempos."

Ella lo miró. "¿Lo encuentras ofensivo?"

"Que el que gobierne sobre una propiedad sea justo y noble, es de mucha más importancia que el hecho de que la responsabilidad sea de un hombre o de una mujer."

Esa respuesta, que parecía honesta, pareció complacer a su acompañante. Cristina asintió, luego continuó su historia. "María era de gran belleza, así como de riqueza. Ella decidió dejar el manejo de su propiedad a su hermana, Marta, así ella podría dedicarse a probar los placeres de la carne. Su hermano, Lázaro, hizo la misma elección, aunque él lo hizo para poder concentrase en su carrera militar."

Wulfe podía entender esa elección bastante bien. Él estaba intrigado porque la historia los mostraba a ambos, un guerrero y una puta.

"Y así fue como María escuchó de Jesús y sus enseñanzas, y ella quiso verlo. Ella fue a la casa de Simón el leproso, donde Jesús estaba. Ella conocía bien su reputación y había sido a menudo rechazada por otros debido a su elecciones pecaminosas. Ella no se atrevía a socializar con el grupo, menos aún a ser rechazada. Ella también sabía que estaba perdida, y esperaba que escuchar las enseñanzas de Jesús, le diera consejo. Ella estaba con los sirvientes cuando llegó el momento de la lavar los pies de los invitados, y fue así que ella decidió por su cuenta lavar los pies de Jesús. Ella le secó los pies con su cabello y los ungió con aceite. María fue reconocida por los otros, incluido el anfitrión, Simón, que estaba seguro de que Jesús no permitiría que tal mujer lo tocara. Sin embargo, él lo permitió, y luego tomó sus manos y la levantó, perdonando todos sus pecados, y refutando a aquellos que la habrían condenado. Por ese precioso regalo, ella le juró su amor y sus servicios por todos los días y noches de su vida."

"Ella lo siguió", relató Wulfe.

"Ella lo siguió y le sirvió, con más amor que todos sus discípulos juntos. Ella sí hizo penitencia por sus pecados, como él le ordenó para llenar su corazón con el amor de Dios nuevamente, y se sentaba a sus pies para escuchar mejor sus sermones. Él la defendió de esos que decían que ella era sucia, perezosa, y pecaminosa. Él lloraba cuando ella lloraba, más afectado por su pena que ninguna otra persona. Él revivió a su hermano Lázaro, de la tumba cuando ya llevaba cuatro días muerto, ella permaneció a su lado cuando el colgaba de la cruz. Fue María quien preparó las especias para ungir el cuerpo de Jesús, y ella no abandonó la vigilia incluso cuando los discípulos abandonaron la tumba donde él había sido sepultado."

Cristina levantó su barbilla y encontró la mirada de Wulfe. "Él no la juzgó. Él no la encontró indigna por sus elecciones pasadas, y con eso, él se ganó su devoción y su amor."

Wulfe entendió bien su implicación. Pero él sabía los límites de lo que él podía ofrecer, y estar a su lado, sin importar cuan devota Cristina pudiera ser, no era una posibilidad.

"No soy un salvador", susurró él en su cabello. "Aunque tú me haces desear serlo."

Entonces ella giró para enfrentarlo, y su sonrisa envió calor a sus venas. "Quizás tu deseo no es lo suficientemente fuerte", susurró ella, luego ella tomó de su cabeza hacia abajo. Él sintió como ella se paraba en puntillas, y sus dedos se deslizaron por su cabello. Sus ojos brillaban con su plena conciencia de su efecto en él, y él pudo haber maldecido sus habilidades, si no se hubiera sentido tan bien.

"No peleas justamente", le soltó él y le gustó como ella sonrió.

"¿Lo haces tú cuando todo está en juego?"

Wulfe pudo haber pedido más detalles, pero Cristina lo besó, profundizando su beso con una lenta deliberación que descartó cualquier protesta. Ella era tan suave y atrayente, y más, tan hábil que él no pudo resistir su llamado de sirena. Él gruñó y la trajo más cerca, plantando su boca sobre la de ella y feliz de ser encantado de nuevo.

CAPÍTULO 3

Ella progresaba en poner a Wulfe de su lado, Cristina estaba segura de eso.

Y él avanzaba en convencerla a ella de su mérito. Su campeón sin duda. Si ella pudiera persuadirlo para que la ayudara no solo a dejar la casa de Costanzia, sino también Venecia, ella podría regresar a casa. La esperanza parpadeó en el corazón de Cristina por primera vez en años. Ella había estado segura de que sería imposible salir de la ciudad.

Con un campeón, podría suceder.

Ella debía de tener cuidado de no pedirle demasiado, demasiado pronto.

Cuando Wulfe se volvió a despertar, había caído la noche. Cristina escuchó el cambio en su respiración y sintió el peso de su mirada antes de que él hablara.

"¿Te sientes sola en este lugar?" preguntó, sorprendiéndola tanto que ella lo miró.

"¿Soledad? No hay soledad en esta casa".

Y tampoco en una guarnición. Pero la soledad de la que hablo proviene de poder confiar en otro".

"No necesito ese lujo", protestó Cristina, pero su voz se quebró.

"Yo sí, aunque nunca pensé que lo haría".

Cristina estaba intrigada. ¿En quién había confiado Wulfe antes? ¿Y en qué confiaría?

Él la miró con una sonrisa que insinuaba que había anticipado su reacción. "Sugeriría que compartamos confidencias."

"No." Cristina negó con la cabeza, temerosa de lo que él le pediría. Ella le entregaría sus verdades a su propia discreción y a su propio ritmo, para asegurarse de mantener esa alianza tentativa.

Wulfe alisó la colcha y ella siguió el gesto, notando lo dorada que se veía su piel contra la tela. Su tono era ocioso, pero ella no se dejó engañar: estaba concentrado en ese objetivo. Ya había pensado en la verdad que podría ofrecer para asegurarse de no perder su buena voluntad. Tal era el poder de ese hombre. "Pero como has notado, he pagado."

"Algunas cosas no se pueden comprar."

Wulfe suavizó su voz. Considera esto, Cristina. Una vez que llegue la mañana, nunca nos volveremos a ver".

Era una perspectiva que a ella no le gustaba.

"Continuaré mi viaje y tú permanecerás aquí", continuó Wulfe fácilmente, confundiendo el motivo de su desconfianza. "¿Qué daño podría haber en compartir una historia de nuestro pasado entre nosotros? De hecho, solo veo una ganancia".

¿Qué verdad de su pasado lo inclinaría a él al lado de ella? No le faltaba compasión. ¿Se atrevería a confesarlo todo? "¿Cómo lo haría?"

Él se encogió de hombros. "La soledad puede desgastar el corazón y la mente."

Ella lo estaba mirando, incapaz de ocultar su interés.

"Dime cómo llegaste a estar en este lugar", la invitó él, luego sonrió. "Piensa en ello como un respiro para un guerrero cansado antes de reanudar el entretenimiento de la noche."

Entonces Cristina sonrió. "No estoy tan convencida de que necesites tal respiro", bromeó y deslizó la punta del pie por su pantorrilla. "No tenía la menor idea de que un Templario sería tan vigoroso en la cama." Ella lo alcanzó, consciente de que estaba excitado de nuevo, pero Wulfe cerró su mano sobre la de ella, deteniendo su movimiento.

"No la cortesana", dijo en voz baja. "No esta vez."

"¿Qué quieres decir?" preguntó, aunque ella lo sabía.

"Yo estaría contigo. Sabría más de ti". Su mirada era intensa. "Yo sabría qué te impulsó a unirte a esta casa."

"¿Y los muchachos?"

"No pueden oírnos." Bajó la voz a un susurro. "Especialmente si hablamos así." Le hizo una seña con un dedo, pero Cristina no se movió hacia él. Negociarían eso sin que su toque seductor confundiera sus pensamientos.

"¿Siempre entrevistas a tus putas?"

"No. Nunca lo había hecho antes".

"¿Por qué yo?"

"Porque eres diferente, y yo quisiera saber por qué."

Ella sonrió ante eso y lo miró. "¿Y qué me dirás?"

Él parpadeó, su reacción fue tan cercana a la de ella que Cristina casi sonrió. "¿Disculpa?"

"Esto debe ser un intercambio. Una historia por una historia. Dos historias iguales, una para la otra".

Wulfe estaba claramente desconcertado por eso. Rodó sobre su espalda y pareció fascinado por el dosel. Cristina sabía que él eludía su mirada y se alegró de que su necesidad de privacidad fuera tan similar. "No sé cómo contar una historia."

"Todo el mundo sabe contar la historia que ha vivido", insistió ella. Dime cómo te convertiste en Templario. Todas las garantías que me has brindado se aplican igualmente a ti".

Él la miró con los ojos entrecerrados. "¿Entonces me contarás tu historia?"

"Si la tuya es lo suficientemente honesto."

"¿Y juzgarás eso?"

"Lo haré." Cristina se puso de pie. Dio los pocos pasos hacia la mesa baja, sabiendo que le concedía a Wulfe una vista de su desnudez y que eso podría convencerlo como no lo habían hecho sus palabras. Se sirvió una copa de vino con tranquilidad y luego se la devolvió, consciente de que él la miraba con atención. Ella se sentó a un lado de la cama y le ofreció la copa. "Tú primero", dijo ella, esperando que él hiciera lo mismo.

Sus miradas se encontraron y se mantuvieron por un momento potente.

Entonces Wulfe se sentó, dejando que el terciopelo cayera hasta su cintura, apoyando su espalda contra la cabecera antes de aceptar el cáliz de vino. Tomó un sorbo profundo, asintió con aprobación ante la calidad, luego la llamó. Ella regresó a la cama pero se sentó frente a él, a los pies, deseando ver su expresión. Levantó la colcha de terciopelo y ella se deslizó debajo, con las piernas estiradas junto a las de él. Ella era muy consciente de los puntos que tocaban sus carnes y del calor que emanaba de su cuerpo. Dejó caer su mano para que descansara sobre la tela, su peso sobre sus tobillos. Fue un momento extrañamente agradable y tuvo la sensación de que la gran cama le ofrecía un refugio del mundo del más allá.

Un lugar donde pudieran decir la verdad, sin precio.

Wulfe miró hacia la ventana antes de hablar. "Me crió un guardabosques en el bosque. Ya era viejo en los recuerdos de mi juventud, anciano incluso, y me obligó a trabajar duro. Me enseñó que un hombre debe ganarse lo que llamaría suyo".

"¿Tu madre era su esposa?"

Wulfe negó con la cabeza. "No. Él dijo que ella me abandonó en el bosque cuando era un bebé. Él me acogió, aunque no deseaba tener un bebé en su cabaña, porque dijo que no podía dejarme morir de frío". Él levantó las cejas. "Era invierno."

Cristina estaba horrorizada por la elección de su madre, aunque Wulfe había hecho las paces con ella o disimulaba bien sus pensamientos. "¿Cómo pudo ella hacer tal cosa?"

"Él me dijo que las mujeres no eran dignas de confianza."

"¡En esto, su sexo es menos importante que su naturaleza!"

Wulfe no dijo nada, pero bebió un sorbo de vino, saboreándolo.

Cristina se preguntó si tenía intención de continuar, así que lo instó. "¿Era tu padre?"

"No, eso no. Me pidió que lo llamara el viejo, ni más ni menos".

Parecía una forma despiadada de que un niño creciera.

Wulfe observó la vista del puerto, su voz bajó mientras continuaba. "El anciano murió cuando yo tenía diez veranos más o menos. Como dije, era muy mayor y se concedía poca amabilidad. Ese invierno tuvo tos y sufrió hasta bien entrada la primavera con la enfermedad. Cuando se acostó, me dijo que iba a morir. Me habló más en esas pocas semanas que en años. Me dijo cómo enterrarlo una vez que muriera, me dijo dónde cavar la tumba, me hizo describirlo una vez que terminó para que supiera que estaba bien hecho". Wulfe la miró a los ojos. "De hecho, me envió de regreso para profundizar más. Me dijo que tenía que dejar la cabaña, que era el único lugar que había conocido después de su muerte. Me hizo prometer que haría todo eso y luego, tal como lo había predicho, murió".

Hizo girar el vino en su copa, mirándola. "Fue precisamente como lo había pronosticado. No creo que le haya creído hasta que sucedió, hasta que no hubo latido de su corazón". Su sonrisa fue irónica. "No sé cuánto tiempo estuve allí sentado, esperando a que tomara otro respiro".

Cristina sintió el impulso de consolarlo. Se inclinó a lo largo de la cama y tocó la mano de Wulfe. Él no la miró, pero entrelazó sus dedos.

Luego se encogió de hombros. Hice todo lo que me había indicado y luego abandoné la cabaña con desgana. Puede que no me hubiera ido si no hubiera temido que todavía pudiera doblar una esquina para castigarme. Era primavera y el bosque se estaba volviendo verde con nuevos brotes. Recuerdo lo hermoso que era y lo inseguro que me sentía. No tenía destino ni meta y, por primera vez, no había nadie que me diera una".

"Podrías haber buscado a tu madre."

¿La que me había abandonado por su propia elección? Yo creo

que no. ¿Y cómo la habría reconocido, incluso si hubiera sido tan tonto para hacerlo? No, sabía que tenía que encontrarme otra morada, en algún lugar. Otro anciano, quizás. No sabía a dónde acudir, pero al final, la decisión fue tomada por mí".

Su frente se oscureció. "Escuché a los caballos antes de verlos. Había un señor de la mansión, por supuesto, que llamaba a esos bosques como propios, y cabalgaba regularmente para cazar. Siempre me había apartado del camino de su grupo, como me había ordenado el anciano, pero ese día, los perros iban detrás de mí. Corrí, pensando en dejarlos atrás, pero ellos aullaron y me persiguieron". Wulfe la miró con expresión indignada. "Me cazaron. Apenas podía creerlo, no hasta que estuve acorralado en un claro, con perros pisándome los talones. Me estaba subiendo a un árbol cuando el señor mismo me pidió que me detuviera". Sacudió la cabeza ante su propia locura. "Pensé que tenía la intención de salvarme de sus perros."

"¿No lo hizo?"

Wulfe tomó el cáliz en sus manos. Debes darte cuenta de que ningún hombre de su calaña me había hablado jamás. Su caballo era hermoso y enorme, su armadura relucía y su capa ondeaba detrás de él. Su cabello era tan blanco como la nieve fresca y sus ojos tan fríos como el hielo. Pensé que podría ser un rey de las nieves o uno de los Fae, extraído de las historias que el viejo me había contado en las noches de invierno". Él frunció los labios. "Cuando fijó su atención en mí con esa mirada feroz, le temí más que a su manada de perros."

Cristina tuvo la sensación de que la inquietud de Wulfe podría haber estado justificada.

"Tenía que haber veinte hombres con él, casi una docena a caballo, montando mejores corceles de los que jamás había visto y vestidos con mejores galas. También había hombres con ropas más toscas, batidores y los que manejaban a los perros, aunque entonces no conocía sus roles. Nunca había visto tantos hombres a la vez. Ciertamente nunca había tenido tanta gente interesada en mí, ni había sido acorralado por perros de caza que gruñían y mordían. Estoy sorprendido de haber logrado hablar".

"¿Entonces te hizo preguntas?"

"Quería saber sobre el guardabosques y su paradero. Parecía que había buscado al anciano, solo para encontrar la cabaña vacía. Le dije que el anciano había muerto y dónde estaba enterrado. No había engaño en mí y no tenía capacidad para mentir. De hecho, estaba tan asombrado que no podría haber invocado ninguna falsedad".

"¿Seguro te creyó?"

"No estoy seguro." Wulfe frunció los labios y negó con la cabeza. "Desmontó y caminó hacia mí, el hombre más temible que jamás había visto. Me agarró por la barbilla y me levantó bastante, luego me miró fijamente. Estaba bastante claro que verme lo ofendía, aunque poco podía hacer yo al respecto. "Deberías estar muerto", gruñó, luego me tiró al suelo. Antes de que pudiera moverme, sacó su daga y me cortó la mejilla. Rápido y profundo, de modo que la sangre fluyó cálidamente por mi rostro".

La mano de Wulfe se acercó a la cicatriz de su rostro y Cristina supo que él la tocaba sin saberlo. Sus labios se tensaron. Luego llamó a los perros con un silbido. Pasó su dedo enguantado por mi mejilla, luego dejó que el sabueso principal la probara".

Cristina jadeó.

"Corrí."

"¡Por supuesto!"

"Los perros me perseguían con un fervor que no habían mostrado antes. Era la sangre, su olor y su sabor. Los puso frenéticos. Corrí como nunca antes lo había hecho. Dejé caer el paquete de cosas del guardabosques, rasgué mis ropas, perdí mi capa. Corrí a través de la maleza, las espinas me desgarraban, la jauría de perros que ladraban me seguía rápidamente. Crucé un arroyo, el agua llenó mis botas y ralentizó mi paso peligrosamente. El líder me atrapó entonces, hundiendo sus dientes en mi muslo mientras luchaba por trepar por la orilla. Aún puedo verlo, un perro rojizo con un pelaje corto, ojos verdes y dientes blancos y feroces. Los otros aullaron en la otra orilla y luego se lanzaron al agua. Sabía que solo tenía un momento para asegurar mi propia supervivencia".

"¿Y los hombres?"

"Cabalgaban detrás de los perros, riendo y animándolos. Vi al barón detenerse en la orilla opuesta. Lo vi sonreír y supe que sería peor si me capturaban. Le di una patada fuerte a su perro en la cara, le di otra patada para que cayera al arroyo con un aullido. Vi la desaprobación del barón, pero luego volví a correr".

"¿Pero por qué iba a cometer una acción tan horrible?"

Porque podía, supongo. Mientras corría, recordé que el anciano me había enseñado los límites de las tierras del señor".

"¿Así podrías irte?"

"Entonces podríamos ayudar a otro a irse. Habíamos encontrado una cierva que había dado a luz de manera poco común a fines del verano. El guardabosque la animó a abandonar las tierras del barón, con su cervatillo, antes de que ese hombre cabalgara hacia su cacería en otoño".

Cristina se mordió el labio, reconociendo que el anciano había entendido la falta de preocupación de su señor supremo por nadie más que por sí mismo.

"Una vez que recuperé mi ingenio, me di cuenta de dónde estaba y corrí hacia esa frontera. El grupo me persiguió mucho más allá, pero había un pueblo y no se atrevieron a perseguirme hasta sus murallas".

"¿Y encontraste santuario allí?"

Wulfe se burló. "No me atreví a buscar ninguno, dada mi única experiencia de la bondad de los extraños. Corrí durante la mayor parte de un mes, decidido a poner la mayor distancia posible entre ese bosque y yo. Y al final, llegué a otro bosque, diferente al que había conocido toda mi vida pero familiar en su tranquilidad. Encontré a otro guardabosques allí, uno que se hacía mayor, y me ofrecí a ayudarlo. Él dudaba tal como lo había hecho el hombre que me había criado, pero yo conocía a los de su clase y sabía el trabajo que tenía que hacer, y le demostré con mis hechos que no le tenía miedo a los trabajos forzados".

"Debe haberse alegrado de tu ayuda."

"Él podría haberse alegrado. Pero cuando el señor que gobernaba ese bosque cabalgó para cazar ese otoño, fue donde el guardabosque para compartir una taza de cerveza. Parecía que era su costumbre. También parecía que este barón era amable. Yo podría haber huido al ver a su grupo que se acercaba, pero el guardabosques me pidió que me quedara. Este barón tenía un hijo y una hija, me dijo el guardabosques, y vi que el hijo tenía la misma edad que yo cuando el grupo se detuvo ante la cabaña del guardabosques. El barón se interesó de inmediato por mí y, para mi sorpresa, el guardabosques sugirió que yo podría ser la solución que buscaba".

"¿A qué problema?"

Wulfe sonrió. "El hijo tenía que ganar sus espuelas y necesitaba un oponente para entrenar para la batalla. Sus primos ya eran mayores y ya habían sido nombrados caballeros, y su padre buscaba otro niño de edad similar. Sospecho que buscaba un muchacho al que su propio hijo pudiera derrotar, al menos en alguna ocasión. Para cuando la partida de caza continuó, el guardabosques y el barón habían acordado que el muchacho en cuestión debería ser yo, y la bondad de ambos hombres era tal que también se había acordado que mi recompensa por realizar este servicio sería la oportunidad de ganar mis propias espuelas".

"Eso no es un gasto pequeño."

"Eran buenos hombres, honorables y verdaderos". Las cejas de Wulfe se juntaron. "No fue fácil, pero fue una buena vida y estaba acostumbrado al trabajo duro. Cinco años más tarde, me nombraron caballero, me dieron una espada y un corcel y luego me llevaron a la puerta de su morada. Me había ganado lo que me correspondía, mi compañero de lucha continuaría entrenando como el heredero de su padre y ya no había lugar en esa casa para mí. No tenía dinero y me negué a vender lo que había ganado. Podría haberme convertido en mercenario, pero decidí unirme a los Templarios. Quería servir a la justicia, no a quien pagara el precio".

Cristina frunció el ceño ante esta conclusión apresurada e inesperada. "Pero eso no puede ser todo el cuento", protestó. "¿Por qué te echarían? ¿Cómo podrían no haber tenido un lugar en su casa para ti? Todos los barones contratan hombres de armas para defender sus murallas. ¡Debe haber más en la historia que eso! "

Wulfe estaba decidido. "Ésa es la historia de cómo me convertí en Templario. Me convertí en caballero, pero no tenía participación, perspectivas, mecenas ni fortuna. No nací con nobleza y nunca podría haber esperado un buen matrimonio. Desde entonces he prestado juramento a la orden". Se inclinó hacia delante, con los ojos brillantes, y le ofreció la copa a Cristina. "Y ahora, bella dama, mi parte de la apuesta está cumplida. Es hora de contar tu historia". Él arqueó una ceja cuando ella se enderezó. "¿Seguramente no pretendes romper tu palabra?"

Cristina vio el desafío en sus ojos y supo que él anticipaba que ella haría esa misma acción. Ella quería sorprenderlo, a este hombre que pensaba que la entendía tan bien. Ella sonrió y tomó el cáliz, bebiendo profundamente el vino. "Por supuesto que no", dijo, notando su satisfacción incluso cuando comenzó.

Estuvo profundamente tentada de hacer lo que él había hecho y de entregar solo una parte de su verdad. Pero esto, Cristina sabía, era su oportunidad de ganarse la simpatía y el apoyo de Wulfe.

No se atrevió a sacrificar esa oportunidad, incluso si eso significaba confesar más de lo que hubiera preferido. Tenía que dejar ese lugar al día siguiente, lo que significaba que tenía que irse con Wulfe.

～

"ME CASÉ A LOS DOCE VERANOS", confesó Cristina en voz baja. "Y con un hombre muchos años mayor que yo." Le devolvió el cáliz de vino a Wulfe.

"¿Cuántos años?"

Cristina se encogió de hombros. "¿Cuarenta? Era amigo de mi padre y un hombre bondadoso. Aunque temí la unión al principio, nuestro matrimonio fue feliz. No lo sabía en ese momento, pero sus inclinaciones hacia la cama eran modestas y sus deseos fácilmente cumplidos, incluso para alguien tan inocente como yo. Fue bueno conmigo". Ella frunció el ceño. "Tenía una morada modesta, porque era un hijo menor, pero no estaba demasiado lejos de la propiedad de mis padres. Visitábamos a menudo y no me sentía tan sola como mi madre temía".

Cuando guardó silencio, Wulfe le apretó la mano. "¿Pero?" preguntó.

Cristina se enderezó. "Pero había una sombra sobre nuestro matrimonio. Se había casado conmigo porque deseaba un hijo. Su primera esposa había sido estéril, pero él no había sido de los que dejaban un matrimonio a un lado para satisfacer sus propias necesidades. Fue solo después de su muerte, y antes de que ella lo instara a hacer lo mismo, que decidió casarse nuevamente". Se encontró con la mirada de Wulfe. "Dijo que ella me eligió para él."

"¿En efecto?"

"En efecto. Dijo que ella notó que yo era lo suficientemente joven para darle muchos hijos, lo suficientemente inteligente para conversar con él y lo suficientemente bonita como para tentarlo".

"¿Y tomó tal consejo?" Wulfe estaba claramente sorprendido, tal vez de que un hombre no eligiera a su propia compañera de cama.

Cristina sonrió. "No era un hombre decisivo. Era paciente y tolerante, y aunque aprecié estas cualidades en nuestras nupcias, desde entonces me he preguntado si todo podría haber terminado de manera diferente si él hubiera sido resuelto o decidido". Ella tragó. "La sombra sobre nuestro matrimonio era predecible."

"No concebiste un hijo."

"Ni uno. Pronto mi esposo se convenció de que había una causa más profunda".

"¿Que era?"

"Pecado. Ya fuera suyo o mío, no importaba. La única elección que tomó en nuestro tiempo juntos fue que deberíamos ir en peregrinación, para expiar nuestros pecados, y que, dada la magnitud del problema, deberíamos viajar a Jerusalén. Él creía que solo eso me permitiría tener un hijo sano".

"Pero no estás en Jerusalén ni estás casada."

"Y soy mucho más pecadora de lo que era hace nueve años", dijo Cristina con una leve sonrisa, luego se puso seria. No podía mirar a Wulfe, sino que miró sus dedos inquietos. "Había ido a asegurar nuestro pasaje a Ultramar. Yo estaba cansada y tal vez él esperaba que hubiera concebido, porque insistió en que me quedara. Cuando se hizo tarde y no regresó, varios de los que habían viajado con nosotros me ayudaron a buscarlo". Ella se mordió el labio. "Estaba muerto cuando lo encontré. Nunca olvidaré la vista de él, acurrucado en su capa, con la sangre acumulada debajo de él. Se merecía un destino mucho mejor". Ella parpadeó para contener las lágrimas. Quizás luchó contra sus asaltantes. Quizás no entregó su dinero con la suficiente facilidad. Quizás fueron simplemente vengativos. De cualquier manera, lo mataron por siete centavos de plata". No pudo evitar la amargura de su voz.

"Y tú no tenías nada", dijo Wulfe con suavidad.

"Sin dinero, sin marido, sin esperanza". Ella omitió algunos detalles, no queriendo sonar como si culpara a otros por su destino y sus elecciones. "El grupo continuó hacia Jerusalén sin mí y yo me quedé en la basílica para rezar. Pasaron días antes de que me diera cuenta de mi hambre. El sacerdote me regresó a mis sentidos y me envió a un convento". Ella levantó la mirada hacia Wulfe. "No me darían cobijo sin una donación. Pedí limosna en esta ciudad sin corazón, y cuando gané una moneda, compré un bocado de comida. Caminé sin cesar, temerosa de ser molestada si me dormía. Oré. Creí haber visto a mi esposo, a mi padre, a mi madre, en las calles concurridas, y les grité, sin éxito".

Ella frunció el ceño, no le gustaba esa parte de su historia. "No sé cuánto tiempo viví en las calles de Venecia. Sí sé que una mañana, vi desde las sombras cómo un comerciante descargaba un bote cargado de frutas y verduras en la puerta de una casa rodeada de altos muros. Vi a otro traer carne, jamones curados y salchichas, y grandes cortezas de queso a esa misma morada. Otro trajo pavos reales y pollos vivos, otro pescado fresco y otro gran barril de vino. Estaba claro que todos dentro de los muros de esta casa comían bien. No pude apartarme. Salivé cuando olí el pan recién hecho entregado y fue entonces cuando me revelé, incapaz de resistir la tentación".

"Era la puerta de esta casa", supuso Wulfe.

Cristina asintió. "El portal trasero, donde se entregan los alimentos. Costanzia me echó un vistazo y, a pesar de mi asqueroso estado andrajoso, sonrió. Cogió un trozo de pan fresco, untándolo con mantequilla tan cremosa que casi me hizo llorar. Luego me lo ofreció. "¿Cuánto darías por esto?", me preguntó entonces. Olí el pan y solo había una respuesta que podía dar".

"Todo", supuso Wulfe.

"Todo", asintió Cristina, y desvió la cara cuando una sola lágrima cayó. Cómo deseaba que su precio fuera más alto que una corteza de pan fresco. —No tienes que temer, Wulfe, dejar atrás a un niño. Mi vientre no da fruto".

Wulfe dejó el vino a un lado y la alcanzó, enmarcando su rostro entre sus manos. Para su alivio, Cristina vio compasión en sus ojos. "Hiciste lo que era necesario para sobrevivir", murmuró, rozando sus labios una vez con los de ella. "Tal como lo he hecho yo. ¿No te dije que teníamos mucho en común, Cristina?

La besó de nuevo, sin dejarle la oportunidad de responder. Cristina se acercó a su abrazo como si no hubiera otro lugar en el que preferiría estar.

Y realmente no lo había. Cuando profundizó su beso, ella no jugó un juego de cortesana, sino que se abrió a él, dando más de lo que había hecho antes, invitándolo a participar de toda ella.

Solo podía esperar que fuera suficiente para persuadirlo de que él realmente tomara su causa.

JUEVES 23 DE JULIO DE 1187

DÍA DE SAN APOLLINARIS Y DE LOS MÁRTIRES SAN NABOR Y SAN FÉLIX

CAPÍTULO 4

*W*ulfe soñaba con arroyos fríos, perros ladrando y hombres con odio en los ojos.

Se despertó abruptamente y estuvo desorientado momentáneamente. Olió el perfume de Cristina y sintió el lujoso terciopelo bajo sus dedos, pero su sueño reavivó su desconfianza por el lujo y las mujeres. ¿Le había confesado demasiado? ¿Había sido seducido con demasiada facilidad?

¿Por qué le había contado la historia de su juventud? Solo había compartido la historia una vez antes, con resultados notablemente pobres.

¿Había fallado en aprender de sus errores? Esa era la marca de un tonto, y Wulfe nunca había deseado estar en esa compañía.

Más allá del refugio en sombras de la cama con pilares, podía ver el cielo nocturno y el brillo de las estrellas. La música y las risas de la habitación de abajo se habían silenciado y la ciudad dormía en la oscuridad.

Cristina, Wulfe sospechaba, no dormía. Ella estaba quieta, pero no a gusto. Ella fingía estar dormida, que era todo el recordatorio que él necesitaba de que ella podía ser tan indigna de confianza como otras mujeres que había conocido. ¿Quería engañarlo? ¿Por qué permanecía despierta?

Wulfe se obligó a exhalar lenta y constantemente. Podría haber creído que la pesadilla era solo eso, pero era más. La simulación de Cristina lo llevó a darse cuenta de que había sido una advertencia.

Un recordatorio.

Porque Wulfe sabía mejor que la mayoría que nunca se debe confiar en las mujeres. Lo había creído mucho antes de haber jurado su espada a los Templarios, y ciertamente había aprendido poco para desafiar su convicción desde entonces. Esta mujer lo había seducido, tan seducido que casi había olvidado lo que sabía que era verdad.

El sueño le recordó sus propias convicciones.

No sentiría compasión por ella.

No creería que ella era diferente de sus compañeras putas o incluso de otras mujeres. Ella trataba de manipularlo para algún propósito propio. ¿Era verdad la historia que ella le había contado? Se dijo a sí mismo que debía ser escéptico.

¿Qué podía ella desear de él? ¿Que la sacara de esa casa? ¿Que la tomara como su amante? ¿Qué le proporcionara una casa propia, para continuar con su negocio y quedarse con el dinero para ella? Wulfe sabía que tal transición no se ganaría fácilmente. Ayudar a Cristina provocaría la venganza de la casa. Lo perseguirían, como lo habían hecho antes, y bien podría pagar un precio muy alto por su acto.

Se oía de esos que estafaban a los burdeles de Venecia eran perseguidos o asesinados. Por lo menos, les robaban.

Wulfe no se pondría en tal peligro. Después de todo, él tenía la responsabilidad de cumplir con su misión y entregar el tesoro en París.

No importaba lo bien que la encantadora Cristina lanzara su hechizo. No, había pagado por lo que había deseado y la había poseído cuatro veces. No podía pagar más.

Todo entre ellos estaba hecho.

Wulfe deseaba irse de inmediato, pero solo tontos y ladrones frecuentaban las calles de Venecia por la noche. Tenía que quedarse unas horas más, pero fingiría tan bien dormir como ella.

Tan pronto como el cielo se aclarara, Wulfe se iría y no volvería jamás.

~

CRISTINA SOLO DORMÍA cuando estaba encerrada en el ático con las otras mujeres. Podría haber permanecido despierta incluso entonces, disgustando la impotencia de su situación, pero el agotamiento siempre pasaba factura. Era comparativamente seguro en el ático.

No existía una garantía de seguridad similar en la presencia de un cliente. Dormir al lado de un hombre era ser vulnerable, y Cristina no aspiraba a volver a serlo. El tiempo que sus clientes dormían era el tiempo que tenía para sí misma, para pensar, esperar, soñar. Conocía el patrón de muchos techos de esa casa y las marquesinas de muchas camas. Sabía dónde estaba la madera astillada en los pilares o dónde había un hilo atrapado en el tapiz colgante, dónde el yeso necesitaba reparación, dónde las arañas preferían tejer sus telarañas. Ella conocía el sonido de la casa por la noche, después de que los clientes dormían, el crujir de las tablas, el regazo del agua del canal, el suspiro de la casa que se asentaba un poco más en sus cimientos.

Se había acostado junto a hombres que roncaban, hombres que gemían, hombres que confesaban sus secretos y hombres que se agitaban en las garras de sus pesadillas. La habían arrollado, abrazado, agarrado e incluso golpeado. Había sido capturada de nuevo, tanto con ardor como con desesperación. Había consolado a hombres que no podían volver a tomarla y había huido de aquellos que se habían vuelto violentos por sus propios fracasos.

Sin embargo, esa noche, estaba acostada junto a un hombre que no dormía más que ella. Ella y Wulfe estaban boca arriba, a escasos centímetros entre ellos. Esto era novedoso.

Cristina sabía que Wulfe se había quedado dormido después de su último encuentro sexual. Habían comido los bocados que les había proporcionado la casa antes de que él durmiera profundamente. Ella creía que había tenido algún sueño que lo preocupaba, porque se sobresaltó y contuvo el aliento. Pero cuando ella había esperado que él la alcanzara, él fingió quedarse dormido nuevamente.

Podría haber sido que él no se diera cuenta de que ella estaba despierta, pero Cristina lo dudaba. La mayoría de los clientes no tenían ningún problema en despertar a la puta a la que habían pagado. Podría haber sido que Wulfe estaba saciado, pero lo dudaba. Solo pudo concluir que Wulfe desconfiaba de ella.

Y eso fue de lo más curioso, después de la intimidad de su último encuentro.

¿Por qué había cambiado su estado de ánimo?

¿O veía peligro donde no lo había? Porque en verdad, si Wulfe se hubiera vuelto contra ella, no la ayudaría a escapar, y esa posibilidad hizo que las manos de Cristina se apretaran. ¿Era eso simplemente miedo de su parte? Ella pensó que no. Aunque no lo sabía con certeza, tenía la sensación de que él se estaba armando de valor contra ella.

Y eso solo podía significar que él no la ayudaría.

¿Debería apelar a él? ¿O eso solo empeoraría la situación?

Cristina escuchó los suaves ronquidos de los chicos en el otro extremo de la habitación y no tuvo ninguna duda de su estado. Wulfe les había pedido que se turnaran para que al menos uno estuviera despierto, pero estaba claro que no habían podido seguir sus órdenes. ¿Los golpearía? ¿Los castigaría? Dada la forma en que la había complacido, supuso que sería severo pero no los golpearía. Escuchó su respiración, tan pausada y mesurada. Si no hubiera estado a su lado, podría haber creído que estaba durmiendo, pero había una tensión en su cuerpo que no podía ignorar con tanta proximidad.

¿Sabía él que ella estaba despierta? Cristina lo adivinó, porque ya había notado lo observador que era.

Su campeón. La promesa se había hecho en broma, pero aun así Cristina esperaba que pudiera haber una verdad enterrada en ella. Se mordió el labio, consciente de que el tiempo se estaba escapando y esa oportunidad podría perderse.

Aun así, no estaba dentro de ella suplicar.

Incluso por algo tan importante como su libertad.

Quizás debería encontrar dentro de sí misma para suplicar.

Entonces se oyó un crujido fuera de la puerta de la habitación, el susurro de una suela en la madera. Cristina no contuvo el aliento, pero escuchó con más atención. Escuchó el diminuto sonido de una llave girando en la cerradura, un roce de metal contra metal tan silencioso que no lo habría discernido si no lo hubiera esperado.

¿Quién venía a la habitación? No se hacía en esa casa. El placer del cliente nunca se interrumpía.

¿Estaba Wulfe despierto porque había previsto que lo atacarían?

Pero, ¿cómo pasaría un atacante a los guardias de los portales?

Con dinero, por supuesto. Eso no era ningún misterio, al menos.

Hubo un pequeño clic cuando se abrió la cerradura, luego un suspiro cuando la puerta se abrió. Cristina lo sintió más que escucharlo, sintiendo el cambio en el aire. Podía oler la carne asada que se había servido esa noche con más vehemencia, ya que flotaba a través de la puerta abierta. Se mordió el labio, dudando que algún asaltante viniera por ella. Deslizó la mano por la ropa de cama y tocó con la punta de un dedo el dorso de la mano de Wulfe.

Él le devolvió el gesto de inmediato, aceptando su advertencia y concediendo una propia. Entonces supo que estaba despierta, tal como lo había sospechado. Se movió y se dio la vuelta para enfrentarla con un murmullo, como si estuviera profundamente dormido.

Sin embargo, sus ojos brillaron brevemente en la oscuridad. Cristina sintió el cuchillo entre ellos en la cama y supo que él lo había desenvainado o agarrado cuando se movió. Le recordaba a un halcón cazando y sabía que él no se sorprendería, sin importar lo que hiciera el intruso.

Tampoco sería misericordioso.

Por extraño que parezca, ella confiaba en su propia seguridad en su presencia. Cristina creía que la verdadera naturaleza de un hombre se revelaba en la cama, porque era difícil fingir algo cuando estaba desnudo. Wulfe había sido considerado con ella y ella confiaba en él.

Él le dio una mirada dura, luego la presión de su mano contra la de ella aumentó ligeramente. Cristina entendió que le daba una instrucción. Su cuchillo estaba en su mano derecha y yacía sobre su lado izquierdo. La quería libre de su golpe, apostó. Ella emitió un ronroneo somnoliento y rodó sobre su vientre, aplastándose contra la cama. Escuchó satisfacción en la forma en que él exhaló.

Sintió la frialdad de la hoja contra su piel, oculta entre ellos, y entrecerró los ojos hasta convertirlos en simples rendijas. Su corazón latía con fuerza.

Otra tabla del piso crujió, pero sabía que ya no necesitaba advertir a su compañero.

Pareció pasar una eternidad antes de que Cristina viera la silueta del intruso contra la ventana. Había tres ventanas en esta habitación y eran grandes ahí, el tercer piso de la casa, porque había poca amenaza de ladrones a tal altura. Todas arqueadas en elegantes curvas, enmarcando vistas del cielo nocturno. Desde ese ángulo, Cristina ni siquiera podía ver los tejados de la ciudad, solo las estrellas arriba. Por el profundo tono del cielo y el silencio de la ciudad, supo que era muy tarde, pasada la medianoche. Observó la silueta del intruso a través de sus pestañas, asegurándose de respirar profunda y uniformemente.

Llevaba una capa con capucha que ocultaba tanto las características como la forma. Pensó que el intruso podría ser más alto que ella, pero era difícil estar segura desde ese ángulo. La intención era claramente un robo, porque el intruso revisaba rápidamente las pertenencias de Wulfe. Los escuderos se habían llevado las armas y el tabardo del caballero, pero el resto de su atuendo estaba en una mesa baja y ancha entre la cama y la ventana.

Al igual que su bolsa.

¿Qué riquezas podía llevar un Templario? Cristina sabía que el bolso de Wulfe no era ligero, aunque era más ligero de lo que había sido, pero el ladrón no pareció tocarlo. No hubo tintineo de monedas mientras registraban las prendas de Wulfe.

Qué extraño. Era como si el ladrón buscara algo específico, además de dinero, algo que el Templario llevaba consigo.

Wulfe había confesado estar en una misión. ¿Llevaba alguna pieza o tesoro? ¿Le habían confiado un mensaje valioso o secreto?

Ella esperaba que los muchachos no fueran heridos por ese intruso, en algún esfuerzo por obligarlos a confesar los secretos de Wulfe.

Su corazón se detuvo cuando el intruso se giró para mirar la cama. Podía ver las manos del ladrón y no podía ver que ningún artículo había sido reclamado de las pertenencias de Wulfe. ¿Sabía esta persona que ella estaba despierta? ¿Había algo más que un robo en el plan? La silueta en sombras se acercó más, y Cristina cerró los ojos con fuerza, para que no se revelara su vigilia. Era horrible no poder ver lo que sucedía, pero estaba aterrorizada. ¿Seguramente el ladrón escucharía el trueno de su corazón?

Cristina sintió una ráfaga de aire y se atrevió a mirar a través de sus pestañas de nuevo.

No había sombra ante ella. ¿A dónde se había ido el intruso? Se esforzó por escuchar el sonido de la respiración del ladrón, tuvo tiempo de temer que los muchachos estuvieran en peligro, luego Wulfe se movió a la velocidad del rayo.

El caballero rodó fuera de la cama con un gesto fluido y cortó su espada en la cortina en el lado trasero de la cama. Cristina vio el destello de una segunda hoja de cuchillo y se dio cuenta de que el intruso había intentado apuñalar a Wulfe. Las cortinas se cortaron para que ella viera la sombra del intruso de nuevo, luego Wulfe saltó hacia su atacante.

Hubo un gruñido, luego algo de peso se estrelló contra la pared. Siguió una pelea. Los muchachos gritaron y Cristina los oyó ponerse de pie. Se deslizó fuera de la cama en busca de una linterna, no quería que ninguno de ellos confundiera a un aliado con un enemigo.

Para cuando golpeó la piedra y encendió la linterna, la pareja en lucha estaba junto a la ventana. Wulfe luchó con el ladrón y parecía que estaban igualados. Wulfe no llevaba nada en absoluto, mientras que el ladrón estaba envuelto en negro.

De repente, el ladrón golpeó a Wulfe en la cara con una mano enguantada, la capa completa había disfrazado el golpe. Wulfe se tambaleó hacia atrás y dejó caer su espada. Su atacante se abalanzó sobre él, pero Cristina vio que había sido un engaño: Wulfe hizo tropezar a su oponente y el ladrón cayó con fuerza al suelo. El caballero agarró al ladrón por detrás, cerró un brazo alrededor de la garganta de ese individuo y alcanzó su capucha. Cristina vio el destello de dientes en la sombra enmarcada por la capucha, luego el ladrón mordió el brazo de Wulfe con fuerza. El ladrón giró y le clavó un codazo en las costillas del caballero, levantando un talón en el mismo momento. Wulfe palideció y su agarre debió aflojarse, porque el ladrón se soltó. Los muchachos gritaron y se dispusieron a atacar, pero el ladrón le arrebató la linterna de aceite de las manos a Cristina y se la arrojó a los muchachos.

"¡No!" gritó, pero ya era demasiado tarde. Aunque los muchachos se agacharon, el depósito de vidrio se rompió contra la pared y el aceite corrió por las cortinas. Las llamas saltaron en persecución hambrienta. El muchacho más pequeño trató de apagar las llamas, pero su ropa también se incendió. Algo del aceite debe haber caído de la lámpara en el aire a su vestimenta.

Cristina agarró la capa de Wulfe y corrió hacia el escudero. Ella lo envolvió en la prenda y Wulfe ayudó a rodarlo por el suelo hasta que las llamas se extinguieron.

"¡Debemos irnos!" Dijo Wulfe, alcanzando sus botas.

Miró hacia atrás y vio que el intruso acechaba en las sombras.

Ese ladrón no había huido de la habitación, como ella esperaba. ¿Por qué?

Ella gritó y señaló, y Wulfe la persiguió. Entonces, el ladrón cruzó rápidamente la habitación; Wulfe rápidamente detrás. Siempre quedaba un trío de linternas encendidas en el pasillo, para comodidad de los invitados que partían durante la noche. El ladrón agarró la más cercana y se lo arrojó al caballero.

Wulfe saltó fuera de su camino y la linterna aterrizó en medio de la gran cama, derramando aceite sobre las sábanas. La cama con pilares se incendio rápidamente. Cristina escuchó las pisadas del atacante que huía.

Wulfe maldijo con un vigor que podría haber hecho parpadear a Cristina en otras circunstancias. Tal como estaban las cosas, quería agregar algunas malas palabras propias. Él se vistió apresuradamente, poniéndose la camisola, las calzas y el tabardo, y se puso las botas mientras el muchacho más alto se abrochaba la vaina a la cintura. Cristina también se puso la falda y los zapatos y se metió las medias en el cinturón. Ella miró fijamente el cinturón enjoyado, luego se lo puso también, recordando cómo había visto a mujeres ser golpeadas por atreverse a quitárselo.

Un día lo dejaría a un lado así como todo lo que representaba, pero todavía no.

"No dejen nada atrás", les ordenó Wulfe a los muchachos. "No volveremos. ¡Rápido ahora! "Los muchachos se apresuraron a recoger sus prendas y posesiones restantes, incluso cuando el fuego se extendía. Wulfe los vio a todos salir de la habitación y luego cerró la puerta. "No detendrá las llamas por mucho tiempo", dijo con gravedad. "Debes despertar a los demás", le dijo, luego corrió hacia la cima de las escaleras.

"¡Yo quiero ir contigo!" Cristina gritó.

Pero Wulfe se detuvo en el borde de la escalera para mirar hacia atrás y luego negó con la cabeza. "No puede ser así", dijo, y puede que hubiera pesar en su tono. "Que te vaya bien, Cristina", añadió, luego se giró para saltar escaleras abajo, su capa flameando detrás de él.

Estaba claro que tenía la intención de abandonarla y perseguir al ladrón. Subió las escaleras de dos o tres a la vez, sacando a los muchachos de la casa delante de él.

Cristina no sería abandonada ahí, no ahora.

"¡Fuego!" gritó mientras corría tras el caballero y sus escuderos, igualando su paso en las escaleras. "¡La casa se quema!" gritó en el dialecto local, haciendo tanto ruido como pudo. Para cuando llegó al segundo piso, Wulfe ya estaba desapareciendo por las escaleras en el otro extremo de la casa. Cristina maldijo entre dientes y corrió más rápido.

Llegó a la planta baja y pudo ver que Wulfe había salido a la calle, enmarcada por la puerta abierto mientras miraba a la izquierda y a la derecha. Los muchachos estaban con él. Ella corrió hacia la puerta, pero el portero se movió para cerrar la puerta de nuevo.

"¡Fuego!" Cristina gritó, agarrando su carnosa mano.

"No puedes irte."

"Ha pagado toda la noche. Simplemente cumplo con el trato que hice".

"No es común..."

"Tampoco es común tener un cliente que paga tan bien", espetó Cristina. "¿No sería prudente asegurar su regreso?"

Los ojos del portero se entrecerraron. Preguntémosle a la signora qué dice.

—Sí —asintió Cristina, al ver que la oportunidad se escapaba. Escuchó el caos estallar sobre ella y los gritos de Costanzia y supo que una vez que llegara esa mujer, no habría posibilidad de pasar por esa puerta. "Preguntémosle qué dice acerca de que admitiste a ese ladrón en la casa."

"¿Qué ladrón?" —preguntó el portero, pero Cristina vio que él lo sabía.

"El que intentó apuñalar a mi cliente. El que prendió fuego a la casa. ¿Cuánto te pagó? ¿Lo suficiente para saciar también a la signora? Cristina bajó la voz. "¿Suficiente para reparar el daño causado por este incendio? Quizás ella te lo quite de tu salario".

"¡No le dirías!"

"Confía en eso: lo haría". Cristina sonrió con determinación. "A menos que me dejes pasar."

Sus miradas se sostuvieron durante un largo momento.

"Dile que te engañé", invitó Cristina.

El portero entrecerró los ojos por un momento, luego levantó una mano como si fuera a llamar a Costanzia. Pero Cristina agarró la pesada puerta de madera y la abrió. Ella se agachó bajo su brazo y corrió hacia la noche, sabiendo que estaba condenada a menos que encontrara un defensor en esa ciudad impía.

"¡Regresarás!" rugió él tras ella. "¡Y pagarás!"

Pero Cristina había sido condenada antes, tal como la habían amenazado. Ella había anhelado la oportunidad de cambiar sus circunstancias. Ahora que había llegado, con la improbable apariencia de un caballero Templario, no se quedaría atrás.

No importaba el precio.

¡Se fue!

Wulfe giró en la pequeña plaza donde había vislumbrado por última vez a su agresor. Todavía podía sentir el toque frío de esa hoja contra su espalda, una señal segura de que había esperado demasiado tiempo para responder a la amenaza.

Ese error podría haberle costado caro.

La seducción fue la raíz.

La seducción Cristina. Podría haber pagado caro el placer que ella le había concedido, y con algo más que dinero.

Wulfe miraba fijamente los callejones oscuros del otro lado de la plaza, sin saber cuál había elegido el desgraciado. Había demasiadas sombras en esa ciudad maldita, incluso el espacio detrás del pozo en el medio de la plaza parecía siniestro. Cerró los ojos, escuchó y escuchó el leve sonido de botas sobre la piedra.

¡Allí! Wulfe cruzó la plaza a toda prisa, los muchachos pisándole los talones. Llegó al otro lado, donde dos callejones serpenteaban torcidos hacia la oscuridad justo cuando sonaban las campanas de la iglesia que daba a esa plaza, repicando la hora.

Para su consternación, sólo podía oír las campanas, sus repiquetes resonantes oscureciendo todos los demás sonidos.

Wulfe exhaló. Aunque el cielo aún estaba oscuro, era hora de los rezos.

El sol saldría pronto, pero no lo bastante pronto para detectar a su presa.

Para cuando cesaron las campanas, no había más sonido que su propia respiración.

El perro se había escapado.

Wulfe giró, molesto y se golpeó la palma con los guantes. Estaba furioso por su propio fracaso. No había sido lo suficientemente rápido. No había querido herir al atacante más allá de cualquier capacidad para confesar su intención, y ciertamente no había visto ningún sentido en matar al atacante. Wulfe estaba frustrado porque quería saber la identidad del ladrón y su plan.

Solo en las calles de Venecia, pero por los muchachos, se arrepintió de su propia misericordia.

¿Y qué quería el ladrón de él? No era su dinero. Ni sus armas. ¿La misiva que Gastón llevaba para el Maestro del Temple de París, la que oficialmente llevaba Wulfe? ¿El tesoro, confiado en secreto a Fergus? Wulfe recordó cómo Hamish, el escudero de Fergus, había resultado herido en el barco y se preguntó si el muchacho realmente había sido empujado.

Aunque no tenía posesión del tesoro, Wulfe todavía era responsable de su entrega. Tendría que verificar que Fergus todavía lo llevaba.

¿Por qué se había demorado el ladrón?

Para ver qué salvaría Wulfe cuando la habitación se incendiara, por supuesto.

En este momento, debía elegir un callejón u otro y esperar haber elegido bien. ¿Cómo iba a reconocer al ladrón? No había vislumbrado más que una capa oscura, y solo tenía una idea aproximada del tamaño del atacante. No había herido al ladrón lo suficiente como para que la herida fuera prueba de su acto. De hecho, no estaba del todo seguro de que hubiera sido un hombre quien lo había atacado en la oscuridad.

¿Y si hubiera sido una mujer? ¿Y si hubiera sido una mujer empleada en la casa de Costanzia? ¿Era por eso que Cristina había estado despierta? ¿Porque había anticipado el asalto o lo sabía de antemano? Era bastante común que los clientes fueran asaltados e incluso asesinados en burdeles, y los muchachos, su fuente habitual de seguridad, habían estado durmiendo. No pudo reprimir la sensación de que había sobrevivido solo por suerte.

Incluso mientras discutía su curso, la gente de esa ciudad miserable se levantaba de su sueño. Podía escuchar un bullicio por todos lados mientras se avivaban los fuegos y comenzaban el día.

Wulfe apretó los dientes con molestia. Sabía en Tierra Santa que alguien perseguía a su grupo, e incluso Gastón había estado de acuerdo. Gastón estaba seguro de que nadie podría haberlos perseguido por los mares, porque habían tomado el último barco de Acre.

Pero su grupo había sido seguido a través del Adriático. Gastón se había equivocado de nuevo, pero Wulfe era quien casi había pagado el precio. Caminó por el callejón de la derecha, su humor casi tan amargo como cuando había ido al burdel.

Buen dinero que había gastado sin buenos resultados. El temperamento de Wulfe hervía de nuevo. Temía que la única forma en que un ladrón podría haberlos perseguido desde Acre era haber tomado un pasaje en el mismo barco.

¿Viajaba el ladrón en su propio grupo? Era una perspectiva espantosa.

¡Wulfe! ¡Espera!" una mujer gritó detrás de él.

Se volvió y descubrió que la seductora Cristina lo había seguido. A pesar de que había saboreado sus productos a fondo, su cuerpo seguía respondiendo a la vista de ella.

Claramente, no se había saciado.

Quizás fue el regreso de su enfado lo que alimentaba su deseo otra vez.

O el hechizo de la dama.

De cualquier manera, incluso sabiendo que él debería hacer eso, Wulfe no podía darle la espalda dos veces en poco tiempo. Se puso de pie, como un hombre golpeado contra una piedra, y la vio correr hacia él. Caramba, pero la mujer era una belleza. Él recordó la forma en que su voz se había roto con la confesión de lo que había hecho para sobrevivir y volvió a sentir la necesidad de ayudarla. Estaba atrapado con tanta seguridad como un conejo en una trampa y no le gustaba en lo más mínimo darse cuenta.

De hecho, ese era un recordatorio tan bueno de su sueño y sus propias convicciones tanto como necesitaba. Las mujeres engañaban. Las mujeres engañaban a los hombres y los usaban para sus propios fines, sin preocuparse por el destino de sus víctimas. Y Wulfe sabía bastante bien que Cristina lo había encantado. Ella estaba a sólo media docena de pasos de distancia, cuando él recuperó el control de sus rebeldes deseos. Giró sobre sus talones y comenzó a caminar tras el ladrón.

Quien seguramente se había ido hace mucho tiempo.

¿Fue por eso que ella lo llamaba, para que se detuviera? ¿Para asegurarse de que el ladrón escapara por completo?

"¡Wulfe!" Cristina volvió a llorar. "¡Espera!"

Él siguió caminando.

Sin duda, ella quería su ayuda.

Sin duda, algunos bárbaros empleados por su amante se quedaron atrás rápidamente. Había visto a un par en las puertas cuando había entrado a la casa y no dudaba de que hubiera más.

"¡Wulfe!"

Entonces se giró para mirarla, decidido a ver el final de ese asunto, su propia inclinación a ayudarla en lo contrario. "¿Qué haces?" preguntó él, asegurándose de que su tono fuera duro. "Nuestro trato terminó, madame, y será mejor que regrese a la casa".

Cristina no vaciló, sino que levantó la barbilla con una determinación que él encontró admirable. "Pagaste por la noche", dijo. "Y aún no ha amanecido."

Una contraventana se abrió sobre ellos, el diminuto crujido y la respiración entrecortada revelaron que su conversación tenía audiencia.

"Ya me harté", insistió Wulfe.

"Sin embargo, no ha tenido lo que pagó por poseer." Los labios de Cristina tenían una expresión obstinada y sus ojos brillaban con resolución. Ella aflojó el escote de su vestido, sosteniendo su mirada todo el tiempo. La piel de la mujer era tan cremosa como recordaba y él conocía su suavidad. Él estaba seguro de que ella lo vio tragar antes de que él desviara la mirada. "¿No desea completar nuestro negocio?" preguntó ella con una voz sensual y se acercó. Él podía oler su perfume. Podía recordar la sensación de ella bajo su mano. Podía saborear el dulce ardor de su beso, y la combinación era suficiente para hacerle olvidar al ladrón.

Casi.

Él encontró su mirada, sabiendo que la suya era helada. "¿Te imaginas que deseo ser perseguido y masacrado por tu matrona por robar un tesoro de su casa?"

Los observadores de arriba se susurraban unos a otros y se asomaban por la ventana para escuchar mejor ese detalle lascivo.

Cristina se burló. "¿Cómo puedes estar robando lo que has comprado?" Ella se desabrochó la camisola lentamente, una sirena decidida a reclamarlo por completo. Ella sonreía, sensual y tentadora. "Solo me aseguro de que tengas lo que te mereces."

Wulfe respiró hondo y luego acortó la distancia entre ellos. Él tomó su muñeca en su mano, necesitando detenerla antes de que ella se expusiera completamente. Stephen y Simón retrocedieron y miraron con ojos redondos. "Tal vez te aseguras de que el ladrón se escape", acusó y su indignación fue clara.

"¡Te lo advertí!" ella le recordó, sus ojos brillando como el fuego.

"Cuando era demasiado tarde para salvarme."

Cristina enfurecida era incluso más seductora que Cristina empeñada en la seducción, porque en eso, espiaba a la mujer real. "¿Cómo te atreves a sugerir eso?", exigió, su voz era baja. "Creí que eras un hombre de honor, alguien que me ayudaría..."

"No puedes venir conmigo", dijo Wulfe, interrumpiéndola con fuerza silenciosa antes de que ella lo convenciera de ignorar lo que sabía que era cierto. "Tú lo sabes, no hay futuro después del amanecer, y yo debo terminar las cosas ahora".

"No me quedaré atrás." Cristina arqueó una ceja cuando podría haber discutido. "No estaría bien."

"Tampoco sería correcto que me ganara la ira de tu matrona."

Ella hizo una mueca. "No volveré allí, y no me importa lo que deba hacer para asegurarme de eso." Su mirada se cruzó con la de él. "Di tu precio."

Wulfe miró a izquierda y derecha, atraído más de lo que sabía que era prudente. "Deberías volver a la casa. Un techo y comidas regulares, como decíamos. Allí te defenderán... "

"No otra vez", dijo, su tono duro. "Ese precio es demasiado alto."

Él se sintió exasperado, atrapado entre su deseo de hacer lo correcto y la conciencia de su propia vulnerabilidad. Nunca era bueno estar esclavizado por otro, lo que solo significaba que él entendía su desesperación. "¿Y qué voy a hacer contigo?" preguntó él en un susurro que hizo que las dos gallinas viejas se asomaran más por la ventana, para que no se perdieran ni una palabra.

Cristina sonrió. "Cualquier cosa que desees", ronroneó y deslizó la yema del dedo por su brazo.

Ella jugaba de nuevo a la cortesana, usando sus artes contra él, pero esta vez, Wulfe no pudo detener su reacción. Su cuerpo respondió a su toque como si ella se lo ordenara. "¡No! Soy un Templario, un caballero jurado de castidad..."

"Ese voto te parece algo esquivo."

"Eso puede parecer, pero no puedo tomar una compañera, ni una sirvienta, y mucho menos una esposa. ¡No puedes viajar conmigo! Es demasiado público".

Cristina inclinó la cabeza para mirarlo. "Pero seguramente, ¿es tu juramento defender a los peregrinos? Yo era una peregrina... "

"Pero ya no."

"¿Quién puede decir eso? Podría volver a casa y embarcarme en un viaje tan peligroso requiere un defensor". Su mirada se oscureció. "Si no un campeón". Ella le dio peso a esa última palabra y él se sintió un canalla por haberla pronunciado.

Wulfe exhaló de nuevo, pasando una mano por su cabello. Sintió una punzada de envidia porque esto era algo que no tenía en común con Cristina: ella tenía un hogar al que podría regresar, mientras que él no. Podía entender bastante bien su deseo de ir allí, pero no cómo lo manejaría.

"Pero se me concedió una misión, concedida por mi superior..."

"¿Para probar los burdeles de Venecia?" preguntó ella con tanta malicia que sintió la parte de atrás de su cuello calentarse.

"Para entregar una misiva a París", espetó. "Y una vez cumplido, vuelvo al este..."

"¿París?" Cristina lo interrumpió con satisfacción. "Ese destino me vendrá bien. Está lo suficientemente cerca de casa y lo suficientemente lejos de aquí para tener un buen comienzo".

Wulfe extendió una mano. "¡Pero no puedes viajar conmigo!"

"¿Por qué no? ¿Porque no querrías que otros se dieran cuenta de cómo haces alarde de tus votos?

"Porque no es apropiado", resopló, esa razón sonaba a una mentira incluso para sus propios oídos. "Porque no tienes dinero para pagar tu camino."

"Pagaré en especie", insistió ella y pasó la mano por su brazo de nuevo. Las mujeres de arriba se rieron. "De aquí a París, señor, me ofreceré a usted tantas veces como desee".

Wulfe sabía que no debería sentirse tentado, pero lo estaba.

"Imposible", dijo él, pero escuchó la falta de convicción en su voz. Él estaba mirando sus labios, tan suaves y carnosos, tan cerca, y sabía muy bien lo deliciosos que eran sus besos.

Cristina comprendió claramente la guerra dentro de él, porque usó su toque para inclinar la balanza a su favor. La presión de sus labios contra su garganta hizo que el placer lo recorriera, y Wulfe se encontró cerrando los ojos contra su propia voluntad. "Haré que valga la pena su tiempo, señor", susurró antes de tocar sus labios con los de él.

Wulfe debería haber protestado, pero estaba perdido, esclavo del seductor beso de esta cortesana.

Y eso era realmente preocupante.

CRISTINA SABÍA que Wulfe no estaba convencido de los méritos de su plan, pero al no tener otra opción, estaba decidida a hacerlo realidad. Desde París, podía encontrar el camino a casa con bastante facilidad. El desafío era escapar de Venecia, porque Costanzia pagaría a cualquier portero para que devolviera a las mujeres que consideraba de su propiedad. Cristina necesitaba un hombre que no tuviera miedo de pelear, al menos hasta que estuvieran una buena semana lejos de ese lugar. También necesitaba un disfraz, y pensó que viajar con un Caballero Templario le ofrecería uno bueno.

Wulfe se apartó, rompiendo a la fuerza su beso, y Cristina supo que esta sería su última oportunidad de asegurar su deseo. Si él la dejaba ahora, nunca lo volvería a encontrar.

Costanzia, sin embargo, lo haría.

Si no podía convencerlo con su toque, se mostraría útil para él de otras maneras. Sí, había dicho que prefería hablar con ella antes que saborear las habilidades de la cortesana. Demasiado tarde, se dio cuenta de que no conseguiría su completo acuerdo con su caricia.

Tenía que cambiar de táctica.

Antes de que Wulfe pudiera protestar de nuevo, Cristina le tapó la boca con las yemas de los dedos y miró hacia arriba a las mujeres que escuchaban con tanta avidez. Ella puso su mano en su codo, lo giró en la dirección en la que él había estado caminando y siguieron juntos por el callejón. Había ropa lavada colgando sobre ellos.

"Rápido ahora," dijo ella en voz baja. "Antes de que los cubos de desperdicios sean vaciados sobre nosotros." Ella habló en alemán, y escogió un dialecto norteño a propósito. Ella había reconocido ese acento en la voz de él y esperaba establecer un vínculo más fuerte entre ellos.

Él sonrió ante su comentario, entonces se dio cuenta de que ella había cambiado de idioma. "Yo tenía razón", murmuró él. "El veneciano no es tu lengua materna."

"¿Y yo tuve razón al adivinar la tuya?"

"Más razón de la que yo hubiera preferido. No puedes venir conmigo"

"No hacemos más que caminar juntos. No hay nada malo en eso."

Él dio una mirada en su dirección y ella dudó de que él fuera engañado. "No cambiarás mi forma de pensar. No puede pasar."

Cristina cambió el tema, tratando de mostrarse a sí misma útil. "Ese ladrón vino en busca de un objeto específico. El registró tus pertenencias y solo tús pertenencias, y luego trató de matarte. ¿Qué tipo de encargo llevas a París?"

Wulfe resopló. "No necesitas saberlo."

"Pero ya se algo, y si sé más, tal vez pueda ayudarte más. Hay mucho de esta ciudad que yo aprendido."

Él la miró, intrigado en contra de su voluntad. "¿Como qué?"

"Como donde se escondería un ladrón. ¿Es este de Venecia? ¿O fuiste seguido?"

Wulfe entrecerró los ojos. "Quizás el ladrón vino de dentro de la casa de Costanzia. Quizás tú sabías de eso."

Cristina sacudió su cabeza. "te avisé cuando oí los pasos en el piso. Si yo hubiera sido cómplice, eso habría asegurado una derrota."

"Por lo que quizás quisieras dejar la casa."

"Piensas que es un riesgo confiar en mí", insistió Cristina. "Pero pienso que es tonto no hacerlo. ¿Quién más estaba contigo? ¿Dónde estaban los muchachos? ¿Han hecho adquisiciones para ti? ¿Compraron comida? ¿Ha sido reparada tu armadura y afiladas tu espadas? ¿Dónde has dormido cuando no estabas en un burdel? ¿En qué establo está tú caballo? Hay cientos de lugares donde detalles de ti y de tus hábitos pudieron ser compartidos, y serás vulnerable en cada uno de ellos." Ella sabía que tenía la atención de Wulfe. "No hay muchos Templarios en Venecia con cabello dorado y ojos plateados."

Ella sintió su cuerpo tensarse y supo que él no se había considerado a sí mismo tan fácilmente identificable. Él la analizó, sus ojos de un tono tan glacial que a ella le hicieron pensar en el depredador del que él llevaba el nombre.

Él arqueó una ceja. "¿Mientras que un Templario con una hermosa ramera de su brazo será menos notado?"

Cristina sonrió. Ella no podía detenerse. Era cierto que tenerla a ella de compañía lo haría más remarcado. Ella se acercó y bajó su voz a un susurro. "Que es por lo que sugiero que permanezcamos ocultos hasta tú partida, será mejor para mí para compensar tu ayuda. Pienso que hay pocos que te verán en tu cama."

Ella no podía leer sus pensamientos, lo que pudo haberla molestado más si no hubiera sentido el suspiro en el corazón de él.

"Debemos partir este mismo día", dijo él con hastío. "No habrá tiempo…"

"Siempre hay tiempo", lo interrumpió Cristina, apresurando sus pasos. "Pero será mejor que nos ocultemos pronto. Si cabalgas fuera de aquí hoy, será mejor que sea después del ocaso, y el cielo empieza a aclarar ya…"

"Pretendes distraerme de cazar al ladrón."

"Tú ya habías perdido el rastro cuando yo te alcancé."

Wulfe caminaba al lado de ella, los muchachos los seguían, y parecía de momento inseguro de que decir." ¿Siempre eres tan terca?" preguntó él finalmente.

"Solo cuando es un asunto de tanta importancia", respondió ella, dudando que hubiera mucho que perder con la honestidad. "Aunque se podría decir que en este asunto, los dos estamos igualmente decididos."

Wulfe tocaba sus labios, evidentemente decidiendo, y ella supo que no tendría que esperar mucho. "¿Te golpearán?" preguntó él, y ella asintió sin necesidad de mentir.

"Por supuesto."

Lo labios de él se tensaron y ella supo que su decisión estaba tomada. Él giró por una calle y caminó con gran determinación. Su camino no era en dirección de la casa de Costanzia, y Cristina se atrevió a tener esperanza.

"Puedes quedarte conmigo hasta el ocaso." Cedió Wulfe "Pero solo porque no hay lugar para que te refugies tan temprano".

Cristina estaba emocionada de que él hiciera cualquier concesión con ella, y ella estaba determinada a hacer que él no se arrepintiera de eso.

ulfe era un tonto y lo sabía.

Sabía que tenía poco que ofrecer a Cristina y eso era, en el mejor de los casos, una tregua. Aun así, ¿qué clase de hombre la enviaría a ser golpeada y abusada? No podía soportar la idea. Tenía que haber otra solución. Caminó rápidamente de regreso a la casa alquilada, sin querer darle otra oportunidad de ganarse su simpatía. Quizás Cristina podría quedarse en la casa, después de su partida. Quizás allí le darían trabajo en las cocinas. Quizás podría encontrar otra solución que la liberara del burdel.

Era una locura que se interesara tanto, pero no podía hacer nada más. Temía no estar pronto libre de Cristina.

Una parte de él no quería estarlo.

¿Se atrevía a creer que ella no sabía nada del asalto? Si lo hacía, entonces o la dueña del burdel estaba implicada, o el ladrón había seguido a Wulfc hasta ese lugar y esperado su momento. De repente, pareció fundamental volver a la casa alquilada.

Wulfe dobló calle abajo, llevando a Cristina a la puerta de la casa, solo para descubrir que la entrada estaba cerrada para él.

Golpeó las puertas de madera de la casa alquilada con el puño, sabiendo que tenía sentido que su pequeño grupo se hubiera asegurado así, pero no le gustaba la indignidad de tener que exigir que le abrieran.

Era muy consciente de la curiosidad y la sorpresa mezcladas en la mirada de Cristina.

También era consciente de que Venecia estaba demasiado ensombrecida y silenciosa detrás de él.

"¡Exijo que me dejen entrar!" gritó y golpeó aún más. Para su alivio, la puerta se abrió, aunque no tan rápido como hubiera esperado. La puerta se abrió tan abruptamente que casi tropezó en el patio. Hizo pasar a Cristina y a los muchachos al lugar y Bartolomé aseguró las puertas detrás de ellos. Estaba claro que los demás lo habían oído antes, porque Gastón estaba junto al pozo, esperándolo.

La desaprobación de ese caballero era clara, pero Wulfe tampoco estaba tan encantado de su compañero caballero esa mañana. Después de todo, él había sido atacado por la confianza equivocada de Gastón en que no los habían perseguido, y mucho menos por su elección del puerto más distante.

Wulfe aún no estaba dispuesto a admitir que era bueno que no hubiera llevado él la misiva, dados los acontecimientos de la noche.

Gastón arqueó una ceja oscura, invitando bastante a una confesión. Era esta actitud de Gastón lo que molestaba a Wulfe más allá de todo, esa tranquila convicción que parecía medir a Wulfe y encontrarlo constantemente equivocado. Sí, era apasionado, y sí, era testarudo, y sí, era un bastardo. Era muy consciente de sus defectos cuando Gastón le dirigía esa mirada.

"Estamos en peligro y debemos salir de inmediato", declaró. "¡Me han atacado!"

Gastón, lo maldijo, se apoyó contra el pilar que sostenía el techo del establo, luciendo poco dispuesto a ir a ningún lado pronto. ¡Pero se suponía que Wulfe era el líder de esa misión! Gastón podía al menos hacer una demostración de prestar atención a sus palabras para preservar la ilusión.

"¡Saldremos esta mañana!" Rugió Wulfe. "Si no en este mismo momento".

El otro ex templario, Fergus, apareció en la puerta de la sala común. Bostezó y se pasó la mano por el pelo antes de hablar. "Qué alboroto haces tan temprano en el día." Su hombre de armas, Duncan, estaba detrás de él, frotándose la barbilla mientras observaba abiertamente a Cristina.

Sí, todos miraban a Cristina. Wulfe miró a su compañera y sintió una desagradable punzada de deseo. Su cabello aún estaba suelto y brillaba. Ignoraba a los hombres que la miraban fijamente en lo que tenía que ser una elección deliberada, y una con la intención de alimentar su curiosidad.

De hecho, aprovechó la oportunidad para arreglar su atuendo. Podría haber estado tranquila en su habitación, ya que ataba los lados de su kirtle con cuidado. La cortesana había vuelto. La forma lánguida en que se movía, la forma en que se echaba el pelo por encima del hombro, la sonrisa secreta en sus labios, todo combinado para hacer que su ocupación fuera muy clara para todos. Su kirtle parecía extraordinariamente rico en las sombras, y ese misterioso fajín brillaba como si fuera más valioso de lo que Wulfe sabía que tenía que ser.

Los ojos de Duncan brillaban con interés, y Wulfe se preguntó si acudiría a otro hombre de ese grupo para defenderla, cuando él se negara a ayudarla.

Ese pensamiento no hizo nada para disipar su temperamento.

Se giró para mirar a los demás. "Aún es de noche y fui atacado mientras estaba en la cama", espetó. "Es suficiente para cansarme de esta ciudad. Ordeno nuestra partida inmediata".

Fergus negó con la cabeza con exasperante desafío. "Hamish necesita descansar más antes de montar", dijo, refiriéndose a su escudero lesionado. "Así dijo el boticario y así será." Saludó con amabilidad a Everard y Joscelin que lo habían seguido desde la sala común. Más allá había unas escaleras que conducían a las cámaras superiores, y Wulfe sólo pudo concluir que sus golpes los habían despertado. "Yo no respondería ante su madre por la salud del muchacho." Los hombres rieron a la vez, pero Wulfe se enfureció.

Esto no fue una broma. En verdad, estaba cansado de esa actitud de que podían demorarse en ese viaje, como si visitaran sitios de interés a su antojo. Él completaría la misión a toda prisa y regresaría para ayudar a sus hermanos en Ultramar.

¿Por qué ninguna otra alma del grupo compartía su sentido de urgencia?

"No me retrasaré por un escudero, y mucho menos por uno tan tonto que se cae en la bodega del barco sin supervisión", dijo, con furia en sus palabras. Esperaba que Cristina llegara a la conclusión de que él no tenía compasión.

"Me empujaron", declaró Hamish desde las sombras del establo.

"Te tropezaste", se burló Kerr.

Fergus negó con la cabeza, ignorando la disputa entre sus dos escuderos. "Importa poco cómo se infligió la lesión. Me quedaré en Venecia dos días más".

"Este grupo debe permanecer unido", insistió Wulfe. "¡Y yo estoy al mando! Yo digo que nos vayamos este mismo día. No es seguro para nosotros demorarnos".

"¿Porque fuiste atacado por esta mujer?" Preguntó Duncan, su tono era jovial. "Apuesto a que pocos hombres se resentirían por ese asalto." Fergus se rió entre dientes con él. Wulfe pensó en infligir daño al escocés, pero Gastón finalmente se levantó para hablar.

"¿Qué ha sucedido?" preguntó ese caballero, su tono era templado. "Fue anoche mismo que te alegraste de tener una noche lejos de todos nosotros." Gastón miró intencionadamente a Cristina, quien los ignoraba tanto a él como a Duncan.

"Seguramente deseas permanecer en Venecia y entretener a tu invitada", bromeó Fergus.

Wulfe lo fulminó con la mirada. "Ella no es mi invitada. Ella es una puta... "

"Cortesana", interrumpió Cristina secamente. "Y mi nombre es Cristina, como te dije."

Fergus inclinó la cabeza y podría haberle hablado, pero Wulfe interrumpió antes de que pudiera. Quizás si hablaba con dureza,

Cristina se desanimaría de su mérito como protector. "Su nombre no tiene importancia. Su oficio se puede llamar como quieran llamarlo. No importa cuán dulce sea la elección de la palabra, es lo que es".

Era consciente de la desaprobación de Cristina y se dijo que le agradaba eso. La verdad era que se sentía un canalla, pero tenía poco sentido fingir que las cosas podían ser distintas a lo que eran. Él continuó. "Le he pagado en su totalidad, pero ella me sigue..."

"Se declaró a sí mismo mi campeón anoche", dijo Cristina, con un tono dulce y autoritario. A Wulfe no le sorprendió la facilidad con que ella convocaba su deseo de ayudarla. Realmente estaba encantado.

Todos los hombres se volvieron para mirarla, incluso Wulfe, que hubiera preferido hacer otra cosa. Cristina sonrió con confianza en su propio encanto, y él sabía que todos los hombres en el patio habrían jurado por su causa.

"Y de hecho, le debo mi vida a este caballero", continuó. Ella le lanzó una mirada lo suficientemente fuerte como para hacerlo estremecer, aunque su tono permaneció dulce. "Por supuesto, debo seguirlo para que la deuda se pague en especie."

"¿Darías tu vida por él?" Preguntó Kerr, claramente incrédulo. Los demás rieron, aunque Wulfe se enfureció por la impertinencia del muchacho.

Y era el fracaso de cualquier caballero corregir esa actitud. Un alma había ennegrecido el ojo de Kerr en el barco, y Wulfe pensaba que el muchacho debería haber aprendido algo de la experiencia.

"No debes dejarte engañar por las apariencias", reprendió Cristina al escudero. "Ni juzgar a un hombre por tu primera impresión de él." Sus ojos brillaron mientras sonreía a Wulfe y el corazón de Wulfe tronó. "El león con una espina en la pata es todavía una criatura noble, aunque su dolor puede volverlo aterrador".

El calor inundó a Wulfe de que ella pudiera pensar tan bien de él, alimentando ese impulso de ayudarla.

Quizás esa era su intención.

Que Cristina pudiera provocar tal reacción en él cuando estaba decidido a separar sus caminos era un signo de debilidad que Wulfe no agradeció. "No me debes nada", le dijo a Cristina, manteniendo su tono sereno. "Pagué por el placer que me concediste y nuestro trato está totalmente satisfecho."

Ella respondió suavemente. "Yo digo que no está satisfecho, y si es un acuerdo, entonces se requiere el consenso de ambas partes para llamarlo cumplido". Ella le sonrió a Wulfe, como si no le preocupara su molestia, pero nuevamente, él vio ese destello de resolución en sus ojos.

"No pagué para que me amenazaran la vida, para tener que defenderme en un momento de ocio o para tener que huir de una destrucción segura."

"¿Tan malo fue?" Fergus arrastraba las palabras, luego le guiñó un ojo a Cristina. "No hubiera esperado que un apareamiento contigo fuera tan terrible."

"Hubo un ataque contra la casa", informó al otro caballero, y Wulfe se sorprendió de que pudiera hablar de ello con tanta calma. "Como puede suceder, cuando hay clientes adinerados en la residencia." Ella se aclaró la garganta. "Y los bandidos saquearon tanto la casa como los clientes después de prender fuego al establecimiento. Las otras mujeres... Sus palabras se desvanecieron y se enderezó, lanzando una sonrisa a Wulfe.

Wulfe se maravilló de que ella inventara un cuento con tanta facilidad. ¿Estaba escondiendo la verdad para defender sus secretos o protegía el burdel? ¿Dónde estaba su lealtad?

Cristina dio un paso hacia él, esa seductora sonrisa curvaba sus labios. "Mi destino sin duda habría sido peor si no hubiera estado en la cama con un campeón que me defendió."

Wulfe sintió que le ardía el cuello. "Me defendí a mí mismo", corrigió él. "Fui atacado y me aseguré de mi propia supervivencia."

"Y de la mía también, para mi eterna gratitud." Cristina le hizo una profunda reverencia.

Tu gratitud no tiene por qué durar tanto. Te daré otra moneda, incluso dos, para que sigas tu camino mientras nosotros continuamos por nuestra cuenta". Su grupo tenía que partir hacia París ese mismo día. Hablaría con los propietarios antes de que partieran, con la esperanza de que Cristina pudiera encontrar un trabajo honesto ahí.

Pero Cristina levantó la barbilla. "Y digo que te pagaré, en especie o en intercambio, por salvarme la vida. Dondequiera que vayas, te seguiré. Su actitud era, en todo caso, más decidida que en las calles. "Confía en eso."

Wulfe podía comprender muy bien el deseo de abandonar el pasado y comenzar de nuevo, sin pensar en el impulso de regresar a casa.

Pero ella no era su responsabilidad. Su deber para con la orden tenía que ser lo primero.

"Hay peores destinos", murmuró Duncan.

El hombre de armas sonrió a Cristina, esperando aliviar su estado de ánimo. Ella no apartó la mirada de Wulfe, su expectativa era clara.

"¿Fuiste herido?" Preguntó Gastón, interrogando a Wulfe sobre el asunto en cuestión.

Él señaló su propia espalda. "No es nada, pero no es nada porque estaba despierto. Si hubiera estado dormido, la hoja se habría deslizado entre mis propias costillas". La consideración amaneció en los ojos de Gastón, y Wulfe sabía que hablarían de ello con más detalle más adelante.

"Supongo que tal peligro es un riesgo de visitar tales establecimientos", reflexionó Everard, su tono era severo. Wulfe podría haberlo pasado sin el comentario moral de ese hombre.

"No importa lo que creas que me debes", le dijo a Cristina, su tono menos vehemente de lo que había sido. "Salimos a toda prisa. No tienes caballo, por lo tanto, no te irás con nosotros".

—Sólo porque has sido derrotado en medio de tu placer por algún incidente desafortunado, no veo ninguna razón para apresurarme —dijo Fergus arrastrando las palabras—. "Y Hamish aún necesita esos días de descanso."

Wulfe levantó el puño. "Un escudero no..."

"Yo digo que desayunemos", dijo Gastón rotundamente. "Y revisemos la situación después de eso."

Wulfe guardó silencio de mala gana, pero Gastón continuó como si no se diera cuenta de su enfado.

Una vez más, Gastón tomaba el mando de la misión.

Una vez más, la ilusión de la autoridad de Wulfe se veía comprometida. Era muy consciente de Cristina, ella los miraba y, sin duda, veía más de lo que hubiera preferido.

"No se toman buenas decisiones cuando el estómago está vacío", dijo Gastón. "Y mi esposa tiene compras que recoger hoy. Quizás lleguemos a un acuerdo y partamos mañana.

"Necesitamos llegar a nuestro destino más temprano que tarde, para que pueda regresar a Jerusalén para ayudar en su defensa", protestó Wulfe, aunque supuso que sería inútil.

"Y una demora de un día hará poca diferencia", respondió Gastón, su tono revelaba que su pensamiento no cambiaría.

Era espantoso.

Estaba mal.

Pero Wulfe sabía lo que tenía que hacer.

Exhaló lentamente, moderando su reacción. —Quizá tenga sentido tu consejo —reconoció, aunque casi le dolía hacerlo. "Desayunaré antes de tomar una decisión."

"Quizás tu invitada quiera unirse a nosotros", dijo Fergus, inclinándose ante Cristina. "Ya que tengo entendido que su anterior morada ya no es hospitalaria."

"No lo es, y estaría encantada de aceptar tu invitación", dijo ella y puso su mano sobre su codo. Fergus la acompañó a la sala común, seguida por Joscelin y Duncan. Everard subió las escaleras hacia su habitación, envolviéndose con la capa en un gesto de desaprobación. A una mirada aguda de Bartolomé, los escuderos volvieron a sus deberes en los establos, dejando a los dos caballeros solos en el patio.

Wulfe no sabía por dónde empezar. Miró a Gastón, seguro de que el hombre tenía que comprender la fuente de su disgusto. Sin embargo, Gastón le devolvió la mirada con esa exasperante calma, y Wulfe supo que una vez más, su voluntad y su supuesto mandato serían anulados.

Era culpa de Gastón que su partida de Tierra Santa hubiera sido tan retrasada, que los siguieran y que no atraparan al culpable, que se quedaran en Venecia de modo que su propia vida estaba en peligro.

Quizás ese era el plan de Gastón. Quizás tenía la intención de ver a Wulfe sacrificado con la esperanza de sacar al ladrón a la luz. Hubo cien preguntas que podría haber hecho, cien respuestas que podría haber exigido, pero en ese lugar, era muy probable que los escucharan. Esperaba que Gastón pudiera discernir todas esas preocupaciones en su expresión.

El caballero asintió, como si lo hiciera.

"Esta tarde", murmuró Gastón cuando pasó junto a Wulfe, dirigiéndose hacia la sala común y los demás.

Wulfe se miró las botas, sabiendo que la discusión no llegaría demasiado pronto. Miró hacia el grupo que desayunaba, observó a Cristina encantar a los otros hombres con notable facilidad, luego su atención se dirigió a él. Sus miradas se encontraron por un momento cargado, enviando una terrible sacudida de deseo a través de él.

Estaba diez veces más frustrado que la noche anterior, cuando había buscado alivio para asegurarse de que sus habilidades no se vieran comprometidas.

Y Cristina estaba más que dispuesta.

Pero él no se sentiría tentado porque solo alentaría sus expectativas. Cruzó el patio con pasos rápidos y pasó por la sala común. Le hizo a Stephen un gesto para que le llevara comida y luego subió las escaleras solo.

Tenía que dejar a Cristina atrás, aunque sabía que no sería fácil de hacer. Era muy consciente de la ironía de su situación: él era quien había acusado a Gastón de agregar a su puta a su grupo en Jerusalén. Ahora no agregaría la suya al grupo. Cristina tenía que permanecer en Venecia y cuanto más tiempo permaneciera en su compañía, más caería él bajo su hechizo.

Al amanecer, sus caminos debían separarse, de una forma u otra.

~

NO PODÍA SER *ÉL*.

Cristina solo dio un vistazo al noble en el grupo de Wulfe, pero fue suficiente para convertir su sangre en hielo. Se recordó a sí misma que habían pasado nueve años, que la gente cambiaba y que su memoria podría no ser confiable.

Aun así, no pudo evitar la convicción de que una serpiente familiar formaba parte del grupo de Wulfe.

Quería hablar con Wulfe, pero él estaba claramente molesto. Sabía que era mejor no perseguir a un hombre cuando estaba molesto.

Al menos no había salido de la casa. Había subido las escaleras, sin duda a una habitación que había reclamado como propia. El escudero más joven se apresuró a seguirlo, mientras que el otro había recogido pan, miel, fruta y una jarra de cerveza para su caballero antes de seguirlo con rapidez.

Cristina le daría tiempo a Wulfe para calmarse antes de comenzar a seguirlo. Aprovecharía la oportunidad para aprender todo lo que pudiera, para poder demostrarle su utilidad. De hecho, a ella le resultaba casi tan irritante como Wulfe que lo trataran con tanta indignidad, pero creía que ella mejor ocultaba su respuesta. Si él lideraba el grupo, su mando debía ser respetado, no desafiado. Cristina pensó que era indignante que casi lo ignoraran.

Se aseguró de que no se revelara a sus compañeros ningún indicio de sus agitados pensamientos. Aceptó un asiento en la mesa ante la insistencia del hombre de armas, fingiendo deleite en la conversación y la compañía. Por una vez en su vida, Cristina estaba agradecida con Costanzia por las lecciones aprendidas en esa casa. Era fácil reírse con los tres hombres que estaban sentados con ella en la sala común, fingir que tenían toda su atención, incluso cuando sus pensamientos volvían a ese noble anónimo.

¿Podría ser Helmut? ¿Aquí? Después de todos estos años, eso desafiaba cualquier creencia. Pero tal vez no; lo había conocido en el camino a Jerusalén y el grupo de Wulfe venía de esa misma ciudad.

Si tenía razón, ¿cuál era el plan de Helmut? Lo recordaba lo suficiente como para saber que él siempre tenía un plan, y sin duda era uno para su propio beneficio, si no en detrimento de todos los demás. ¿Por qué estaba él en ese grupo? ¿Era una coincidencia o un plan? Había oído hablar de Saladino atacando a los Reinos Latinos y Wulfe había confirmado su precario estado. Sabía que un hombre como Helmut no se quedaría atrás para luchar, si hubiera alguna posibilidad de que se hubiera roto una uña.

Pero, ¿adónde iba?

¿Y por qué?

Oyó que una puerta se cerraba de golpe, y luego nada más.

¿Seguro que Wulfe no había ido a consultar con Helmut? ¿Seguramente no estaban aliados entre sí? No, no podía ser. Los dos eran tan diferentes como podían ser los hombres. Wulfe no podía conocer la verdadera naturaleza de Helmut.

Cristina estuvo tentada de advertir a Wulfe, pero ¿qué diría? No tenía pruebas de ningún acto vil cometido por Helmut, simplemente sus propias sospechas y recuerdos. Era demasiado fácil recordar la advertencia de Gunther de que no sacar conclusiones precipitadas y ensuciar la reputación de un hombre sin pruebas.

Incluso si sus instintos eran invariablemente correctos.

Wulfe podría no creerle, incluso si ella hablaba, o peor aún, podría consultar a sus compañeros de viaje, y en eso, Helmut estaría advertido. No, lo más sabio sería guardar silencio mientras descubría tanto como era posible sobre ese grupo y sus miembros.

Cristina sonrió al caballero que estaba sentado frente a ella, el que tenía modales fáciles y brillo en sus ojos. Su cabello era oscuro y ondulado, le caía hasta los hombros, y hablaba con un acento jovial. "Escucho a Escocia en tu voz", dijo. "¿Qué te trae tan lejos de casa?"

Él sonrió de buena gana. "Una instrucción de mi padre. Decretó que yo debería servir a los Templarios antes de casarme con mi prometida".

"¿Entonces vas a casarte?"

El caballero asintió con la satisfacción de un hombre satisfecho con su destino y Cristina no pudo evitar que le agradara por eso. "En mi opinión, el día no puede llegar lo suficientemente pronto."

"Entonces ya conoces a tu prometida."

"De toda mi vida. Es la hija de un vecino y nuestros padres planearon desde su cuna que nuestro matrimonio sería hecho". Él sonrió. "Desde el primer vistazo, me encontré en un vehemente compromiso."

"Deben haber sido jóvenes, si sus familias son vecinas."

"Yo tenía sólo siete años y ella era una bebé dormida. Incluso entonces, vi que ella era un ángel que vino a la tierra". Él sonrió. "Confieso que me convencí más de eso en los años posteriores."

El mercenario se aclaró la garganta. "Ninguna mujer es un ángel en verdad", corrigió con brusquedad, pero con similar buen humor. Su acento era más pesado que el del caballero al que acompañaba, pero estaba claro que compartían la misma patria. "Espero que no rechaces a tu novia cuando te des cuenta de que es una simple mortal."

"O que sus pies pisan la tierra", bromeó Cristina.

El caballero se rió. No mi Isobel. La apreciaré todos mis días y mis noches".

Su convicción era tal que Cristina creía que su afecto no se dejaría influir fácilmente. Era bueno conocer a un hombre tan contento con su vida y su destino.

"¿Y de quién es el corazón que ha ganado la bella Isobel?" preguntó ella a la ligera.

"Le ruego me disculpe", dijo el caballero, con tanta gracia como si fuera una mujer noble. "Soy Fergus de Killairic." Hizo un gesto hacia el mercenario, un hombre veinte años mayor que él. "Y este es Duncan MacDonald, mi pariente y escolta."

"Su niñera", dijo Duncan con humor irónico y se rieron juntos. "Encargado de llevarlo a casa sano y salvo." Cristina imaginó que había algo de verdad en ello, pero que ninguno de los dos se ofendía. De hecho, parecían ser buenos amigos.

"¿A instancias de Isobel o de tu padre?" Cristina bromeó.

"¡Ambos!" Duncan le reconoció e inclinó la cabeza hacia ella. "¿Pero qué hombre de mérito no pondría la petición de una dama por encima de todo?"

Su actitud indicaba que pondría su solicitud en lo más alto de su lista, pero Cristina se limitó a sonreír.

El regordete comerciante sentado a su lado se aclaró la garganta y ella sospechó que se había sentido ignorado. "Y yo soy Joscelin de Provins."

"Qué placer conocerlo", dijo Cristina, notando cómo ese hombre se sonrojaba y se sentía desconcertado cuando ella había vuelto su mirada hacia él. No queriendo animar a ningún hombre de ese grupo a pensar que ella cortejaba afectos más allá de los de Wulfe, hablaba con Fergus, el hombre enamorado de su prometida.

"Y entonces todos viajan juntos", dijo a la ligera, asegurándose de que no sonaba demasiado curiosa. Ella podría haber estado pasando el tiempo ociosamente, educada pero no realmente interesada. "¿Crearon su grupo en Jerusalén?"

Fergus asintió y sus modales se volvieron sobrios. "Es posible que haya escuchado que Saladino se opone a los Reinos Latinos." Cristina asintió. "Pero tal vez no hayas escuchado que el rey de Jerusalén fue emboscado en los Cuernos de Hattin hace unas semanas."

"¿Emboscado?" Repitió Cristina, como si Wulfe no le hubiera contado ya algunas de esas nuevas. "¿Tan malo fue?"

Fergus se inclinó más cerca. "Supongo que no hay peligro en reconocer que las órdenes militares han pagado caro esta pérdida. A nuestra partida, ya existía el temor de que la propia Jerusalén cayera".

"Apenas escapamos de Acre", contribuyó Joscelin en un esfuerzo obvio por parecer importante. "Partimos en el último barco que zarpó del puerto."

"¿De verdad? ¿Un escape tan estrecho?

"Fue aterrador", confió el comerciante. Él la miró, tal vez pensando que ella podría ofrecer cierto tipo de consuelo.

Cristina fingió no haberse dado cuenta y habló con Fergus. "Se corrió la voz de la pérdida de Acre, porque muchos venecianos tienen almacenes allí."

"Sin duda, navegaron apresuradamente en defensa de sus bienes", dijo Duncan con un movimiento de cabeza. "Más apresuradamente que en defensa de cualquier peregrino o santuario sagrado".

Fergus se rió entre dientes por la verdad en eso, pero el comerciante se sintió ofendido.

"Había un valor tremendo que reclamar", protestó Joscelin. "Tengo amigos en esa ciudad, y estaban muy decididos a defender sus posesiones, como deberían. Las inversiones perdidas en la guerra no se recuperan o reconstruyen fácilmente. Alabado sea que Tiro no ha caído, porque aún tengo una buena cantidad de especias que enviar desde allí".

"Se trata de seda, especias y gemas", señaló Duncan.

El comerciante se erizó. "No me preocupan únicamente los bienes", resopló, luego sonrió a Cristina. "Pero ciertamente el comercio de productos finos me ha dado un aprecio por la belleza."

"Eres demasiado amable", dijo suavemente, tratando de aliviar la tensión entre los hombres. "Entonces, regresas a casa para casarte con tu amada, después de haber completado tu servicio, y tu fiel compañero cabalga a tu lado", le dijo ella a Fergus, quien asintió en reconocimiento. "Y usted, señor, viaja a casa después de hacer sus adquisiciones para el próximo invierno", le dijo a Joscelin, quien estuvo de acuerdo con eso. "¿Quién más se unió a su grupo? Parecía haber bastante gente en el patio".

"Hay seguridad en los números", le informó Joscelin.

"El caballero Wulfe nos guía, por supuesto", dijo Fergus, con una convicción que sonó falsa a los oídos de Cristina. Tanto Duncan como Joscelin apartaron la mirada, como si supieran exactamente lo contrario.

De hecho, parecía casi que el caballero de cabello oscuro en el patio encabezaba el grupo, aunque Cristina no podía entenderlo. Ella había llamado a Wulfe un león con una espina en su garra por impulso, pero no había duda de que sus modales eran más directos en ese lugar de lo que había visto antes. ¿Era esa la raíz de su disgusto?

"Y él es un Templario", dijo ella con una admiración manifiesta. "Qué suerte tienen de tener una defensa tan vigorosa. ¿Hay peregrinos en su grupo?

"La dama Ysmaine y su doncella", dijo Duncan. "Tienen una habitación arriba."

"Aunque ya no es una peregrina", agregó Joscelin, claramente tratando de recuperar la atención de Cristina. "Porque el caballero Gastón se casó con ella en Jerusalén, tomándola como su esposa casi en el momento en que dejó la orden." Se inclinó más cerca. "Él será el barón de Châmont-sur-Maine y su dama tendrá mucho que manejar en esa hermosa casa."

Estaba claro que Joscelin había identificado un cliente potencial.

Cristina tenía menos claro cómo o por qué un caballero secular podía mandar sobre un Templario.

"¿Ese era el otro caballero en el patio?" preguntó ella y Fergus asintió. Si su esposa dormía arriba, ¿por qué no había estado allí con ella? Ella eligió sus palabras y su tono con cuidado. "Parece muy decidido."

"Dieciocho años al servicio de los Templarios pueden hacerle eso a un hombre", señaló Fergus con una sonrisa.

"¿Qué más podría hacerle?" preguntó ella en tono burlón.

Duncan se rió en voz alta. "Entiendo tus pensamientos", señaló con un movimiento de su dedo. "Aunque visita a su dama, no duerme en su habitación."

Fergus arqueó una ceja. "Quizás él piensa que nuestro grupo está mejor defendido cuando él está en los establos."

Cristina miró la verja cerrada que daba a la calle. "¿Seguramente están a salvo en esta morada?"

Fergus sonrió un poco, aunque había poco humor en la expresión. "Quizás dieciocho años al servicio de los Templarios le enseñen a un hombre a estar alerta para proteger lo que tiene de valor".

¿Su esposa? Pero Ysmaine no estaba en los establos, según su informe.

¿Qué? Su caballo, seguro.

¿O guardaba algo más?

¿Cómo encajaba Helmut en esos arreglos? "Su grupo es considerable", dijo ella. "Y también deben tener sirvientes."

Duncan asintió. "Seis muchachos, uno herido, además de la criada de Ysmaine".

"Lo que me recuerda a una tarea pendiente", dijo Fergus, poniéndose de pie. Asintió con la cabeza a Duncan. "Deberíamos ver a Hamish esta mañana, tal vez llamar al boticario para que lo vea de nuevo."

"La cabeza del muchacho es bastante dura", dijo Duncan, sin mostrar intención de moverse. "Dudo que sufra una lesión prolongada."

"Sin embargo, está bajo mi custodia", dijo Fergus. "Y debo velar por su salud en el regreso a casa."

Duncan le guiñó un ojo a Cristina. "Ves lo protectores que somos con todos nuestros polluelos. Debes pensar que somos ancianas".

Ella rió. Difícilmente eso. Me parece muy admirable cuando los hombres defienden a los más débiles que ellos mismos". Duncan la miró por un momento y ella pensó que podría decir más, pero Fergus se aclaró la garganta desde la puerta y la pareja se dirigió a los establos. El caballero de cabello oscuro se les unió allí, y supuso que había estado con los caballos. Conferenciaron antes de desaparecer en los establos en sombra.

"Yo también me inclino a proteger a los que están bajo mi cuidado", dijo Joscelin. "Porque, el año pasado, el hijo de un vecino se empleó en mi almacén..."

Cristina sonreía y asentía, pero no hacía caso de las palabras de Joscelin. Recordaba el intercambio entre Wulfe y el caballero que debía ser Gastón. Estaba claro que el caballero de cabello oscuro irritaba enormemente a Wulfe, o tal vez su verdadero papel en esa expedición lo hacía. ¿Era simplemente una cuestión de personalidad, una cuestión de encuentros pasados o había más en el fondo?

¿Cuál era la verdadera misión de ese grupo? ¿Qué entregaría Wulfe en París? ¿Por qué viajaba con tantos otros? Si Cristina podía descubrir eso, podría descubrir por qué habían atacado a Wulfe en la casa de Costanzia. También podría determinar por qué Helmut era parte del grupo.

Si era él de verdad. Sólo después de que los escoceses se marcharon y Joscelin se esforzó por interesarla en su propia elegibilidad, se dio cuenta de que el otro noble nunca había sido identificado por ellos.

¿Por qué no? ¿No estaba con ellos? ¿O les desagradaba?

Cristina debía hablar con Wulfe.

Ella interrumpió a Joscelin con dulzura y le preguntó por la ubicación de la habitación de Wulfe. El hombrecillo estaba nervioso, pero le dijo que el Templario había tomado la habitación inmediatamente encima de la sala común. Cristina se disculpó cortésmente y fue en busca de su campeón.

Estaba subiendo las escaleras cuando se le ocurrió una idea, una conclusión intuitiva que explicaba los modales de Wulfe con tanta elegancia que esperaba que fuera verdad.

Solo había una forma de averiguarlo.

Cristina se apresuró a subir las escaleras con un nuevo propósito.

WULFE SABÍA que Cristina iría a él.

¿A quién más podría apelar? Ella estaba sola y él era el único que había mostrado su bondad, tal como era. Deseaba poder ofrecer más, pero prometer lo que no podía cumplir sería peor que no prometer nada. Wulfe entendía muy bien su situación. Aunque estaba decidido a no dejarla permanecer con él, supuso que ella no abandonaría esa oportunidad rápidamente. Tenía determinación en ella, eso era seguro.

Él admiraba eso muchísimo.

Wulfe, sin embargo, solo tenía la orden. En ausencia de la tentación ofrecida por Cristina, podría revisar sus propias elecciones con mayor claridad. Sabía que no había otras buenas perspectivas para él y todavía no tenía deseos de convertirse en mercenario. Todavía tenía que conocer a un barón que pudiera contratarlo y cuyos objetivos, pudiera estar seguro, de que fueran siempre justos.

La orden prohibía asociarse con mujeres, pero Wulfe había sido bendecido en Palestina para informar a hombres que entendían las verdades terrenales. El Maestro del Priorato de Gaza se había inclinado a pasar por alto las transgresiones de esa parte de las reglas, siempre que los sucesos no fueran frecuentes ni perturbadores. Su guarnición había estado bajo constante asalto en Gaza y la comunidad que defendían era pequeña. Se había concedido mucho para asegurar la supervivencia tanto de los caballeros como de los colonos allí.

Sin embargo, no era razonable asumir que el Maestro del Temple en París fuera tan tolerante. De hecho, sus hermanos en esa ciudad no enfrentaban un peligro similar, por lo que la aplicación de la ley sería más estricta. Wulfe estaría decepcionado si fuera de otra manera. Él no podía llegar allí acompañado de una puta y esperar seguir siendo un Templario.

A menos que ella fuera una peregrina que él defendía.

A menos que él no disfrutara sus placeres.

A menos que ella dejara su grupo antes de que llegaran al Temple. ¿Reportarían sus compañeros de viaje sus actos al Maestro? Wulfe sabía que él no ganaba alianzas fácilmente, particularmente cuando no estaba en la batalla, por lo que sospechó que podrían decirle. Gastón haría lo correcto, eso era seguro.

La única elección responsable era negarse a Cristina ahí y ahora, aunque las perspectivas para el futuro de ella eran menos que alentadoras. Él no era responsable por ella, no realmente, pero se sentía responsable.

Wulfe desayunó, sin realmente saborear el pan, obligándose a considerar otros asuntos. Él recordaba el asalto, lo hacía buscando una pista para averiguar la identidad del ladrón. ¿Y si no había sido un asalto arreglado por el burdel? El ladrón entonces lo había perseguido, y había sobornado su entrada al burdel, lo que indicaba un serio intento.

¿Estaba el depredador en su grupo? ¿Quién había estado fuera de la casa la noche anterior? Él debía preguntar. Los muchachos le llevaron agua caliente y Stephen desempacó una camisa limpia mientras Wulfe se bañaba. Él había se había puesto su aketon y su cota de mallas cuando hubo un toque en la puerta.

Cristina.

Él no se mentiría a sí mismo, aunque podría disfrazar su reacción ante la dama.

Wulfe se alegraba de que ella hubiera ido.

Y ese era el detalle más preocupante de todos.

CAPÍTULO 6

Wulfe despidió a los chicos y los siguió hasta la puerta. Se aseguró de que su expresión fuera severa cuando se enfrentó a Cristina, esperando que ella no adivinara cómo se le oprimía el pecho al verla. Ella tocaba ese cinturón, un gesto aparentemente indiferente, pero que atraía su mirada hacia él.

"Ya amanece", señaló él. Será mejor que regreses.

En cambio, ella entró en su habitación, como él había adivinado que ella haría. Su mirada revoloteó sobre los muebles sencillos y casi sonrió. "Un poco más austero que el alojamiento de anoche".

"Sin embargo, mi costumbre es así."

Ella asintió, sin inmutarse por la evidencia de que su vida tenía pocos lujos. La puerta se cerró audiblemente detrás de Stephen y Simón, y parecía que Cristina había esperado eso. Su mirada se levantó inmediatamente hacia la de él. "Él era tu padre", dijo ella con convicción y Wulfe estaba demasiado sorprendido para ocultar su sorpresa.

"¿Quién?" preguntó él, tratando de ocultar su reacción de todos modos. Sabía exactamente a quién se refería y sabía que ella tenía razón. Pero, ¿cómo había descubierto la verdad?

"Un caballero con cabello tan blanco como la nieve y ojos tan pálidos como el hielo. Te verás así en veinte años". Ella lo miró, sin duda viendo su reacción más de lo que él prefería. "Él te reconoció por el mismo medio. Probablemente tus ojos, porque son extraordinariamente pálidos". Su tono se endureció. Quizás reconocía así a todos sus bastardos.

Wulfe dio un paso atrás. "No puedes saber eso..."

"No, no puedo." Cristina lo interrumpió con convicción. "Pero veo el patrón. Se indignó al verte, porque sabía que eras su hijo y él creía que estabas muerto". Ella caminaba por la habitación, sus dedos se deslizaron por una mesa desnuda y luego por el alféizar de piedra. Wulfe no podía apartar la mirada de ella. "Solo pudo haber creído eso porque tu madre le había hablado de ti, pero le había mentido sobre tu supervivencia." Se giró para mirar a Wulfe. Lo que significa que tu madre te llevó con el anciano del bosque. Quizás la verdad fuera lo que convenció a un hombre que no necesitaba la responsabilidad de un niño de que te acogiera. Era tu única oportunidad de sobrevivir y él debe haberlo sabido".

"Usted especula con entusiasmo", dijo Wulfe con brusquedad.

"Especulo porque es útil."

"¿Útil?" Él levantó una mano. "¿De qué sirve este cuento que has inventado?"

"Explica tu furia, esta mañana, en ese patio."

Un escalofrío se instaló en el estómago de Wulfe. "No sé a qué te refieres."

Cristina estaba demasiado preparada para explicarse. "Estás molesto con este caballero Gastón, porque realmente él tiene el liderazgo de tu grupo, aunque te dan la apariencia de liderazgo".

Wulfe frunció el ceño. ¿Cómo esa mujer lo había entendido tan fácilmente? "Tonterías", replicó él, sabiendo que su protesta no haría ninguna diferencia.

"No es una tontería. Lo demostraste esta mañana en tus reacciones a su consejo. Podrías haber hecho que pareciera que habías consultado con él y elegiste seguir su consejo. En cambio, protestaste por su interferencia, que tuvo el resultado de demostrar a todos los que no lo habían sabido antes que Gastón es el verdadero líder de su misión".

"Pero yo..."

"Fue una elección tonta de tu parte, una que no hubiera esperado, salvo que Gastón de alguna manera te recuerda a tu padre. Esta injusticia recuerda a la otra, por eso provoca tu furia y el por qué hablaste sin la debida consideración".

El corazón de Wulfe se apretó por haber revelado las cosas con tanta claridad. "Especulas demasiado."

"¿Yo?" Cristina estaba resuelta. "Si el ladrón está en tu grupo, sabe que Gastón es el verdadero líder. El ladrón te atacó anoche. Por tu reacción, has convertido a Gastón en su presa".

Wulfe giró sobre sus talones para caminar por la habitación, consternado de que él pudiera ser responsable de tal cosa. ¿Por qué no había sido más moderado? Se las había arreglado para serlo en Ultramar, cuando Gastón había insistido en viajar a Acre en lugar de a Jaffa.

¿Por qué había estado tan furioso esa mañana?

¿Tenía razón Cristina, que la injusticia había provocado su ira?

Ella habló suavemente detrás de él. "Tu padre, barón y terrateniente, se aseguró de que no obtuvieras la herencia de él. Te privó de lo que debería haber sido tuyo. Gastón lidera este grupo, descaradamente, y se podría decir que te está privando de la autoridad que debería ser tuya".

De todos modos, convertir a Gastón en el objetivo del ladrón no era una buena recompensa.

"No sabes que el ladrón está en nuestro grupo."

—No, no lo creo —concedió Cristina, pero apretó los labios como si lo sospechara.

Por supuesto que lo hacía. De lo contrario, el ladrón habría sido parte de la casa donde trabajaba y la responsabilidad podría haber estado allí.

"No sabes que la entrada al burdel se puede ganar por la noche", argumentó él. "¿Seguramente sus puertas están asegurados?"

"Y seguramente en una casa como esa, con dinero se puede comprar cualquier cosa." Había cansancio en su voz y Wulfe no pudo discutir el punto.

Se volvió hacia ella. "Aun así, no sabes que todos en el grupo escucharon nuestra discusión."

Cristina echó un vistazo a la ventana. Apostaría a que casi todas las habitaciones tienen una ventana que da al patio, y si no, el pasillo fuera de la puerta de esa habitación sí. Nadie podría haberse dormido durante su demanda de admisión, salvo un borracho increíble. El que te atacó no ha tenido tiempo de embriagarse tanto". Ella se encogió de hombros. "Cualquier alma con un poco de sentido común habría sentido curiosidad por el alboroto."

Ella tenía razón.

Wulfe luchó contra el impulso de maldecir. Era un tonto siete veces. Él caminó de nuevo por la habitación, consciente de que ella lo miraba. "¿Qué significa eso?" preguntó él con impaciencia.

Ella negó con la cabeza, sin comprender.

"El cinturón que usas". Él señaló el cinturón enjoyado. "¿Qué significa eso? Todas las mujeres de la casa usaban uno".

Cristina hizo una mueca. "Es la marca de propiedad de Costanzia."

"No está bloqueado. Podrías quitártelo".

Su sonrisa era triste. "Rápidamente se nos enseña el precio de hacerlo."

"¿Pero cuál es su propósito?"

"Cualquier alma que me vea sabrá a dónde pertenezco, ya sea que esa persona reconozca mi rostro o no. Cualquier portero me negará el paso, una vez que lo vea, ya que se le habrá pagado para hacerlo".

Wulfe lo entendió. "Así que no puedes salir de la ciudad, no mientras lo llevas puesto."

Ella sacudió su cabeza.

"Deberías quitártelo, entonces."

"Si alguna vez estoy destinada a regresar allí, el precio de habérmelo quitado será alto." Ella frunció el ceño. "Debes reconocer que esta ciudad no es tan poblada como podría pensarse. Quienes habitan aquí se reconocen e ignoran el flujo de peregrinos, cruzados y comerciantes que van y vienen con las mareas". Ella jugó con el cinturón y sonrió un poco. "Hay otro rasgo que tenemos en común, Wulfe."

Ambos se identificarían fácilmente en esa ciudad, solo en virtud de su color.

Wulfe sabía lo que Cristina le estaba preguntando, pero no pudo darle la respuesta que deseaba. "Es el amanecer", repitió él. "Deberías regresar antes de que tu situación empeore."

"Yo discutiría ese plan."

"¡No puedo ayudarte a salir de la ciudad!" protestó él, incluso mientras consideraba cómo podría hacerse.

Ese fuego brillaba en los ojos de Cristina. Por lo que tengo entendido, permanecerás en esta casa dos días más. Te pido esos dos días, aquí, resguardados en esta casa, como un respiro. Después de eso, haré lo que sea necesario, te lo juro". Su voz se suavizó. Concédeme esto, te lo ruego. Me aseguraré de que no te arrepientas".

Wulfe no pudo encontrar fuerza dentro de sí mismo para enviarla de regreso a ese lugar. Supuso que ella intentaría convencerlo de que la llevara a París y ya se preguntaba si lo conseguiría. No era apropiado para él tener una puta, pero sí defender a un peregrino. El mismo tumulto de sus sentimientos no era una buena señal, porque sabía que la emoción era un amo rebelde.

Solo tenía que mirar cómo había revelado el papel de Gastón esa mañana para saber la verdad de eso.

Wulfe se encogió de hombros, haciendo ligera la concesión que estaba a punto de hacer, y le dio la espalda a Cristina. "Supongo que hará poco daño. Tómate tu tiempo aquí, porque tengo algunos recados que hacer. Haré que los muchachos te traigan agua caliente y que le digan a la dueña de esta casa que eres mi invitada".

Escuchó a Cristina exhalar y no pudo resistir el impulso de mirar hacia atrás. Para su sorpresa, sus ojos se llenaron de lágrimas.

—Te lo agradezco, Wulfe —dijo ella suavemente, su gratitud era tan evidente que él se sentía un perro por concederle tan poco. "Me aseguraré de que la concesión sea rentable."

Wulfe no podía pensar en eso, no cuando ella se veía vulnerable y radiante, no cuando estaba en su habitación y pronto estaría desnuda, no cuando tenía tareas que realizar. Él asintió una vez y con brusquedad en su dirección, luego se despidió. "No habrá intercambio de favores entre nosotros", dijo con más severidad de la que sentía. "Después de todo, solicitas un respiro de tu trabajo."

Wulfe abandonó la habitación antes de que Cristina pudiera discutir, o peor aún, tentarlo, porque temía que ella hiciera eso. Era cien veces tonto en eso, pero el verdadero peligro era que no podía arrepentirse.

Estaba encantado y atrapado, sin duda.

Peor aún, deseaba seguir estando encantado con un ardor que lo sacudía.

CONTRARIAMENTE A LAS EXPECTATIVAS DE WULFE, había otros favores que Cristina podía hacer además de los que le entregaba con su trabajo.

Si él no sabía eso, ella se lo demostraría.

No podía adivinar cuánto tiempo estaría ausente, así que lo mejor sería que los momentos contaran. El más alto de los dos escuderos le llevó un balde de agua caliente, una esponja y un poco de jabón. Cristina agradeció la sencillez de todo. El muchacho dejó el cubo en el suelo con suficiente cuidado para que el agua no se derramara y mantuvo la mirada baja.

"¿Ganaste al ajedrez anoche?" Preguntó Cristina y él la miró sorprendido.

"Dos veces, pero no la tercera", admitió. "Simón tuvo suerte en ese partido."

O tal vez tenías sueño.

Él sonrió un poco. "Tal vez. Él no gana a menudo".

"Pero a ti no te gusta cuando él lo hace."

"Soy tres años mayor y he sido escudero dos años más. Yo debería ganar".

"La edad no siempre determina la victoria, ni siquiera la práctica."

Él lo consideró, luego recordó sus modales y se inclinó. "Soy Stephen, mi señora."

Y yo soy Cristina, aunque quizás sería mejor que no me llamaras por mi nombre. Ella lo vio asentir y sonrojarse un poco. Se inclinó de nuevo, claramente con la intención de retirarse, pero Cristina trató de tranquilizarlo. "¿Siempre has sido el escudero de Wulfe?"

Él asintió.

"¿Y cómo sucedió eso?" Ella se lavó las manos, contenta de que el agua estuviera tan tibia.

"Mis padres eran colonos en Gaza, mi señora. Yo nací allí. La aldea está a la sombra del Temple y los caballeros guarnecidos allí vigilan nuestras fronteras. Mis padres cultivaban uvas para el vino. Habían venido a Ultramar porque mi madre ya no podía soportar el frío". Él recitaba eso como una lección aprendida y ella supuso que sus padres habían muerto trágicamente.

Cristina sonrió. "Supongo que te gustaba observar a los caballeros, desde que eras muy joven. Sé que yo lo hacía, cuando estaba en casa".

"¿Había caballeros en su casa?"

"Sí, mi padre siempre empleaba a varios. Cuando era pequeña, los consideraba maravillosos".

El rostro de Stephen se iluminó entonces, su timidez desterrada por el entusiasmo. "¡Sí! ¡Qué caballos! Más grande que cualquier otro y caminando con orgullo. ¡Qué armadura! Brillaban a la luz del sol como si estuvieran hechas de plata. Luchaban tan valientemente por nosotros, como ángeles que venían a defendernos". Su expresión cambió entonces y miró hacia otro lado, mordiéndose el labio.

Cristina se agachó junto al muchacho. "Pero una vez, no hicieron eso", sugirió ella suavemente.

"No fue su culpa." Stephen se frotó los ojos antes de que le cayeran lágrimas. "El pueblo fue atacado por sarracenos, poco antes del amanecer. Me quedé dormido hasta que escuché... —Se le quebró la voz, pero frunció el ceño y continuó con una persistencia que a Cristina le recordó a Wulfe. "Mi madre ya se había ido a cuidar las uvas. Era la cosecha y una buena. Había mucho por hacer antes de que se estropearan las uvas".

"Y ella estaba sola, pensando que estaba segura cuando no lo estaba."

Él asintió. "Tan pronto como subió el tono, mi padre corrió hacia ella, pero ya era demasiado tarde. Los caballeros partieron del Temple y ganaron el día". Stephen se enderezó. "Al anochecer, quedé huérfano y el maestro me tomó bajo su cuidado." Se encontró con la mirada de Cristina. "Alimentaban a todos los huérfanos del priorato, por orden del maestro, hasta que pudimos encontrar un hogar para nosotros. Sin embargo, nadie me eligió, así que después de un año, el maestro dijo que debería aprender a ser el escudero de Wulfe para poder ganarme el camino".

"¿Y él es bueno contigo?"

Stephen se mantuvo erguido. "No hay mejor caballero, mi señora."

"¿Y Simón?"

"Era un oblato, mi señora, dejado en el pórtico del Templo después de su nacimiento. Está en contra de la regla la orden de tener bebés y niños bajo su cuidado, pero el maestro dijo que se negó a ver a un niño morir de hambre".

"Suena como un buen hombre." Ese maestro sonaba como un hombre que entendía los desafíos de su área y la necesidad de concesiones. Supuso que era el mismo hombre que había ignorado el alivio de Wulfe de sus necesidades carnales y respetaba que no habría hecho cumplir una regla que solo conduciría a dificultades.

Los caballeros con compasión en sus corazones eran los más admirables de todos, en su opinión.

"Sí, mi señora. Simón clasificaba frijoles en las cocinas, para asegurarse de que no hubiera piedras, y luego también ayudaba en los establos. Después de haber sido escudero durante un año, el maestro decretó que mi caballero necesitaba un segundo escudero".

Cristina podía imaginarse cómo habría respondido Wulfe a eso, aunque no tuvo más remedio que seguir una orden. "¿Y Wulfe estaba complacido con esto?"

Stephen consideró esto. "No habla mucho, mi señora, pero es un buen maestro y es justo. Sé que más de una vez comimos carne cuando él no".

"¿Porque no era suficiente?"

Stephen asintió. "Decía que era su día de ayuno, pero me temo que podría haber sido falso."

"Entonces, debe gustarle tener dos escuderos".

"Creo que al principio tenía dudas, mi señora, pero Simón y yo hacemos todo lo posible para mostrar nuestra valía."

"Estoy segura de que sí." Cristina sonrió y el muchacho le sonrió, luego volvió a inclinarse.

"Su agua se enfriará, mi señora", aconsejó él.

"De hecho, y eso hará que tu esfuerzo para calentarla sea un desperdicio. Te doy las gracias por compartir tu historia, Stephen ", dijo ella y lo decía en serio, porque había visto aún más bondad en la historia de Wulfe con esos muchachos. Parecía que había aprendido más del anciano que de su padre, y ella se alegró de ello. "Apostaría a que el señor del priorato de Gaza había eligió bien para los dos".

"Yo también, mi señora." Hizo una nueva reverencia y luego salió de la habitación, cerrando la puerta silenciosamente detrás de él. Cristina lo siguió y cerró la puerta, saboreando el peso de la llave en la mano, luego se acercó a la ventana.

Stephen consultó con Simón en el patio de abajo, luego los dos entraron en los establos, presumiblemente para cuidar el caballo de

Wulfe. Ella observó la habitación, sintiéndose bendecida por su simple soledad y esa preciosa privacidad. No había bromeado con Wulfe sobre el mérito de un indulto, aunque ahora que era suyo, se daba cuenta de que lo apreciaba más de lo previsto. Se quitó la ropa y se lavó, incluso mientras pensaba en lo que podría hacer por Wulfe a cambio. Había una hazaña obvia, pero ella le daría más que placer.

Vestida sólo con su camisón, Cristina se quitó el anillo de Gunther del dobladillo, dedujo en qué dirección estaba el este por el sol y oró con fervor.

Tenía buenas razones para dar gracias.

Y mucha orientación que buscar.

Cristina se dio cuenta del regreso de un grupo durante sus oraciones y escuchó la risa de la esposa del caballero y su doncella mientras subían las escaleras. La puerta se cerró de golpe y hubo muchos pasos de un lado a otro por el suelo. Cristina recordó el comentario del caballero de cabello oscuro de que las compras de su esposa tenían que ser recogidas y bien podía imaginarse la escena en la habitación de arriba.

La hizo sonreír al recordar los retornos de expediciones similares con su madre y hermanas y, por primera vez en años, Cristina se atrevió a tener la esperanza de volver a verlas a todas. ¿Estarían bien? Su situación había sido desesperada durante tanto tiempo, pero ahora su futuro tenía nuevas promesas.

Gracias a Wulfe.

Cuando concluyó sus oraciones y besó el anillo, Cristina sabía qué hacer. Se vistió rápidamente, con la intención de reunir tanta información para su reacio campeón como fuera posible. Los establos podrían ser el mejor lugar para conocer a los invitados de la casa, ya que los muchachos conocerían mucho de sus caballeros y señores.

Miró el miserable cinturón durante un largo momento, deseando deshacerse de él.

Pero todavía no había salido a salvo de Venecia y ni siquiera sabía quién era el dueño de esa casa o quién trabajaba en sus cocinas. Podría haber empleados de los establos que vivieran ahí, u otros podrían hacer entregas a la casa y verla. Eso sería bastante malo, pero sin el cinturón, pagaría un precio más alto.

Después de todo, cada alma de la casa habría escuchado su declaración anterior de su estado, porque todos habrían escuchado la discusión en el patio. Si se quitaba el cinturón o lo escondía ahora, su plan para abandonar su oficio podría ser percibido. Quién sabe si ya se había comunicado a Costanzia su ubicación. Cristina se abrochó el cinturón alrededor de la cintura con una mueca y luego se volvió al oír la actividad en el patio.

Wulfe, ella lo sabía, ya se había marchado. Ahora vio que cualquier plan para hablar con los escuderos tendría que esperar, porque Fergus llamó a los muchachos. ¡Stephen y Simón! Duncan y yo necesitamos su ayuda. Laurent todavía está demasiado debilitado por el viaje para ayudar con provisiones, y Hamish debe descansar. Vengan conmigo. Wulfe se alegrará de que puedan ser útiles".

—Sí, señor —asintieron los muchachos al unísono y siguieron a un muchacho rubio más alto. Fergus los acompañó a la calle y cerró la puerta de madera detrás de ellos, dejando que el patio se llenara de silencio.

Cristina miró por la ventana. ¿Quién se había quedado en la casa? Ella no había visto al caballero de cabello oscuro irse ni a su escudero, pero podrían haber hecho lo mismo. ¿Dónde se había ido el hombre que ella temía que fuera Helmut? ¿Y qué del pequeño comerciante regordete que pretendía congraciarse? Escuchó un susurro en lo alto y recordó que la dama del caballero tenía la habitación de arriba. ¿Seguramente su doncella todavía estaba con ella?

Se acercó a la ventana y se preguntó por qué susurraban las mujeres. Aunque podía oír los susurros, no podía discernir sus palabras. ¿Era ese el sonido de pasos en lo alto? Cristina no tenía ninguna duda de que había escuchado la puerta del piso de arriba abrirse y luego cerrarse sigilosamente.

Se movió silenciosamente por la habitación y se inclinó para mirar por el ojo de la cerradura. La criada bajó, e incluso un breve vistazo de ella le dio a Cristina la impresión de que la muchacha estaba agitada. Llevaba un bulto de un tamaño que cabía en una alforja.

Quizás esas eran las prendas viejas de la dama. ¿Quería ella descartarlas después de recoger sus compras? Si quisiera dar limosna a los mendigos, a Cristina no le habría importado un kirtle que no pareciera el atuendo de una puta. Observó con interés cómo la criada desaparecía por las escaleras. Podría haberla seguido para preguntarle a la muchacha por un vestido, pero su impulso fue permanecer oculta.

No tenía sentido ir encubierto para dar limosna.

Sí, tenía la sensación de que algo estaba en marcha. Cristina regresó a la ventana, asegurándose de permanecer fuera de vista cuando vio a la criada aparecer en el patio.

La criada se detuvo en el umbral de la zona techada que se utilizaba como establo y saludó. El techo proyectaba sombras sobre el espacio, aunque no había muro en el lado del patio. Se podían ver los primeros metros de los establos, luego había sombras detrás.

"¡Hola ahí! ¿Alguien se acerca?

"Me quedo a vigilar a Hamish", respondió una vocecita y Cristina vio un movimiento hacia un lado. Había un muchacho allí, acurrucado en el heno, abrazando una alforja.

La criada charlaba con tanta animación y hacía tanto alboroto por los caballos que Cristina supo que pretendía ocultar algo de verdad. ¿Pero qué?

Entonces Cristina oyó que la puerta del piso de arriba se abría de nuevo. Un rápido vistazo a través del ojo de la cerradura reveló que la propia dama descendía, de manera furtiva.

La criada gritó de repente. ¡Hamish! Madre de Dios, ¿qué pasa?

Cristina regresó a la ventana a tiempo para ver a la doncella desaparecer entre las sombras. Ella había dejado caer ese bulto en su consternación y yacía a la luz del sol, abandonado. ¡Laurent! ¡Rápido! ¡Debes ayudarme! "declaró la sirvienta. " ¡Oh, Hamish!"

Cristina vio que el chico se sobresaltaba y luego desaparecía entre las sombras en busca de la doncella.

Para su asombro, la mujer noble de la habitación de arriba se apresuró a cruzar el patio. Esta debía ser Ysmaine. Cogió el bulto que le había dejado su doncella y luego se trasladó al lugar que el muchacho había dejado libre. Llevaba una capa larga, a pesar del calor del día, un hecho que sólo ahora Cristina encontraba curioso.

También resultaba molesto, porque Cristina no podía discernir lo que hacía.

"¡Tenía una convulsión ante mis ojos!" gritó la criada. "Madre de Dios, ¿qué haremos?"

El muchacho murmuró una respuesta que Cristina no pudo entender.

¿Qué hacía Ysmaine?

"Pero esta forma de enfermedad es engañosa", insistió la criada. "Lo vi una vez en un hombre que le trajeron a mi madre. Se retorcía en sueños, temblaba y se agitaba, luego se atragantó con su propia bilis".

"¡No!" protestó el muchacho.

"Sí. Hamish no debe quedarse solo, ni por un momento".

"¿Pero qué haremos?" Ahora la voz del muchacho se elevaba por el miedo.

En ese momento, Ysmaine salió apresuradamente de los establos, dejando la alforja donde había estado el muchacho y reemplazando el bulto de la doncella.

Cristina se mordió el labio, adivinando que ninguno de los paquetes era como antes. La mujer noble cruzó corriendo el patio, moviéndose silenciosamente pero con rapidez, y se lanzó a la sala común. Pero un momento después, Cristina escuchó sus pasos silenciosos en las escaleras.

"Debes vigilarlo de cerca", instruyó la criada. Iré a buscar a mi señora, porque ella sabe algo de estos asuntos.

"¿Pero qué haré si vuelve a suceder?"

"Aférrate a su mano y habla con él."

Pero tengo que ir a buscar el equipaje de mi señor caballero. No puedo dejarlo desprotegido".

"Búscalo ahora, entonces, y yo tomaré su mano. ¡Sé rápido!"

El niño recuperó la alforja que había estado guardando y luego se retiró de nuevo a las sombras. La criada salió de los establos con determinación, llamando a su ama. Al pasar, recogió su bulto abandonado y lo llevó hacia la casa.

Arriba, la puerta se cerró de golpe y se cerró de forma audible. Ysmaine tarareó mientras bajaba las escaleras más ruidosamente, actuando como si fuera la primera vez que abandonaba la habitación. Los caminos de las dos mujeres se encontraron abajo.

"¡Mi señora! ¡Hamish ha tenido un ataque! "declaró la doncella, y la noble respondió con horror. " Necesita su ayuda en este mismo momento".

"¡Por supuesto!" Una llave brilló en la mano de Ysmaine mientras se la pasaba a la doncella. "Compré un poco de lavanda este mismo día para calmar mi propio sueño. Tráemelo, por favor, porque puede serle de ayuda.

"Por supuesto, mi señora." La doncella se apresuró a hacer lo que le pedía su dama, con los pies golpeando las escaleras.

Cuando descendió, ella no llevaba ningún bulto.

Cristina consideró la llave que Wulfe le había dejado. ¿Se atrevería a esperar que todas las cerraduras de la casa se abrieran con la misma llave?

Quería saber qué había en el paquete que Ysmaine había encerrado en su habitación, de eso estaba segura. De hecho, no tenía ninguna duda de que Wulfe también estaría interesado.

WULFE SE SENTÍA EXPUESTO.

¿Cómo había percibido Cristina la parte de su historia que nunca le había confiado a nadie? La única persona que sabía la verdad era su padre, y Wulfe sabía que el hombre nunca lo reconocería. El anciano estaba muerto y no podía decírselo a nadie, incluso si supiera la verdad. Wulfe asumió que su madre estaba muerta, pero en verdad, no le importaba su destino, dado que ella lo había abandonado.

Sin embargo, Cristina había espiado la verdad. ¿Había dado alguna pista o se había revelado inadvertidamente? ¿Quién más se enteraría de su historia? Ella se había comprometido a mantener su confianza, pero que su secreto fuera revelado era preocupante.

Se dijo a sí mismo que no había ninguna diferencia. Cristina no pudo adivinar el nombre de su padre y no pudo obligarlo a regresar al lugar al que había jurado no volver nunca más. En solo dos días, sus caminos se separarían para siempre y nadie se interesaría en la historia sobre sus orígenes.

Todavía. Wulfe se estremeció y trató de deshacerse de esa sensación de aprensión.

Había mentido a la orden al unirse a sus filas, y si esa falsedad se revelaba, podría ser expulsado de sus puertas. Por otro lado, podría ser enviado a su padre para pedir una donación. No, era mucho mejor que el barón lo creyera muerto.

Es mucho mejor que él mismo no tuviera padre.

El anciano había sido un mejor padre para él, sin duda.

Mientras daba instrucciones a los muchachos, Wulfe se preguntó por primera vez en años sobre su madre. ¿Había sido amante o puta? ¿Había sido cortesana? ¿Ella, como Cristina, se había quedado con pocas opciones?

¿Había hecho ella, como el propio Wulfe, lo necesario para sobrevivir? Si es así, tal vez se había elegido a sí misma antes que a su hijo pequeño. Quizás la había juzgado con demasiada dureza. ¿Qué pasa con la esposa del barón? ¿Había estado muerta? ¿O había sabido de la infidelidad de su marido?

En verdad, esos asuntos ya no tenían nada que ver con él y era mejor olvidarlos. Sin embargo, Wulfe sintió la necesidad de actuar para alejar esas nociones de su pensamiento, así que salió de la casa.

A los muchachos se les indicó que continuaran con su labor y él salió solo.

Exploraría esa ciudad hasta el momento en que encontrara a Gastón. Se decía que estaba llena de maravillas, después de todo, y cuando volviera a pasar por Venecia en su camino de regreso a Ultramar, ciertamente no se demoraría. Cabalgaría rápido en un esfuerzo por recuperar el tiempo perdido con esa misión.

Decidido a asegurarse de que la demora tuviera algún mérito, visitó la basílica, famosa en todas partes por su belleza. Sin duda, estaba elaboradamente decorada y los mosaicos eran una maravilla, pero Wulfe notó la cantidad de pilluelos andrajosos que mendigaban en las calles. No podía decir fácilmente si eran niños o niñas, pero estaban dolorosamente delgados, sus ojos demasiado grandes para sus caras. Se dio cuenta de que quería hacer una diferencia para esos niños.

"¿Dónde encuentras refugio y comida?" preguntó a uno que lo seguía con tenaz persistencia. Él habló en el dialecto local, aunque su discurso se detuvo debido a su falta de familiaridad. El niño negó con la cabeza, aunque Wulfe sabía que lo habían entendido. Levantó un centavo. "¿Dónde?"

El niño cogió la moneda, pero Wulfe se puso de pie, manteniéndola fuera de su alcance. "Puedes tenerla cuando me lo muestres."

El niño corrió entonces, moviéndose tan rápido que Wulfe podría haberlo perdido de vista, si el niño no hubiera retrocedido repetidamente para asegurarse de que la moneda no se perdiera. Condujo a Wulfe a una parte pobre de la ciudad, donde las calles eran más estrechas y el olor de los canales era más fuerte. El niño llamó a una puerta pesada y luego se agachó detrás de Wulfe. Wulfe lo sintió tocar el dobladillo de su tabardo de malla.

Un monje tonsurado abrió la puerta, su sorpresa al ver a Wulfe era más que clara. Su mirada se posó en el niño y sonrió en señal de bienvenida, una indicación de que el niño le era familiar. Miró la insignia del tabardo de Wulfe y luego inclinó la cabeza. "¿Puedo ser de ayuda, hermano?" Para alivio de Wulfe, el monje hablaba el dialecto francés que mejor conocía de París.

"Dice que les das comida y refugio", dijo Wulfe y el monje se pasó una mano por la frente.

"Tanto como podamos, hermano", dijo con voz cansada. "Aunque parece que cada día hay más niños en esta ciudad. Soy el hermano Franco". Un gato del color del hollín se enredó alrededor de sus tobillos, maullando, sus ojos de un verde claro. Wulfe notó que ni él ni el monje eran regordetes.

Wulfe abrió la cartera que contenía sus propios fondos y le dio las monedas restantes, salvo tres centavos, al monje. Aún tenía varios compromisos por pagar o los habría entregado todos. Todavía tenía los fondos proporcionados por el hermano Terricus en Jerusalén para los gastos de ese viaje a París, pero ese dinero no era suyo para distribuirlo como él quisiera. "Quizás esto le permita hacer más." El monje parpadeó sorprendido, pero Wulfe se volvió para darle uno de los centavos restantes al niño. "Como prometí", dijo. "Te agradezco por ser un buen guía."

El niño agarró el centavo, su alegría no fue menor que la del monje con su donación. Su mirada bailaba entre los dos hombres.

"Te agradezco mucho por esto", dijo el monje. "¿Puedo preguntarte tu nombre para que te incluyan en nuestras oraciones esta noche?"

"Hermano Wulfe".

"Así cantaremos una misa para usted, hermano Wulfe."

"Le doy las gracias por ello."

El monje intentó responder, pero el niño se interpuso entre ellos. Ofreció la moneda al monje. "Hago lo que hace el caballero y doy limosna", dijo el niño.

"Porque tú también serías un caballero algún día", dijo el monje con una sonrisa afectuosa. "Que seas tan bendecido por tu generosidad, Pedro". Revolvió el cabello del niño. "Ve y diles en la cocina que vas comer uno de los bollos recién salidos del horno."

Pedro ululó mientras esquivaba al monje y el gato trotaba tras él.

El monje señaló la habitación detrás de él y Wulfe vislumbró un patio más allá. "¿Vendrás y verás todo lo que hacemos?"

La naturaleza de Wulfe era mantenerse al margen de tal intimidad y rechazar invitaciones similares. Sin embargo, sentía curiosidad y lo aceptó por impulso. "Me sentiría honrado de presenciar un trabajo tan bueno. ¿Tienen hermanos aquí? "

"Sí, es una casa pequeña, con solo cinco de nosotros. Vivimos de forma sencilla y permitimos que la mayor cantidad posible de niños duerman bajo nuestro techo cada noche. El hermano Xavier tiene talento con las hierbas, por lo que se ocupa de las lesiones lo mejor que puede con las hierbas que cultiva aquí... "

Wulfe siguió al monje, escuchando sus explicaciones, intrigado por la naturaleza pacífica de la morada del monje. El jardín estaba lleno de hierbas y había un pequeño pozo en medio del patio. Podía oler pan recién hecho y se sorprendió por la cantidad de gatos. Vislumbró una capilla a un lado, una vela de cera de abejas encendida constantemente en el altar, luego fue recibido en la cocina.

Los hermanos se mostraron amables y visiblemente impresionados de que hubiera viajado desde Ultramar. Pedro se sentó a su lado, comiendo pan caliente y abrazando a un gato, mientras Wulfe les contaba las pérdidas en Hattin. Sintió que varios de los hermanos habían estado luchando contra hombres antes de unirse a la orden, porque escuchaban con avidez.

"¿Y viajas a París para informar a la orden de la necesidad de que los hombres salven a Jerusalén?" preguntó el hermano Franco.

"Viajo a París para contarle al Gran Maestre lo que sucede", dijo Wulfe. "Existe un gran temor de que para el momento de mi regreso, Jerusalén se esté perdida."

"¡Pero eso no puede ser!"

"¡Seguramente esa no es la voluntad de Dios!"

"No hay suficientes caballeros para defenderla", dijo Wulfe, con un tono pragmático. "Saladino sería un tonto si no intentara ganar la Ciudad Santa."

"Y no es tonto", murmuró uno de los monjes.

"No en asuntos de guerra", reconoció Wulfe. "Conoce la tierra y tiene un ejército considerable que le ha jurado. Estaban posicionados para tomar Acre cuando nosotros partíamos, lo que sucedió al día siguiente, por los reportes que escuchamos aquí."

"Estas son malas noticias", Dijo el hermano Xavier. "¿Viajas solo?"

"No, el Gran Maestre unió un grupo, incluyendo algunos peregrinos que desean volver a su hogar mientras pueden." Wulfe frunció el ceño, viendo una solución potencial a la situación de Cristina. "Entre ellos hay una mujer que enviudó y fue dejada sin posesiones durante la peregrinación", dijo él, editando la historia. "Temo que ella tenga pocas posibilidades en casa. ¿Hay alguna casa religiosa en esta ciudad, quizás como esta, que pueda acogerla?"

Los mojes sacudieron sus cabezas al unísono. "Hay tantos como mujeres y niños empobrecidos, Hermano Wulfe", Confió el Hermano Franco. "Las casas religiosas aquí están abrumadas. Solo toman novicias de familias acaudaladas, esas que puedan traer una gran donación para mantenerlas o con conexiones con la nobleza local que pueda hacerlo."

"Son los burdeles lo que acogen a las otras mujeres", contribuyó un hermano más viejo. Wulfe creía que su nombre era Mateo. "Y Dios salve sus almas una vez que entran a esos lugares."

"¿Y eso por qué?"

"Ellas son confinadas si ganan dinero para la casa, y son expulsadas si no lo hacen", dijo el hermano Franco. "No hay escape, salvo la muerte o una herida tan grave que no puedan ofrecer esos servicios nunca más."

"Lleva a esa mujer fuera de esta ciudad", le instó el hermano Xavier. "Es tu deber verla lejos y a salvo de estos peligros."

Wulfe bajó su cabeza, pensando en eso.

"Temes romper tus votos", murmuró con comprensión el hermano Franco. "Pero se debe servir a un bien mayor, hermano Wulfe, algunas veces poniéndonos en riesgo a nosotros mismos."

Puso una mano sobre la de Wulfe. "Dios nos pone a prueba para mostrarnos nuestra fuerza."

Wulfe quería creerle al viejo monje. Él quería garantizar la seguridad de Cristina. Él miro a su alrededor y vio a esos monjes dando todo de sí mismos para asistir a sus jóvenes cargas.

Seguramente él podría hacer lo mismo

Seguramente él podría resistir la tentación por el bien mayor.

CAPÍTULO 7

*Y*smaine había robado un relicario.

De hecho, era un tesoro de tal magnificencia que Cristina solo pudo mirarlo, atónita. Ella había pensado que el paquete debía contener alguna prenda de valor, pero cuando apartó la tela y vio el oro tachonado de gemas, se asombró.

Cristina no se atrevió a desenvolver el tesoro por completo, porque sabía que la dama y su doncella no se demorarían en los establos y ella no se atrevía a ser atrapada. El área revelada, aproximadamente del tamaño de su palma, era más que suficiente para hacer que su corazón se acelerara. Las amatistas y los zafiros eran tan grandes como la uña del pulgar y podía sentir que la superficie estaba cubierta de gemas de tamaño similar. Entonces era grandioso, grande y ricamente adornado. Pudo ver el final de la inscripción.

Eufemia.

Eso le dijo todo. Cristina sostenía un relicario que contenía la sagrada reliquia de Santa Eufemia. Su corazón latía tan fuerte que casi se mareaba. ¡Este tenía que ser el tesoro buscado por el ladrón! Ella ni siquiera podía adivinar el precio que tendría ese tesoro.

Por supuesto, no debería venderse.

Le temblaban las manos mientras se aseguraba de que el tesoro estuviera envuelto como antes. Salió apresuradamente de la habitación de la noble dama, cerró la puerta con llave y bajó corriendo las escaleras con el corazón palpitante. Una vez que llegó a la puerta de la habitación de Wulfe, repitió el truco de la dama, cerró la puerta de un portazo y la cerró de manera audible, luego descendió a la sala común con más ruido.

Incluso tarareó, como había hecho la dama.

No había nadie en esa habitación para presenciar su llegada, aunque la esposa de Gastón cruzaba el patio con determinación en su paso.

"¿Algo anda mal?" Preguntó Cristina, esperando ser ignorada.

Para su sorpresa, la dama no la ignoró ni la despreció. De hecho, forzó una sonrisa. Su mirada se dirigió rápidamente a las escaleras y Cristina supuso que quería comprobar su tesoro oculto. Sin embargo, se demoró un momento, sin duda en un intento por disfrazar su impulso.

Y proteger su secreto.

"Uno de los muchachos se cayó y se golpeó la cabeza la otra noche. Mi criada acaba de verlo tener una convulsión".

¡Pobre muchacho! ¿Puedo ser de ayuda?

La noble mujer vaciló como si no supiera qué pedir. "Lo he despertado, y parece que ha mejorado, pero debe descansar para sanar completamente."

"Entonces le contaré un cuento para entretenerlo."

"¿De verdad? ¿Conoces cuentos adecuados para muchachos jóvenes?

Cristina luchó contra una sonrisa ante la expresión escéptica de la mujer. "Sólo le contaré las historias de la vida de los santos, mi señora. Me bastaron cuando era joven".

El alivio de Ysmaine fue visible. "Esos serán buenos para él. Te agradezco la oferta". Una vez más, su mirada se dirigió a las escaleras y regresó, pero se obligó a mantenerse firme. "Me temo que no nos han presentado. Soy Ysmaine, la nueva esposa de Gastón, barón de Châmont-sur-Maine".

"Soy Cristina." Ella hizo una reverencia, impresionada de que Ysmaine la hubiera reconocido. Era un buen cambio no ser juzgada con tanta dureza por sus decisiones. "Estoy encantada de conocerla, mi señora".

"Te agradezco la oferta de entretener a Hamish. Es muy difícil convencer a los muchachos de que permanezcan en cama cuando su condición mejora". Las palabras de Ysmaine cayeron sobre sí mismas, y no esperó una respuesta antes de pasar por delante de Cristina.

Cristina agradeció que la dama no hiciera ningún comentario sobre sus habilidades para mantener a los hombres en la cama. Sonrió al oír que Ysmaine subía corriendo las escaleras. Sin embargo, encontraría su tesoro intacto.

¿La dama había robado el tesoro para ella?

¿O trataba de asegurar su protección? Cristina no tenía ninguna duda de que ese era el tesoro confiado al grupo de Wulfe, y quizás la razón completa de la partida del grupo de Jerusalén. Había oído muchas cosas sobre las riquezas del tesoro templario, y ese no era un tesoro pequeño. Ella conocía bastante bien la historia de Eufemia.

¿Podría ser que los Templarios hubieran retenido la reliquia perdida de la cabeza de esa santa? Se habían atribuido muchos milagros a las reliquias de Eufemia antes de que todas fueran arrojadas al mar quinientos años antes. Aunque algunas de las reliquias se habían recuperado y estaban retenidas en Constantinopla, se decía que se había perdido la cabeza. Si los Templarios la tenían, este tesoro bien podría ser el tesoro de su gran colección, según se dice.

Para ellos, tendría sentido enviarlo a París para garantizar su seguridad si temían que los sarracenos tomaran Jerusalén.

¿Sabían los caballeros del grupo lo que defendían?

Fergus regresó entonces con los muchachos, todos ellos cargando mercancías y conversando. El muchacho le contó el ataque de Hamish y él se apresuró hacia los establos con preocupación. El mercenario Duncan la vio en la puerta de la sala común y se inclinó, pero Cristina siguió a Fergus con determinación. Fergus estaba exigiendo saber a plenitud lo que había ocurrido. Estaba claro que el pequeño y sucio muchacho no se había dado cuenta de que el tesoro que tenía bajo su custodia había sido reclamado, porque todavía lo mantenía firme.

¿O la historia era diferente a la que ella asumía? Había sido el escudero de Fergus quien defendía el tesoro. ¿Fergus había adquirido la reliquia en Tierra Santa, por medios legítimos o no? ¿Se lo llevaba a casa como recuerdo? Ella tenía dificultades para atribuir tal robo a ese encantador caballero, pero las apariencias engañan.

Después de todo, si su entrega a París era una misión de los Templarios, entonces la reliquia debería haber estado en posesión de Wulfe.

¿O Wulfe se lo había confiado a Fergus, sabiendo que el equipaje de ese caballero era mucho más engorroso por lo que sería fácilmente disfrazado?

¿Por qué lo había reclamado Ysmaine?

¿Quién más sabía de su presencia?

Cristina tenía más preguntas que respuestas, sin duda. Si el noble anónimo era realmente Helmut, su presencia en el grupo de repente tenía más sentido. Sí, había un hombre que haría cualquier acto para servir a su propia avaricia. Si él conocía del relicario, ella tenía pocas dudas de que él se esforzaría por hacerlo suyo.

Necesitaba saber más antes de contarle a Wulfe sus sospechas. Era poco probable que los caballeros confiaran mucho en ella, y Wulfe no se convencería fácilmente de que entregara ningún secreto que se le encargara defender. La dama Ysmaine nunca confiaría en una puta. Su doncella podría compartir sus opiniones, si Cristina se hacía amiga de ella.

Pero primero aprovecharía esa oportunidad para averiguar qué sabían los muchachos.

Ella le sonrió a Duncan, que había cruzado el patio detrás de ella.

Entonces se quedó en el umbral de los establos, mirando. "La dama Ysmaine me habló del estado de Hamish y pensó que le gustaría escuchar una historia", dijo ella.

Los ojos de Duncan brillaron, pero simplemente inclinó la cabeza en señal de sentimiento. "Una buena idea".

¿Cuánto sabía él de esos asuntos? Era perspicaz, sin duda, y Cristina podría haber hablado más con Duncan, si no hubiera adivinado que él desearía alguna prenda a cambio.

Sin duda, le pediría exactamente lo que ella prefería entregar a Wulfe.

Wulfe regresó a la basílica considerando el consejo de los monjes. Las calles estaban atestadas de gente y avanzaba lentamente. Por supuesto, no les había contado toda la historia de Cristina, pero lo que le habían confiado le hizo creer que debía hacer lo que ella le pedía y acompañarla fuera de la ciudad. Si su grupo permanecía unido, ella sería un peregrino más en sus filas.

Seguramente, ¿podría viajar con ella y no dejarse seducir por sus encantos?

Regresó al establo de un armero, a quien se le había confiado la reparación de la empuñadura de su daga. El hombre lo reconoció de inmediato, recordándole a Wulfe las palabras de Cristina lo distintivo que era en esa ciudad, y le presentó la espada con una floritura. Wulfe examinó el trabajo y felicitó al armero por su habilidad. Él sintió la mirada de alguien sobre él, pero le pagó al artesano antes de levantar la vista.

Gastón lo miraba desde la distancia.

¿Realmente había puesto él a ese caballero en peligro?

Gastón indicó que entraría en la plaza frente a la basílica y Wulfe asintió un minuto en señal de comprensión. Él completó su transacción, enfundó la daga reparada y luego se dirigió en esa dirección. Vio a Gastón inmediatamente, mirando hacia el mar en el otro extremo. Vagabundeó como Gastón, mirando a escondidas a su compañero.

Cuando Gastón dobló por una calle, Wulfe caminó en la misma dirección. Vio fugazmente a Gastón delante y lo persiguió, notando cómo el otro caballero aceleraba su paso. Momentos después, entró en una plaza aparentemente abandonada.

Salvo por Gastón apoyado contra la sombra de una pared. Había pocas ventanas que daban a esa plaza, quizás porque el viento del mar era fuerte, y las ventanas que existían estaban altas en las paredes y cerradas contra el viento y el sol.

"¿Te siguieron?" murmuró Gastón cuando Wulfe se paró a su lado.

Wulfe negó con la cabeza, pero esperaron unos momentos, solo para estar seguros. No apareció ninguna otra alma.

"Es un desafío a toda creencia", dijo en voz baja, comenzando con la última conclusión que habían compartido. No estaba seguro de que Gastón agradecería cualquier acusación contra miembros de su propio grupo. "Nuestro grupo aún es seguido, aunque ningún barco partió de Acre después del nuestro."

"No estoy convencido de que nos siguieran desde Acre", dijo Gastón. Después de todo, el equipaje fue registrado en el barco.

Wulfe recordó bien ese detalle. "¿Crees que alguien busca el tesoro que se nos ha confiado?"

"Creo que alguien en nuestro propio grupo tiene curiosidad, si no más." Gastón tamborileó con los dedos. "¿Has visto a tu agresor?"

Wulfe negó con la cabeza y resumió los acontecimientos de la noche anterior. "Pensé que el establecimiento tenía la intención de robarme, como puede ocurrir, pero el suelo crujió cuando entró el intruso."

"Uno que no esté familiarizado con la habitación, entonces."

Wulfe estuvo de acuerdo. "Esperé, fingiendo dormir, y final- mente vi al intruso, recortado contra la ventana."

"¿Hombre? ¿Mujer?"

"Lo suficientemente alto para ser un hombre, pero por lo demás es imposible estar seguro. Llevaba una capa voluminosa".

"Un ladrón, entonces."

"Un ladrón que revisó mi bolso y mi ropa, pero dejó el dinero". Wulfe pensó en la pesada bolsa que le había otorgado el hermano Terricus. Aunque la mantenía oculta, el ladrón la habría encontrado fácilmente durante el registro de su atuendo.

Sin embargo, no la habían tocado.

"¿Y entonces?" Preguntó Gastón.

"Y luego, las llamas. El aceite de la linterna se derramó y se prendió, y toda la habitación se incendió rápidamente".

"¿El ladrón huyó?"

Wulfe negó con la cabeza. "El ladrón se demoró, retrocediendo hacia las sombras de una esquina."

"Él o ella quería ver lo que salvabas."

Esa también había sido la conclusión de Wulfe. Continuó su relato incluso cuando Gastón frunció el ceño.

"Salvaste la vida de la mujer", señaló ese caballero. "Ella dice que eso la deja en deuda contigo."

"Hice lo que cualquier hombre hubiera hecho."

"Creo que ambos sabemos que eso no es cierto", corrigió Gastón. "Más importante aún, ella sabe que no es cierto."

"Ella debería quedarse aquí." Wulfe se sintió obligado a insistir. "No hay futuro para ella conmigo."

"¿Y qué te hace imaginar que hay un futuro para ella en Venecia?"

Wulfe miró al otro caballero, sorprendido por la resignación en su tono.

"Las mujeres no nacen putas como tampoco los hombres nacen caballeros", continuó Gastón.

Eso era bastante cierto.

"Hueles a humo", señaló Gastón. "Debemos estar alerta a ese olor en cualquiera de los demás, o tomar nota de cualquier lesión."

"Crees que el intruso está en nuestro grupo." Wulfe se sintió aliviado de que hubieran llegado a la misma conclusión. "Crees que quienquiera que nos persiguiera en Ultramar buscaba a la muchacha desaparecida mencionada en Acre por su aliado, y no la raíz de nuestro encargo."

"Me temo que es la única posibilidad que aborda todos los detalles." La expresión de Gastón se volvió sombría. "Y realmente, ¿qué sabemos de alguno de nuestro grupo?"

"Fuimos reunidos por el hermano Terricus..."

"Sobre la base del tiempo y la conveniencia, así como de cierta urgencia. El hecho es que sabemos muy poco de nuestros compañeros de viaje".

"Supongo que eso es cierto, pero no es inusual." Wulfe podría sentirse frustrado con sus compañeros caballeros, incluso si hubieran abandonado la orden, pero no estaba dispuesto a sospechar de ellos, dado su servicio militar. Que el perpetrador fuera el comerciante Joscelin, el compañero de Fergus, Duncan, la nueva esposa de Gastón o uno de los escuderos de los otros hombres.

"Incluso tú y yo sabemos poco el uno del otro", señaló Gastón con esa molesta calma. "Sin duda, he oído hablar del hermano Wulfe en el Priorato de Gaza y su corcel negro, pero nunca nos hemos conocido."

Wulfe se reclinó y lo consideró. "Yo podría ser un bandido que lo agredió en la carretera y lo remplazó."

"Aunque habría sido difícil encontrar a los escuderos", admitió el otro hombre con una sonrisa. "Y en verdad, he oído lo suficiente de los hermanos de Gaza como para dudar de que hubieras sobrevivido ileso a una batalla así si no hubieras sido el verdadero hermano Wulfe." Levantó una mano para hacer un gesto mientras continuaba. "Puedes seguir la misma lógica en todo nuestro grupo. Conocí a Fergus por primera vez hace apenas dos años y nunca he trabajado de cerca con él. La única persona de esta compañía de la que puedo dar fe es Bartolomé, porque lo conozco desde que era niño".

Wulfe asintió. "Y sabemos aún menos del comerciante Joscelin de Provins."

"Salvo su reputación."

Y de su señora esposa.

Gastón hizo una mueca y Wulfe supo que su caballero compañero ya lo había considerado. "Al menos sabemos que Everard de Montmorency es quien dice ser."

"¿Lo sabemos?" Preguntó Wulfe, porque no compartía esa convicción. Sin duda, había oído hablar del hombre, pero nunca lo había conocido ni visto. Él también podría haber sido reemplazado por un bandido.

Pero Gastón negó con la cabeza. "Ha sido parte de la corte real de Jerusalén durante al menos ocho años como conde de Blanche Garde. Lo he visto muchas veces en la corte".

Entonces, Gastón podría responder por Everard. La lista de sospechosos se hizo más pequeña. "¿Por qué dejó Ultramar, justo cuando enfrenta su mayor desafío?"

Su padre está enfermo. Regresa a casa como un hijo obediente para despedirse".

"Pero como conde de Blanche Garde, tiene una propiedad, o la tenía antes de abandonarla."

Quizás no deseaba presenciar su pérdida ante Saladino. Quizás, como muchos otros, anhela la familiaridad del hogar, a pesar de sus logros en Ultramar".

Wulfe se mostró escéptico. Ningún hombre sensato abandonaba una posesión tan fácilmente, no sin luchar. No podía imaginarse entregando su fortuna para sentarse en el lecho de muerte de su propio padre. "Quizás hay algo mal por lo que no se quedó para defenderla, o cabalgar con el Rey Guy."

Quizá no le guste la guerra.

"Un hombre rico y privilegiado, que viaja solo. Me recuerda a un ladrón en la noche, intentando huir de la detección".

"Si fuera así, entonces habría cabalgado hacia el norte desde Blanche Garde hasta Jaffa, y no habría tenido problemas con Jerusalén ni habría buscado la defensa de los Templarios."

Wulfe no estaba convencido, pero dudaba que pudiera

convencer a Gastón. Lo mantendré en mi lista de sospechosos, incluso si tú no lo haces. Junto con tu señora esposa".

"Mi esposa está por encima de cualquier reproche..." replicó Gastón, alzando la voz.

Wulfe lo interrumpió con un recordatorio. "Adquirió veneno y consulta a menudo con el comerciante Joscelin..."

"¿Quién intenta obtener una garantía de ella de que le comprará especias una vez que esté en Francia?"

"Y quién siempre falta cuando las cosas salen mal."

Gastón frunció el ceño, por lo que Wulfe insistió en su punto. "Podrían estar aliados juntos y disfrazar sus planes como discusiones sobre especias".

El otro caballero negó con la cabeza. "No llevaré una lista de sospechosos, porque creo que nadie puede ser incluido con seguridad, salvo quizás tu cortesana."

"Ella no es mi cortesana..."

"Ella argumenta lo contrario."

"¡Tener una cortesana o una amante sería desafiar mis votos!"

La sonrisa cómplice de Gastón no alivió la molestia de Wulfe. "¿Mientras visitabas un burdel, no?"

Wulfe se enderezó. "Me gustaría irme de este lugar a toda prisa", insistió. "Dime que no necesitamos esperar el bienestar de un escudero."

"Debemos hacerlo, no sea que parezcamos ladrones que huyen en la noche." Gastón bajó la voz. "Pero eso no significa que nuestro tiempo en esta ciudad será en vano. Tratemos de atraer a tu agresor para que haga otro intento".

"¿Sobre mi vida?" En opinión de Wulfe, era una mejor elección que dejar a Gastón presa de un asalto debido a sus propios comentarios esa mañana.

"Por supuesto. Después de todo, eres tú quien lidera este grupo".

Wulfe decidió no comentar sobre eso. "¿Tienes un plan?"

"Uno débil, pero podría ser efectivo. El ladrón cree que eres el líder de nuestro grupo y, por lo tanto, el encargado de la posesión del objeto que busca. Tu equipaje fue registrado en Samaria, el de todos los demás de nuestro grupo registrado en el barco. Anoche, sospecho que te siguieron y registraron tus pertenencias más íntimas, nuevamente en busca de alguna pista sobre la ubicación del tesoro. Puede que al ladrón le quede claro que no lo llevas contigo".

"¿Y entonces?"

"¿Y si actuaras como un hombre empeñado en quedártelo?" Gastón bajó la voz y Wulfe se acercó más. "Hay aquellos en Venecia que la orden suele utilizar para la custodia o venta de gemas y bienes preciosos. No amenazaría la seguridad de ninguno de ellos, pero esta práctica es bien conocida. Después de que todos se retiren esta noche, es posible que salgas de la casa, como si tuvieras una cita en secreto. Te seguiré, dejando suficiente espacio para que el ladrón pueda perseguirte".

"Y ese demonio encontrará su juicio en las calles de Venecia." Wulfe asintió. "Me gusta mucho, porque se sabe que esta ciudad es violenta por la noche."

"Estaré pendiente de tu partida."

Los dos caballeros se dieron la mano, luego Wulfe abandonó la plaza con un nuevo propósito. Sí, su viaje sería mucho más simple si el ladrón pudiera ser revelado antes de que salieran de Venecia. Eso le daría valor a su permanencia en esa ciudad.

CRISTINA FUE CONSCIENTE de la forma en que la conversación se detuvo tan pronto como ella entró en los establos. Simón y Stephen estaban lejos de la puerta, atendiendo un enorme corcel negro que tenía que pertenecer a Wulfe. Un par de caballos se establecían cerca del caballo de guerra, lo que indicaba que también pertenecían al Templario. Pudo ver un caballo moteado y otro de un tono castaño oscuro con una estrella en la frente y patas blancas. Otro caballo de guerra era de un marrón tan oscuro que casi parecía negro.

Echó un vistazo más de cerca a ese muchacho pequeño sentado a un lado, todavía aferrado a una alforja como un percebe. Ese escudero de Fergus estaba bastante perdido en las sombras y parecía aún más delgado y sucio de cerca. También olía con vehemencia a estiércol. Era notable que ella pudiera decir eso mientras estaba de pie en un establo, pero estaba claro que el muchacho había estado sucio durante mucho tiempo. Él bajó la mirada cuando notó su curiosidad y abrazó el equipaje con más fuerza.

Entonces no sabía que se había intercambiado su contenido.

En la parte de atrás y fuera de la vista, alguna discusión se había quedado en silencio. El heno crujió cuando alguien se acercó para mirarla, y ella vio el cabello rubio de un escudero mientras se asomaba al final del último puesto. Era el del ojo ennegrecido, el que se había burlado de ella antes. Antes de que ella pudiera hablar, desapareció.

El equipaje se apilaba en la esquina trasera izquierda del establo, y la trampa para los caballos también estaba colgada allí. Había cubos de agua y avena para los caballos, y el familiar olor a heno, estiércol y cuero que recordaba muy bien de su casa.

Un joven de cabello oscuro apareció un momento después del mismo punto donde el chico rubio había desaparecido, moviéndose con determinación hasta que la vio. Entonces se quedó inmóvil y la miró fijamente, aunque su desaprobación era clara. Cristina se negó a dejarse disuadir y no abandonó los establos, por mucho que ese hombre hubiera deseado que lo hiciera.

Había caballos en abundancia, en varios tonos de marrón y gris, y Cristina se preguntó si viajarían todos con el grupo de Wulfe. No pudo evitar notar que eran más abiertamente curiosos que los caballos o los escuderos.

Parecía que la hembra de cualquier especie era la que tenía más probabilidades de establecer una relación.

"Bueno, buenos días", dijo Cristina al primer caballo que se estiró para oler su mano extendida. "Eres una criatura encantadora. ¿Tienes un nombre? Acarició el morro del caballo, admirando los calcetines blancos del caballo, consciente de que los muchachos y los hombres la miraban. Ella los dejó echar un buen vistazo.

Si pensaban que el silencio o la desaprobación la obligarían a huir, podían pensarlo de nuevo. Se había enfrentado a cosas peores en sus días.

"¿Sin nombre?" ella reflexionó. "Qué descuido. Quizás debería darte uno. "

"Esa es Bella", dijo Stephen, alzando un poco la voz.

"Y ella es bella." Cristina procedió al siguiente caballo, que era más curioso dada su atención al primero. Esta segunda yegua olió la palma de Cristina, luego cerró los ojos con satisfacción cuando Cristina le rascó las orejas. "Oh, y eso te gusta. ¿Cuánto tiempo hace desde que te frotaron las orejas así?

El caballo relinchó de satisfacción y Duncan se rió entre dientes. Él permanecía en la puerta detrás de ella, mirando y escuchando. "Tienes un toque, muchacha, pero entonces, ¿quién se sorprendería con eso?"

Ella sonrió a pesar de sí misma.

Señaló con la cabeza al caballo que tenía delante. "Esa es Vera, porque conoce la verdad de cualquier situación."

"¿De verdad?"

"En efecto. Cuando ella no abandona el establo, puedes contar con una tormenta. Cuando se pone a correr, es mejor que la dejes huir porque hay problemas detrás rápidamente".

—Entonces eres un caballo inteligente, Vera —informó Cristina al caballo, que relinchó y asintió en aparente acuerdo. Quienquiera que te monte es muy afortunado. Espero que se escuchen tus advertencias". La yegua le mordisqueó las yemas de los dedos.

Stephen se acercó a Cristina y se inclinó. "Por favor, conozca a Teufel, mi señora", dijo, señalando al corcel negro con un gesto. No pudo evitar pensar que podría haber estado introduciendo la nobleza en la corte a pesar de la solemnidad de sus modales.

"¿Tu amo llama como un demonio a su caballo?"

"Teufel es muy obstinado, mi señora, y tengo entendido que no tenía prisa por ser domesticado a la silla de montar".

Estaba claro que a la criatura no le faltaba confianza, y con razón, porque era magnífico. Sus proporciones eran perfectas aunque era muy grande, y su piel brillaba como la seda de un tono medianoche. Su melena y cola eran largas y estaban cepilladas hasta adquirir brillo. Había un brillo en sus ojos oscuros que hablaba de determinación y golpeaba con el pie con impaciencia incluso cuando ella estaba de pie frente a él.

"¿No le gusta su nombre, señor?" Cristina preguntó al caballo en broma y el semental exhaló. La examinó y sus fosas nasales se ensancharon antes de dignarse a dejar que ella le acariciara la nariz.

"Es temperamental, mi señora, pero leal".

"Ah, entonces tu maestro reconoció un alma gemela", bromeó Cristina, pero solo Duncan se rió entre dientes. El otro joven resopló y se dispuso a salir de los establos. "No nos han presentado", dijo Cristina, interponiéndose en su camino.

Él la miró de arriba abajo, con la frente ceñuda. "Soy Bartolomé, el escudero de Gastón."

¿Escudero? ¿Tan mayor cómo eres? Cristina ocultó su sorpresa. "Y yo soy-"

"Sé lo que eres", dijo Bartolomé con brusquedad y pasó junto a ella, dejando los establos con pasos rápidos.

El muchacho pequeño, el sucio de la bolsa, inhaló bruscamente con desaprobación, y Stephen bajó la mirada como avergonzado de su compañero. Bartolomé solo miró al sucio escudero antes de irse. ¿Eran amigos? Si es así, parecía una alianza poco probable. Quizás el joven defendía al muchacho más pequeño del grupo.

Si es así, Cristina pensaría mejor en él.

Cristina sonrió a Stephen para aliviar su desconcierto. "¿Los otros caballos tienen nombre?"

El niño le mostró los otros caballos y también presentó a los escuderos. El que había vislumbrado en la parte de atrás era Kerr, que servía a Fergus, aunque a Cristina no le gustó lo rápido que su mirada se deslizó. En su opinión, no se podía confiar en ese. Ese ojo ennegrecido insinuaba que había otro que estaba en desacuerdo con él.

Un segundo escudero prometido a Fergus dormía en la parte trasera de los establos, las pecas de sus mejillas parecían anormalmente oscuras contra su palidez. Su cabello estaba rojo y despeinado.

"Este debe ser el muchacho herido", le dijo en voz baja a Stephen, quien asintió.

Fergus estaba al lado de Hamish, con la mano sobre la frente del muchacho. "Es de lo más extraño", dijo. "Lo hubiera pensado mejor, de no ser por este informe."

"No lo recuerdo, señor", dijo Hamish.

"Tampoco recuerdas golpearte la cabeza con el barco", señaló Kerr con burla en su tono.

Quizás Hamish había sido empujado, al igual que no había tenido una convulsión.

Stephen se enderezó a su lado. "El boticario decretó que debe descansar hasta mañana, porque fue golpeado en la cabeza justo antes de que dejáramos el barco."

Duncan los había seguido y miró al chico, inclinándose para sentir el calor de su frente a su vez. Intercambió una mirada con Fergus y Cristina sólo pudo admirar lo protectores que eran con los muchachos confiados a su servicio.

"Hamish estará sano en poco tiempo", dijo Duncan con brusquedad y los hombres se enderezaron. "La sangre de los campeones corre por sus venas, después de todo, mezclándose con el espíritu de las Tierras Altas."

"Sin duda dices la verdad", dijo Fergus con una alegría que parecía forzada. "Déjame ver si puedo encontrar sopa para ti."

"Sí, mi madre siempre insistió en que una buena sopa era lo mejor", asintió Duncan, y Fergus partió con determinación.

Evidentemente animado, Hamish se sentó y miró a Cristina después de inclinar la cabeza a modo de saludo.

"Me sorprendieron", insistió él de nuevo.

—Por supuesto que sí —convino Duncan, aunque Cristina no estaba segura de que él creyera eso. Cuando Hamish habría discutido, Duncan levantó un dedo. "Lo hecho, hecho está, muchacho. Solo tienes que recuperarte".

La alarma brilló en los ojos del escudero y Cristina se preguntó si el niño temía quedarse atrás.

No pudo evitar notar que ni los escuderos ni Fergus prestaban mucha atención al muchacho pequeño escondido en el rincón más alejado con su bolso. Por supuesto, su hedor era suficiente para hacer que se le salieran las lágrimas. Quizás esa era la única razón por la que lo rechazaban.

Quizás su suciedad no era un accidente. Cristina sintió un poco de pena por el muchacho.

Sacudió un bulto de heno y tomó asiento, asegurándose de que Hamish pudiera verla, luego miró a los muchachos atentos. Todo lo que tenía que hacer era animarlos a que confiaran en ella. Parecía una hazaña difícil en ese momento, pero Cristina sonrió.

"Cuando era niña, iba a los establos siempre que quería escuchar un cuento", admitió en tono alegre. "El mozo era un buen narrador de historias y sabía que siempre tendría uno para compartir que yo nunca hubiera escuchado antes."

"¿Siempre?" Kerr se burló. "¿Cuántas veces fuiste?"

"Cientos", dijo Cristina, sosteniendo la mirada desafiante del muchacho hasta que él miró hacia otro lado. Ella no se dejaría intimidar por su impertinencia, eso era seguro. Y sin duda conocía cientos más. Siempre que estoy en un establo como éste, pienso en ese mozo de cuadra y recuerdo cuánto me encantaban sus cuentos. Por eso le sugerí a la señora Ysmaine que le contaría una historia a Hamish, aunque todos son bienvenidos a escuchar.

"¿Por qué deberíamos?" Preguntó Kerr, su manera era insolente.

Cristina sonrió con deliberación. "Porque te he invitado a hacerlo."

"Sin embargo, no se supone que hablemos contigo", respondió Hamish. Los muchachos intercambiaron miradas, reacios a aceptar.

Cristina asintió como si estuviera considerando eso. "ya veo. ¿Y siempre haces lo que se te pide que hagas?

Duncan reprimió una sonrisa ante eso, aunque los muchachos asintieron.

"Sí, mi señora", dijo Stephen. "Estamos encargados de hacer la voluntad de nuestros caballeros."

Cristina negó con la cabeza. "Sin embargo, ustedes son muchachos, y realmente si todos son muchachos completamente obedientes, entonces esta debe ser la reunión más notable de toda la cristiandad." Bajó la voz para confiarle a Stephen, aunque los demás seguramente podrían oír. "Lo que hace que los muchachos sean atractivos es su capacidad para hacer travesuras y su frecuente incapacidad para hacer lo que se les ha ordenado."

Stephen se ruborizó y bajó la mirada como si ella lo hubiera sorprendido. Hamish volvió a fingir dormir y Kerr se ocupó del heno. Simón comprobó el agua para Teufel, que estaba clara y abundante. El muchacho pequeño y sucio parecía estar dormido. Duncan estaba sentado en un bulto de heno, obviamente entretenido.

"Pensé en contarte la historia del santo por el que te nombraron, Hamish, pero esa es una historia que no conozco. En cambio, te hablaré del santo por el que me nombran. Santa Cristina".

Era muy consciente de la diversión de Duncan al contar la historia de un santo y de la sonrisa de Kerr, pero se lo contó a Stephen, quizás su mayor aliado en los establos. Ese muchacho continuó cepillando a Teufel, quien seguramente no necesitaba más cuidados, pero la tarea aseguraba que el muchacho estuviera lo suficientemente cerca para mirarla y escucharla. Cristina no pensó que eso fuera un accidente.

"Cristina nació en Ultramar, en Tyre, en una familia noble."

"He estado en Tyre", dijo Stephen. "Viajamos allí una vez con una misiva del maestro."

"Qué afortunado eres. No he visitado ese lugar".

"El puerto era maravilloso. Era la ciudad más grande que jamás había visitado". Stephen miró a su alrededor. "Antes de esta".

Cristina asintió. "Esto sucedió en los días del Imperio Romano, cuando la mayoría de la gente creía en los dioses paganos. Cristina era extremadamente hermosa pero su padre deseaba que ella fuera virgen al servicio de los dioses. Como muchos hombres la deseaban y él se negaba a dejarla casarse, la encerró en una torre con doce de sus mujeres esperando para proteger su castidad hasta que se pudiera arreglar ese destino. Pero Cristina había escuchado la palabra de Dios y se había convertido en cristiana. Ella se negaba a sacrificarse a los dioses paganos e incluso escondió el incienso que se suponía que debía quemar en su honor, en lugar de encenderlo en el altar de la torre".

"Ella desobedeció a su padre", dijo Stephen, claramente sin saber si estar horrorizado por su desafío o admirar su fe.

"De hecho, lo hizo." Cristina notó que el pequeño y sucio muchacho se había acercado, con su alforja, para escuchar. El muchacho la abrazaba con fuerza mientras escuchaba su historia. "Y las sirvientas se apresuraron a informar a su padre de su desobediencia."

"Como suele hacer más de una sirvienta", señaló Duncan con ironía.

"Su padre se enfureció con esas noticias y vino a desafiar a la propia Cristina. Él temía que su decisión trajera la ira de los dioses sobre ella y discutió con ella, insistiendo en que se sacrificara a todos los dioses para que nadie se sintiera ofendido. Cristina juró que oraría solo al Padre, al Hijo y al Espíritu Santo. Su padre no podía entender por qué ella rezaba a tres dioses pero no al resto, pero Cristina le dijo que estos tres eran uno, la Trinidad y la Divinidad. Él insistió en su proceder, luego dejó a su hija, seguro de que ella sería obediente".

"Pero no lo era", adivinó el muchacho sucio con algo de entusiasmo.

Cristina le sonrió, complacida de que él la entendiera y eligiera responder. "No lo era, porque creía que su padre estaba equivocado. De hecho, ella destruyó los ídolos de sus dioses que estaban sobre el altar en la prisión de su torre, asegurándose de que nadie pudiera adorarlos".

"Y las criadas le dijeron a su padre", supuso Simón.

"Y el regresó enfurecido. Quizás él había dudado de la desobediencia de Cristina, pero cuando él vio los ídolos rotos, el no pudo negar sus actos. Él estaba decidido a corregir su pensamiento, sin importar el precio. Él ordenó que sus sirvientas la desnudaran, luego hizo que doce hombres la golpearan con toda su fuerza. Cuando los hombres se rindieron de cansancio, Cristina retó a su padre, diciendo que sus dioses deberían darle nueva fuerza a esos hombres, así como su Dios le daba resistencia a ella. En cambio, él la hizo atar con cadenas y la arrojó a una prisión."

"¿Él podía hacerle eso a su propia hija?" preguntó Stephen, y Cristina estaba complacida de que él tuviera tan poca experiencia con la maldad.

"Sin duda hizo algo peor", dijo sombríamente el pequeño muchacho, su tono revelaba que su historia era diferente.

"Él hizo eso", admitió Cristina, luego añadió. "Y más."

"Él temía por su futuro", dijo Duncan. "Como hacen muchos padres."

"Pero él estaba equivocado", protestó Simón. "¡Él era pagano!"

"Y aun así convencido por igual de sus creencias", dijo Duncan gentilmente. "no excuso su maldad, simplemente reconozco que es natural para un hombre querer lo mejor para sus hijos."

Él sonaba cansado, y Cristina se preguntaba si Duncan tenía familia él mismo.

"Su motivación puede ser discutible en este caso", notó Cristina. "Porque era escasamente bueno para Cristina ser golpeada y encarcelada." Duncan inclinó su cabeza en reconocimiento. "Su madre fue a la prisión y trató de convencer a Cristina de hacer cualquier cosa que fuera necesaria para ganar el perdón de su padre, pero Cristina sabía que solo una cosa bastaría. Ella estaba decidida a no sacrificarse a falsos dioses. Y así fue que su padre ordenó más castigos para ella, pensando que el dolor cambiaría su forma de pensar. Su piel fue arrancada de su cuerpo con ganchos, pero Cristina le tiró los pedazos a su padre, retándolo a comer la carne que había arrancado."

El pequeño muchacho sucio sonrió ante eso.

"Su padre entonces hizo que la amarraran a una rueda de hierro, y ordenó que una hoguera fuera encendida debajo de ella, así podría quemarse hasta la muerte. Sin embargo el fuego se extendió de debajo de la rueda y mató a cientos de hombres que se habían reunido a mirar, dejando a Cristina ilesa."

"Me gustaría haber visto eso", murmuró Kerr, y Cristina se preguntó que parte de la historia lo había intrigado.

"Entonces su padre decidió que Cristina debía ser una bruja, porque no podía haber otra razón para una sobrevivencia tan mágica. Él hizo que la ataran y que una roca fuera amarrada a su cuello, y entonces ella fue arrojada al mar. Todos estaban seguros de que se ahogaría, pero los ángeles fueron en su ayuda, levantándola del mar en sus brazos. Cristina vio a Jesucristo y fue bautizada por él en las aguas del mar. Entonces ella fue dada a la custodia del arcángel Miguel quien la llevó con cuidado a la orilla."

Stephen se sentó pesadamente, su admiración era clara y había olvidado su tarea.

"El padre de Cristina solo estaba más convencido del poder maligno de su hija. Él la llamó bruja, y ella se rio de él, diciéndole que no había sido la brujería lo que la había salvado sino la bendición de Jesús. Su padre la sentenció a prisión, ordenando que fuera decapitada en la mañana."

Cristina suavizó su falda, insegura de que todos los detalles de la tortura de su tocaya fueran relevantes. Los muchachos claramente disfrutaban los detalles violentos, pero ella se apresuraría hasta llegar al punto de su historia. "El padre de Cristina murió esa noche, pero ya que ella había sido confinada a la prisión, un juez asumió la responsabilidad por su castigo. Él estaba, como el padre de ella, determinado a convencerla de que se sacrificara a los dioses paganos y a sacar la brujería de ella. Él la hizo poner en un contenedor de hierro con arena ardiendo, pero Cristina alababa a Dios por su renacimiento a través del bautismo, y dijo que ella era mecida como un bebé recién nacido. El juez hizo rapar su cabeza e insistió en que ella fuera guiada desnuda por las calles hasta el templo de Apolo, donde ella sería forzada a reconocer a ese dios. En vez de eso, Cristina llamó a Dios y la gran estatua de Apolo se volvió polvo ante los ojos de todos. El juez estaba tan asombrado por esa señal que se murió en el puesto."

"Me gustaría ver eso", susurró Hamish.

"Pudo haber sido un truco", dijo Kerr, obviamente tratando de parecer más culto que el muchacho herido. Cristina no pudo menos que notar que él estaba escuchando la historia tan atentamente como los otros.

"El siguiente juez hizo arrojar a Cristina a un horno ardiendo construido especialmente para ese propósito, donde un fuego enorme era alimentado. Ella caminó por esa habitación durante cinco días, cantando plegarias a Dios con los ángeles, hasta que el fuego meramente cenizas debajo de sus pies desnudos. El juez estuvo seguro entonces de que ella era una bruja, y mandó que fueran arrojados a la prisión con ella serpientes, víboras y cobras. Las letales serpientes no la atacaron, sino que limpiaron el sudor de su piel y se pusieron a sus pies. El conjurador que ordenó que se levantaran las serpientes fue atacado y asesinado por ellas. Cristina ordenó a las serpientes que se fueran, luego levantó al conjurador de la muerte, tras lo cual el pidió ser bautizado en Cristo también."

"¡Me gustaría ver eso!" dijo Simón. "Un hombre levantado de la muerte."

Stephen frunció el ceño.

"Pero él era un conjurador" notó Kerr. "Quizás no estaba realmente muerto."

"Me gustaría que Dios levantara a todos de la muerte", dijo Stephen suavemente.

"Lo hace", dijo Cristina al muchacho, sabiendo que él pensaba en sus padre. "Porque él lleva a los creyentes al cielo por toda la eternidad. Ahí es donde veremos a nuestros seres amados otra vez, si nuestra fe es verdadera."

Él asintió, alentado.

Cristina continuó. "El juez intentaba silenciar a esta mujer que había ganado más que solo el apoyo del conjurador. Él hizo que le cortaran los senos, pero leche manó de las heridas en vez de sangre. Él hizo que le cortaran la lengua, pero Cristina la arrojó hacia él. Lo golpeó en la cara y lo hizo enojar mucho. El juez disparó dos flechas hacia su corazón y hacia su costado, atravesaño a Cristina, y esta doncella rindió su espíritu a Dios, fiel hasta el final. Fue en el año 287, año Domini." Cristina hizo una pausa antes de continuar. "Y así llevo el nombre de una mujer cuya fe no podía ser sacudida, sin importar que tormentos le hicieran pasar, y que indignación fuera obligada a soportar. Su fe la sostuvo a través de todo eso."

Cristina miró hacia arriba para atrapar a Duncan en ensimismada observación de ella, entonces el caballero se giró. Ella se preguntó que conclusión habría sacado él sobre ella.

Ella interrogó a los muchachos, mostrando su interés. "Ahora, ¿Quién tiene una historia para mí?" Ella sacudió un dedo ante ellos. "Es justo que cada uno de ustedes me cuente una historia. Ustedes vienen de Ultramar y seguro escucharon buenas historias allí. ¿Quién será el primero?"

l contrario de lo que esperaba Wulfe, no fue el ladrón el que fue revelado esa tarde.

Poco después de separarse de Gastón, Wulfe sospechó que lo estaban siguiendo.

Aceleró sus pasos, agachándose por un callejón y luego por otro, alejando el rastro de su ubicación en un abrir y cerrar de ojos. Cuando se dio cuenta de que estaba perdido, sabía con certeza que alguien acechaba sus pasos.

Wulfe también sabía que había cometido un error. El camino que había elegido recientemente se doblaba hacia la derecha, solo para revelar que terminaba en un canal.

Un segundo después, un hombre corpulento se acercó tranquilamente a la esquina tras él. Wulfe reconoció a uno de los hombres que habían custodiado la puerta del establecimiento de Costanzia la noche anterior.

La expresión de su rostro reveló que él también reconoció a Wulfe.

A este se le unió un segundo hombre. Su compañero, en todo caso, era más grande y parecía más malo. Wulfe se retiró, solo para escuchar un carraspeo detrás de él. Se giró para ver a un tercer hombre de tamaño similar salir de un bote pequeño al otro extremo del callejón. Había un cuarto en el bote, pero ese hombre remaba el bote hasta ponerlo fuera de la vista. El hombre que había desembarcado sonrió a Wulfe.

No era una sonrisa amistosa.

Wulfe miró hacia atrás para encontrar a los otros dos detrás de ellos. Evidentemente, se habían movido más rápido de lo que él esperaba. Su mano cayó hasta la empuñadura de su cuchillo, pero ellos sacaron sus dagas al unísono.

"Solo queremos hablar contigo", dijo el que Wulfe recordaba. Dejó que la hoja de su cuchillo captara la luz del sol, un gesto que contradecía sus palabras.

"No hay necesidad de complicar las cosas", dijo el tercero, obligando a Wulfe a girar y mirar hacia atrás. Él también se había acercado y también jugaba con su cuchillo.

"Simplemente buscamos a Cristina", continuó el primero. "¿Sabes dónde está ella?

Wulfe miró a su alrededor y se dio cuenta de que estaba en un callejón sin ventanas. No podía ver a nadie más que a sus asaltantes y dudaba que alguien lo oyera pedir ayuda.

Mucho menos acudir en su ayuda.

"O tal vez", sugirió el segundo hombre en voz baja. "Necesitas un poco de ánimo para estimular tu memoria."

"Cristina es profundamente añorada", murmuró el primero, había un tono de burla en sus palabras. "Tenemos la obligación de no volver sin ella."

Wulfe escuchó las pisadas del tercer hombre detrás de él justo antes de que ese hombre dejara caer su mano sobre el hombro de Wulfe. —Quizás seas tan amable de ayudarnos —dijo con tranquila amenaza, y Wulfe sintió la punta de un cuchillo en su garganta.

Él tenía dos cuchillos, el que siempre llevaba y el que había reparado el armero, aunque no llevaba la espada. Podía luchar con ambas manos, aunque disfrazaría ese hecho durante el mayor tiempo posible.

Si Dios enviaba pruebas para revelar las fortalezas de un hombre, Wulfe debía tener más poder oculto del que pensaba.

Más importante aún, tenía los fondos otorgados por el Temple. No ofrecería esas monedas fácilmente, pero si la elección era entre su vida y el dinero del Temple, Wulfe sabía que se decidiría a favor de su propia supervivencia.

Pero esos hombres no ganarían fácilmente ese premio, sin duda.

CRISTINA ESPERÓ una eternidad la respuesta de los demás en los establos. Justo cuando pensó que podría haber juzgado mal a su audiencia, una voz llegó desde el rincón más alejado.

"Conozco una historia", dijo el pequeño muchacho moreno con la bolsa. "Y como la tuya, es de personas que se negaron a que les dijeran en qué creer".

Cristina se rió. "¡Perfecto! Ven y compártela con nosotros, por favor".

Kerr hizo una mueca. "No te acerques", dijo y se pellizcó la nariz con una mueca.

"Laurent apesta", confió Stephen en un susurro.

"Te aseguro que el establo no huele a rosas", señaló Cristina.

"Pero Laurent..." Stephen guardó silencio y luego negó con la cabeza.

Mientras tanto, el muchacho Laurent se acercó un poco más, esa bolsa todavía agarrada. El olor en él se duplicó y redobló, por lo que el muchacho podría haber sido un montón de estiércol ambulante. Sin embargo, Cristina dudaba que él viera mucha amabilidad, así que ocultó su reacción. Laurent se sentó a su lado y se apoyó en la alforja de manera protectora. Cristina ya había notado que él era pequeño y delgado. Su piel era dorada y era finamente huesudo. Sus ojos eran oscuros y de pestañas espesas, lo que le daba un aire exótico.

No, un aire femenino. Ella miró su rostro y sus manos, miró sus proporciones y estaba segura de la verdad.

Laurent era una muchacha.

¿Quién más lo sabía?

"¿Seguramente podrías soltar tu equipaje?" Sugirió Cristina, pero Laurent lo apretó con más fuerza.

"Mi señor Fergus me lo confió como prueba, mi señora, y no le fallaré en eso."

¿Qué sucedería cuando el muchacho descubriera que la reliquia había sido intercambiada?

"¿Sabes lo que contiene?" preguntó ella a la ligera.

"Sospecho que no es nada", confió Laurent. "Porque, ¿quién concedería una muestra de algún valor a mi cuidado, antes de que yo hubiera demostrado mi valía?"

Ciertamente, Laurent no era de Escocia. "Pero si eres el escudero de Fergus..."

"Sólo recientemente", intervino Duncan. "El muchacho sólo se unió a nosotros a nuestra huida de Jerusalén, aunque nos era familiar de los establos de los Templarios."

"Él sabe mucho de caballos", contribuyó Stephen.

"Y más que eso", susurró Kerr, ganándose miradas sombrías de los otros muchachos. "Es por eso que apesta", dijo. "Él duerme en su estiércol."

Cristina pensó que era una buena estrategia para evitar que otros miraran demasiado de cerca. "Ya veo", dijo ella suavemente. "Yo escucharía tu historia, Laurent, si la compartieras."

La sonrisa de Laurent era elegante y encantadora. "Érase una vez un grupo de buenos amigos, todos los cuales creían en el Dios verdadero. Como Santa Cristina, fueron castigados por no hacer ofrendas a los ídolos falsos. A diferencia de Santa Cristina, eligieron huir de la ciudad para adorar como sabían que era correcto".

Cristina estaba intrigada por la historia. ¿Laurent se había unido al grupo para huir de Jerusalén? Si era así, ¿por qué?

"Entonces se escondieron en las colinas, refugiándose en una cueva que descubrieron. Algunos dicen que eran tres, mientras que otros dicen que eran cinco o incluso siete. Todos coinciden en que un perro fiel los acompañaba. Ellos oraron en este lugar y Dios les envió una bendición: se aseguró de que todos cayeran en un sueño profundo. El perro también dormía, aunque dormía en la puerta de la cueva, como si los cuidara. Se despertaron más tarde, creyendo que habían dormido sólo un día o dos, y tenían hambre. Uno de ellos eligió ir a la ciudad y comprar pan, y fue entonces cuando descubrieron la verdad".

"¿Que verdad?" Preguntó Stephen.

Laurent sonrió. "La ciudad había cambiado tanto que ése muchacho apenas la reconoció. Pensó que su ingenio estaba aturdido por el hambre y trató de comprar pan, pero el panadero no quiso aceptar su dinero. Se levantó un alboroto y se reunió una multitud, porque la moneda era antigua y valiosa. El panadero pensó que ese hombre debía haberlo robado, mientras que otros pensaron que había encontrado un tesoro y que él debería compartir su ubicación. Como puedes imaginar, él estaba muy confundido por todo eso".

Cristina miró alrededor del establo, intrigada de que Laurent llamara la atención de los demás con tanta facilidad, dadas sus reacciones a su presencia.

"La multitud exigió que el hombre que creían que era un extraño probara sus orígenes. El hombre dio su nombre y el de sus padres, pero nadie conocía a ninguno de ellos. Gritó de disgusto, porque lo llamaban mentiroso y exigían que lo llevaran ante un magistrado del emperador. Cuando él nombró al emperador que sabía que gobernaba el territorio que contenía la ciudad, la multitud retrocedió asombrada. Él no entendió su reacción y preguntó qué pasaba". Laurent bajó la voz. "El panadero le dijo que el emperador había muerto hacía siglos."

Los chicos recuperaron el aliento como uno solo y se inclinaron hacia adelante como uno solo para escuchar cómo podía ser esa maravilla.

"Los compañeros de la cueva habían dormido durante trescientos nueve años, por voluntad de Dios."

Cristina frunció el ceño, porque conocía una variante de ese cuento. Se contaba como la de los Siete Durmientes de Éfeso, pero ella había oído que la historia se había originado entre los sarracenos.

¿Laurent era una sarracena además de una muchacha?

~

WULFE CRUZÓ la puerta de la casa alquilada, esforzándose por parecer sereno pero más conmocionado de lo que prefería. Hizo una pausa por un momento, queriendo bloquear la puerta, pero sabiendo que eso sólo despertaría las sospechas de los demás dada la hora. No necesitaban saber lo qué había sucedido.

Excepto Gastón.

Le irritaba enormemente que le hubieran quitado su daga favorita, sobre todo porque acababa de pagar por su reparación. La hoja era de fino acero toledano y la echaría de menos. Le ardía aún más el hecho de tener que admitir su fracaso ante Gastón, pero Wulfe sabía que tenía que hacerlo. No era de los que eludían una tarea desagradable, aunque, desde luego, no disfrutaría hacerlo. El hecho era que Gastón había acumulado algo de riqueza y podía financiar el viaje. El Gran Maestre de París le pagaría, porque él confiaría en la contabilidad de Gastón, y los demás no tenían por qué notar la diferencia.

Wulfe sufría por los golpes que le habían infligido. Los hombres de Costanzia no le habían roto ningún hueso, porque habían encontrado el dinero a tiempo. Tampoco habían estropeado su rostro. Según todas las apariencias, estaba un poco desaliñado.

En verdad, estaba más agitado que eso, y no solo por sus heridas. En el momento en que lo dejaron, había dudado de su elección. ¿Debería haberlos perseguido? ¿Podría haber asegurado el dinero de nuevo?

Lo que había detenido a Wulfe fue la convicción de que si lograba recuperar el dinero, su retribución recaería en Cristina. No podía soportar pensar en ella estando herida. También se mostró escéptico de que pudiera vencer a sus oponentes tan rápido, después de haber perdido contra ellos.

Y así, parecía que se había comprado una cortesana con los fondos del Temple.

Otro hombre podría haber encontrado divertida la idea, pero Wulfe estaba consternado.

Sólo había una manera de corregir ese error: no debía tocar a Cristina de nuevo. Solo entonces podría argumentar que lo habían robado en defensa de un peregrino. Sólo si no podía obtener ninguna ventaja personal para sí mismo podría levantar la cabeza y confesar al Gran Maestre en París.

También era la única forma en que podía mantener su posición en la orden.

Incluso ese era un futuro más precario de lo que a Wulfe le hubiera gustado. Él dependería de la buena voluntad del Gran Maestre de París, un hombre al que no conocía, y también del testimonio ofrecido por Gastón.

Qué tontería haberse puesto en tal posición de debilidad.

Wulfe cuadró los hombros y pasó al patio, viendo que la mayoría de sus compañeros de viaje estaban reunidos allí, en la sala común o en los establos. Gastón había regresado antes que él y los ojos de ese hombre se entrecerraron después de inspeccionar a Wulfe.

Wulfe fue hacia el otro caballero, tratando de parecer tan impaciente como había sido su costumbre. "¿Y entonces?" demandó él. "¿Recogiste las compras de tu esposa?"

"En efecto." Gastón miró hacia arriba. "Ahora las dobla y los empaca."

¿Y cómo le va al muchacho? ¿Saldremos mañana?

"El boticario hizo una visita, porque Hamish tuvo un ataque." Gastón se frotó la barbilla. "Sin embargo, parece que si la recuperación del muchacho continúa, podríamos partir al día siguiente."

"Esas son excelentes noticias." Wulfe levantó la voz. "Sugiero que todos hagan preparativos para partir por la mañana, asumiendo, por supuesto, que Hamish mejore aún más." Everard se retiró a la sala común desde la posición que había tomado en el umbral. Joscelin partió, invitado a comer a la mesa de un amigo por la noche. Aun así, había demasiados oídos cerca y tendría que esperar un momento más privado para contarle a Gastón.

Cristina salió de los establos y le dedicó a Wulfe una sonrisa de bienvenida que lo calentó hasta los dedos de los pies.

Él la había comprado.

Sin embargo, nunca podría volver a tocarla, si quería tener un futuro.

Si Wulfe estaba decidido a completar ese viaje a París a toda velocidad, ese deseo de urgencia se había redoblado. Un pasaje rápido era la única oportunidad que tenía de mantener su determinación.

Y esa era una realidad aterradora.

CRISTINA SUPO con una sola mirada a Wulfe que algo había salido mal. Él evitaba tanto su mirada como su compañía. Ella había anticipado que él podría hacer eso, ya que él solo le había permitido quedarse con desgana. La diferencia era que parecía tenso y alerta, como si se hubiera enfrentado a una amenaza desde su partida esa mañana.

¿Qué ha pasado?

Estaba igualmente claro que no tenía la intención de hablar con los demás sobre lo que había ocurrido. Él pareció no intercambiar confidencias con Gastón a su regreso, aunque lo hizo mejor en disfrazar el verdadero papel de ese caballero. Se mostró educado pero distante en la cena, sin unirse a la camaradería del grupo. Cristina deseaba saber si eso era inusual o no. Se obligó a parecer tranquila, pero era difícil dado lo mucho que deseaba hablar con Wulfe.

En cambio, se esforzó por recopilar información e impresiones.

Supuso que no debería haberse sorprendido de que la comida fuera servida como si estuvieran sentados en el salón de algún señor feudal. Estaban sentados por rango, tanto por encima como por debajo del salero. Cristina se sintió aliviada por eso, porque estaba debajo del salero, y el hombre que temía que fuera Helmut estaba sentado en el extremo opuesto de la mesa. Ningún hombre se sentaba a la cabeza ni a los pies, sino solo a los lados. Gastón estaba frente al noble, la esposa de ese caballero a su lado. Wulfe se sentó al lado del noble y frente a la dama, Duncan a su lado y Fergus al lado de la dama Ysmaine.

Cristina eligió el último asiento del mismo lado que Wulfe, lo que la mantendría fuera de la vista del noble y le permitiría estudiar encubiertamente a la novia de Gastón. Los muchachos sirvieron la mesa, con Bartolomé sirviendo el estofado de pescado, Stephen sirviendo vino y Simón ofreciendo el pan que Kerr cortaba. Debió ser una comida austera para algunos en el grupo, pero espléndida para otros. Ciertamente era un banquete menos suntuoso que el que Costanzia servía a sus clientes, pero era mucho mejor que las comidas que le habían dado a Cristina y a las otras mujeres residentes en esa casa.

Uno de los muchachos había contado la historia de las nupcias de Gastón en los establos esa tarde, evidentemente disfrutando de cómo ese caballero había salvado a la dama de sus desgracias. Parecía que Ysmaine y su doncella Radegunde habían sido asaltadas, pero continuaron su peregrinaje, solo para encontrarse desamparadas en Jerusalén cuando esa ciudad anticipaba un ataque de los sarracenos.

La historia se parecía demasiado a la de Cristina para que ella la escuchara con indiferencia. Sospechaba que nadie en el grupo se daba cuenta de la plenitud de lo que podría haber sido la vida de Ysmaine, si se hubiera visto obligada a tomar la misma decisión que Cristina, y Cristina solo podía alegrarse de saber que esa mujer había escapado de ese destino.

La propia Ysmaine era una belleza. Tenía al menos cinco años menos que Cristina, aunque se decía que había enviudado dos veces antes de casarse con Gastón. Sin duda, su belleza había impulsado esa situación. Era menuda y finamente forjada, un contraste tan perfecto con Gastón que podrían haber sido hechos el uno para el otro. Sus modales eran elegantes y hablaba suavemente en la mesa, agradeciendo a su doncella y cediendo a su marido. Sin embargo, había algo en su postura que hizo que Cristina concluyera que Ysmaine no era tan frágil como podría parecer.

De hecho, esa mujer había sobrevivido a un desafío considerable.

¿Por qué se había llevado el relicario?

A Cristina le costaba pensar mal de alguien que le había hablado con amabilidad. Parecía una cosa pequeña ser educado, pero ella sabía que era más de lo que se podía esperar de la mayoría. Ella se inclinaba a pensar bien en Ysmaine.

Una vez que los muchachos sirvieron la comida, se sentaron debajo del salero y comieron con entusiasmo. El guiso de pescado no estaba tan delicioso como para que otros muchachos más grandes pidieran más. Era una comida decente, pero no era la preparación de un cocinero experto. La salsa podría haber tenido más especias, en opinión de Cristina, pero los ingredientes eran frescos y eso no era poca cosa. El pan era abundante y el vino mucho más diluido que el que se servía a los clientes en la morada de Costanzia. Sin embargo, era un vino más robusto que el que había compartido ella con las otras mujeres, y Cristina lo bebió con placer.

Una comida mediocre era un pequeño precio a pagar por otra noche de libertad.

Pero, ¿y mañana, cuando el grupo partiera de Venecia? Cristina temía que el cambio de actitud de Wulfe solo pudiera ser una indicación de sus propias perspectivas. Él quería dejarla atrás. Era solo cuestión de tiempo antes de que Costanzia la encontrara y la obligara a regresar a esa casa. No quería imaginarse la paliza que recibiría, o cuánto menos deseable se volvería su vida. Ella había escuchado historias aterradoras sobre cómo se les recordaba su lugar a los que la desafiaban.

Ella anhelaba hablar con Wulfe, pero sabía que esa discusión debía realizarse en privado.

Cristina se esforzó por entablar una conversación con los demás en la mesa, lo que no era poca cosa. El mercenario Duncan y su caballero Fergus eran lo suficientemente cordiales, pero la esposa de Gastón solo hablaba con su esposo y su doncella. El escudero de Gastón tampoco respondía y Joscelin se había ido a cenar con amigos. Ella no había previsto que extrañaría la compañía del comerciante, pero al menos él le hablaba. El noble que tanto se parecía a Helmut ni siquiera la había mirado y ella aún no lo había oído ser llamado por su nombre. Él era el Conde de Blanche Garde, lo que ella dedujo que era una propiedad en Ultramar.

¿Estaba ella equivocada acerca de su verdadera identidad?

Más importante aún, ¿dónde tenía pensado Wulfe que ella dormiría esta noche? ¿Con él o no? Bartolomé fue el primero en levantarse de la mesa y Cristina lo observó mientras llenaba dos cuencos más con estofado. Saludó a Kerr con la cabeza mientras cogía dos tazas. Los labios de ese chico se tensaron antes de ir a buscar una buena cantidad de pan y una jarra de vino. Fueron juntos a los establos, tanto silencio y espacio entre ellos que Cristina sintió que no eran amigos.

Al menos alguien alimentaba a Laurent y a Hamish.

Cuando Wulfe se levantó de la mesa, Cristina permaneció en su lugar. Para su sorpresa, él atravesó el patio hacia las cocinas y ella escuchó su voz mientras hablaba con las mujeres allí. No pudo entender bien sus palabras, pero hubo cierto debate.

¿Él estaba pagando la cuenta? ¿Haciendo arreglos para la mañana siguiente? Cristina no podía imaginar qué recado hacía él que no pudiera hacer otro.

Regresó momentos después, con la frente oscura, y subió las escaleras hacia su habitación sin decir una palabra más. Simón y Stephen terminaron sus comidas rápidamente, Stephen comió un último trozo de pan tan rápido que Cristina temió que el muchacho se ahogara. Siguieron a su caballero con agua para que se bañara y otra jarra de vino. Ella puso las manos en su regazo, esperando hasta que Wulfe estuviera solo.

Tan pronto como escuchó a los muchachos en el pasillo de arriba, Cristina se disculpó y persiguió a Wulfe.

Ella tenía que saber lo peor.

~

PUTTANA.

Mona.

Wulfe sabía la primera palabra y podía adivinar qué la segunda también significaba "puta", pero de una manera menos halagadora. En verdad, incluso si no había entendido ninguna palabra de las dos mujeres en la cocina, sus expresiones habían dejado claro su significado.

Por no mencionar la forma en que la segunda había escupido en la chimenea.

No habría trabajo para Cristina en esa casa.

De hecho, sin su protección, ella podría haber sido perseguida por las calles ese mismo día, porque su ocupación claramente no estaba en duda. Él recordó la convicción de ella de que sería reconocida y devuelta a Costanzia y sólo ahora comprendía cuán cierto era eso.

Él se retiró a su habitación, considerando sus opciones. No podía abandonar a Cristina en Venecia, pero ¿podía acompañarla hasta París? Debería poder hacerlo, tratándola como a una peregrina, pero temía su propia debilidad. No podía arriesgarse a ningún escándalo vinculado a su nombre, especialmente ahora que había perdido el dinero del Temple.

Él no podía descartar la idea de que había pagado por ella y que debería disfrutarla.

La mujer era la tentación en persona.

¿Había alguna medida a medias que la salvara pero la sacara de su grupo antes? Quizás, una vez que saliera de Venecia, su pasado podría disfrazarse y podría unirse a un grupo diferente de viajeros.

¿Pero cómo? Ella no tenía dinero para pagar su camino y él no tenía ninguno para darle.

Con tanta atención consideraba el asunto que Wulfe apenas les habló a los muchachos mientras completaban sus deberes. Stephen le quitó el cinturón y frunció el ceño porque sus vainas estaban vacías. Wulfe ignoró la reacción del muchacho y se alegró de no haber llevado su espada ese día. Esa era una pérdida de la que se habría arrepentido profundamente.

Simón lo ayudó a quitarse la cota de malla y luego Stephen le desató el aketon. Wulfe mantenía su rostro impasible, ocultando cualquier evidencia de los dolores que comenzaba a sentir. Él rechazó más ayuda, en caso de que ya hubiera moretones visibles. Les recordó a los muchachos que probablemente partirían por la mañana, por lo que era mejor que estuvieran preparados para salir.

Wulfe no se sorprendió realmente cuando Stephen abrió la puerta para revelar a Cristina afuera. Sabía que esa discusión era inevitable y se recordó a sí mismo su resolución incluso cuando flaqueaba. No solo era hermosa, sino fuerte y vulnerable. Verla despertó una caballerosidad que Wulfe no sabía que poseía y lo hizo anhelar lo que siempre había sabido que no podía ser suyo.

Era un caballero Templario. Un guerrero y un monje. La orden era su pasado, su presente y su futuro.

Los muchachos pasaron por delante de Cristina mientras ella lo estudiaba con obvia expectación.

"No te dejarán quedarte aquí para trabajar honestamente en las cocinas", dijo a modo de saludo. "Yo pregunté."

"No me quedaría si lo hicieran", respondió ella, entrando en la habitación cuando Stephen llegó a la cima de las escaleras. Ella le sonrió al muchacho, luego cerró la puerta y se recostó contra ella. Wulfe estaba seguro de que él podía oler su perfume.

Aunque podría haber sido simplemente el olor de su piel. De

cualquier manera, enviaba fuego a través de él. Él desvió la mirada, tenía la boca seca.

Él frunció el ceño. "¿No deseas dejar tu oficio?"

"Por supuesto, pero debo dejar Venecia para hacerlo". Ella hizo un gesto. "Me encontrarán y me arrastrarán de regreso, en eso puedes confiar, y no habrá una segunda oportunidad de escapar." Ella reprimió un escalofrío y Wulfe pudo comprender bien su reacción.

"No tienes que volver", dijo, sin haber tenido la intención de hacerlo.

Ella lo miró fijamente, la curiosidad brillaba en sus ojos. "¿Has cambiado tu forma de pensar?"

Wulfe hizo una mueca. "Fue cambiada por mí."

Cristina lo miró expectante.

Él hizo una mueca y admitió lo peor. "Tendré que decirle a Gastón que me robaron hoy."

"¡No!" Ella casi voló a través de la habitación, su preocupación era evidente. Sus manos bailaban sobre él, moviéndose tan rápida y suavemente como mariposas. "¿Estás lastimado? ¿Fuiste herido? ¿Fue el ladrón de anoche? ¿Cómo podría ese demonio seguir buscándote a ti...?"

"No fue el ladrón de anoche." Wulfe sostuvo su mirada deliberadamente.

"Pero si sabes quién es..." Cristina se enfureció, luego se calló de repente. El color abandonó sus mejillas, haciéndola parecer frágil, y dio un paso atrás. "Costanzia", susurró.

"No exactamente. Era el guardián de la puerta y dos de sus amigos. El cuarto tenía un bote listo para escapar". Wulfe suspiró y se acercó a la ventana, donde golpeó con los dedos el alféizar. Estaba hirviendo, muy consciente de la presencia y proximidad de Cristina. Se recordó a sí mismo que debería ser su defensor, no su patrón.

"Te quitaron todo tu dinero." Cristina estaba detrás de él, porque él podía sentir el calor de su presencia.

Él cerró los ojos y deseó fuerza. "Elegí y no estoy orgulloso de ello." Wulfe cerró los ojos cuando ella lo agarró por los brazos y apoyó la mejilla en su espalda. Él podría darse la vuelta y tenerla en sus brazos. Podría dar un paso y reclamar un beso que lo calentaría durante toda la noche...

"Fuiste sabio", susurró ella. "Han matado a otros sin remordimientos."

"Pero debo mentir sobre eso también." Hizo una mueca ante la verdad de eso. "El dinero no era mío. Me lo concedieron para cubrir los gastos en los que incurriría en el viaje hacia el oeste. Debería haberlo defendido hasta el final".

"Entonces habrías estado muerto y ellos todavía tendrían el dinero", dijo ella con un pragmatismo que él apreciaba.

Cuando él no respondió, Cristina le pasó las manos por encima en una suave pero emocionante caricia. Ella conocía su oficio, sin duda. Wulfe le dio la espalda y luchó contra su anhelo de más.

"Te juzgas a ti mismo con más dureza que cualquier otra alma, Wulfe", susurró ella. Su mano se deslizó por su costado y él se puso ligeramente rígido. "¿Te lastimaron?"

"Una buena paliza, nada más." Él trató de ser brusco. "Me fue bastante bien, dado que eran tres."

"Y te golpearon solo donde los moretones no se mostrarían. Algunas tendencias nunca se olvidan". Cristina metió la mano por debajo de su camisola antes de que él pudiera detenerla, entonces sus atenciones fueron tan bienvenidas que no quería que se detuviera. Sus manos eran tan suaves que supo que pronto sería seducido por tal placer. Trató de retroceder cuando ella le subió la camisola, pero Cristina lo regañó.

"No te preocupes", reprendió ella. "Simplemente quédate quieto. No voy a lastimarte."

"Eso no es lo que temo", murmuró él. Sus miradas se cruzaron y se mantuvieron, incluso cuando su corazón latía con mayor vigor. Una chispa se encendió en los ojos de Cristina cuando entendió, y un rubor tocó sus mejillas.

"¿Me has comprado, Wulfe?" preguntó ella en un tono juguetón.

"¿Cómo recompensar tal valor?" Su mano se deslizó hacia abajo y Wulfe contuvo el aliento mientras ella lo acariciaba.

—No, Cristina. No hagas eso". Wulfe retrocedió de nuevo, negándoles a ambos el placer que él deseaba. "¿Qué significa *mona*?"

La mirada de ella se volvió acerada. "No es educado."

"Dime."

Ella se estiró y le susurró una palabra al oído que él nunca pensó escuchar de labios de una dama. Era una referencia burda a los genitales de una mujer, y Wulfe se sorprendió, no porque la palabra existiera, sino porque las mujeres en la cocina la habían usado tan fácilmente en referencia a Cristina.

Ella sonrió ante su indignación y rápidamente lo besó en la mejilla, como si supiera que tenía que robarle ese toque. Su mejilla ardía en el punto, la huella de sus labios lo hizo apretar los puños. "He oído cosas peores", dijo ella a la ligera.

"Como yo, pero no de mujeres."

Cristina se encogió de hombros y sus modales se volvieron prácticos. "Somos los jueces más duros entre nosotros. Déjame ver tus heridas. Los hombres de Costanzia son buenos para romper costillas, y las costillas deberían ser atendidas más temprano que tarde".

Wulfe se encontró despojado de su camisola y Cristina recorrió sucesivamente cada costilla. Su toque no era seductor, sin embargo, él se sintió atraído por ella de todos modos. Le gustaba que ella se preocupara por él. Le gustaba que pudieran hablar como si fueran aliados en esa misión, aunque en realidad nunca antes había hablado con una mujer tan abiertamente como lo hacía con ella.

Él la miraba, con el pecho apretado por la realidad de lo que había soportado ella. Ella sabía cómo esos hombres daban palizas. ¿Cuántas veces los había visto? ¿Cuántas palizas de ese tipo había sufrido ella misma? Él quería saber y a la vez, no podía soportar preguntar.

Lo maravilloso era que, a pesar de todo lo que Cristina había visto y se había visto obligada a hacer, había elegancia en ella. Él nunca podría haberla llamado por ninguno de esos nombres. Le resultaba difícil incluso llamarla por los más familiares. Tenía los modales de una mujer noble y él no podía pensar en ella de otra manera.

Cristina estaba tan cerca de él, su cabello caía sobre su hombro en una reluciente trenza, que Wulfe no pudo evitar levantar una mano y apoyarla sobre su hombro. Sus dedos se curvaron alrededor de ella y reconoció el deseo de protegerla, aunque poco podía hacer al respecto.

¿Y si él hubiera nacido con ventaja? ¿Y si hubiera sido un hombre con opciones? Wulfe nunca antes había anhelado una vida diferente, pero ahora lo hacía con vehemencia.

Cristina le dedicó una sonrisa y luego miró su otro lado, sus dedos se deslizaban sobre su piel de una manera que le hicieron desear que nunca se detuviera.

Cuando ella lo miró, estaba lo suficientemente cerca para besarla. "Pareces ser muy resistente", dijo ella. "No puedo encontrar un hueso roto, aunque seguro que estarás magullado."

"Una cota de mallas tiene sus ventajas."

"Supongo que sí. Tus huesos pueden tener roturas, por lo que debes tener cuidado". Su mirada se posó en sus labios y ella sonrió solo un poco, una sonrisa secreta que hizo bailar sus ojos. Quizás sea mejor que estés tan sano.

"¿Y eso por qué?" Wulfe encontró su voz ronca.

La sonrisa de Cristina se amplió cuando se dio vuelta, asegurándose de alguna manera de que, con un suave gesto, estuviera en sus brazos cuando se parara frente a él. No había más de un dedo entre ellos, pero él podía sentir su calor y oler su excitación. Nada podría haber alimentado su propio deseo más que ese aroma seductor.

Ella era la mujer más atractiva que él había conocido.

Cristina tocó su garganta con los labios y Wulfe cerró los ojos mientras su resolución se derretía. Estaba vivo y quería celebrar ese hecho. Quería celebrar su supervivencia y su libertad con Cristina.

Un beso, resolvió Wulfe. Se permitiría un beso. Seguramente no podría haber ningún daño en eso.

"Necesitarás tu fuerza", susurró Cristina contra su piel. "Ya que pretendo recompensarte esta noche por tus actos."

"¿Qué actos?" Wulfe murmuró mientras sus besos abrían un camino hacia sus labios.

"Me compraste", respondió ella, su respiración lo hizo temblar. Su mano se deslizó a lo largo de él, luego hizo un rápido trabajo con los cordones de sus calzas. "Y esa inversión debe ser recompensada."

Ahí estaba: el reconocimiento no deseado de que se trataba de una transacción, como todas las demás transacciones que había hecho en esa ciudad. Wulfe se dio cuenta de que quería mucho más.

De hecho, el resumen de la situación de Cristina le devolvió la resolución perdida.

Wulfe dio un paso atrás, poniendo distancia entre ellos y forzó su tono a ser resuelto. Oficial, incluso. "No hay recompensa por pagar. Eres una peregrina que será escoltada desde esta ciudad, y cumpliré con mi deber en eso". Esperaba que ella se sintiera insultada por haber sido tan rechazada, pero ya debería haber anticipado que Cristina lo sorprendería de nuevo.

"¿De verdad?" -exigió ella, su expresión iluminada de placer. "¿Me permitirás permanecer en tu grupo? ¿Me acompañarás fuera de Venecia?

Su entusiasmo la hacía, en todo caso, más tentadora de lo que había sido cuando estaba inclinada a la seducción. Wulfe la señaló con un dedo, sintiendo que perdería esa batalla. "Te acompaño como una peregrina y nada más. No habrá relaciones entre nosotros, porque no puedo arriesgarme a perder mi lugar en la orden... "

No logró protestar más antes de que Cristina se arrojara sobre él con una carcajada de placer. "¡Realmente eres mi campeón!" declaró ella. "¡Sabía que sería así!" Wulfe perdió el equilibrio y volvieron a caer juntos sobre el colchón, con la dama encima de él. No podía protestar por su estado, no cuando sus ojos brillaban con tanto deleite.

No cuando lo besaba tan profundamente.

No cuando fue la propia Cristina quien finalmente lo abrazó.

Ella estaba a horcajadas sobre él y enmarcó su rostro entre las manos, pero sus ojos estaban claros. Había un hambre nueva en su beso, un entusiasmo que ella no había mostrado la noche anterior. Él sabía que sería la verdadera mujer la que lo seduciría. Ella no usaba una máscara de cortesana, ni simulaba la intimidad como le habían enseñado. Cristina realmente estaba con él.

Su resistencia se redujo a nada incluso antes de que sus labios se cerraran sobre los suyos.

Entonces Wulfe estuvo perdido en su beso.

Por esa noche él no tenía deseos de ser sensato.

¡WULFE LA AYUDARÍA!

Cristina quería asegurarse de que el caballero no tuviera oportunidad de arrepentirse de su decisión. Podía no haber otro momento de intimidad cuando dejaran esa casa, así que en ese momento, en esa noche, ella tenía que demostrar completamente su gratitud.

Ella lo rodeaba con los pies, manteniéndolo cautivo del beso que ella estaba determinada a darle. Ella enmarcó su cara con sus manos y lo besó con dulce ardor, deseando mostrarle la magnitud de su alivio con su toque. Wulfe estaba excitado, pero estaba tenso, sus manos cerradas en puños a cada lado de su cuerpo. Ella sabía que él intentaba resistirse, pero Cristina no aceptaría esa respuesta. Ella plantó su boca sobre la de él, y metió su lengua entre sus labios, enredando sus dedos por su pelo.

Ella lo supo en el instante que él se rindió ante ella. Él tembló, luego exhaló, y cerró sus manos alrededor de la cintura de ella. Sus dedos se deslizaron por su espalda y la atrajo más cerca. Entonces él la puso sobre su espalda, con su cintura entre los muslos de ella, y la besó con una potencia que la hizo sentir mareada. Ella se rio cuando él levantó su cabeza, encantada de ver sus labios curvados en una sonrisa sensual, y sus ojos oscurecidos de deseo.

"Sin duda eres vigoroso", susurró ella, frotándose contra su erección.

"Y tú pareces ser la más ardiente", murmuró él. Él parecía un hombre diferente en ese momento, con su tranquilidad y humor, y el corazón de ella se estremeció ante esa vista. Wulfe zafó su cinturón enjoyado y lo arrojó a través de la habitación con una fuerza satisfactoria. El cinturón golpeó la pared y resonó en el piso. Cristina esperaba que se hubiera roto más allá de cualquier reparación.

Sus cintas se zafaron con gran rapidez y su kirtle fue arrojado a un lado. Ella arqueó su espalda con placer al sentir las manos de Wulfe sobre ella. Él era fuerte pero gentil, firme pero seductor. Ella tuvo apenas un vistazo de una sonrisa sorprendentemente maliciosa, entonces él tiró del borde de su blusa. Las manos de él estaban en sus calzas, y ella pensó que él la acariciaría con sus dedos. De hecho, ella estaba tan excitada que no sabía cómo podría soportar tal caricia.

Cuando él puso su boca sobre ella, ella cogió aire con sorpresa. "Wulfe", susurró ella, conociendo solo la rutina de garantizar placer y no de aceptarlo. Él estaba inmune a sus protestas. De hecho él extendió las manos por sus muslos y la mantuvo abierta ante su malvada lengua.

Cristina solo pudo rendirse ante él placer que él estaba determinado a ofrecer. Ella se dejó caer en el colchón y cerró los ojos, sus dejos enredados en el pelo de Wulfe. Él mostraba una persistencia poco común en la tarea que había elegido, abrumándola con sus dientes y su lengua, llevando su pasión a nuevas alturas. Cristina ardía como nunca antes. Ella se sentía deseada, incluso disfrutaba ser el centro de su atención.

Incluso cuando ella gemía de placer, ella notó las similitudes entre su técnica y lo que a ella le habían enseñado. Él la llevaba a la cúspide de su liberación, luego se detenía, lo mejor para incrementar su liberación final. Él alternaba entre caricias firmes y gentiles, incluso agarrándola con los dientes, antes de tocar en la parte más sensible de ella. Cristina encontró sus caderas retorciéndose sobre la cama. De hecho, ella se retorcía bajo su toque, separando ampliamente sus muslos mientras ardía por la liberación que solo Wulfe podía dar.

Ella respiraba rápidamente cuando él convocó el ardor otra vez, y ella sintió el rubor recorre su piel de la cabeza a los pies. Ella estaba dolorosamente sensible a su toque, su sangre estaba hirviendo, y sus manos atrapadas en el cabello de él. Ella sintió la pasión aumentar, su corazón tronar, su ardor aumentar...

Entonces Wulfe se retiró.

Cristina gimió que él la había engañado otra vez. "¡Por la sangre de Dios, eres un hombre angustiante!" ella murmuró y él sonrió. Él se apoyó en los codos, sus ojos bailando de felicidad mientras la miraba.

"¿Debería detenerme?"

"¡No!" declaró Cristina. "Deberías terminar lo que empezaste."

Él soltó una carcajada, su aliento tocando el interior de los muslos de ella. Él puso su boca sobre ella otra vez, y ella gimió su nombre ante la gloria de su beso íntimo.

"Por Santa Felicity", susurró ella, invocando al santo patrono de las mujeres infértiles, si alguna vez en un encuentro he de procrear un hijo, debería ser en este.

Si Gunther la hubiera tomado así, quizás ella le hubiera dado un hijo.

Wulfe se volvía más servicial a sus palabras, así que Cristina pensó que a él debía gustarle su respuesta.

"Por Santo Rupert de Bingen", gimió ella, invocando al santo patrón de los peregrinos.

Wulfe se rio y luego la agarró con sus dientes, una sensación muy deliciosa.

¡Por Santo Christopher!" gimió Cristina y fue recompensada con un toque más vehemente. Ella estaba excitada otra vez, retorciéndose debajo de él, deseando y ardiendo por más. "¡Santa Felicity y el arcángel Rafael!" gimió ella. "¡Santo Rupert otra vez!"

Ella apeló a una larga lista de santos, algunos de los cuales podrían haber estado horrorizados de ser invocados en ese momento, pero a Cristina no le importaba. Wulfe la devoraba con vigor, apretando sus nalgas en sus manos. Sus dedos entraron en ella y él la levantó del colchón, devorándola mientras Cristina se retorcía en su abrazo. Ella empezó a susurrarle lo que ella quería que él le hiciera, y Wulfe hizo un movimiento rápido y la llevó hasta el límite.

Ella gemía su nombre mientras la liberación la reclamaba, retorciéndose en su vigor y completamente en su poder. Le tomó unos instantes recobrar el aliento, en cuyo tiempo Wulfe se quitó sus botas y sus calzas. Él estaba parado bebiendo de una copa de vino, observándola sin disimular su satisfacción.

Su propia excitación era más que evidente.

Cristina se estiró, saboreando el peso de su mirada sobe ella. "Yo te hubiese ayudado a desvestirte", susurró ella.

"No era necesario." Wulfe soltó el cáliz, y se despojó de su camisa con resolución. A ella le gustó el brillo de sus ojos, y se quitó su propia camisola, exponiéndose ante sus ojos. Ella zafó su trenza, y sacudió su cabello mientras se acercaba a él, luego puso sus brazos alrededor de su cuello.

"Todo de ti", susurró ella y lo miró fijamente. "Duro y rápido esta vez."

"¿Te gusta eso?"

"Me gustas tú."

Su respuesta pareció complacerlo. Wulfe cerró sus manos alrededor de su cintura y la levantó. Cristina enredó sus piernas alrededor de sus muslos mientras Wulfe la ponía sobre él. A ella le gustaban las posiciones diferentes, y le gustó que él tuviera la fuerza para sostenerla tan fácilmente. Ella sabía que él no la dejaría caer.

Él sonrió, luego la besó. Ella saboreó el vino tinto mezclado con su propio placer y le encantó la combinación. Ella acunó la cabeza de Wulfe en sus manos y plantó su boca sobre los labios de él, reclamando su boca y profundizando su beso incluso mientras él la penetraba con facilidad. Ella torció sus caderas un poco, asegurándose de que él estuviera profundamente dentro de ella, y Wulfe contuvo el aliento. Él agarró sus nalgas y ella comenzó a moverse, montándolo y amando sus gemidos.

"Demasiado rápido", susurró él, rompiendo su beso para protestar.

Cristina contuvo una sonrisa. "No temas, lo haré durar." Ella movió sus caderas y se levantó sobre él, atormentándolo como él la había atormentado a ella. Wulfe gimió y a ella le encantó poder darle ese placer. Ella lo vio inhalar entrecortadamente y notó como sus ojos brillaban, entonces él se retiró, y se frotó contra ella, provocándola de nuevo.

"Por Santa Felicity", gimió ella mientras el ardor crecía dentro de ella otra vez. Wulfe sonrió mientras ella convocaba cada santo en el que pudo pensar. Al mismo tiempo ella lo montaba con determinación, ahogándolo profundamente dentro ella con cada embestida. Ella encontró el ritmo y aunque ella trataba de hacer que la unión durara, el calor que los guiaba no podría ser detenido esa vez.

Cuando ella no pudo soportarlo más, ella llenó su puño con el cabello de Wulfe y lo besó otra vez. Ella abiertamente lo devoraba, exigiendo satisfacción, y él se dejó caer en el colchón otra vez. Él se giró mientras caía, asegurándose de que ella cayera sobre él, y Cristina se retorcía contra él incluso mientras lo llevaba al límite.

Wulfe le dio una mirada de satisfacción, entonces se movió de pronto. Él deslizó una mano entre ellos, luego tocó su clítoris tan tierna y cuidadosamente que Cristina no pudo contenerse. Ella gimió su nombre mientras el placer la inundaba, golpeando el piso con su puño para puntualizar el momento. Para deleite de Cristina, Wulfe obtuvo su alivio con un gruñido de satisfacción en ese mismo momento. Él la agarraba firmemente mientras se rendía al fuego que ella había encendido.

Ella colapsó sobre él y sonrió, sabiendo que él había esperado por ella.

"Por la sangre de Dios, mujer, tú podrías despertar a los muertos," murmuró Wulfe, poniendo un beso en su frente.

Cristina recordó entonces que ella estaba en una casa llena de gente que sabía muy poco de su intercambio y se dio cuenta de que ellos debían estar sorprendidos por los sonidos salidos de la habitación de Wulfe. En el burdel, en cambio, los grotescos sonidos del apareamiento, eran considerados buenos para el negocio. Sin embargo, ella no pudo encontrar dentro de sí arrepentimiento por lo que había pasado.

De hecho ella comenzó a reírse. "¿No estás a cargo de asegurar la educación de Stephen y Simón?" lo provocó ella, apoyando sus codos en el pecho de Wulfe.

Wulfe tomó un largo suspiro, entonces pasó sus manos por el pelo desarreglado de ella con afecto mientras sonreía. "Estaba pensando en la mujer de la cocina", admitió él, y comenzó a reírse también.

Una vez que comenzaron a reírse parecía imposible detenerse. Cristina se tumbó al lado de Wulfe, contenta de sentir su calidez contra su piel y su brazo alrededor de sus hombros.

Tener a ese caballero como su campeón le iba muy bien a Cristina.

"¿Santa Felicity?" preguntó él, su voz era apenas un murmullo bajo la punta de los dedos de Cristina.

"Santo Patrón de las mujeres infértiles."

Ella se ganó una larga mirada de reojo por eso, pero Wulfe no comentó. "¿Santo Rupert de Bingen?"

"Santo Patrón de los peregrinos."

"Conozco a San Christopher, es el Santo Patrón de los viajeros."

"Y de esos que buscan lo que han perdido."

Wulfe frunció el ceño. "¿De verdad deseas la intervención de un arcángel?"

"No, pero siempre me gustó Rafael."

"¿De verdad?"

"Así es. Solo él se atrevió a tomar forma humana y caminar entre nosotros. Yo admiro a cualquier hombre, angelical o mortal, lo suficientemente valiente para retar sus propias circunstancias." Ella bajó su mano por su pecho, ofreciéndole una sonrisa juguetona. "Me temo que fallé en mi misión de hacer que tu placer durara", susurró ella cuando sus dedos encontraron evidencia de su humor.

Wulfe arqueó una ceja. "¿Y qué remedio propones?" Él se inclinó sobre un codo, su otra mano deslizándose entre los muslos de ella.

"¡No otra vez!" dijo ella, sin embargo ella le dio acceso de nuevo.

Él sonrió. "Es solo una cuestión de conocimiento", admitió él. "Ya que se dice que las mujeres pueden encontrar el placer con el doble de frecuencia que los hombres. Yo quisiera saberlo con seguridad."

Cristina no pudo discutir con ese intento, particularmente cuando él perseguía ese objetivo con tanta determinación que ella se encontró gimiendo otra vez.

CRISTINA ERA ADICTIVA. Sin importar cuantas veces él la reclamara Wulfe solo deseaba más. Su deseo por ella era curiosamente persistente, y eso era algo diferente a cualquier cosa que él hubiera sentido antes.

Peor, era peligroso.

Wulfe la sostenía a su lado, mientras ella dormía horas después, sabiendo que tenía que alejarse de ella. Él podía perder todo lo que apreciaba por mantener esa intimidad con ella. Pero incluso sabiendo eso, incluso como un hombre práctico, él no quería dejarla.

Él había escuchado de hombres encontrándose esclavizados al deseo, o incluso al amor, pero él nunca había esperado que él pudiera ser uno de ellos.

Pero había tanto en la balanza. No solo la casa entera conocía el trabajo de Cristina, sino que todos debían saber que él había caído antes sus encantos esa noche.

No podía suceder otra vez.

Sin importar lo que costara para él.

Al menos tenía el plan que llevar a cabo con Gastón esa noche. Wulfe reconoció que no podría permanecer en esa cama durante la noche y frenar su deseo. La necesidad de partir era una bendición disfrazada.

Después de esa noche, ellos partirían de Venecia. Él podría asegurarse de que él y Cristina nunca compartieran una habitación o tuvieran oportunidad de intimar.

Él tendría que ser firme con Cristina y mantenerla a distancia. Mientras Wulfe determinaba eso, se dio cuenta de que las puntas de sus dedos se movían acariciando la espalda de ella. Él se obligó a dar una última mirada. Cristina había enterrado su cara contra él y estaba profundamente dormida. Su cabello estaba suelto sobre sus hombros, su respandor hacía lucir su piel como el marfil. Sus manos estaban enredadas muy juntas, y entre ellos, como si ella protegiera algún tesoro. La posición la hacía lucir joven y vulnerable, tan dulce que él contuvo el aliento.

No había caso en el remordimiento. Su vida nunca sería otra que la que era. Sin embargo, Wulfe esperaba que la vida de Cristina cambiara para mejor cuando los muros de la ciudad quedaran tras ellos. Él puso un beso en su frente y cerró los ojos ante el dulce perfume de su piel.

Él nunca olvidaría ese momento.

Él nunca la olvidaría a ella.

Pero ella tenía que creer que él la despreciaba. Él solo tendría éxito si ella dejaba de tentarlo. Era una decisión cruel, pero dejarla creer en algo que no podía ser era mucho más cruel.

Wulfe se levantó de la cama, asegurándose de no perturbar su sueño. De hecho, él nunca la había visto dormir tan profundamente. ¿Era porque ella ya no creía que tuviera que estar vigilante durante la noche? Él la tapó con sábana, luego se vistió, su vista fija en ella todo el tiempo. Wulfe llevó su aketon y su cota de mallas cuando partió, pretendiendo buscar la asistencia de Stephen antes de dejar la casa. Él debería haber estado pensando en la trampa que él y Gastón harían esa noche, pero en vez de eso, él solo podía pensar en Cristina.

Su pasado, su fuerza y su futuro.

Wulfe se paró en la puerta, profundizó una última mirada de Cristina, entonces puso la llave de la habitación en la mesa al lado de la linterna. Él supo que ella querría tenerla, así podría cerrar la puerta ella misma. Entonces Wulfe apagó la linterna y la dejó para que durmiera en paz.

Él supo que él no sentiría tanta tranquilidad tan pronto.

Quizás él debería pedir a un santo o dos por fuerza.

VIERNES, JULIO 24, 1187

DÍA DE SAN LUPUS, SAN WULFHADE, Y SANTO RUFFINUS DE MERCIA

Wulfe no tenía deseos de admirar la ciudad de Venecia. Se decía que era hermosa y él había conocido a muchos que anhelaban ver sus maravillas por sí mismos. Para él, no era más que otro puerto, lleno de alimañas y de crimen. Quizás era peor que otros puertos, porque pretendía ser elegante y fino, mientras su inframundo bullía de actividad.

Parecía que a los nobles elegantemente vestidos que gobernaban esa ciudad no les importaba el vicio.

Pero claro, ese podría ser el atractivo de la ciudad para muchos.

Las calles estaban en silencio cuando Wulfe salió de la casa. Sabía que Gastón lo seguía de lejos. Sabía muy bien que Bartolomé también seguía a Gastón, y dudaba que él fuera el único que estaba lleno de inquietud. Si Gastón tenía razón sobre la intención del ladrón, pronto Wulfe sería atacado.

Si Cristina tenía razón, sería Gastón quien pagaría el precio.

Wulfe esperaba que el plan de Gastón condujera a los resultados esperados. Él esperaba seguir siendo el objetivo, aunque no le agradaba la perspectiva de otra pelea. No llevaba nada de valor, por sugerencia de Gastón, y caminaba con determinación. Si iba a recoger un botín de un comerciante utilizado por los Templarios, solo necesitaría una palabra para demostrar su identidad, ya que no se lo podían robar de la mano.

Él caminaba como si tuviera un destino firme, aunque en realidad, simplemente se esforzaba por sacar al ladrón. Se abría camino con paso firme hacia el Arsenale, que estaba tranquilo a esa hora de la noche. Los hombres que construían barcos ahí estaban dormidos después de su largo día de trabajo o bebían con entusiasmo. Él podía escuchar risas distantes y cantos roncos, pero se mantenía alejado de las tabernas.

Unos pasos resonaron repentinamente detrás de él, el sonido lo hizo saltar. Las superficies de piedra habían jugado con el sonido, por lo que su origen no se pudo discernir fácilmente, y luego todo quedó en silencio nuevamente. ¿Gastón estaba tan cerca de él? El ataque contra él más temprano en el día estaba en el primer plano de sus pensamientos, aunque sabía que los hombres de Costanzia tenían otro trabajo a esa hora. Wulfe miró hacia el camino en sombras detrás de él e imaginó que alcanzaba a ver la silueta de Gastón.

Él exhaló y luego caminó hacia adelante, con la mano en la empuñadura de su espada. La luz de la luna era particularmente brillante esa noche y miles de estrellas brillaban en lo alto. A pesar de la luz, las calles estaban llenas de misterio. Wulfe no era un hombre imaginativo, pero sentía como si caminara por el reino de los muertos. No había una persona viva a la vista y las sombras podían ocultar horrores incalculables. El aire estaba húmedo y quieto, como si él hubiera estado en una cripta, o como si la ciudad misma contuviera la respiración.

Y vigilaba su progreso. Wulfe nunca había tenido un sentimiento tan fuerte de ser observado, aunque no podía ver a nadie más. De hecho, las contraventanas estaban cerradas sobre las ventanas, las calles estaban vacías y las puertas estaban bloqueadas contra la noche. La ciudad podría haber estado abandonada, al menos cuando estaba fuera del alcance del sonido de las tabernas.

Sin embargo, existía esa persistente sensación de ser observado.

Era extraño que se le erizara el pelo de la nuca, incluso cuando se sentía tan solo. Sus botas resonaban con fuerza sobre la piedra e incluso su respiración parecía fuerte. Él podía oler la humedad que invadía cada detalle de esa ciudad y empezó a temer que su estratagema fracasara por completo.

Wulfe se estremeció de frío y decidió que era hora de obligar a cualquier hombre que lo persiguiera a mostrar su intención. Echó un vistazo a las direcciones, como si buscara una puerta específica en la calle, luego miró a izquierda y derecha antes de meterse en la entrada frente a un portón. Él levantó una mano como si fuera a tocar, preguntándose qué le diría a cualquier alma que respondiera, entonces escuchó un grito de dolor. No era tan fuerte para definirlo, pero supuso que había sido Gastón.

Wulfe se lanzó fuera de la entrada y volvió sobre su camino. El sonido de un chapoteo le hizo echar a correr. Podía escuchar una lucha adelante y dobló una esquina para encontrar dos figuras enzarzadas en la batalla. Eran del mismo tamaño entre sí, y aunque uno era Bartolomé, el otro estaba envuelto.

"¡Alto!" Wulfe rugió y desenvainó su espada. Él saltó sobre el desconocido. Ese hombre giró y arrojó a Bartolomé hacia Wulfe antes de huir. Bartolomé tropezó con Wulfe y ambos se tambalearon hacia atrás. Una vez que se separaron, Wulfe podría haberlo perseguido, pero Bartolomé le gritó.

"¡Esa no es la tarea de mayor importancia!"

Wulfe miró horrorizado el agua oscura del canal. ¡El chapoteo! Gastón había sido arrojado al agua. Pero no había ni rastro del otro caballero, solo la oscura superficie del canal. Podría haber sido un espejo oscuro.

Wulfe miró horrorizado el agua. No sabía nadar.

Bartolomé maldijo de nuevo. "Por supuesto, usted no desearía enlodar su tabardo", escupió. Se desabrochó el cinturón y dejó caer sus armas, luego se zambulló en el canal con gracia.

Al joven le tomó tres inmersiones para traer a Gastón a la superficie. Wulfe se inclinó sobre el borde del canal y ayudó a sacar a

Gastón del agua. El caballero mayor estaba tan pálido como el vientre de un pez e inconsciente. Debió haberse hundido debido al peso de su malla.

"Debemos llevarlo de regreso a la posada", dijo Bartolomé cuando se paró para pararse junto a ellos.

"Aún no." Wulfe había entrelazado sus manos. Él presionó en el pecho de Gastón, haciendo lo mismo que había visto hacer a un marinero para tratar a un peregrino que había sido arrastrado por la borda.

"¿Qué es eso que haces? Necesita calor... "

"No sobrevivirá a menos que expulse el agua." Wulfe lanzó una mirada al joven. "Puede que no sepa nadar, pero he visto personas que se salvaron de ahogarse."

"¿No sabes nadar?" repitió Bartolomé.

Wulfe negó con la cabeza y bombeó. Él esperaba estar haciéndolo bien porque no había tenido ningún efecto, pero de repente Gastón vomitó agua oscura. Si Wulfe hubiera estado realmente preocupado por la limpieza de su tabardo, ese ejercicio lo habría dejado horrorizado. En cambio, repitió el ejercicio para que el otro caballero arrojara agua dos veces más. Entonces Gastón tosió y rodó de costado débilmente. No abrió los ojos, pero su color había mejorado.

"¿Tienes aguardiente?" preguntó Wulfe al escudero.

Bartolomé negó con la cabeza. "Lo siento..."

"No importa", dijo Wulfe, su era tono más suave que sus palabras. Tendremos que esperar que algún alma de la posada tenga una bebida caliente.

"La dama Ysmaine tiene cierta habilidad para curar", contribuyó el escudero.

"En efecto. Ahora llevémoslo a la posada con rapidez", dijo Wulfe, poniéndose de pie con determinación. "Lo llevaremos juntos."

"Lo siento..." comenzó Bartolomé, y Wulfe reconoció sus palabras con un asentimiento.

Y me alegro de que nos hayas seguido esta noche. Sonrió un poco, sabiendo que el otro hombre se sentía mal por su comentario. "¿Cabeza o pies?"

"Cabeza, señor."

Levantaron a Gastón, que no era un hombre pequeño, y partieron al paso más rápido que pudieron. Wulfe solo podía esperar que no se perdieran en el laberinto de las calles de esa ciudad, porque ahora Gastón necesitaba calentarse.

Un leve sonido despertó a Cristina.

Parpadeó en la oscuridad, asombrada de haber dormido tan profundamente. Wulfe se había ido y claramente era muy tarde. Ella permaneció quieta, aguzando el oído.

Ahí estaba de nuevo. El roce de unas pisadas contra la piedra. Ella entrecerró los ojos, segura de haber escuchado un pequeño golpe.

No había nadie en la habitación con ella. Se dijo a sí misma que no debía estar decepcionada, aunque en realidad lo estaba. ¿Por qué Wulfe no le había hablado antes de irse? ¿Adónde había ido en medio de la noche?

Cristina no podía descartar la idea de que la habían abandonado, deliberadamente. ¿Pero por qué? ¿Se culpaba Wulfe por el robo de los fondos de la orden? Sabía bastante bien que la única otra opción para poner fin a ese intercambio habría sido su desaparición.

¿Dónde estaba él? Ella se levantó en silencio y se dirigió hacia la ventana, luego miró hacia el patio de abajo. El espacio estaba vacío, salvo por un rayo de luz de luna. La luna acababa de llenarse y el cielo estaba despejado esa noche, los tejados se iluminaban tan intensamente como bajo el sol del mediodía.

Cristina no pudo discernir ningún movimiento. ¿Qué había escuchado? Estaba segura de que había sido dentro de la casa, cerca de su habitación.

Fue hacia la puerta, escuchado por un momento. No se oía ningún sonido desde el pasillo más allá. Incluso en las sombras, pudo distinguir la pequeña mesa junto a la puerta y el recipiente de vidrio para el aceite de la linterna que brillaba allí. Cristina tocó el vaso y descubrió que estaba frío. La linterna se había encendido cuando se ella se había dormido, por lo que había pasado bastante tiempo.

¿Cuánto tiempo se había ido Wulfe? Cristina se dio cuenta de que faltaban las botas, así como la armadura y la espada.

Eso solo aumentó su convicción de que él la había dejado para siempre. Que ella no pudiera explicar su elección no lo hacía imposible.

Las yemas de sus dedos rozaron inadvertidamente el duro metal y se dio cuenta de que la llave de la habitación se había dejado al lado de la linterna. Dudó que eso hubiera sido un accidente y tragó, adivinando que había sido Wulfe quien le había dejado los medios para bloquear la puerta.

También significaba que él no tenía la intención de regresar.

Cristina probó con la puerta, descubrió que estaba abierta y se asomó al pasillo oscuro.

Ni siquiera un ratón.

Cerró la puerta en silencio y se apoyó contra ella, luego giró la llave silenciosamente en la cerradura. Sintió un presagio de problemas, aunque no supo nombrar la razón. Tal vez fuera porque ella había pensado que había surgido un nuevo acuerdo entre ella y Wulfe. Que él se hubiera ido sin decir una palabra significaba que estaba equivocada.

Eso la preocupaba. Cristina se lavó con el agua que los muchachos habían traído para Wulfe, aunque ahora estaba fría, y se vistió. Su instinto la impulsó a estar preparada para algún evento que no podía nombrar.

Cuando estuvo completamente vestida, se quitó el anillo de Gunther del dobladillo y recitó sus oraciones. Cuando murmuró su último "amén", el cielo seguía tan oscuro como el índigo. Su sensación de que algún evento era inminente no podía descartarse y no había posibilidad de dormir más esa noche.

Cristina se sentó entonces, con las manos cruzadas sobre su regazo, y esperó, aunque no podría haber dicho qué.

Ella lo supo cuando lo escuchó. De hecho, no podría haberse perdido el bramido de Wulfe pidiendo ayuda.

Nadie en esa morada podría haberlo hecho.

Cristina corrió hacia la ventana pero no pudo ver a Wulfe. Él ya había desaparecido en la sala común de abajo, y ella podía escuchar botas en la escalera. Por el sonido otro hombre estaba con él. Cristina corrió hacia la puerta y la abrió, y ella llamó la atención de Wulfe mientras pasaba.

Él y Fergus llevaban a Gastón inconsciente, que dejaba un rastro de agua y sangre que goteaban. Fergus parecía haber despertado del sueño y solo vestía su camisola y botas, pero Wulfe estaba completamente vestido. Bartolomé corría delante de ellos, también completamente vestido.

¿Dónde habían estado?

"Abra la puerta, mi señora, por favor", gritó Wulfe, mientras uno de los hombres golpeaba la puerta de la habitación en el piso superior que había sido reclamada por el otro caballero para su novia.

Cristina oyó protestar a la criada. Los escuderos se levantaron de los establos y escuchó sus susurros en el patio.

"Le ruego que me deje llevar a mi señor caballero a la cámara de la dama", dijo Bartolomé, con la voz alta por la agitación. "Porque ha sido atacado."

Cristina se unió al resto del grupo mientras se reunían en las escaleras con curiosidad y preocupación. Vio a la dama Ysmaine, con el pelo recogido en una larga y rubia trenza, contemplar a su cónyuge caído. La dama palideció, su consternación era clara.

Si no hubiera existido afecto entre esos dos, Cristina se habría sorprendido mucho. La dama luego se enderezó con determinación. Pareció más grande en ese momento, y Cristina admiró cómo se hacía cargo de la situación.

Ysmaine habló enérgicamente. "Radegunde, por favor pon todas las mantas en el colchón y trae agua para mi esposo. Si está herido, las heridas deberán limpiarse".

"Yo puedo hacer eso, mi señora", protestó Bartolomé.

"Tú puedes ayudarme a quitarle la armadura." Ysmaine señaló a Wulfe con mirada férrea. "Y tú me dirás cómo sucedió esto." Ella inspeccionó al resto del grupo. "El resto de ustedes puede retirarse nuevamente. Hablaremos por la mañana, cuando haya menos por hacer".

La criada bajó corriendo los escalones con un cubo y pasó junto a Cristina. Habían llevado a Gastón a la habitación y, sin duda, lo pusieron en un colchón. La dama chasqueó la lengua, su disgusto era muy evidente.

"Estaba en uno de esos canales inmundos", dijo ella con disgusto, y Cristina pensó que probablemente tenía razón. Los muchachos regresaron a los establos, siguiendo las indicaciones de Duncan, pero Cristina se quedó para escuchar.

"Enviaré a buscar un boticario", dijo Bartolomé, pero la esposa de su caballero se giró para mirarlo.

"Primero yo veré la extensión de sus heridas", dijo ella secamente. "Puede que no sea necesario gastar dinero extra para llamar a un boticario a esta hora de la noche."

¿La dama le negaría a su marido un boticario? Cristina se sorprendió por eso y vio que los otros caballeros estaban conmocionados.

Entonces Cristina se dio cuenta de la verdad. Ysmaine solo quería a aquellos en quienes confiaba en la habitación con ese relicario.

Wulfe ocultó su desaprobación inclinándose para quitar el tabardo del otro caballero.

Ysmaine no quería eso. "Señor, esa no es una tarea adecuada para usted", declaró ella, colocándose entre el Templario y su esposo cuando Wulfe no se detuvo. "No eres ni escudero ni sirviente." De hecho, ella hizo salir a Wulfe de la habitación con una prisa inmerecida. Cristina consideró la importancia de eso. Ysmaine solo confiaba en su esposo y su doncella. ¿Habían robado las mujeres la reliquia por orden de Gastón? Como ex caballero del Temple, él debía conocer los tesoros de la orden y tal vez la verdad de la misión de Wulfe. ¿Buscaba un *souvenir* para financiar su nueva vida?

Ella recordó su certeza de que era él el que realmente lideraba el grupo y se preguntó si él temía simplemente por la seguridad de la reliquia. El asalto contra él esa noche implicaría que tal preocupación era merecida.

Sin conocer el carácter del hombre, era imposible adivinar sus motivos. Que Ysmaine confiaba en él era la única conclusión a la que Cristina podía llegar.

"Es más necesario su servicio para decirnos lo que sucedió", declaró Ysmaine a Wulfe. "¿Cómo resultó tan herido en los establos?"

Hubo una pausa, solo se escuchaba en la habitación el sonido de Bartolomé desabrochando el cinturón de Gastón. Ninguno de los dos respondió, lo que intrigó a Cristina. ¿Bartolomé había atacado a su caballero? ¿Wulfe sospechaba eso? ¿O los dos habían tratado de arrebatarle el control al ex templario?

"No estaba en los establos", concluyó Ysmaine, bastante razonablemente, la falta de disputa o corrección demostraba que ella tenía razón. Su voz se elevó. "De hecho, tú estabas afuera en esta peligrosa ciudad, mucho después de la hora en que todos los hombres sensatos están encerrados en sus hogares, y por eso mi esposo pagó el precio."

"Fue idea de él", murmuró Wulfe.

Cristina entrecerró los ojos. ¿Por qué Gastón sugeriría que los tres se fueran a Venecia de noche? ¿Habían estado buscando al ladrón que había atacado a Wulfe?

¿O tratando de atraer a ese asaltante al descubierto?

Si era así, su plan había fallado. Cristina tenía claro que el ladrón se había dado cuenta de que Gastón era el verdadero líder del grupo, o tal vez el que llevaba cualquier objeto de valor que se les hubiera confiado a los caballeros.

No era un consuelo comprobar que sus sospechas eran correctas.

Cristina se preguntó si la reliquia todavía estaba en posesión de la dama Ysmaine. "No lo creo", replicó esa mujer. "Mi señor marido tiene más sentido común".

Mientras tanto, Bartolomé continuaba desnudando a su caballero. La dama soltó un pequeño grito y Cristina supuso que pudo ver el alcance de la herida de su marido. Se inclinó hacia adelante, queriendo verlo ella misma.

"Debe haberse hundido."

"Así es, mi señora", admitió Bartolomé. "Lo golpearon por detrás y lo empujaron hacia el canal. No es pequeño y el peso de su armadura es considerable".

"Demonios y ladrones", enfureció Ysmaine. "Querían asegurarse de que no pudiera ser testigo de su crimen".

"Sin duda, mi señora", asintió Wulfe.

"¿Lo sacaste?" dijo Ysmaine y Cristina no estaba segura de a qué hombre se dirigía.

"Tuve que lanzarme detrás de él, mi señora", admitió Bartolomé, su consternación era muy clara. "Pensé... temí..."

"Mi señor esposo es realmente afortunado de tener a un hombre tan leal a su servicio. Te doy las gracias, Bartolomé".

Cristina se apoyó contra la pared. Tenía demasiadas preguntas. Si Gastón y Wulfe se habían embarcado juntos en ese plan, ¿por qué Wulfe no había salvado a su compañero caballero? Ella sabía que a él no le faltaba valor.

Quizás no había querido que Gastón sobreviviera.

Sin embargo, él no podría haber atacado al otro caballero.

A menos que Wulfe supiera que Gastón tenía la intención de robar la reliquia.

¿Por qué no se lo había confiado a ella?

La criada regresó con un balde de agua, jadeando levemente por el esfuerzo de subir las escaleras. Le dedicó a Cristina una mirada que lo decía todo y luego se apresuró a entrar en la habitación.

"Ahora, vamos a secarlo y hagamos que entre en calor. Creo que eso le ayudará tanto como cualquier otra cura. Siento la fuerza de su pulso", dijo Ysmaine.

"¿Qué debo hacer, mi señora?" preguntó la criada.

—Exprime el agua de su tabardo y cuélgalo para que se seque —le ordenó su ama. "Entonces te pido que intentes sacar la sangre de su aketon." Su voz se endureció y Cristina supuso que uno de los hombres parecía dispuesto a protestar. "Radegunde es muy hábil con los textiles, y me aseguraré de que todo cumpla con la aprobación de Gastón. ¿Podrías tú asegurarte de que su cota de malla y sus armas no sufran daños por esta lluvia?

"Por supuesto, mi señora", dijo Bartolomé.

"Lavaré las heridas", continuó la esposa de Gastón, con modales enérgicos. "¿Hay un brasero en este establecimiento? Una bebida caliente le vendría bien. Quizás una copa de vino caliente".

"Me ocuparé de eso", ofreció Cristina.

La dama se giró para mirarla y le sostuvo la mirada por un momento. Cristina temió que la otra mujer hubiera discernido que ella sabía sobre la reliquia, entonces Ysmaine asintió con gratitud. Bien consciente de que Wulfe la miraba, Cristina le dio la espalda y bajó las escaleras para buscar el vino.

Tenía que desentrañar ese misterio.

De hecho, tenía la sensación de que Wulfe pagaría el precio si no lo hacía.

Wulfe había fallado.

Y Gastón casi había pagado el precio de su locura.

Se había maldecido durante todo el camino de regreso a la casa por no decirle a Gastón que el ladrón podría haberse dado cuenta de que él lideraba el grupo, no Wulfe. Había dudado de la noción de

Cristina y había descartado su propia intuición, y al hacerlo, casi había perdido a Gastón.

Había traicionado a su compañero caballero.

Había traicionado a la orden y a sus votos.

Había sido un tonto.

Si pretendía seguir siendo templario, Wulfe tenía que arrepentirse de sus transgresiones y asegurar el éxito de esa misión.

Saber que Cristina estaba allí no había sido un sentimiento agradable. En el momento en que ella llegó a las escaleras, él había sentido su presencia agudamente. Era preocupante que no necesitara hablar con él o tocarlo para que él supiera que ella estaba allí.

Wulfe no hizo caso de su presencia, pero sus pensamientos se agitaron. Cristina tenía razón sobre elladrón cambiando su objetivo a Gastón, lo que significaba que tenía razón sobre que el enemigo estaba en su grupo. Él dormía en una casa con uno con la intención de matar a quienquiera que tuviera el tesoro y, lo que era peor, pronto dejarían Venecia atrás. Estarían en mayor riesgo en el camino abierto.

Sin embargo, él no podía sospechar de Cristina. Él no le había dicho nada de su plan para esa noche. Wulfe se sorprendió por la profundidad de su alivio de que ella no pudiera estar aliada con el verdadero ladrón. Él había esperado eso, pero ahora lo sabía con certeza.

Aunque no haberla despertado antes de su partida había tenido otra intención, el resultado fue bienvenido. Le alegraba saber que Cristina era digna de confianza, incluso si estaba decidido a no tener más intimidad con ella.

¿Qué pasa con el tesoro? Wulfe luchó por no mirar a Fergus, pero tendría que hablar con ese hombre sobre el tesoro. ¿Qué era? Ya había adivinado que estaba dentro de la alforja custodiada por Laurent, pero ahora, Wulfe tenía que verlo. Ellos habían jurado guardar el secreto y llevar el paquete en fideicomiso, pero cuando la vida de uno estaba en peligro, las reglas cambiaban.

Gastón podría haber muerto por esa misión esa noche. A Wulfe no le importaba morir en pos de un noble objetivo, pero él sabría cuál era. Morir en la ignorancia no era en su opinión una ambición de mérito.

Ysmaine, negaba con la cabeza mientras lavaba el hombro de Gastón. "No la culpo por estar angustiada", dijo, refiriéndose claramente a Cristina. Ella le dedicó una mirada dura. "Teniendo en cuenta dónde has estado."

Wulfe se sorprendió al ser reprendido por esa mujer después de haber ayudado a salvar la vida de su marido. "¿Te diriges a mí?" preguntó él.

"Así es. ¿Las acciones de que otro hombre preocuparían a Cristina, al menos de los que están en esta habitación?

Wulfe se enderezó. "Mis asuntos no son de tu incumbencia."

"La situación de mi esposo lo es. ¿Me darás una explicación para esto? "

"No necesito hacerlo."

"Entonces haré una conjetura." Ysmaine observó a su marido y habló rápidamente. "Ella está consternada porque necesitabas una segunda puta", declaró ella, y Wulfe tuvo dificultades para ocultar su asombro por esa ridícula acusación. "Sin embargo, no podrías permitirte ese vicio sin dejar que mi esposo durmiera como él deseaba. Tuviste que involucrarlo en tu plan y sin duda lo llevaste a alguna parte de la ciudad de mala reputación donde los asaltaron. ¿Les robaron a los dos? ¿O solo a mi señor marido? La dama frunció el labio con desdén. "Alabado sea que no lo dejaste pudrirse en las calles. Alabado sea que su escudero consideró oportuno seguirlos a los dos, para poder defender a mi señor esposo en el peligro al que tú lo invitaste con tus deseos pecaminosos.

Wulfe estaba indignado por ese asalto a su carácter, pero antes de responder con fuerza en su propia defensa, se dio cuenta de la utilidad de la explicación de la dama. No podía decirle realmente lo que habían estado haciendo y no tenía ni idea de lo que Gastón le había confiado a su esposa. Ese cuento serviría tan bien como cualquier otro.

De hecho, eso podría poner la distancia entre él y Cristina que él sabía que era necesaria. Bajó la cabeza, como si se sintiera culpable, y suspiró.

Para su alivio, Bartolomé se mordió la lengua y no reveló la mentira.

La dama Ysmaine se erizó de justa indignación.

"Salga de esta habitación, señor", le ordenó ella. "No tengo más que decirte, aunque es posible que tu cortesana ya no crea que eres su campeón." Ella se inclinó sobre Gastón y luego le dirigió a Wulfe una mirada de odio. "Pero entonces, tal vez esa fue la razón de tu plan esta noche."

"Mi señora", comenzó Wulfe antes de que pudiera detenerse.

La dama protestó rápidamente, silenciándolo antes de que pudiera decir demasiado. "Déjanos, señor. Bloquearé mi puerta contra hombres de tan viles deseos como los tuyos".

Cristina regresó en ese momento, indicando a Stephen que colocara el brasero que llevaba en un rincón de la habitación. Ella debió haber llamado al muchacho para que ayudara. Stephen encendió el carbón que contenía, luchando por ocultar su reacción al ver a Gastón. Era un muchacho valiente, pero no le fue bien ante la lesión. Wulfe supuso que le recordaba la pérdida de sus padres. Cristina le dio el vino a Radegunde y luego se fue. Wulfe la ignoró deliberadamente.

No quería que Ysmaine repitiera sus acusaciones cuando Cristina pudiera oírlas.

Gastón estaba tan pálido e inmóvil que Wulfe no podía salir de la habitación sin un poco de tranquilidad. Su culpa se redobló cuando miró al otro caballero. No siempre estaban de acuerdo, pero él no le deseaba mal a Gastón.

Sin duda, su esposa podría evaluar mejor su estado. Aunque su matrimonio era reciente, habían sido íntimos. Ella sería un mejor juez.

"No está tan mal herido, ¿verdad?" Wulfe observó a Ysmaine de cerca, porque sospechaba que era más probable que se revelara la verdad en su expresión que en sus palabras. Para su alivio, ella parecía preocupada pero no temerosa mientras miraba a su esposo.

"Sospecho que no", reconoció ella, su tono era más suave. Quizás a ella le gustaba que él se preocupara por Gastón. "Pero si es así, enviaré a Radegunde para que te lo diga."

Wulfe hizo una reverencia y se marchó, pasando junto a Cristina, que aún estaba fuera de la puerta de la habitación. Él quería una copa de vino caliente para él mismo, aunque haría falta más que eso para sacar el frío de su interior.

¿Y si hubieran matado a Gastón? Habría habido una audiencia en París, sin duda, y dudaba que alguien en ese grupo defendiera sus elecciones. Su pecho estaba apretado con la realidad de que estaba haciendo un sólido progreso en perder todo lo que atesoraba en ese viaje. Stephen lo siguió al trote y pasó a su lado antes de que él llegara a la planta baja. Él llevaba las botas de Gastón por Bartolomé y las llevó directamente a los establos.

La puerta en la cima de la escalera se cerró de golpe y una llave giró de manera audible en la cerradura. Wulfe miró hacia arriba porque sabía que Cristina no se había movido. A pesar de que había anticipado que ella lo estaría mirando, su corazón dio un vuelco al encontrarla haciéndolo.

Aún estaba encantado, y tal vez fuera un tonto, pero no podía ser grosero. Wulfe no se arrepintió. "La habitación es tuya a partir de este momento", dijo en voz baja.

Ella permaneció impasible. "¿No volverás y conversarás conmigo?"

Wulfe negó con la cabeza. "Nunca más", dijo con firmeza.

"Pero..."

Wulfe interrumpió a Cristina, sabiendo que él no sería inmune a cualquier apelación que ella pudiera hacer. "Considera, si lo deseas, si necesitas unirte a nuestro grupo mientras dure, o si puedes buscar tu propio rumbo antes de llegar a París. Sin saber tu destino, no puedo tomar esa decisión".

Ella bajó las escaleras a su lado, moviéndose con tranquila gracia.

Sus pasos eran casi fluidos y él se encontró observando el balanceo de sus caderas, saboreando los breves destellos de sus pies bajo el dobladillo. Cuando ella se detuvo junto a él, él hizo todo lo que pudo para evitar mirarla a los ojos o inhalar profundamente su aroma.

Así se encuentra la tentación.

"Sin saber toda la verdad, no puedes tomar una decisión en absoluto", dijo Cristina, sus palabras pronunciadas tan silenciosamente que solo él las escucharía.

La mirada de Wulfe voló hacia ella ante eso. "No entiendo."

"Lo sospechaba." Ella asintió con la cabeza, sus modales eran curiosamente eficientes. "¿Qué sabes del tesoro?"

Él parpadeó. "¿Qué tesoro?"

—El que llevas a París por disposición de la orden —respondió Cristina con tanta seguridad que él se sorprendió de nuevo. "¿Sabes lo que es? ¿Dónde está? ¿Quién lo quiere? Porque conozco dos de esos tres, y apostaría a que si nos reunimos podríamos resolver el tercero".

Wulfe estaba atónito, pero no había duda de su propia convicción en sus palabras. Echó un vistazo a las escaleras y luego a la sala común, luego levantó la voz. "Sí, una copa de vino caliente sería bienvenida." Sostuvo la mirada de Cristina. "Veré si hay otro brasero, si tú puedes traer un poco de vino".

—Estoy a su servicio, como siempre, señor —respondió ella tan recatadamente que Wulfe podría haber sonreído en otras circunstancias.

Tal como estaban las cosas, solo quería saber la totalidad de lo que ella había averiguado.

Y cómo lo había descubierto.

¿Era posible que él tuviera una aliada? Era una noción extraña para Wulfe, que siempre se abría camino solo, pero no podía negar que era tentadora.

∾

Los tiempos desesperados requerían decisiones audaces.

Un atisbo de la expresión fija de Wulfe le había dicho a Cristina que ella tenía razón sobre su plan de abandonarla.

¿Quería él dejarla en Venecia? ¿Justo afuera de las puertas? Cristina sabía que necesitaba aún más ayuda de él, pero también comprendió que él no tomaría placer como compensación. Ella tenía que ayudarlo a tener éxito en su misión.

Cristina no dudaba que él discutiría con ella sobre eso. Sin duda, Wulfe estaba acostumbrado a la soledad y a guardar sus secretos. Hasta entonces, su confianza se había ganado con esfuerzo y estaba lejos de ser completa.

Los secretos de la orden serían lo último que él entregaría, sin duda.

Cristina sabía que tendría pocas posibilidades de convencer a Wulfe de que compartiera sus observaciones con ella. Ella compuso su argumento mientras recogía una jarra de vino de la sala común, un par de copas y una olla pequeña. Para cuando ella regresó a la habitación de Wulfe, él había colocado un brasero frente a la ventana y encendía una pequeña hoguera en su interior. Eso arrojó un brillo bienvenido a la habitación, que a Cristina le parecía más fría que antes. Ella no podía negar la sensación de que él había colocado el brasero particularmente cerca de la gran ventana arqueada. Supuso que él quería que los de los establos vieran que no intercambiaban intimidad entre ellos.

Bastante justo, pero la intimidad más importante no era física. Cristina tomó asiento y sirvió vino en la cacerola. Estaba muy consciente del hombre que estaba a su lado, de su vitalidad y poder. No podía imaginar el mundo sin él.

¿Y si Wulfe hubiera sido atacado en lugar de Gastón?

¿Y si el agresor hubiera tenido éxito?

Cristina se estremeció ante la idea. Wulfe notó su gesto y le ofreció su capa. "Primero déjame ayudarte con tu cota de malla", sugirió ella. Para su alivio, él no discutió. En unos momentos, dejó a un lado su espada, tabardo y cota de malla, y su aketon lo siguió poco después. Entonces él le ofreció su capa, haciendo una mueca de dolor cuando se sentó, y centró su atención en calentar el vino. La tarea parecía requerir una concentración indebida.

"Dime lo que sabes", invitó él en voz baja.

"Dime primero lo que pasó esta noche. ¿A dónde fuiste y por qué?

Él le lanzó una mirada tan severa que ella pensó que podría negarse. "No tengo que decirte eso."

"Sí tienes, si quieres resolver el rompecabezas con mi ayuda."

Wulfe frunció el ceño y habló en voz baja. "Era el plan de Gastón, sacar al ladrón. Pensó que si me iba con un propósito, el ladrón me seguiría. Su plan era sorprender al ladrón por detrás".

"Pero el enemigo ya sabía que tú no lideras el grupo."

"Eso parece." Sus ojos parecían muy azules. "Tú tenías razón."

"Y lo que es más importante, el ladrón sabía que no llevabas lo que él busca."

La expresión de Wulfe se volvió tensa. "¿Qué es?"

Cristina estaba asombrada. "¿Ni siquiera lo sabes?"

Él se encogió de hombros, agitando el vino. "No se creyó que tuviéramos necesidad de saberlo. Tuvimos que comprometernos a mantener el secreto y a abstenernos de satisfacer nuestra curiosidad".

"Simplemente tenías que entregar un paquete", supuso ella. Wulfe asintió. "Y si es necesario, morir en su defensa."

Su mirada se aferró a la de ella. "Ese detalle podría haber estado implícito, pero no se dijo en voz alta." Él frunció los labios, dudando, luego continuó. También hay una misiva. Gastón la lleva".

Cristina estaba encantada de que él hubiera decidido confiar en ella, pero también estaba insultada en su nombre. "¿Porque no tú?"

Su ceño se profundizó aunque su tono era suave. "Porque Gastón era más conocido y, por lo tanto, más confiable para el preceptor, el hermano Terricus. Él ha negociado tratados estos años y, según tengo entendido, se ha confiado mucho en él en asuntos de cierta sensibilidad".

"¿Y tú?"

"Luchar. Y por lo general ganar". Wulfe vertió el vino en las copas, y un remolino de vapor se elevó al hacerlo. "Supongo que se podría decir que Terricus delegó la responsabilidad como mejor le pareció."

"Pero ninguno de ustedes lleva el tesoro. ¿De quién fue esa elección?

Él la miró, invitándola a especular.

"Terricus". Sintió que sus labios se apretaban. "Y un hermano de la orden no puede desafiar un mandato."

Wulfe la saludó con su copa por esa conclusión, luego tomó un sorbo. "Sin embargo, se puede protestar, como yo he hecho repetidamente. Yo bien podría ahorrar mi aliento."

"Pienso que es un terrible insulto a ti."

"Puedo asegurarte que yo lo he sentido mucho más, pero dada la situación, puede que haya sido el engaño lo que haya protegido el tesoro del ladrón. Eso seguramente es de gran importancia." Él miró el contenido de su copa, luego la atravesó con una mirada repentina. "¿Lo has visto?"

Cristina asintió.

"¿Sabes dónde está?"

Ella asintió de nuevo. "Y creo que está a salvo en el lugar actual."

"¿Actual?" Wulfe arqueó una ceja.

"Fue movido."

"Ah." Él pensó sobre eso. "Pero no estás completamente segura de que esté a salvo."

"Es imposible para mí estar segura, sin conocer los motivos de todos en tu grupo."

Él asintió, apoyando los codos en sus rodillas y evidentemente fascinado por el vino. "¿Entonces es de gran valor?"

"Invaluable."

Él levantó la vista ante eso, asombrado. Cristina asintió.

Wulfe se puso de pie y caminó a lo ancho de la habitación, aparentemente olvidando su vino. "Es cierto que somos un grupo de extraños", dijo él. "Yo podría intentar reclamar ese tesoro, sea lo que sea, para comprarme un mejor futuro que servirle a la orden. Fergus podría estar en necesidad de fondos para la propiedad que va a reclamar, al igual que Gastón. No conozco la historia de Bartolomé, aunque Gastón responde por él. La dama Ysmaine podría tener cualquier plan, con o sin el conocimiento de su esposo." Él se movió para quedar frente a ella. "Y tú, por supuesto, serías sospechosa también."

"¿Pero no para ti?"

Wulfe sonrió.

Cristina se forzó a sí misma a continuar su línea de discusión, aunque ella estaba encantada por él juicio que él había hecho de su carácter. "Un mercenario, un comerciante, y un noble están en tu grupo también. Y cualquiera de ellos podría desearlo."

"Como podría cualquiera de los muchachos, o las mujeres trabajando en la cocina aquí, o un ladrón que lo haya visto." Wulfe levantó una mano.

"Creo que eso es poco probable", dijo Cristina. "Estaba muy bien asegurado como para un vistazo de casualidad. Alguien sabe que es transportado por este grupo."

Él asintió. "Y podría ser reclamado, para chantajear a cualquiera de nosotros para que paguemos para que lo devuelvan a salvo, o para venderlo."

"El dinero resuelve toda clase de problemas", estuvo de acuerdo Cristina. "Sin embargo este objeto no podría ser fácilmente vendido. Sería necesario tener conexiones en lugares importantes para obtener un precio adecuado por él."

"Si es tan vasto, incluso conexiones en lugares bajos podrían negociar un precio que valiera la pena", apuntó él.

"No entiendo."

"Una pieza valiosa vendida por una décima parte de su valor real puede significar una suma impresionante."

Cristina movió la cabeza con reluctante asentimiento. Su mirada buscó la de ella, su curiosidad era clara, luego él giró y comenzó a caminar otra vez. Ella percibió claramente su frustración.

"¿No quieres saber lo que es?"

"Por supuesto. Pero yo juré no indagar sobre la carga que nos asignaron, sospechó que puede haber una prueba para saber si lo he hecho. Ya le he fallado a la orden en este viaje y no me atrevo a hacerlo de nuevo."

"¿Cómo puedes decir eso?"

"Yo no advertí a Gastón de mis sospechas." el tono de Wulfe era severo. "No le dije que el ladrón podría ya sospechar que él lidera la misión. Si hubiera hecho eso, él podría haber sugerido otro plan. Puede que él no hubiera sido atacado."

Cristina apreciaba sus dudas, pero desaprobaba sus conclusiones. "Desde mi experiencia, Gastón no aprecia tu consejo, sin importar cuan sabio pueda ser este."

"Pero yo ni siquiera lo intenté. Yo elegí creer que él tenía razón, y ahora yace herido. Si él muere por culpa de este incidente, será olvidado que él plan era de él. Todo lo que se recordará es que yo no salté al agua para salvarlo." Wulfe tragó el resto de su vino y bajó la copa con fuerza.

"¿Por qué no lo hiciste?" se atrevió a preguntar Cristina.

Él le dio una larga mirada. "¿No puedes adivinar?"

"Yo sé que tú no eres un cobarde."

"No sé nadar", admitió él acaloradamente.

"Y así con certeza uno de ustedes se hubiera ahogado, porque Bartolomé no habría podido salvarlos a los dos. Dudo que él hubiera saltado otra vez al agua por ti."

"Yo sé que él no lo habría hecho." carraspeó Wulfe, y ella se preguntó si él estaba tan tranquilo con eso como claramente le gustaría a él que ella creyera. Ella vio en ese momento que su desconfianza por otros y sus maneras distantes habían sido aprendidas por la experiencia. "¿Y por qué se esperaría que él arriesgara su vida dos veces? No, mejor que yo me echara atrás, y el salvara a Gastón, incluso si los dos me desprecian por cobardía."

La última palabra fue pronunciada con un poco de amargura que revelaba sus verdaderos sentimientos.

Wulfe tenía necesidad de consuelo. Él tenía necesidad de un aliado. Y Cristina le daría tanto de ambos como él estuviera dispuesto a aceptar de ella.

Quizás bastara con cambiar los futuros de ellos dos.

De cualquier forma, ella no se arrepentiría de nada.

CAPÍTULO 10

Cristina tomó la olla y fue al lado de Wulfe, agarrando su copa antes de verter el resto del vino caliente. "No es cobardía elegir vivir", dijo ella en voz baja. "De hecho, esa es a menudo la opción más audaz de todas."

Wulfe exhaló con expresión solemne. "Entiende, Cristina, que todo mi futuro depende de la buena voluntad del Gran Maestre en París. He fallado. He traicionado la confianza de Gastón y he descuidado mis votos. Eso debe cambiar. Debo reformar mis acciones para asegurar que pueda permanecer con la orden". Él la miró. "De lo contrario, me moriré de hambre."

"Porque no te convertirás en mercenario, ni siquiera para sobrevivir."

"Nunca", dijo él con tranquilo fervor. "Vivir sin principios no es vida en absoluto."

"Y no te comprometerás al servicio de un noble porque no puedes estar seguro de que su causa siempre será justa."

Él asintió de nuevo, no menos sombrío que antes. "El único camino recto es con una orden como los Templarios."

Cristina le dedicó una sonrisa, le quitó la copa de la mano y bebió un sorbo. "Sin embargo, ¿dónde está escrito que yo no puedo ayudarte?" Wulfe trató de alcanzar el vino, pero ella lo mantuvo fuera de su alcance. "¿Seguramente las reglas requieren que un caballero jurado en la orden sea moderado?" bromeó ella y se alegró de ver su sonrisa renuente.

"Conoces mi preocupación. No podemos volver a acostarnos juntos".

"Pero eso no significa que no podamos hablar entre nosotros, o que yo no pueda partir de Venecia con tu compañía", dijo ella, manteniendo la voz tranquila a pesar de que temía que él rechazara su sugerencia. —Volveré a ser una peregrina, Wulfe, una que regresa a casa escoltada por un noble caballero. En verdad, me gustaría que el próximo hombre al que le dé la bienvenida a mi cama sea mi señor esposo, quienquiera que sea.

Ella vio que sus ojos destellaban y luego se giró para caminar hacia la ventana. Él miró hacia el patio y ella tuvo la clara sensación de que lo había ofendido.

"¿No debo rechazar tus caricias entonces?" preguntó ella. "Pensé que sería mejor facilitar tu elección, luego lanzarme sobre ti e intentar cambiar tu forma de pensar sobre este asunto con una simple persuasión."

Él resopló. "Más sabio, ciertamente." Wulfe levantó la mirada y la examinó, su admiración era clara. Su voz bajó. "Pero no mejor, de ninguna forma".

Sus miradas se encontraron, la intensidad de su expresión encendió de nuevo el deseo de Cristina. Él tenía razón: su unión había sido una maravilla, mucho más allá de todo lo que había experimentado antes.

Y ella, por una vez, no estaba dispuesta a renunciar a toda esperanza de futuro.

De hecho, ella se atrevió a creer que podría haber encontrado lo que buscaba por encima de todo. Un campeón, sin duda, pero también un hombre que la apreciaba por sí misma.

No por su apariencia.

No por las habilidades que había aprendido en la casa de Costanzia.

Ni siquiera por el legado que podría reclamar con la ayuda de un hombre, el que tanto había deseado Gunther. Pero ella, como Wulfe, había aprendido a ser cautelosa y no prometería lo que dudaba poder ofrecer al final.

Aun así, ella tendría una probada de él para mantener su calidez.

"Un beso", susurró ella y sus ojos se encendieron.

Entonces Cristina cruzó la habitación apresuradamente, segura de poder reclamar el beso que tanto deseaba. Wulfe apartó de la vista de la ventana y luego la abrazó. A ella le encantaba cómo él la abrazaba y la besaba profundamente, como si no pudiera hacer nada más. El calor se elevó entre ellos, conjurado por el más mínimo toque. Su pasión la llenó de placer y deseo. Ella entrelazó sus brazos alrededor de su cuello y deslizó sus dedos en su cabello, dándole la bienvenida, deseando todo lo que él tenía para dar.

Fuera lo que fuera.

Ese beso podría ser el último, ciertamente el último antes de París, y ella nunca querría que terminara. Wulfe parecía compartir su punto de vista, porque inclinó su boca sobre la de ella, acunándola contra su pecho mientras la besaba profundamente. Cristina se sintió querida como nunca antes.

Momentos después, Wulfe levantó la cabeza, sus dedos recorrieron sus mejillas. "¿Lo has visto?" susurró, su mirada buscando la de ella. Cristina asintió con la cabeza, pero él le tapó los labios con la yema del dedo, deteniendo su confesión de la verdad. "¿Vale la pena que un hombre entregue su vida?"

Ella asintió de inmediato y él rozó los labios con los de ella.

"Entonces vigilalo con atención, mientras viajamos, y dime si cambia de ubicación. Debes jurar que me dirás si está en peligro".

Lo haré, Wulfe. Puedes confiar en mí".

Wulfe le sonrió y le clavó los dedos en el pelo. "No podré resistirme todo el camino hasta París."

"Sí, lo harás", dijo Cristina, saliendo de su abrazo mientras podía reunir la fuerza para hacerlo. Tenían que unir fuerzas y ayudarse mutuamente para servir al bien común. Si ella lo tentaba a ir a su cama y eso le costaba su lugar en la orden, la despreciaría por eso. Cristina no podía arriesgarse a eso.

Se acercó a la ventana para estar a la vista de quienquiera que mirara. "Dejaré al grupo en el paso de San Bernardo", dijo ella en voz baja pero con convicción.

Era lo mejor.

Wulfe estaba visiblemente sorprendido. "Eso es sólo un poco más de la mitad".

"Pero cerca de casa. Cuando nos separemos, te diré dónde está el tesoro y tú lo vigilarás desde allí". Ella retrocedió ante su asentimiento, ofreciéndole de nuevo lo que quedaba de vino. "El menor de dos males", invitó suavemente, pero no pudo sonreír.

Wulfe tampoco sonrió. La observó y luego aceptó la copa, la calidez de sus dedos rozando los de ella en la transacción. Su mirada se aferró a la de ella mientras apuraba la copa, luego se la devolvió.

Se dirigió a la puerta y se detuvo en el umbral. —Duerme bien, Cristina —dijo sin mirar atrás.

"Tú también."

Entonces Wulfe salió por la puerta, deteniéndose en el pasillo con la llave en la mano. Se la lanzó y Cristina la atrapó, sonriéndole porque él la entendía tan bien. Entonces la puerta se cerró y ella se quedó sola, con frío a pesar del calor que emanaba del brasero. Fue a la ventana y vio a Wulfe cruzar el patio hacia los establos, maravi-llándose de que, por primera vez en años, quisiera tener las manos de un hombre sobre ella.

No cualquier hombre.

Wulfe.

Pero tenía que ganarse su favor. Cristina se atrevía a creer que se podía hacer y que, si lo conseguía, la fortuna podría sonreírles a ambos.

¿Alguna de sus hermanas habría ya reclamado su legado fami-liar? Cristina no había podido soportar pensar en su hogar, o el legado que había sido la causa de su peregrinaje, en todos esos años, pero en este momento lo hizo. Después de todo, Gunther no solo había deseado un hijo por su propio beneficio. ¿Sus hermanas habían tenido hijos?

Habían pasado nueve años. Miriam se había comprometido poco antes de que Gunther insistiera en la peregrinación. ¿Seguramente la semilla de su marido había echado raíces en todo ese tiempo?

Y si no, Anna bien podría estar casada y ser madre de un hijo.

Sí, Cristina tenía que pensar que una de ellas había reclamado el legado. Y había pocas posibilidades de que ella alguna vez lo hiciera, dados sus años de esterilidad. No, lo mejor que podía esperar era que cualquiera de sus hermanas que reinara en la propiedad de su familia le ofreciera un refugio.

Después de todo, un hogar y un refugio eran más de lo que había conocido en todos esos años.

Ella vio a Wulfe desaparecer en los establos y se dio cuenta de la plenitud de esa bendición.

De hecho, había muchos que no eran tan afortunados como ella.

WULFE no se perdió la ironía. En Jerusalén, había acusado airadamente a Gastón de retrasar el progreso de su grupo por la aparente insistencia de ese hombre en recoger a sus putas, insistiendo en que las mujeres no podrían cabalgar tanto tiempo ni tan rápido cada día. Ysmaine había desafiado sus suposiciones, no solo por su posición como esposa de Gastón, sino por su determinación de cabalgar todo el tiempo que fuera necesario cada día.

Y ahora, él agregaría a su puta al grupo.

Aunque Cristina ya no era una puta ni era suya. Ella era una peregrina, destinada al camino y no más lejos. Él ya temía el día en que se separaran.

Pero había cuestiones prácticas que resolver. Ella necesitaba un caballo para montar con el grupo, y él no tenía ni un centavo a su nombre. Le habían quitado su mejor daga, por lo que no podía venderla, aunque en realidad ni siquiera habría ganado suficiente dinero para comprar un caballo a menos que hubiera engañado al comprador.

¿Qué más tenía de valor para vender?

Wulfe sabía que aunque los hombres de Costanzia se habían llevado todo el dinero Templario que él llevaba, la huida de Cristina de esa casa solo estaría completa si ella abandonaba la ciudad para siempre. No se podía esperar que tales villanos estuvieran por encima del engaño. Él comprendió su convicción de que no podía haber un trabajo honesto para ella ahí, dada la reacción de las mujeres en las cocinas, y confió en la evaluación de ella de que solo volvería a la vida que anhelaba dejar.

Tenía que encontrar una manera de que ella cabalgara con ellos.

Lo que significaba que necesitaba encontrar otro caballo.

Wulfe fue a los establos con la intención de revisar el escaso contenido de sus alforjas. Los muchachos estaban dormidos y, aunque Stephen se movió, Wulfe le hizo un gesto para que se durmiera. En los establos reinaba la paz, con pocos ruidos que no fueran los suaves ronquidos de los que dormían y los caballos moviendo la cola.

Wulfe se agachó en el puesto improvisado donde estaba ensillado Teufel y el caballo se acercó a él con cariño. El corcel necesitaba ejercicio y Wulfe de nuevo deseó que partieran. Sin embargo, con Gastón herido, no podría ser pronto.

Sólo cuando estaba solo, podía Wulfe reconocer la plenitud de su sentido de responsabilidad y la magnitud de su fracaso. Si Gastón moría, no podía imaginar que no hubiera repercusión para él.

Sin embargo, la mayor preocupación era el bienestar de Gastón. Por mucho que a Wulfe le hubiera molestado que le ordenaran estar subordinado al otro caballero, había llegado a admirarlo. Tal vez no siempre estuvieran de acuerdo, pero Wulfe podía ver por qué Gastón era tan respetado y confiable. Los modales firmes y la persistencia tranquila de ese hombre a menudo daban buenos resultados.

Y Gastón tenía amigos. Su esposa ya lo admiraba y su naturaleza mantenía unido al grupo. Wulfe no podría haber reunido su consenso con tanta facilidad como lo hacía Gastón. Él no tenía don con la diplomacia, salvo esa que era entregada a punta de espada.

Wulfe se sentó en el heno, soportando el asalto de Teufel a su cuello y cabello, y abrió sus alforjas. Él no era optimista y sospechaba que podría volver a fallar. La verdad era que poseía muy poco, como era razonable dados sus votos. Su armadura era clave para su ocupación. Su espada no podía ser entregada. Su arnés no era lujoso, y no tenía lujosos escudos para su corcel ni una capa de fina lana sin la que podría vivir. Sus botas habían sido reparadas demasiadas veces para conseguir un buen precio y su cinturón era meramente útil.

Teufel le dio un pequeño mordisco, descontento por ser ignorado, y Wulfe se levantó para frotar las orejas de la bestia. Había compartido más experiencia con ese caballo que con cualquier alma desde sus días con el anciano. Ciertamente, nunca había confiado tanto en otro. Quizás era porque tenían mucho en común. El caballo negro no solo era orgulloso, poderoso y confiado en sus habilidades, sino que permanecía apartado de otros caballos, incluso en los pastos. Quizás era porque se defendían y sobrevivían juntos a las batallas. Wulfe fue a buscar el heno y acicaló al caballo, descubriendo que el ejercicio lo calmaba tanto a él como a Teufel.

Él había cepillado un costado cuando la verdad lo golpeó como un relámpago. Su posesión más valiosa era el corcel. Podría vender Teufel y comprar dos caballos, tal vez incluso un buen caballo y un caballo menos fino. La idea era irritante, porque había pensado que siempre montaría en Teufel.

La alternativa de dejar a Cristina atrás, casi asegurando su regreso a ese burdel, era aún más desgarradora.

Buscó otra solución, aunque supuso que eso era lo que debía hacerse. Dos adultos no podían compartir una montura, ni a gran velocidad ni gran distancia. Independientemente de cómo fatigara al caballo, comprometería su propia necesidad de aparentar estar cumpliendo sus votos. Cristina no podía caminar y no podía quedarse atrás.

Era cierto que había sido traicionado dos veces por mujeres. Sin embargo, Cristina era diferente a cualquiera de esas mujeres.

Cristina necesitaba la protección que solo él podía brindarle. ¿No había trabajado ahí durante años, sin la intercesión de un amable extraño? Su destino era poco diferente al de la dama Ysmaine, salvo que no había habido ningún hombre honorable que ofreciera su mano en matrimonio.

Él podría asegurarse de que ella abandonara esa ciudad. No era tanto como a Wulfe le hubiera gustado concederle, pero era todo lo que tenía para ofrecer.

Incluso si eso exigía casi todo lo que él tenía para dar.

Había llegado el momento de que él mostrara compasión además de hacer justicia.

Wulfe dio un paso atrás y miró al corcel a los ojos. Él podría asegurarse de que el comprador fuera amable, tal vez. Le debía a Teufel eso y más. Él imaginó que el corcel le apartaba la mirada con comprensión.

Quizás incluso con consentimiento.

Wulfe empezó a acicalar al caballo con mayor vigor, diciéndose a sí mismo que necesitaba asegurarse de que Teufel se viera lo mejor posible. La verdad era que quería pasar todos los momentos posibles con el corcel antes de que se separaran.

Tenía que hacer eso rápidamente, con la primera luz, porque incluso si tuviera que defender su elección ante Stephen y Simón, su voluntad podría verse comprometida.

Y Cristina estaría perdida.

LAS DEFENSAS del Templario se estaban desmoronando.

Fergus lo había visto antes y reconoció las señales. Había luchado con muchos caballeros de esa orden que no tenían nada más que la orden, nada más que su fuerza, su espada y su valor. Él había reconocido a Wulfe de inmediato como uno de esos. Eran despiadados en la batalla, esos guerreros, y su voluntad podría haber sido forjada con hierro. Era bueno tener a varios de ellos en cualquier misión, porque invariablemente ignoraban sus heridas y se aseguraban de que la mayoría, si no todos, regresaran. Cuando no estaban en batalla, se mantenían en secreto, nunca comprometían sus motivos con la emoción, y sus elecciones eran completamente predecibles.

Honorables, sin importar el precio.

Fergus los veía como fortalezas, hombres que habían construido valientes torres para proteger sus corazones, y luego habían sumado a tan formidables defensas durante sus años de soledad. Sus modales bruscos podrían haber sido altas murallas, y su aparente desinterés por sus semejantes podría haber sido fosos anchos y profundos que mantenían alejados a todos de sus portales. Parecía que solo se preocupaban por ellos mismos.

La verdad era que tales hombres no podrían haber luchado con tanta determinación si no hubieran sido impulsados por un motivo más profundo. Todos y cada uno de los conocidos por Fergus estaban comprometidos con el ideal de justicia para sus semejantes.

Wulfe era igual. Discutía con Gastón porque se sentía responsable de sus compañeros y se sentía impulsado a asegurarse de que la misión tuviera éxito. Él podía ser percibido como frío por otros, pero la devoción de sus dos escuderos, sin mencionar el afecto de su caballo, revelaban que su comportamiento severo era parte de esa fachada protectora. Fergus no dudó que los escuderos y el caballo hubiesen sobrevivido debido a alguna intervención del caballero.

Quizás múltiples intervenciones, de ninguna de las cuales hablaría el Templario.

Y ahora, Fergus veía a Wulfe hacer una elección de algún tipo, ese caballero se creía inadvertido, y Fergus supo que la muralla del

Templario había sido quebrantada. Era por la mujer, la puta que Wulfe había traído de vuelta a la casa contra toda expectativa, y la que seguía quedándose. Cristina había roto el cemento de alguna manera y los muros defensivos de Wulfe habían comenzado a desmoronarse.

Fergus había descubierto la verdad cuando había abierto la puerta la noche anterior y había visto la expresión afligida de Wulfe mientras él y Bartolomé cargaban a Gastón. La reacción de Bartolomé había sido coherente con la expectativa, pero para que Wulfe estuviera tan visiblemente conmocionado, ese hombre que ocultaba tan bien sus emociones, solo podía significar una cosa.

El hecho era que no podían soportar la pérdida de dos caballeros. Gastón había resultado herido y podría no ser capaz de dirigir el grupo, ni siquiera en secreto. ¿Dónde estaba la misiva que el hermano Terricus le había confiado a Gastón? ¿Qué decía? Fergus podría repetir al Maestre de París lo que Terricus le había dicho a él, pero eso podría ser solo una parte de la historia.

Peor aún, si Wulfe vacilaba, el tesoro podría perderse y la misión podría fallar. Había visto a esos hombres comprometidos antes. Sus defensas eran formidables, pero una vez que se había encontrado la grieta de la debilidad, sus muros fueron socavados y las puertas inevitablemente cayeron.

Contra toda expectativa, tenía que ofrecer ayuda a Wulfe, y hacerlo de una manera que no pareciera un insulto. Vio que Duncan estaba despierto a su lado, los ojos de ese hombre brillaban mientras él también observaba cómo Wulfe acicalaba al corcel. Intercambiaron una mirada, sin necesidad de palabras para comunicar su preocupación, y Fergus asintió rápidamente.

Duncan se levantó, se estiró y caminó hacia el otro caballero, afable y sin amenazas.

Fergus escuchó, para discernir mejor qué podía hacer para ayudar. La muralla podría estar comprometida, pero vería a Wulfe defender la torre contra todo asalto.

LA PERSPECTIVA de entregar el caballo sacudía a Wulfe.

Era sorprendente sentir tanta emoción por la decisión de separarse de un caballo. De hecho, podría haberse sentado y haber llorado, lo cual era muy diferente a él y no lograría nada en absoluto. Sabía que la tarea tenía que hacerse, pero se negó a insistir en ello. En lugar de considerar sus lamentaciones, recordó las veces que había compartido con ese caballo, las batallas que habían librado juntos, las patrullas que habían montado y la compañía que habían mantenido.

"¿Pretendes dejar a la criatura sin ningún pellejo?" exigió una voz amistosa detrás de él, sacando a Wulfe de sus pensamientos.

Se volvió para encontrar al mercenario Duncan detrás de él. El hombre mayor estaba sonriendo, pero había un brillo en sus ojos.

Este era perceptivo, y Wulfe sospechaba que a menudo lo subestimaban. Eso podría haber sido una advertencia para ocultar sus pensamientos.

"No hay nada de malo en un buen aseo", dijo Wulfe, volviendo a su trabajo. Se inclinó para pulir los cascos de Teufel. Eran negros y se veían más notables cuando se pulían hasta que brillaban. Él esperaba que el escocés lo dejara en paz, pero su deseo no se cumpliría.

De hecho, Duncan parecía acomodarse para charlar. "Me parece que o has extrañado montar este corcel, o piensas venderlo".

Wulfe miró al otro hombre, alarmado de que su elección pudiera discernirse tan fácilmente. Para su pesar, se dio cuenta de que Duncan había estado esperando esa reacción. ¿Qué había pasado con su impasibilidad? Se esforzó por mantener su tono suave. "¿Por qué dirías eso?"

Duncan se encogió de hombros. "Simplemente hago una conjetura. ¿Cuál es?

"No necesito decírtelo."

—No, no es así, pero tengo curiosidad para estar seguro. La mayoría de los caballeros que he conocido se separarían de sus vidas antes que de sus caballos, espadas o cota de malla". Duncan hizo una mueca al considerar sus propias palabras. "En ese orden, también".

"Quizás no soy como otros caballeros que has conocido."

Duncan se rió entre dientes. "Esa es la verdad, más o menos. También podría pensar que eres un hombre molesto, si no hubiera tenido oídos la noche anterior."

Wulfe detuvo su cepillado. "¿Cuándo volvimos con Gastón?"

Duncan se rió entre dientes. "Antes de eso, muchacho, cuando la dama expresó su alegría con tus habilidades".

Era un recordatorio que Wulfe no necesitaba. Respiró hondo y se volvió para enfrentarse a Duncan. "¿Qué es lo que deseas de mí esta mañana?" preguntó, sin molestarse en ocultar su impaciencia por ser tan interrumpido.

"Entenderte mejor", respondió Duncan con facilidad. "No eres fácil, muchacho, eso es seguro". Se trasladó a la cabina, pasando una mano sobre el caballo con admiración. "Un Templario que juró la castidad y que sabe complacer a una mujer mejor que cualquier hombre que haya conocido". Le guiñó un ojo. "Al menos por el sonido".

Wulfe se erizó.

Duncan continuó sin inmutarse. "Un hombre distante que comprende la naturaleza humana tan bien como para arrancar la perla del estiércol". Wulfe podría haber discutido, pero el hombre mayor levantó un dedo. "Ella es una perla, que ha sido lanzada ante los cerdos, y tú lo notaste, ya sea que se te hayas dado cuenta o no".

Wulfe apretó los labios, sintiéndose expuesto a ese hombre que había observado tanto de él.

Duncan frotó las orejas de Teufel. "Un guerrero frío cuyos escuderos, ambos huérfanos, le sirven con una lealtad que pocas veces se ve y que insinúa la verdad de su naturaleza". El hombre mayor arrancó el cepillo de los dedos de Wulfe y luego lo sacudió frente a él. "Un hombre que oculta sus pensamientos con facilidad pero cuyas acciones demuestran que merece más respeto del que ha ganado".

Wulfe recuperó el cepillo con impaciencia. "No necesito respeto. Hay una tarea por hacer y veré que sea completada".

Las palabras de Duncan fueron amables. "¿Qué piensas hacer con el caballo, muchacho?"

"No soy un muchacho..."

"No, eres un hombre de principios." Duncan cruzó los brazos sobre el pecho y se enfrentó a Wulfe, impidiéndole abandonar el puesto cuando podría haberse alejado de la conversación. "Planeas vender tu caballo. Lo veo en cada uno de tus gestos, así como que la decisión te preocupa".

Wulfe dejó escapar un suspiro de derrota. "Y así has resuelto el misterio. ¿Por qué me preguntas por eso? ¿No estás contento ahora para dejarme en paz?

"No, no lo estoy. Dime por qué."

Wulfe inspeccionó los establos, pero sabía que el anciano no abandonaría su cuestionario. "El grupo necesita otro corcel y no tengo dinero para comprar uno."

Entonces, Cristina viene con nosotros.

"Ella es una peregrina, se une a nuestro grupo para regresar a casa."

Duncan sonrió, una expresión traviesa que puso estrellas en sus ojos. "¡Le compraste su libertad!"

"Me esfuerzo por ayudar a un peregrino..."

Duncan lo interrumpió. "Podrías pedir ayuda al grupo, muchacho".

"Yo podría", reconoció Wulfe. "Pero la experiencia ha demostrado que es un ejercicio inútil pedir ayuda a mis compañeros. Los asuntos se resuelven cuando yo los resuelvo".

El hombre mayor pasó una mano por el cuello de Teufel, sonriendo cuando el corcel movió la cabeza. "Es magnífico. Debes saber que serás engañado sobre su valor en esta guarida de ladrones llamada ciudad. ¿Y quién puede decir cuál será su futuro?
"

La garganta de Wulfe se apretó al tener su propio miedo

nombrado con tanta precisión. "Me esforzaría por encontrarle un dueño que lo cuidara bien..."

"¿Tanto como tú? Dudo que se pueda encontrar a ese hombre". Duncan negó con la cabeza.

"Te agradezco tu preocupación", dijo Wulfe con rigidez. "Pero sé lo que se debe hacer."

"¿Duncan?" llamó Fergus desde más allá del establo, y Wulfe volvió a su cepillado cuando el hombre mayor salió a la vista de su señor caballero. "¿Podrías llevarte a Laurent hoy y ver si puedes encontrar un caballo decente para comprar?"

Wulfe se giró para mirar al escocés cuando apareció a la vista. Eso no podía ser una coincidencia, aunque Fergus no lo miró.

"Sé que Isobel se quedará con mi hígado si le hablo de las sedas a la venta en el mercado, pero no le llevo algunas. Las alforjas están llenas hasta reventar como están, por lo que no hará mucho daño comprar otro caballo".

"Siempre que no me engañen", respondió Duncan. "Y que haya una montura decente disponible. Aquí hay más para barcos y botes, eso está claro".

"Debe haber peregrinos vendiendo caballos antes de navegar hacia el este", respondió Fergus.

Wulfe no pudo luchar contra la sensación de que esa conversación era para él.

Duncan se burló. "Me imagino que haya menos embarcándose, pero buscaré."

Lleva a Laurent contigo. Tiene buen ojo para los caballos y no ha abandonado esta morada. Será bueno para él".

"Sí, mi señor."

"No necesitas hacer eso", intervino Wulfe y ambos hombres se volvieron para mirarlo. Para su alivio, ellos no fingieron que él estaba equivocado.

"Sí", dijo Fergus suavemente. "Yo debo hacerlo." Arqueó una ceja. "Después de todo, tengo un gran cariño por mi hígado."

Duncan se rió de eso y dejó los establos, dejando a los dos caballeros uno frente al otro.

"Esto no es una broma", dijo Wulfe. "Y no es tu responsabilidad..."

"Pero es una contribución que puedo hacer", dijo Fergus. Dio un paso más cerca. "Sobre todo si no vas a utilizar el dinero de la orden para garantizar la defensa de un peregrino".

"Lo haría", admitió Wulfe en voz muy baja. "Si no me hubieran robado."

Fergus se enderezó. "¿Lo sabe él?"

Wulfe negó con la cabeza ante la referencia a Gastón. "Aún no."

Fergus asintió, escudriñando los establos mientras consideraba eso claramente. Metió la mano por debajo de su camisa y sacó un pequeño saco de monedas. Cerró su mano sobre él y se lo pasó a Wulfe, sus miradas sostenidas. "Él no necesita saberlo", dijo Fergus, articulando las palabras.

Wulfe aceptó el dinero, el alivio inundó su corazón. "Lleva un registro porque se te pagará."

Fergus sonrió. "Puedes estar seguro de eso." Alargó la mano y frotó la nariz de Teufel. Eres una criatura tan buena. No será demasiado pronto para que salgamos y tú puedas correr, amigo mío.

Wulfe agarró el dinero, asombrado de haber experimentado tal bondad. Su pecho estaba oprimido por el alivio. "Gracias", dijo él cuando Fergus se dio la vuelta para irse, y su voz estaba ronca.

Ese hombre asintió con la cabeza, salió del establo y Wulfe acarició a Teufel con más suavidad.

De repente, Duncan apareció de nuevo, esquivando al caballo. "¿Crees que Cristina preferiría un vestido nuevo?" Extendió las manos. "Estaré en el mercado esta mañana y se puede encontrar una ganga."

"Creo que ella agradecería la oportunidad de parecerse más a la peregrina que es", admitió Wulfe, pensando en cómo el tono y el corte de su kirtle revelaban claramente su ocupación. Una vez se habría guardado esa observación para sí mismo, con la intención de asumir la responsabilidad de su decisión, pero comenzó a ver el mérito de confiar en los demás en ese grupo. Era una sensación extraña, no luchar contra las cosas solo, pero Wulfe sospechaba que fácilmente podría acostumbrarse a ello.

¿Era posible que simplemente con pedir un deseo pudiera verlo cumplido?

—Veré qué se puede hacer —dijo Duncan, su ayuda ganada tan fácilmente que Wulfe parpadeó. El hombre mayor asintió una vez, luego salió de los establos con determinación, dejando a Wulfe con su tarea.

Él apoyó la frente en Teufel, sintiéndose más ligero de lo que se había sentido en años.

—Buenos días, Gastón —dijo Duncan de repente, y Wulfe se giró para mirar hacia el patio con sorpresa. Para su placer, Gastón estaba cruzando el patio con determinación en su paso. No se veía completamente sano y aún estaba pálido, pero el hecho de que se hubiera levantado de su colchón esa mañana era una buena noticia.

Que levantara una mano hacia Wulfe y se volviera hacia él significaba que había venido a consultar sobre su rumbo, lo que era una mejor noticia, sin duda.

En verdad, el día estaba lleno de muchas más promesas de las que había tenido momentos antes.

CRISTINA SE DURMIÓ DE NUEVO, a pesar de sus expectativas, y se despertó para encontrar el sol brillando a través de la ventana. Había un bullicio de actividad en el patio de abajo. Ella solo podía razonar que el vino le había dado sueño.

Volvió a decir sus oraciones, sintiendo una necesidad particular de la gracia divina.

¿Qué debería hacer ella ese día para ayudar a Wulfe? No había averiguado mucho de los muchachos el día anterior, pero tal vez había establecido algo de confianza con ellos. No le había mencio-nado el secreto de Laurent a Wulfe y se preguntó de nuevo quién lo sabía.

¿En quién podía confiar en esa casa?

Necesitaba más información para saberlo con certeza.

Para su sorpresa, encontró a Ysmaine en la mesa. Esa mujer la miró y continuó con su comida.

"Buenos días, mi señora", dijo Cristina e hizo una reverencia. "¿Puedo preguntar por la salud de su señor esposo?"

Ysmaine sonrió y Cristina vio los signos de una noche de insomnio. "Parece que había pocas razones para temer. Se levantó esta mañana, se declaró sano e insistió en visitar su caballo. Sus labios se tensaron ligeramente. "Son casi inseparables."

Cristina se abstuvo de comentar, habiendo notado que Gastón solía dormir en los establos. "Debe haber sido un shock para él despertar en tu cama", se atrevió a decir ella con tono pícaro.

La dama se rió entre dientes, como si supiera que no debiera hacerlo. "Me atrevo a decir que él también se recuperará de eso."

Las dos mujeres compartieron una sonrisa y la opinión de Cristina sobre la esposa de Gastón solo mejoró. Entonces hubo unos pasos en el pasillo, y el noble mayor apareció en la sala común.

"Buenos días, Conde", dijo la dama, pero Cristina se apresuró a darle la espalda a ese hombre. Él resopló, como si desaprobara su presencia, y devolvió el saludo solo a la dama Ysmaine. Cristina no deseaba ser reconocida por él, si era Helmut, así que llevó su pan y miel al patio. El sol era hermoso y cálido, el pan fresco y la miel deliciosa. Ella saboreaba su libertad y su descanso reciente, tomándose su tiempo con cada bocado.

Había sido Wulfe quien le había dado tanto.

La puerta de la calle se abrió de forma audible y Cristina miró hacia ahí. Era el comerciante, Joscelin, que regresaba de sus juergas nocturnas y claramente estaba de buen humor. Saludó a un camarada y luego sonrió a todo el grupo. Había un salto en su paso al cruzar el patio, y un destello iluminó sus ojos cuando vio a la dama Ysmaine.

"¡Señora Ysmaine!" Gritó Joscelin. "Es tan afortunado que la vea a usted primero..."

Cristina se esforzó por ser invisible. El comerciante pasó junto a ella con apenas una mirada. En los establos, las voces de los hombres se elevaban levemente. ¿Estaban discutiendo Gastón y Wulfe? Era una pena que no pudiera escuchar sus palabras.

Sin embargo, escuchó el intercambio en la sala común, con la esperanza de determinar si el noble al que Ysmaine se refería como conde podría ser el villano al que ella recordaba demasiado bien.

"¿LO VISTE?" Preguntó Gastón una vez que se paró en el cubículo de Teufel, en voz baja. No muy lejos, Fergus cepillaba su corcel, pero los muchachos estaban en el otro extremo de los establos y más allá del alcance del oído.

"No más que una sombra", admitió Wulfe en un tono igualmente tranquilo.

Entonces, la estratagema falló.

"Sacamos al ladrón, eso es seguro."

Parecía una pequeña ganancia dado el precio para Gastón, y nuevamente Wulfe se sintió culpable por no haber advertido al otro hombre.

Se abrió la puerta a la calle y volvió el comerciante Joscelin. Wulfe observó cómo el hombre corpulento se despedía de su conocido. Aunque claramente había estado ausente de la casa, era poco probable que hubiera sido el agresor de Gastón. Era demasiado bajo.

Aunque podría haber contratado a alguien para que lo hiciera por él. Wulfe deseó haber vislumbrado al conocido.

Y sin duda, Joscelin tendría las conexiones para vender un tesoro como el que Cristina dijo que llevaban.

Vio al hombre dirigirse a la sala común, notando cómo se unía inmediatamente a Ysmaine. ¿Eran cómplices? ¿La dama deseaba deshacerse de su nuevo cónyuge? De hecho, ella podría haber contratado al hombre que los había atacado la noche anterior.

"¿Tu esposa no ha enviudado dos veces?" le preguntó a Gastón.

Ese caballero se sintió ofendido por la pregunta. "¿Qué importancia tiene eso?"

Si la naturaleza de Gastón era demasiado confiada para entender esa verdad, Wulfe se lo dejaría claro. "No nos siguieron a Venecia. El tesoro aún está seguro, según Fergus". Ese hombre asintió un minuto, su cabeza visible sobre la parte trasera de su corcel. "Quizás hay otra razón por la que te atacaron."

"No puedes todavía sospechar de mi esposa."

Él le tenía que decir la verdad. "Ella se negó a llamar a un boticario para ti anoche."

Gastón evadió su mirada. "¿No estaba él sorprendido? " Ella simplemente era optimista."

"Fue antes de que supiéramos la extensión de tu herida." Wulfe se inclinó más cerca. "Después ella echó a todo el mundo de la habitación, excepto a su doncella." Él sacudió la cabeza, luego la apatía de Gastón le hizo temer de hablar tan duramente. Wulfe hizo un gesto deliberadamente. "De verdad, si yo no hubiera sabido que eres tan malditamente testarudo como para morir, yo hubiese temido que no sobrevivieras la noche."

Fergus resopló.

Gastón pasó su mirada a través del patio, fijando su mirada en su esposa, que hablaba con Joscelin. Wulfe adivinó que él estaba más preocupado por la decisión de su esposa de lo que a él le hubiera gustado admitir en voz alta. "¿Aun así no interviniste ni protestaste?"

"¿Qué protesta pude haber hecho? No hice más que observar y escuchar tan bien como pude."

"Ella sabe de curación", aventuró Gastón, sin convicción real en su tono. "Quizás ella percibió más que tú, y más rápido."

Wulfe no dijo nada.

Los dos se mantuvieron en su silencio antes de que Gastón

volviera a hablar. "Me temo que ella puede haber adivinado más de lo que yo hubiera preferido sobre nuestra empresa."

Ese era un miedo que Wulfe podía calmar. "Creo que no," respondió él. "Su suposición era errada, sin embargo no vi razón para corregirla ya que era útil."

Gastón claramente no entendía, ya que él no había escuchado las suposiciones de su esposa. "¿Cómo es eso?"

"Ella rápidamente me acusó de tentarte a buscar putas."

El otro caballero estaba tan desilusionado que no pudo ocultar su reacción. "¿Ysmaine dijo eso?"

"Sí, ella estaba muy molesta conmigo. Yo sí le dije que nuestra salida había sido idea tuya, pero ella no me creyó."

Gastón estaba claramente sorprendido. Miró otra vez a su esposa.

"Yo estaba tan aliviado de que ella hubiera encontrado una historia plausible que no me atreví a discutir con ella." Wulfe hizo una mueca. "Para mi propia molestia."

"¿Cómo es eso?"

"Cristina le creyó."

"Bueno, no tienes nada que temer en eso", dijo Gastón, con modo brusco. "Tú me has dicho repetidamente que Cristina no es tu cortesana o acompañante. Sin duda, ella se quedará atrás a nuestra partida y sus conclusiones no serán de relevancia." Él se inclinó más cerca del otro caballero y bajó su voz a un susurro, sus ojos llenos de determinación. "Sin embargo, te agradecería que te abstuvieras de arruinar mi reputación con mi esposa. Ella y yo estamos unidos hasta que la muerte nos separe."

Wulfe sintió la necesidad de apuntar lo obvio. La lealtad a su esposa estaba bien, pero había peligro ante ellos, y Gastón no podía descartarlo tan fácilmente. "Dado el último incidente, la muerte puede llegar antes de lo que tú has planeado. Te sugiero esta táctica: que tú y yo evitaremos a nuestras respectivas mujeres. Deja que el ladrón crea que los desacuerdos crecen entre nosotros."

Y de este modo las mujeres estarán protegidas. El ojo del ladrón se había deslizado de Wulfe a Gastón, pero Wulfe no quería que se moviera a Cristina. Gastón movió la cabeza con un bienvenido asentimiento.

"De acuerdo. Pero debemos partir tan pronto como sea posible." Los caballeros intercambiaron una mirada, luego los ojos de Gastón comenzaron a centellear. "Ahora vamos a discutir en voz alta sobre nuestra partida y nuestra ruta. Yo insistiré en darte un consejo que no deseas, como ha sucedido antes."

Y el consejo del otro caballero guiaría su camino. Wulfe se sabía la rutina, pero se dio cuenta que era mejor seguir el consejo de Cristina y disfrazar el hecho de que Gastón era el que estaba al mando realmente.

Cuando Gastón decidió discutir sobre la ruta, no le dejó a Wulfe otra alternativa sino discutir en contra de la ruta que él mismo habría escogido, para alimentar la visión de que estaban en contra de las probabilidades.

¡Hombre maldito!

CAPÍTULO 11

Cristina hacía un festín de su plato de miel y su trozo de pan, tratando de asegurarse de que tener motivos para moverse antes de que el conde terminara su comida.

Ella aún estaba en los escalones cuando Wulfe y Gastón salieron de los establos, su desacuerdo se hizo más audible. Parecía que ellos deseaban sentir la luz del sol, porque Wulfe echó la cara hacia atrás y cerró los ojos ante su caricia.

O tal vez oraba pidiendo fuerza. Cristina sabía que Gastón lo irritaba como pocos hombres podían hacerlo.

Wulfe luego miró a Gastón con severidad, y su tono era tan moderado que ella sabía que le costaba muchísimo. "Es bien sabido que los peajes en el paso de San Bernardo son más caros de lo creíble, y hay ladrones, sin duda", dijo. "Por eso sugiero la ruta alternativa hacia el suroeste que usan los comerciantes, a través del paso de Mont Cenis..."

Cristina miró hacia arriba, intrigada. ¿Por qué argumentaba él en contra del paso de San Bernardo? Se usaba con frecuencia y esa ruta tenía mucho sentido.

¿Era posible que no quisiera separarse de ella tan pronto? La idea hizo que su corazón diera un vuelco, pero Wulfe podría haber sido ajeno a su presencia mientras debatía su ruta con Gastón.

"Lo que nos dejará mucho más al sur de lo que está París", respondió Gastón. "Y es un viaje más largo desde Venecia. ¿Pensaba que eras tú quien deseaba llegar a París a toda prisa?

Wulfe maldijo en voz baja, y Cristina se atrevió a esperar que él la ignorara un poco demasiado para no darse cuenta de su presencia. De hecho, su nuca estaba enrojecida, un rubor que era claramente perceptible a la luz del sol.

Como si estuviera desconcertado.

Como si no hubiera escondido bien sus pensamientos.

Ella dejó la servilleta a un lado y le sonrió, mirando a la pareja abiertamente.

Wulfe lanzó una mirada en su dirección, frunció el ceño y luego miró el pavimento con el ceño fruncido. "El camino puede ser más largo, pero se dice que está en mejores condiciones. Haremos un mejor tiempo".

Gastón negó con la cabeza. ¿Y qué hay de Hamish? Ayer tuvo una convulsión, según todos los informes. No nos atrevemos a moverlo tan pronto".

"No me apuraría demasiado, pero llegaría a París antes de la Navidad", respondió Wulfe, y luego bajó la voz. "Tal vez tú no desees realmente reclamar tu propiedad." Su mirada se dirigió rápidamente a Cristina y esta vez ella notó que sus ojos estaban azules nuevamente. Dudaba que los de la sala común pudieran oírlo. "Yo podría aliviarte de la carga."

Gastón sonrió. "Estamos en desacuerdo", murmuró, como recordatorio.

Cristina estaba intrigada.

Wulfe asintió levemente, luego su voz se elevó. "Y todavía sostienes que deberíamos retrasar nuestra partida pero usar el paso de San Bernardo", declaró, sacudiendo la cabeza. "Si salimos rápidamente, podríamos tomar la ruta más larga y usar la mejor carretera, pero quizás llegar antes."

"Ciertamente, la decisión es tuya", dijo Gastón, con una nueva deferencia. "Simplemente comparto mis impresiones y las noticias que he recopilado, tanto aquí como en Jerusalén."

¿Trabajaban juntos ellos dos? Ella esperaba eso.

Wulfe suspiró con fuerza. Y de nuevo debo ceder a tu experiencia. Será el paso de San Bernardo, y partiremos el lunes, con el permiso del boticario".

Entonces se encontró con la mirada de Cristina y ella no pudo apartar la mirada. ¿Cuánto tiempo duraría el viaje? ¿Una quincena? Dependería del clima y cuánto tiempo cabalgaran cada día.

Aun así, no podía negar que ya estaba preocupada por la perspectiva de separarse de Wulfe. ¿Lo volvería a ver alguna vez? No se lo imaginaba, porque sus caminos conducían en direcciones muy diferentes.

La perspectiva era inquietante.

Cristina oyó que el conde se ponía de pie en la sala común, como si tuviera la intención de marcharse. Ella apartó la mirada de Wulfe, como indiferente a su presencia, para asegurarse de poder espiar al conde. Los caballeros regresaron a los establos, declarando su intención de hacer un inventario de los suministros para los caballos. Cristina se quedó de pie con la cara ligeramente apartada mientras el conde pasaba a su lado, su desdén era claro, y se dirigió a los establos.

Él caminaba como Helmut. Sin duda, estaba más fornido que Helmut, pero habían pasado años y ambos eran mayores.

La dama Ysmaine estaba sola en la mesa, el mercenario Duncan sentado en el lado opuesto de la mesa.

Era una oportunidad que Cristina no se atrevía a perder. Llevó el plato vacío de la miel a la sala común y ocupó el lugar junto a la noble. Ysmaine le dedicó una sonrisa y continuó con la comida.

"¿Quién es él?" Preguntó Cristina, asegurándose de que su tono fuera indiferente. "Parece muy satisfecho de sí mismo."

"Supongo que su orgullo no es inmerecido", respondió la dama. "Él es Everard de Montmorency."

Cristina no pudo ocultar completamente su sorpresa ante eso. Entonces era Helmut, y había sido tan vil como para robar el nombre del noble al que había servido una vez. ¿Qué más le había robado a Everard? ¿Qué destino le había ocurrido a ese amable hombre?

Helmut también debió haberlo matado. ¿De qué otra manera podría haber robado el nombre del hombre? ¿Su anillo de sello? ¿Su atuendo? Darse cuenta de eso fue suficiente para enfermarla.

"¿De verdad?" preguntó ella, casi ahogándose con la palabra.

"Y el conde de Blanche Garde, además", agregó Duncan, aparentemente impresionado por ese título. "Un hombre cuya piedad es bien conocida en Ultramar".

Cristina luchó contra el impulso de reír en voz alta. ¿Piedad? ¡Ese era el último atributo que ella le atribuiría a Helmut!

Duncan se puso de pie y reclamó un trozo de pan, sumergiéndolo en la miel junto a Cristina. Le guiñó un ojo. "Dudo que él pueda saborear tus productos."

La implicación era clara de que Duncan lo haría. Ella le sonrió cortésmente, tratando de encontrar el equilibrio entre ser amigable y no alentar sus avances.

"¿Lo conoces?" Preguntó Ysmaine para sorpresa de Cristina.

Ella negó con la cabeza y mintió. "Simplemente he escuchado su nombre. Como señala Duncan, su piedad es bien conocida". Cristina sonrió entonces, con la esperanza de desviarlos a ambos de la idea de que conocía a Helmut. No le vendría bien sospechar la verdad. "Incluso estar en la misma morada que un hombre así es muy divertido", dijo a la ligera. "Quizás debería intentar seducirlo, para ver si sus hechos son tan elevados como sus palabras."

Duncan se rió de eso.

Pero el estado de ánimo de Cristina no era tan divertido como les hubiera hecho creer. Sospechar que el asesino de su marido se encontraba en la misma morada que ella, temer que hubiera asesinado no una, sino dos veces, sin repercusiones, le dejó las manos temblorosas. Que él fingiera ser un hombre piadoso era un ultraje incomparable. Sus dedos cayeron sobre el cinturón que era una marca del cambio en su propia fortuna después de la prematura muerte de Gunther y no pudo soportar usarlo más.

Cristina se lo quitó y lo puso sobre la mesa, su repulsión era tan vehemente que luchó por ocultar sus sentimientos. Sin embargo, tenía que hacerlo, porque la dama la estaba mirando. También tenía que mantener las manos ocupadas, para desahogar su furia sobre algún objeto.

El cinturón sería eso. Cristina hizo una mueca y comenzó a dividirlo en sus eslabones componentes.

"Podrías intentar seducirme a mí", bromeó Duncan, luego se sentó a su otro lado. Él le sonrió. "Aunque puede que le resulte una victoria más fácil de lo que parece preferir."

Cristina se esforzó por igualar su tono. "¿Y qué significa eso?"

"Solo que parece que te gusta un desafío. Es una cortesana rara la que buscaría una alianza duradera con un caballero como Wulfe. No puedo imaginar que lo consigas, aunque disfruto viendo tu intento".

Cristina no pudo evitar mirarlo. Él había juzgado a Wulfe y claramente lo encontraba falto, por sus observaciones, aunque ese caballero le había mostrado más bondad que cualquier otro hombre en años. "Me complace saber que alguien se divierte con mi situación." Dijo ella con tono despectivo, luego volvió su atención a la falda.

Duncan la saludó con su vino y bebió profundamente.

"¿Que harás con eso?" Ysmaine preguntó momentos después. Cristina sabía que la otra mujer la miraba, aparentemente fascinada. ¿Era posible que ella no supiera el significado del cinturón?

Cristina sonrió con anticipación. "Destruirlo." Ella se encontró con la mirada de Ysmaine y sólo encontró incomprensión. "Me marca como una posesión y ya no lo seré".

"¿Tiene algún valor?"

"Su destrucción traerá satisfacción, lo que podría ser bastante valioso."

"¿Los botarás?"

"Aún no. Los guardaré, en caso de que haya algún beneficio que exprimir de ellos".

"¿Tienes una bolsa para las piezas?"

"No. ¿Por qué?"

"Te daré una", dijo Ysmaine, para sorpresa de Cristina. "Hay una en mis pertenencias para la que no tengo uso." Cristina no pudo evitar mirarla fijamente, tan asombrada estaba de que una mujer noble le concediera un regalo. Ysmaine pareció divertirse con eso. "Es solo una bolsa de tela simple."

"Sin embargo, más de lo que cualquier alma me ha dado en mucho tiempo". Cristina parpadeó rápidamente. Le agradezco esta cortesía, Señora Ysmaine. Su amabilidad es muy apreciada".

La dama salió de la habitación para subir a su habitación y Cristina sintió un nudo en la garganta. Dos almas en ese grupo que ella consideraría inocentes, Wulfe e Ysmaine, porque creía haber visto su verdadera naturaleza. Su instinto era confiar en ellos.

El resto aún tenía que demostrar su valía, pero había uno que ella sabía con certeza que era un villano de corazón negro.

Ella tenía que decirle a Wulfe la verdad, para que estuviera advertido.

Piadoso.

La cualidad, vinculada a Helmut, hizo que Cristina quisiera burlarse en voz alta. Ella se quedó de pie en la oscurecida sala común esa noche, mirando a Helmut y Joscelin jugar a los dados. Evidentemente, hacían eso la mayoría de las noches. Evidentemente, Helmut solía ganar. Ella descansaba en un rincón, detrás de él y fuera de su vista, esperando a que Wulfe dejara los malditos establos.

Cuando Gastón abandonaba la sala común por los establos, se atrevió a esperar que los caballeros vigilaran o algo así. Ella fingía interés en sus uñas, notando cómo Gastón le hablaba a Duncan, quien estaba envuelto en su capa en el patio y parecía ser su centinela.

Para su deleite, cuando Gastón desapareció en la oscuridad de los establos, Wulfe emergió poco después. Como de costumbre, se movió con determinación y fue directamente a la sala común. Se sirvió una copa de vino, ignorándola deliberadamente, y observó el juego.

Cristina sabía que él no podía estar interesado.

"Finalmente", ronroneó ella, poniéndose de pie con un suave movimiento. Acarició el brazo de Wulfe, le robó la copa de vino de la mano y le dedicó una sonrisa seductora. "No puedo soportar esperar más." Luego tomó también la jarra de vino y salió de la habitación, esperando que él la siguiera.

"¡Yo tomaría otra taza!" protestó Joscelin.

"Controla a tu puta", gruñó Helmut, y la silueta de Wulfe apareció en la puerta.

"Toma una taza pero deja el resto", sugirió él, pero Cristina corrió escaleras arriba. Escuchó sus pisadas detrás de ella y corrió hacia la habitación, deteniéndose ante la ventana con una jarra y una taza.

Se detuvo en la puerta, la miró y luego cruzó la habitación. "¿Qué broma es esta que juegas?" preguntó con un gruñido que hizo sonreír a Cristina.

"Yo quiero hablar contigo. Solo."

"Te lo he dicho…"

"Sé cuál de los miembros del grupo es el ladrón", dijo ella con calidez silenciosa, interrumpiéndolo.

Wulfe parpadeó. Miró de la jarra a la puerta y de nuevo a Cristina.

"Te sugiero que finjas que no puedes resistirte", murmuró ella. "Nadie espera una verdadera conversación cuando la gente se encuentra en la cama." Ella arqueó las cejas, desafiándolo. "Nunca adivinarán que conspiramos."

Mientras él consideraba eso, ella levantó la voz y se alejó rápidamente de él. "No entregaré el vino tan fácilmente", declaró con tono pícaro. "Mi precio es un beso, señor". Cristina se echó a reír, asegurándose de sonar coqueta. "Si es que puedes detenerte en eso."

Tuvo un momento para temer que Wulfe no aceptara su desafío, pero luego sus ojos brillaron. Él sonrió y se abalanzó sobre ella. —Te enseñaré a desafiarme así, mujer —gritó él, y ella emitió un sonido de deleite que no tenía por qué fingir. Ella se soltó de su agarre y dejó la jarra. Cuando lo reclamó, corrió hacia el lado más alejado de la habitación. Una vez allí, cerró la puerta y giró la llave en la cerradura.

Wulfe se volvió hacia ella, su sorpresa era clara.

Luego, Cristina arrojó la llave por la ventana del patio, consciente de que Duncan los miraba con gran interés.

"Tentadora", murmuró Wulfe, pero no había ninguna queja real en su tono. De hecho, parecía incapaz de apartar la mirada de ella.

La habitación estaba mucho más cálida de lo que había estado hacía unos momentos. Cristina se sentía seductora y poderosa cuando Wulfe la miraba así, y le gustó que su mirada permaneciera en su rostro, no en la carne que ella revelaba a la vista. Ella caminó hacia él, desatando el encaje de su camisola, luego se inclinó y apagó rápidamente la llama del farol.

"Convénceme, señor", ronroneó, lo suficientemente fuerte como para que la pudieran escuchar. "Espero tus instrucciones."

La risa de Duncan se elevó desde el patio de abajo, pero a Cristina solo le importaba el brillo de los ojos de Wulfe. "Me tientas demasiado", murmuró él. "¿Quién es el ladrón?"

"El beso no es el precio del vino", respondió Cristina en voz baja. "Sino de mi confesión."

Wulfe sonrió y dejó la jarra. El corazón de Cristina dio un vuelco ante el resplandor resuelto en sus ojos. Él cerró la distancia entre ellos con un solo paso y la atrapó más cerca. Ella podía sentir los latidos de su corazón contra los suyos y le encantaba ser aplastada contra su débil fuerza. Todavía estaban frente a la ventana y estaba segura de que Duncan, si no otros, podían ver su abrazo.

En verdad, a ella no le importaba. Solo se preocupaba por Wulfe, la sonrisa en sus labios y la intención en sus ojos, y ella deseaba que la besara pronto.

De hecho, podría no confesar lo que sabía hasta que él le hubiera concedido mucho más que un beso.

~

"EVERARD", tuvo Cristina finalmente la oportunidad de susurrar, pero Wulfe había olvidado lo que querían discutir. El toque de la dama casi lo abrumaba, y una vez que reclamó sus labios, había sido capaz de pensar solo en sus encantos.

Él se apartó y la observó, incluso cuando ella repitió la acusación.

¿Everard el ladrón?

Era sorprendente que la afirmación de Cristina estuviera tan estrechamente relacionada con sus propias sospechas. Eso lo obligaba a discutir el otro punto de vista, para asegurarse de que su conclusión fuera sólida. Su táctica de fingir para hacer el amor fue buena, y su cuerpo respondió con vigor a la sensación de ella en su abrazo. Wulfe se inclinó y le acarició el cuello, saboreando el aroma de su piel, y la besó debajo de la oreja.

"Pero él es el Conde de Blanche Garde", protestó él, sus palabras apenas pronunciadas contra su carne.

"Quizás sea así", respondió ella, su voz igual de tranquila. "Pero ese hombre no es Everard de Montmorency."

Wulfe se apartó para mirarla a los ojos. "¿Cómo puedes estar segura?"

"Ambos estaban en nuestro grupo de peregrinos", admitió ella, y él no vio ninguna duda nublar su expresión. Everard era un hombre piadoso y llegó a un acuerdo con mi marido, Gunther. Hablaban hasta bien entrada la noche sobre asuntos de fe y lo hicieron muchas veces durante nuestro viaje". Suspiró y deslizó los dedos por el cabello de Wulfe, arqueando la espalda. Su toque envió fuego a través de sus venas y su expresión era más que tentadora. Cuando ella separó los labios y jadeó, él hizo todo lo que pudo para abstenerse de besarla profundamente.

Se complació con un dulce beso, diciéndose a sí mismo que era para beneficio de Duncan. "¿Hace cuántos años fue eso?"

"¿Qué importancia tiene eso?"

"Él podría haber cambiado mucho, si ha pasado mucho tiempo."

Cristina le dirigió una mirada escéptica. "¿Tanto que se parece más a su hombre de armas que a sí mismo?" Ella enmarcó el rostro de Wulfe entre sus manos y rozó sus labios con los de él, luego enganchó su tobillo alrededor de él. Él cayó, tal como ella había querido, cayendo sobre el colchón con ella tendida encima de él. Cristina apoyó las manos en sus hombros y le sonrió, con las piernas a horcajadas sobre él, y Wulfe estaba seguro de que no había un lugar mejor en la cristiandad en el que pudiera estar.

"Háblame de él", invitó él.

Cristina se desató el cabello, arreglando la trenza mientras Wulfe miraba fascinado. "El mercenario que conocí como Helmut ha tomado el lugar de su empleador, Everard", dijo ella en voz baja. "Y evidentemente ha vivido bajo su nombre durante muchos años en Ultramar."

Wulfe frunció el ceño al considerar eso. "Supongo que podría hacerse."

"Por supuesto que se puede hacer." La dama fue despectiva. De hecho, ella sacudió su cabello en ese mismo momento, luego apoyó su peso sobre él. Sus ojos brillaban con convicción, pero Wulfe se dio cuenta de la presión de sus senos contra su pecho. "Muchos de los nobles y caballeros de Ultramar han vivido allí durante muchas décadas. Es posible que hayan oído hablar de la reputación de Everard, pero no conocieron al hombre en sí, o lo conocieron de niño". Ella se mordió el labio. "¿Crees que él mató a Everard?"

"No puedo imaginar cómo reemplazaría al hombre de otra manera."

Cristina hizo una mueca. "Yo tampoco" suspiró ella. "Everard era un hombre encantador", murmuró ella y su respaldo solo hizo que Wulfe deseara asegurarse de que el noble fuera vengado.

"Y la propiedad de Everard era Blanche Garde", reflexionó él, apenas consciente de que sus manos se habían ajustado alrededor de la cintura de Cristina. Era más consciente de una reacción diferente a la proximidad de Cristina.

"¿Eso es importante?"

"Puede ser. Pocos peregrinos se detienen allí, y si alguno llega a su puerta, él podría declararse demasiado enfermo para entretenerlos, si fuera necesario". Sacudió la cabeza. "Aun así sería una situación problemática de manejar. ¿Por qué hacer eso?

Cristina se rió entre dientes, inclinándose para besarle el lóbulo de la oreja. Los ojos de Wulfe se cerraron de placer ante la sensación. Cuando ella le susurró al oído, él se estremeció, pero cerró las manos con más fuerza alrededor de su cintura para que no se moviera y detuviera este tormento divino. "¿Por qué tomar el nombre de un hombre rico cuando uno podría ser un mercenario? De verdad, Wulfe, no puedes ser tan inocente de un vicio como ese".

Wulfe casi perdió el hilo de la conversación cuando Cristina le tocó el lóbulo de la oreja con la punta de la lengua. Cuando ella le mordió la oreja, la hizo rodar bruscamente de espaldas, sabiendo que no podría soportar mucho más. Ella le sonrió, sus ojos brillaban, porque sabía bien qué hechizo lanzaba. "¿Podría el verdadero Everard simplemente haberse enfermado? Muchos lo hacen en el camino a Ultramar".

Cristina se mordió el labio y Wulfe la miró con hambre. "Everard estaba muy sano la última vez que lo vi y eso fue aquí en Venecia. Podría haber sido engañado en el barco a Ultramar. Muchos se escabullen de las cubiertas de los barcos durante la noche y nunca se encuentran sus cuerpos". Ella hacía una vista seductora, el encaje de su camisola estaba desabrochado y su cabello en desorden.

"Quizás tuvo ayuda en eso."

"¿Cómo es eso?"

Wulfe descubrió que su mano se deslizaba desde su cintura para ahuecar su pecho. "He escuchado historias de hombres convencidos de beber sin sentido, luego robados y asesinados."

Cristina arqueó la espalda e hizo un pequeño ronroneo de satisfacción. Wulfe tomó su pezón entre su dedo índice y pulgar y lo acarició, asegurándose de que ella estuviera tan atormentada por el placer como él. A pesar de la tela, pudo sentir su pezón apretarse hasta un pico. Ella jadeó y se retorció a su lado, con las mejillas enrojecidas. "O tirado por la borda", dijo, sus palabras maravillosamente sin aliento. "Sospecho que nunca sabremos la verdad, porque solo Helmut sabe lo que ha hecho."

Ella se mordió el labio y cerró los ojos, gimiendo su nombre.

Wulfe recordó otro detalle que se aliaba con el relato de ella y detuvo su caricia. Y el verdadero Everard debe estar muerto, porque su padre yace en su lecho de muerte. Se dice que ese hombre regresa allí ahora, después de haber demorado demasiado en regresar a Francia".

Cristina se apoyó en su codo para encontrar su mirada. "Sí, ¿quién mejor para reconocer que él no es Everard que el padre de Everard?"

"En efecto."

Ella frunció el ceño. "¿Por qué iría a Francia?"

Wulfe solo pudo adivinar. "Ultramar está sitiado. Quizás Blanche Garde tiene pocas posibilidades de oponerse al asalto de los sarracenos". A él le había parecido extraño que Everard abandonara su propiedad en lugar de defenderla. "Quizás tenga pocos aliados."

"Quizás algún alma haya adivinado su verdad."

Sus miradas se sostuvieron por un momento, luego Cristina echó la cabeza hacia atrás. "¡Wulfe!" gritó de repente, su voz alta como si estuviera perdida en el placer.

Él la miró sorprendido, pero ella le sonrió y gimió con nuevo vigor.

"¡Oh, Wulfe!"

"Tentadora", gruñó él, luego besó su garganta. Ella gritó de aparente placer y él no pudo resistir el festín que le ofrecía. Entrelazó sus manos y la mantuvo cautiva debajo de él, saboreando el calor de su beso. Cuando levantó la cabeza, sus ojos brillaban.

"¿Dónde está?" preguntó ella, y Wulfe no pudo entender lo que quería decir. Ella sonrió. "Su propiedad", agregó en un susurro, y él supo que estaba realmente distraído.

Se alejó de ella y se sentó con la espalda contra la pared, fuera de la vista de Duncan y lejos del toque seductor de Cristina. "Entre Jerusalén y el puerto de Ascalon. Son menos los que toman esa ruta que los de Jaffa. Incluso viajando desde Gaza, elegí la carretera al este de Blanche Garde y en su lugar atravesé Bethgibelin".

Cristina se movió para sentarse a su lado y él pudo ver por su expresión que ella lo consideraba. "Quizás espera llegar demasiado tarde al lecho de muerte de su padre y tomar esa propiedad bajo su mano."

Wulfe no podía creerlo. "¡Seguramente algún alma lo reconocerá allí!"

Cristina lo miró a los ojos. "Ha pasado casi una década, Wulfe, y sé muy bien lo despiadado que puede ser Helmut".

"¿Cómo?"

Sus pestañas se deslizaron hacia abajo y su voz se volvió ronca. "Él mató a Gunther."

Wulfe estaba horrorizado. "¿Fuiste testigo de ese crimen?"

"No. Los vi discutir. "

"¿Sobre qué?"

"Gunther no me lo dijo." Los labios de Cristina se tensaron. "Él creía que le había cogido desagrado a Helmut, lo que él veía como poco caritativo. Nunca me gustó", dijo ella con tranquila ferocidad. "Y mis instintos siempre tienen razón."

"En efecto."

"Lo vi seguir a Gunther cuando fue a asegurar nuestro pasaje a Ultramar varios días después. Algo andaba mal. Él no tenía ninguna razón para seguir a Gunther, así que los seguí a ambos". Ella tragó, su desconcierto era claro. "Pero había una multitud y los perdí de vista por unos preciosos momentos. Solo encontré a Gunther porque sabía su destino".

"¿Y?"

Ella levantó la mirada hacia él, y el corazón de Wulfe se apretó ante su desesperación. "Estaba muerto", susurró ella, y sus lágrimas comenzaron a caer.

Él la tomó en sus brazos, queriendo consolarla incluso cuando se dio cuenta de que ella todavía amaba a su esposo perdido. Ella se aferró a él como una niña. "¿Cómo?" murmuró en su cabello.

"Lo apuñaló con su propio cuchillo y lo dejó en un charco de su propia sangre." Había amargura en su tono. "Su bolsa había desaparecido, como si hubiera sido obra de un ladrón asustado, pero la herida era salvaje. No hubo ningún intento de simplemente herirlo. La intención del agresor había sido el asesinato".

"¿Y crees que Everard lo hizo?" Wulfe no pudo llamar al hombre por el nombre que Cristina había insistido que era el suyo.

"¡Lo vi entre la multitud!" declaró ella, mientras se apartó para mirarlo. Wulfe miró hacia la ventana y se llevó un dedo a los labios para recordárselo. Ella se sonrojó y bajó la voz. "Y vi la satisfacción en su expresión antes de que se subiera la capucha y desapareciera."

"¿Y qué hiciste?"

Ella tembló un poco en su abrazo, tan doloroso era ese recuerdo. "Dos monjes vinieron en mi ayuda y llevaron a Gunther a una capilla. Dijeron misa por él, aun sabiendo que no podía pagar con dinero. Les ofrecí el anillo que selló mis votos matrimoniales, pero se negaron a aceptarlo". Ella exhaló un suspiro. "Yo tampoco pude pagar un entierro. No sé dónde está enterrado".

Wulfe temía que el cadáver del hombre hubiera sido arrojado al mar, pero no quería molestarla con la sugerencia. "¿Conoces su fundación?"

Cristina negó con la cabeza. "Estaba tan angustiada. La busqué más tarde, pero esta ciudad es un verdadero laberinto. Todo lo que sé es que sus túnicas eran de lana sin teñir, y fueron amables".

Con eso, había descrito a la mayoría de los monjes de la cristiandad.

"Y cuando regresé a la posada donde nos habíamos alojado, la puerta estaba cerrada contra mí. Me dijeron que habían confiscado nuestros bienes por no pagar la tarifa de la habitación. No tenía nada más que la ropa que llevaba puesta".

"Y el anillo", le recordó Wulfe.

"Y el anillo", admitió ella.

Seguro que lo vendiste para alimentarte.

Cristina estaba claramente ofendida. "Por supuesto que no lo hice".

"¿Dónde está?"

"A salvo."

Él frunció el ceño, consternado al enterarse de que ella se había negado a desprenderse de una joya, que seguramente no necesitaba, cuando él estaba dispuesto a perder su corcel para garantizar su bienestar. Él sabía que debía dejar el asunto en paz, pero no podía. "¿Preferirías morir de hambre para conservar un anillo?"

"Aun así me habría muerto de hambre", respondió ella, su falta de arrepentimiento era clara. "Porque me habrían robado en su valor y no habría habido suficiente dinero para regresar a casa. De hecho, no tendría sentido volver a casa sin el anillo".

"¿Porque era una muestra de tu señor esposo?"

"Porque era mi anillo de bodas".

Allí estaba de nuevo, la evidencia de que todavía amaba a Gunther. Aunque Wulfe podía ofrecerle muy poco a Cristina y sabía que no tenía derecho a esperar una dulce rendición de ella, comprenderlo lo decepcionó. Era injusto. Era irrazonable. Pero era honesto de todos modos. Él había esperado ganarse su corazón.

Porque ella lo había reclamado completamente.

Él se quedó sentado allí, aturdido por su propia comprensión de los hechos, y supo que nunca se atrevería a contárselo.

Wulfe se obligó a sí mismo a hablar de asuntos más prácticos.

"Entonces, acusarías a un hombre de asesinato, pero no tienes evidencia de su acto".

"Suenas como Gunther", dijo ella con tono despectivo. "¡Sé que es malvado!"

"Eso no es lo mismo que ser un asesino".

"¡Casi lo vi!"

"Pero no lo viste", Wulfe se sintió obligado a contrarrestar. "Pudo haber sido un ladrón".

Los labios de Cristina se tensaron. "No me agrada y mis instintos son infalibles".

"La cristiandad está repleta de hombres que no me gustan", señaló él. "Dios no permita que todos sean asesinos".

Ella se rió, sorprendida, luego frunció el ceño. "Te quieres burlar de mí".

"Te recuerdo el buen juicio", dijo él suavemente. "Recuerda cómo ha cambiado tu posición. ¿Quién creerá la palabra de una ramera antes que la de un noble?

"Pero es un impostor".

"Incluso si te creyeran en algún tribunal, la opinión podría influirse con el dinero, que ninguno de nosotros posee, pero Everard tiene en abundancia". Wulfe le tocó la barbilla con la punta de un dedo, obligándola a encontrar su mirada. "No hagas esta afirmación en voz alta hasta que tengas pruebas, te lo ruego".

Su expresión era rebelde. "Si encuentro pruebas, ¿me ayudarán a garantizar que le llegue la justicia?"

Ahí estaba la verdad de Cristina. Todavía amaba a su marido y lo vengaría. Aunque era razonable, Wulfe se encontró deseando poder hacer más que ayudarla en esa empresa.

Si él pudiera al menos ayudar en eso.

"Quizás." Wulfe negó con la cabeza ante el destello de ira en sus ojos. "No es una cuestión de mi determinación. Simplemente dudo que se puedan encontrar pruebas después de tantos años".

"Las encontraré", juró Cristina. "En eso puedes confiar".

Él asintió con la cabeza, le gustaba mucho su determinación, incluso si era en nombre de la justicia para su amado esposo. Era demasiado consciente de la suavidad de ella a su lado y del encanto de su aroma, así como de la anticipación evocada a la que debía negarse. "¿No crees que es hora de que encuentres tu placer?"

Cristina sonrió. "¿Porque te tienta la proximidad?" Ella no esperó una respuesta, para alivio de él, sino que emitió un gemido que casi hizo temblar el suelo. Sus ojos brillaban de alegría ante su asombro.

"No se sorprenda", aconsejó ella en voz baja. "He aprendido a fingir bien este placer, porque a menudo se requiere tal fingimiento". Sus labios se torcieron. "Se dice que es bueno para el comercio de la casa".

Antes de que él pudiera responder, Cristina arqueó la espalda y volvió a gemir. "¡Wulfe!" gritó ella, subiendo su voz. De hecho, terminó su nombre con un jadeo que provocó una reacción dentro de él. Abrió los labios y cerró los ojos, pasando la lengua por sus labios.

Wulfe tuvo que alejarse para asegurarse de que no se sintiera tentado a participar del banquete que tenía ante sí. La camisola de Cristina estaba desatada y él pudo ver la curva madura de su pecho mientras jadeaba con evidente placer.

"¡Wulfe!" jadeó ella. ¡Por Santa Margarita! ¡Por santa Úrsula! Ella comenzó a golpear el suelo con el puño, su voz se elevaba más y más. Wulfe no pudo apartar la mirada de la visión que ella creaba. Su cuerpo respondió con un entusiasmo predecible, aunque sabía que ella no era suya.

"¡Por San Cristóbal y San Rupert!" Su puño golpeaba el suelo con una velocidad cada vez mayor, coincidiendo exactamente con el ritmo que él habría tomado si hubieran estado encerrados en un abrazo íntimo. "Por el arcángel Miguel", gimió ella. "Y todo el coro celestial. ¡Wulfe! ¡Te ruego que me sueltes! ¡Wulfe! "Entonces ella gritó, sacudiendo la casa hasta sus cimientos, su puño golpeando el piso rápidamente mientras aparentemente encontraba su satisfacción con un gemido interminable.

Luego abrió los ojos y le sonrió, la picardía bailaba en su mirada.

"Oh Wulfe", ronroneó ella y él tuvo que poner distancia entre ellos. Se puso de pie y miró fijamente a la pared, a unos pasos de distancia, esforzándose por controlar su deseo.

Ella amaba a su esposo todavía. Eso debería ser suficiente razón para enfriar su ardor y recordarle su deber de defender a los huérfanos y las viudas.

El peso de la mano de Cristina aterrizó sobre su espalda. "Puedes reclamar lo que has comprado", murmuró ella, pero sus palabras solo llevaban a la comprensión de que hacerlo estaría mal.

Wulfe sabía que tenía que adherirse a las reglas de la orden para asegurar su propio futuro.

Cristina no era suya para tocarla.

Él se acercó a la mesa y bebió una copa de vino, luchando por calmar su reacción, y se negó a mirarla. Reclamó la jarra de vino, incapaz de olvidar el placer fingido de Cristina. Eso hizo poco para desalentar su propia excitación. Nunca había visto nada parecido y, de verdad, deseaba volver a presenciarlo.

No, deseaba participar y hacerlo genuino.

Wulfe frunció el ceño ante su propia locura y se asomó por la ventana. ¡Duncan! ¿Podrías favorecerme con esa llave?

El hombre mayor hizo una reverencia. "Sería un placer, muchacho. Por supuesto, tú ya has tenido tu placer". Se rió entre dientes de su propia broma, pero recuperó la llave.

Duncan se la lanzó a Wulfe sin más comentarios, aunque Wulfe sospechaba que el estado feliz no duraría, dada la sonrisa de Duncan, y Wulfe la agarró en el aire. Se dirigió hacia la puerta, sabiendo que solo soltaría el control de Cristina sobre sus pensamientos cuando estuviera lejos de ella. Estaba seguro de que la dama no podría sorprenderlo más, pero se dio cuenta de su error.

Había abierto la puerta y tenía la mano en el pestillo cuando Cristina habló.

Su voz era perezosa y lo suficientemente suave como para enviar fuego a través de él de nuevo.

Pero fueron sus palabras las que lo sobresaltaron y lo hicieron girar para enfrentarla.

"¿Cuántos de ustedes saben que el escudero Laurent es, en verdad, una muchacha?"

~

LA CONMOCIÓN de Wulfe podría haber sido más satisfactoria si Cristina realmente hubiera estado complacida con su toque. Tal como estaba, ella se sentía engañada y más que un poco molesta. Ella había esperado tentarlo para que la poseyera por última vez, pero él se había aferrado a sus principios.

Y ella, por culpa de su naturaleza, tenía suficientes principios propios para rehusarse a tentarlo más

¿Qué malditamente pobre fortuna era esa para finalmente encontrar a un hombre que ella podría amar con todo su corazón, solo para descubrir que él no tenía derecho a reclamar una esposa?

Wulfe la miró con desaprobación, cerrando lentamente la puerta. "Estás bromeando," dijo él, pero ella sabía que él no creía eso.

Cristina negó con la cabeza. "Incluso puede que ella sea una sarracena."

Él parpadeó ante eso, su asombro era claro.

A ella le gustó que él no preguntara otra vez, que él evidentemente le creyera. Ella no pudo alegrarse de que él estuviera tan conmocionado por su revelación. Él, estaba segura ella, tenía que saber.

"Ellos dijeron que él a menudo ayudaba en los establos en el Temple," dijo él calmadamente. "Yo adiviné que había algo de sangre sarracena en sus venas, pero pensé que era un bastardo, quizás un huérfano"

"¿Otro para tu colección?" lo provocó ella, y se movió para pararse a su lado. Wulfe parecía estar azorado. "Stephen me contó de sus padres, y de la historia de Simón."

"Simón no es huérfano."

"Él bien podría serlo. Un oblato no tiene familia." Ella sacudió una pelusa de su tabardo. "Y tú estás sin familia, como yo estoy sin esposo o defensor en esta ciudad." Ella le sonrió. "Me gusta que protejas viudas y huérfanos, Wulfe."

Sus palabras parecieron incomodarlo y dio un paso lejos de ella. "¿Pero Laurent? ¿De verdad?"

"¿Te sorprende saber su género?" Cristina se acercó. "¿O descubrir que el tesoro fue confiado a una muchacha?"

Si Wulfe no estaba impactado antes, ahora ciertamente lo estaba, ahora indudablemente lo estaba. Sus ojos se abrieron con horror. "¡No hables tan alto!" dijo él, sus palabras forzadas por todo lo que habían casi revelado.

"¡Tú lo sabías! Lo acusó ella en un suspiro acalorado.

"¡Tú lo sabías!" respondió él en respuesta.

Cristina se rió. Ella dio una mirada a la ventana y gimió su nombre otra vez, suspirando mientras sus ojos brillaban. "¿Por qué?" murmuró ella, y Wulfe sacudió su cabeza.

"No me lo dijeron." Sus labios se apretaron y miró a la ventana, sin embargo Cristina sospechó que sus pensamientos estaban en Laurent y su alforja. "Si tú lo adivinaste ¿Quién más lo hizo?"

"Quien lo ha tomado bajo su cuidado."

Él la miró atentamente. "¿Ya no está ahí?"

Cristina negó con la cabeza. "Yo presencié la transferencia."

Él movió la cabeza, sus ojos brillaban mientras consideraba eso. "¿Y tú sabes su ubicación?"

Ella asintió.

"¿Y estás convencida de su seguridad?"

Cristina asintió otra vez.

"¿Hay algo que yo pueda hacer para defenderlo?"

"No mientras estemos en esta casa, creo. Su defensor es muy vigilante."

Él la miró, su mirada era clara. "¿Aun así no me dirás quién es?" No había duda en su tono.

Cristina puso sus manos en sus hombros, su corazón saltando mientras se paraba más cerca de él. Ella puso sus labios en la garganta de él, y lo sintió tragar. "Cada mujer tiene su precio, Wulfe," susurró ella.

"Y cada hombre tiene su límite," murmuró él para sorpresa de ella. Cristina encontró su nuca atrapada en una mano fuerte. Ella fue levantada hasta quedar en puntas de pies y tuvo a penas un destello del propósito iluminando los ojos de Wulfe antes de que sus labios se cerraran sobre los de ella.

Era un beso exigente y satisfactorio a la vez. Cristina lo atrajo más cerca, abriéndole su boca, asegurándose de que él supiera que ella quería todo lo que él tenía para dar y más. El beso calentó su sangre hasta el punto de ebullición, el agarre de sus manos sobre ella haciéndola sentir verdaderamente reclamada. Él la puso de espaldas contra la pared y se dio un festín con sus labios, devorándola ampliamente mientras dejaba suelta su pasión.

Cristina estaba emocionada y sobrecogida a la vez. Ella lo correspondió caricia por caricia, saboreando su posesivo beso.

Terminó todo demasiado pronto. Wulfe la soltó y dio un beso atrás, sus ojos moviéndose agitadamente mientras la observaba. "Y dicen que todas las sirenas están en el mar," susurró él, antes de dar media vuelta, poner la llave sobre la mesa y dejar la habitación.

Cristina permaneció como estaba, tratando de recuperar el aliento y tratando de calmar su pulso. Ella escuchó a Wulfe bajar las escaleras y escuchó a Duncan decir un saludo bromista. Un caballo relinchó y ella supo que él estaba en los establos, pero ella aun ardía por su toque.

Y Wulfe, ella lo podía asegurar, no eran tan inmune a ella, como él preferiría que ella creyera.

Cristina cerró sus ojos y se atrevió a rezar por una solución que hiciera su sueño realidad.

SÁBADO, JULIO 25, 1187

DÍA DE SAN CHRISTOFER Y EL APÓSTOL, SAN
PEDRO EL GRANDE

CAPÍTULO 12

*L*aurent, ¿una muchacha?

Una vez que Cristina llamó la atención sobre el asunto, Wulfe no podía creer que no se hubiera dado cuenta él mismo. El supuesto muchacho era tan pequeño y formado delicadamente. La verdad parecía tan obvia, al menos en retrospectiva.

Wulfe se sentó sin dormir en el establo de Teufel esa noche, sus pensamientos dando vueltas y su carne en llamas. Añoraba lo que no había compartido con Cristina y se consolaba con un intento de resolver varios acertijos.

Era un pobre sustituto del placer que la dama podía ofrecer, pero tenía la intención de redimirse antes de llegar a París.

Laurent dormía, como siempre, sobre esa alforja. En algún momento, había guardado el tesoro, aunque Cristina había insistido en que el tesoro había sido trasladado a una custodia más segura. ¿Era el género de Laurent la razón de eso?

¿Cómo podía Wulfe no haber notado la verdad antes? Supuso que su suposición se había basado en el respaldo de los otros caballeros del grupo, los del Temple de Jerusalén.

¿Sabía Gastón el secreto de Laurent?

¿Qué tan secreto era?

¿Por qué ninguno de los dos había alertado al Temple de la presencia de una joven en los establos? Parecía que él no era el único dispuesto a infringir las reglas, cuando le convenía.

Pero, ¿por qué se le había confiado el tesoro a una muchacha? Ella no podía tener la fuerza para defenderlo. Wulfe supuso que su misma apariencia llevaba a la conclusión de que no se le podía confiar nada de valor. Era una estratagema arriesgada, si el que le había dado el tesoro sabía la verdad.

¿Fergus lo sabía? Wulfe tenía que creer que había sido decisión de ese hombre distribuir su equipaje como lo había hecho. Aunque a Fergus se le había confiado el tesoro, debió haber sido su elección confiárselo a la muchacha.

Los acontecimientos parecían hacer que esa asignación luciera prudente. El mayor de los escuderos de Fergus, Kerr, no era un alma a quien Wulfe hubiera confiado el cuidado de ningún secreto. En verdad, él ni siquiera le habría concedido al muchacho la responsabilidad de cepillar su caballo. Kerr era de esa calaña que recopilaba noticias de otros y lo hacía de manera tan abierta que nadie confiaba en él ni un poco.

Y Hamish, el muchacho más joven, bueno, no era el más agudo de ingenio. No era un mal muchacho, pero era torpe. Bien podría haber dejado caer el tesoro y, si era frágil, lo vería arruinado antes de llegar a su destino.

Quizás la muchacha había sido la mejor opción.

¿Qué hay de Duncan y Bartolomé? ¿Era Wulfe el único que no sabía que Laurent era una muchacha?

Wulfe se dio la vuelta, esforzándose por dormir. Si Kerr reunía secretos, tal vez ese muchacho hubiera descubierto algún detalle que pudiera identificar al ladrón. Wulfe resolvió preguntarle a Stephen sobre el otro muchacho. Luego dio vueltas y vueltas, incapaz de dormir porque no podía olvidar el dulce calor del beso de Cristina.

¿Cómo negaría su deseo por ella hasta el paso de San Bernardo?

~

AMANECÍA CUANDO WULFE tuvo la idea.

Toda la noche había ardido con el deseo negado. Toda la noche lo había atormentado la convicción de que Cristina había amado a su marido, Gunther. ¿Por qué, si no, se habría quedado con el anillo que él le había puesto en el dedo, incluso con una considerable incomodidad para ella? No, era una elección sentimental, y una que expresaba mucho del afecto de la dama.

No tenía mucho sentido desear que sus propias perspectivas fueran diferentes, ni que él tuviera más que ofrecer a Cristina, si otro reclamaba su corazón. Lo mejor era que se separaran en el paso de San Bernardo, probablemente nunca más se volverían a ver.

Wulfe se decía eso repetidamente pero no podía creerlo. El hecho era que le hubiera gustado tener a Cristina en su vida de alguna manera, incluso si no podía estar con ella de la manera más íntima. Le gustaría ver a su marido vengado, darle la paz, incluso si el hecho no le ganaba su afecto.

Él la amaba y su felicidad era de suma importancia. Quizás era mejor que ella todavía amara a Gunther, porque no sentiría su separación tan intensamente como él. Ella no suspiraría por él, ya que Wulfe sabía que él siempre la anhelaría a ella.

Amanecía cuando se dio cuenta de que podría asegurarse de que la dama al menos lo recordara con cariño. Pronto, dejarían esa ciudad, y dudaba que Cristina regresara alguna vez ahí. Venecia tenía que ser una ciudad de malos recuerdos para ella.

Pero él podría contribuir con uno bueno.

Wulfe se vistió apresuradamente, incitando a Stephen a acompañarlo en ese recado. Se deslizaron por las tranquilas calles y Wulfe marcó un paso rápido.

"¿Buscamos un regalo para Cristina?" Preguntó Stephen.

Wulfe le dirigió una mirada al muchacho. "¿Por qué preguntas eso?"

"Porque creo que te gusta."

"¿Lo crees?"

"Nunca trajiste a otra mujer a casa con nosotros", continuó Stephen, a pesar de la actitud desalentadora de Wulfe. "Y ella te hace sonreír".

Wulfe se preguntó cuántos otros habían percibido el efecto de la dama sobre él.

"Me gusta mucho", confió Stephen.

"¿Y por qué es eso?"

"Porque ella nos cuenta historias por la tarde. Hace dos días, nos habló de Santa Cristina y de cómo su padre la había atrapado en una torre. Sin embargo, ella no adoraría a los ídolos falsos y, sin importar lo que le hicieran, su fe la sostuvo". El muchacho bajó la voz en una confidencia. "Fue horrible lo que le hicieron".

"Puedo imaginar."

"Y ayer nos contó sobre San Marcos y cómo llegó a ser el patrón de Venecia". Stephen arrugó la nariz. "Le robaron los huesos a los sarracenos escondiéndolos debajo de cadáveres de cerdos, luego los pusieron en esa gran iglesia y San Marcos ha bendecido la ciudad desde entonces".

Wulfe se abstuvo de comentar que no todos en esta ciudad habían sido bendecidos y que Cristina sabía la verdad, pero dejó que el muchacho siguiera hablando. Era bueno ver a Stephen tan animado y alegre, sobre todo porque Wulfe sabía que el muchacho le había contado a Cristina su propia historia.

"¿Qué piensas de los demás en el grupo?" invitó él cuando Stephen guardó silencio.

"Me gusta Bartolomé, porque protege a Laurent".

Wulfe estaba intrigado por ese comentario. "¿lo hace?"

"Sí, han sido amigos durante años, dice Laurent. Bartolomé se asegura de que tenga una parte justa cuando lleva la comida a los establos. Bartolomé dice que Laurent sabe mucho sobre caballos, aunque la verdad es que solo lo veo durmiendo con el equipaje de Fergus". Stephen arrugó la nariz. "Quizás todavía esté cansado, porque estuvo muy enfermo en el barco".

Así que Bartolomé probablemente conocía el secreto de Laurent.

"De hecho lo estaba", reconoció Wulfe. "Tal enfermedad puede debilitar incluso al guerrero más fuerte".

"¿Sabes que se llevó esa alforja con él, incluso cuando Fergus le pidió que lo ayudara a elegir un nuevo caballo?"

"¿Lo hizo?"

Apenas puede llevarla, porque es muy pesada, pero no desea decepcionar a Fergus. Incluso insiste en que no debe tener ningún valor, pero que Fergus se lo confíe es una prueba que se niega a fallar".

Wulfe bien podía imaginarlo.

Stephen sonrió. "En verdad, Fergus lleva muchos regalos a casa para su prometida, la señorita Isobel. Espero que ella lo ame tanto como él la ama a ella".

"Yo también espero que ella lo haga".

"Ella es la tía de Kerr, ¿sabes?"

Wulfe miró al muchacho. "No sabía eso."

Stephen asintió sabiamente. Duncan dijo que nunca deberían haber tenido al desgraciado en su viaje, si no hubiera sido por la insistencia de la dama. ¿Crees que eso significa que a él también le desagrada Kerr?

"¿También? ¿No te gusta Kerr?

El muchacho asintió de nuevo, haciendo una mueca. "Siempre anda a escondidas y no es nada amable con Hamish". Stephen guardó silencio por un momento, luego continuó apresuradamente. "Dijo que hay un tesoro templario confiado a nuestro grupo".

Wulfe luchó por ocultar su sorpresa.

"Y él dice que lo encontrará".

El corazón de Wulfe se apretó ante eso. Si Kerr hubiera reclamado el tesoro, no podía creer que Cristina lo creyera seguro bajo la custodia de ese muchacho.

No, alguien más lo había robado para mantenerlo a salvo de Kerr.

¿Pero quién?

Stephen continuó. "Kerr estaba discutiendo con Hamish sobre eso esa noche en el barco, la noche en que Hamish resultó herido".

Wulfe se detuvo y se enfrentó al muchacho, que estaba demostrando ser una fuente de información. "¿Sabes si Hamish fue golpeado o se cayó?"

Stephen negó con la cabeza. "No lo vi, pero le creo a Hamish".

"Entonces, ¿quién lo golpeó?"

El muchacho hizo una mueca. Probablemente Kerr, porque no le gustó que Hamish discutiera con él. Dice que no, pero que podría estar mintiendo".

De hecho, podría. Wulfe resolvió en ese momento que descubriría lo que sabía el muchacho Kerr antes de que salieran de Venecia.

Los ojos de Stephen se iluminaron. "Quizás fue otra persona, porque Hamish juró que él mismo encontraría el tesoro".

"¿Lo dijo?"

"Sí." Stephen frunció el ceño. "Creo que no le creyó a Kerr y deseaba demostrar que no había ningún tesoro. Quizás Kerr lo golpeó por eso". Él se encogió de hombros. "A nadie le gusta Kerr. Incluso dijo que Laurent era tan débil como una niña, y Bartolomé lo golpeó por sus palabras".

Algunos asuntos empezaban a tener sentido para Wulfe. Podía entender por qué Cristina había empezado a contar historias a los muchachos en los establos todos los días y adivinaba dónde había averiguado tanto como en tan poco tiempo. "Así que así fue como se le ennegreció el ojo".

"Y Bartolomé dijo que no deberíamos contarlo, porque se aseguraría de que Kerr guardara silencio en el futuro".

"¿Lo hace?"

Stephen frunció los labios. "Solo cuando Bartolomé está cerca".

¿Había averiguado el ladrón por Kerr algo del tesoro que llevaban? Wulfe estaba decidido a averiguarlo y su paso se aceleró sin que él se diera cuenta.

"¿A dónde vamos?" Preguntó Stephen, examinando los alrededores con curiosidad.

"Ya verás. Por aquí", dijo Wulfe, señalando una pequeña calle que serpenteaba a la derecha.

"¿Has estado aquí antes?"

Wulfe sonrió, pensando en el comentario de Cristina sobre la protección de los huérfanos. "Varios días atrás. Hay un monasterio justo enfrente que visité". Escudriñó la ruta por delante, luego sonrió cuando vio la puerta que recordaba. "Aquí." Tiró de la cuerda y escuchó una campana dentro.

"No me parece un monasterio. Parece una casa".

"No todo es lo que parece, Stephen".

El muchacho asintió. "Sí, Cristina no es como otras putas que hemos conocido. Duncan cree que ella es una mujer noble en verdad".

Wulfe levantó un dedo pidiendo silencio mientras se abría una pequeña ventana en la puerta. Pudo ver un ojo en el espacio sombreado más allá, luego un grito ahogado de satisfacción.

"¡Hermano Wulfe!" El hermano Franco declaró en un susurro mientras abría la puerta. "No pensé volver a verte". Su mirada se posó en Stephen, luego miró a Wulfe con una pregunta en sus ojos.

Wulfe dejó caer una mano sobre el hombro de Stephen. Este es uno de mis escuderos, Stephen. Fue entonces cuando se dio cuenta de que el muchacho podría sorprenderse al ver el destino de otros huérfanos. "Vine a preguntarle por su memoria, hermano Franco".

"No tan bien como antes", reconoció ese hombre, luego dio un paso atrás e hizo un gesto de invitación. "Pero mis hermanos recuerdan mucho. Están en maitines, pero pronto romperán su ayuno. Les invitamos a unirse a nosotros".

"Le doy las gracias por ello." Wulfe inclinó la cabeza y esperó en el patio con Stephen, muy consciente de cómo ese muchacho inspeccionaba sus alrededores. Varios rostros aparecieron en las sombras, niños que vivían en el lugar, curiosos por las llegadas.

"Todavía no parece un monasterio", susurró Stephen, señalando la puerta abierta de la capilla. "Excepto por los monjes que rezan".

"Es más como el priorato, en el sentido de que hay trabajo hecho aquí en el nombre de Dios, por hombres que han hecho sus votos". Wulfe le sonrió al muchacho. "Los hermanos alimentan y albergan a los huérfanos".

Stephen miró a su alrededor con nuevo interés. Fue solo unos momentos antes de que las campanas de la capilla repicaran y los hermanos salieran del espacio en sombras. Asintieron con la cabeza a Wulfe y Stephen, con curiosidad en sus ojos, y procedieron en silencio al comedor.

"¿Es como el priorato en el que nadie debería hablar durante una comida?" susurró Stephen.

"Espero eso", aconsejó Wulfe en voz baja. "Come un poco para que no insultemos su hospitalidad, pero recuerda que hay muchas bocas hambrientas en esta morada".

Stephen asintió con la cabeza mientras el hermano Franco los llamaba. Se sentaron entre él y el hermano Mateo y se les ofreció pan caliente. También había miel y algo de embutido. Wulfe se dio cuenta de que debería haber alimentado a Stephen antes de su partida si esperaba que el muchacho resistiera tal tentación. El muchacho tenía edad para comer con entusiasmo cada vez que se presentaba la oportunidad.

"Tiene una pregunta para nosotros, hermano Wulfe", dijo el hermano Franco. "Y yo te daría para que se compartiera en nuestra comida". Los hermanos miraron a Wulfe con interés. "Por favor, si conocen alguna respuesta, compártanla con el hermano Wulfe".

"Por supuesto", dijo Wulfe. "La última vez que estuve aquí, mencioné a una viuda en nuestro grupo. Pensé que ella podría intentar unirse a una orden religiosa".

El hermano Franco asintió. "Recuerdo eso".

"Yo no sabía que ella había visto asesinar a su marido, y mucho menos de que lo habían agredido en esta misma ciudad".

Los hermanos miraron hacia arriba como uno solo, su comida olvidada.

"Fue apuñalado de la manera más cruel y murió antes de que ella llegara a su lado. También le robaron".

"Se sabe que tales desgracias ocurren en todas las ciudades, hermano Wulfe", dijo el anciano hermano Mateo con silencioso pesar.

"Así es, lo reconozco. El motivo de mi consulta es este. Ella dice que no sabe dónde está enterrado, y dudo que ella vuelva a esta ciudad alguna vez. Está claro que su pérdida sigue siendo una gran herida para ella y si pudiera visitar su lugar de descanso, podría consolarla".

"Pero, ¿cómo podemos saber tal detalle? Cientos, si no miles, de peregrinos mueren en esta ciudad cada año".

"Sí, pero ocurrió hace nueve años. Ella dijo que varios monjes fueron los únicos que acudieron en su ayuda, que dijeron una misa por él y se aseguraron de que descansara honorablemente. No puede recordar quiénes eran ni dónde estaba ubicada su capilla, tan grande era su dolor".

El hermano Franco negó con la cabeza con evidente pesar.

Sin embargo, antes de que pudiera hablar, el hermano Mateo dio unos golpecitos en la mesa con el dedo. "¿Nueve años? ¿Y un peregrino? ¿De dónde vino?

"No estoy seguro." Aunque Wulfe sabía que Cristina tenía la intención de dejar su grupo en el paso, no sabía su destino, y mucho menos si su objetivo era la casa de su familia o la de su marido.

El hermano Mateo asintió mientras consideraba eso. "¿Puedo verla? Es posible que la reconozca a ella y, por tanto, al hombre en cuestión".

CRISTINA VOLVIÓ A DESPERTARSE TARDE, después de haber permanecido despierta hasta bien entrada la noche con insatisfacción. El beso de Wulfe había alimentado un deseo que no era fácil de ignorar, y sentía que no había dormido bien.

Se vistió de todos modos y abrió la puerta, solo para encontrar una pila de tela doblada afuera de la puerta junto con una jarra de agua tibia. Claramente, ambos habían sido dejados para a ella.

Cristina revisó la tela y descubrió que era un kirtle. Ella sonrió ante sus modestas líneas. No era nuevo y no estaba elaborado. La lana verde lisa era resistente y sin adornos. Entre los pliegues de la tela había una sencilla camisola blanca y un velo sencillo y de proporciones generosas. El kirtle era del largo adecuado para ella, más o menos, y le quedaba, más o menos, pero no era ni lujoso ni provocativo.

Cristina lo adoraba. Se retiró a la habitación y se quitó el kirtle del establecimiento de Costanzia tan rápido como pudo. Se lavó con vigor, como si quisiera quitarse la vergüenza de la vida que se había visto obligada a vivir, luego se puso la camisola y el kirtle. Se trenzó el cabello y se lo arregló en la cabeza, como lo había usado una vez todos los días. El velo estaba arreglado y prendido sobre él, y deseaba tener un espejo para ver la transformación en su apariencia.

Sacó el anillo de Gunther del bolsillo del dobladillo de su viejo kirtle y lo colgó de uno de los cordones de esa prenda. Hizo un collar con él y escondió el anillo entre sus pechos, sintiendo la sensación de la fría piedra allí. Nunca más volvería a temer por su seguridad.

Ella realmente dejaría ese lugar atrás.

Cristina enrolló las viejas prendas y descendió a la sala común, muy encantada con su apariencia. Tendría que agradecer a Wulfe su generosidad.

Estaba desayunando cuando apareció Duncan, ese hombre le dedicó una sonrisa. "Le queda bastante bien, muchacha", murmuró. "Aunque es una marca de tu belleza que incluso vestida con modestia, podrías tentar a un hombre".

"Te agradezco el cumplido".

Duncan sonrió. "¿Y no por el atuendo?"

Cristina se asustó. "¿Es un regalo tuyo?"

—No tienes por qué sorprenderte tanto, muchacha. Pensé que preferirías abandonar la marca de tu antiguo oficio".

¿Solo la marca? Cristina perdió el apetito por eso, porque temía entender sus expectativas. "Pero no puedo pagarte", protestó ella, esperando que él no pidiera que la deuda se pagara en especie.

"Algún día lo harás", dijo Duncan amablemente. Le dedicó una mirada parpadeante. "No esperaría que una mujer saciara a más de un hombre por día como complaces a Wulfe, y verdaderamente, no lo enojaría de buena gana intentando reclamar lo que él defiende como propio".

Cristina no tenía nada que decir al respecto. ¿Wulfe la consideraba suya? Lo dudaba mucho, sobre todo teniendo en cuenta que su pareja era una farsa, pero sería una locura corregir a Duncan.

"Me disculpo por no haberme dado cuenta de que esta era tu generosidad. Te lo agradezco."

"De nada." Entonces comieron en silencio, incluso mientras Cristina consideraba el mérito de agregar a Duncan a su lista de aquellos en quienes confiaba.

Habría sido una elección fácil, de no haber sido tan obviamente apreciada por sus encantos. Sabía bastante bien que el deseo podía tentar a los hombres a realizar acciones más allá de lo esperado.

"¡Cristina!" gritó un muchacho y se volvió para ver a Stephen corriendo por el patio. "Debes venir."

"¿Ir a dónde? ¿Y por qué?"

El muchacho bajó la voz a un susurro conspirativo. Wulfe tiene una sorpresa para ti y me pidió que te viniera a buscar. Entonces levantó la voz. "Pensé que le gustaría ver la llegada de los barcos, mi señora".

Cristina vaciló, preguntándose por qué Wulfe no había ido. Duncan pareció compartir su cautela porque se quitó un cuchillo del cinturón y deslizó la vaina por la mesa hacia Cristina. "Tómalo", aconsejó en voz baja.

Cristina sabía lo suficiente de los peligros de esa ciudad como para hacer precisamente eso. Le dio las gracias a Duncan de nuevo y siguió a Stephen. Para su alivio, Wulfe esperaba a la vuelta de la primera esquina. Daba golpecitos con el dedo del pie con impaciencia y escudriñaba las calles. Sin embargo, al verla, dio un paso adelante. Su aprobación por su cambio de apariencia era clara y él se inclinó poniendo la mano de ella en su codo. Él marcaba un paso rápido que ella igualaba mientras Stephen corría a su lado.

"¿Por qué creo que no vamos a ver llegar los barcos?" preguntó ella y su sonrisa brillaba.

"Es posible que tengamos una sorpresa mejor para ti que esa". Su mirada la recorrió. "Veo que Duncan cumple su palabra".

"¿Sabías que tenía la intención de hacer esto?"

"Acordamos que preferirías parecerte más a una peregrina, aunque yo no tenía dinero para hacerlo. Duncan se ofreció a ver el asunto abordado".

"Él es muy valiente, entonces."

"Creo que está enamorado", reconoció Wulfe, y Cristina deseó que eso pudiera haberlo preocupado más. "Démonos prisa".

EL NUEVO ATUENDO de Cristina era tanto una bendición como una maldición.

Aunque a Wulfe le agradaba verla vestida como una mujer noble, el sencillo kirtle era un recordatorio más que suficiente de que no podía tocarla. Debería honrarla, como aristócrata y peregrina, y no desear volver a tocarla.

Lo extraño era que la encontraba más atractiva con un atuendo modesto, no menos. Caminaba más erguida y mantenía la cabeza en alto. Con su cabello trenzado y sus curvas ocultas a la vista, sus ojos parecían más notables.

Había una frialdad entre ellos ahora, una formalidad que debería haber acogido, porque eso debería haber hecho más fácil recordar que sus destinos no podían unirse. Su postura dejaba en claro que Duncan había tenido razón sobre su linaje.

El cambio entre ellos hizo que Wulfe se arrepintiera de tener tan poco que ofrecer a una mujer de su clase.

Salvo ese regalo.

Esperaba que eso la complaciera.

Cristina estaba claramente curiosa acerca de su destino, ya que miraba en su camino repetidamente. "No sabía que desde este barrio se podía ver la llegada de los barcos", dijo ella finalmente.

Wulfe sonrió. "Eso no fue más que una artimaña para sacarte".

"¿Persuadiste a Stephen para que dijera una falsedad?" bromeó ella y el muchacho sonrió.

"Estuve de acuerdo en hacerlo, mi señora, porque deseaba que se sorprendiera".

"Entonces están juntos en esto".

"De hecho lo estamos", dijo Wulfe, deteniéndose ante el monasterio. Se volvió hacia Cristina. "¿Tienes el anillo de tu marido?"

La sonrisa de Cristina se desvaneció y ella palideció. Ella no respondió, pero sacó un cordón de la parte delantera de su kirtle. Tenía la forma de un collar, y él vio el destello de oro cuando ella sacó el anillo de su camisola. Ante su mirada inquisitiva, él asintió con la cabeza y ella lo quitó de la cuerda, colocándolo en su mano izquierda. Era una banda de oro con una gran piedra azul incrustada. Wulfe se sorprendió de que ella hubiera ocultado un premio tan rico. Ella observó el anillo en su mano por un largo momento, su rostro pálido, y él se preguntó si ella había adivinado la sorpresa.

Él tocó el timbre y el hermano Franco abrió rápidamente. No dijo nada, pero miró a Cristina y luego hizo un gesto. El hermano Mateo apareció a su lado con los ojos entrecerrados. Era mucho mayor que sus compañeros, tenía el rostro arrugado y el resto de su cabello blanco. Sus ojos eran oscuros pero brillantes. Examinó los rasgos de Cristina y luego bajó la mirada a su mano izquierda. El monje se inclinó para mirar el anillo en su dedo, luego sonrió.

"Eres tú", dijo en voz baja. "Nunca olvidaré este anillo, o la dama que lo ofreció en compensación. Me preguntaba si no habías regresado".

"Yo no sabía dónde había estado".

El hermano Mateo sonrió. Se volvió para señalar el patio y la capilla más allá. Ven, mi señora. Ven y mira dónde descansa tu amado esposo".

Era una capilla humilde, sencillamente ornamentada y no demasiado grande. A Gunther le habría gustado, Cristina lo sabía, porque parecía resonar con la fe de los hermanos que rezaban en ella.

Él no podría haber encontrado un lugar mejor para descansar.

Había una sola vela de cera de abejas en el altar, que era una simple mesa de madera, fuertemente forjada. Solo había un cuadrado de lino que adornaba el altar, un cáliz de cerámica y un plato sencillo de madera encima del lino para la comunión. El piso estaba embaldosado y el espacio estaba fresco, la única fuente de luz solar provenía de una grieta en la pared sobre el altar. Era como una hendidura de flecha, pero tenía la forma de una cruz entre los huecos de los ladrillos.

Gunther había sido sepultado en la pared a un lado del altar. Cristina sabía que no podían enterrar ningún cuerpo debajo del suelo, como era costumbre en otros lugares, debido al agua. Esas mareas altas bañaban la ciudad cada invierno, convirtiendo las plazas en lagos y los pisos inferiores de las casas en piscinas.

Se arrodilló ante el altar y rezó por el alma de Gunther y su descanso inmortal. Sintió que su corazón se llenaba de tranquilidad y un poco de alegría al saber que Gunther había estado tan bien cuidado. Escuchó los sonidos de los niños que vivían con los monjes en ese lugar y sonrió mientras discutían sobre la distribución de pan en la rectoría adyacente. Corrían y gritaban, a pesar de las advertencias de los monjes, y Cristina se alegró con los sonidos de su vitalidad.

Sí, Gunther debe estar contento de estar en tal compañía.

Ella lloró en silencio por su muerte prematura, sus sueños perdidos y su bondad. Y para cuando se puso de pie, estaba doblemente decidida a que Helmut pagara por su crimen.

Cristina se enderezó y se santiguó, se arrodilló y volvió a contemplar con placer la sencilla capilla. Wulfe le había dado eso, la oportunidad de decir adiós, y las lágrimas brotaron de sus ojos de nuevo por conocer tanta generosidad.

Salió de la capilla para encontrar a Wulfe esperándola en el patio. Él no mostraba la impaciencia que ella había presenciado en él antes. Varios de los muchachos se habían reunido a su alrededor, examinando la empuñadura de su espada y tocando el dobladillo de su cota de malla. Él era paciente con ellos, sus modales amables, y ella vio adoración en la forma en que Stephen lo miraba.

"Son una raza rara", dijo el hermano Franco detrás de ella, evidentemente siguiendo su mirada. "No es poca cosa hacer la guerra por Dios y la justicia".

Cristina sonrió en acuerdo con eso. "Estoy muy agradecida por esta oportunidad". Se volvió hacia el monje. "Les agradecería a todos por su caridad con mi esposo. Sé que él pensaría bien en este lugar".

"¿De verdad?"

"En efecto. Él amaba a los niños. Fuimos en peregrinación porque no teníamos ninguno. Quería expiar nuestros pecados con la esperanza de que nuestro matrimonio ya no fuera estéril".

El monje asintió con comprensión. "Pero Dios vio su bondad y lo tomó más cerca".

Cristina descubrió que las lágrimas volvían a brotar. "Gracias, hermano Franco. Gracias por esas palabras. Gunther era un hombre muy bueno". Ella sacó el anillo de su dedo, sabiendo lo que debía hacer. "Y era un hombre que entendía no solo que las deudas debían pagarse, sino que debía darse limosnas donde pudieran otorgar la mayor diferencia. Hace nueve años, sus hermanos rechazaron este anillo como pago. Hoy te lo doy como limosna. En nombre de Gunther, le pido que alimente y aloje a los niños".

"Y que se canten misas por su alma inmortal". Para su alivio, el hermano tomó el anillo. "Es un tesoro raro, hermana. ¿Estás segura?"

"Lo estoy. Sé que Gunther desearía que fuera así".

El hermano Franco giró el anillo, dejando que la gema captara la luz del sol. "¿Un zafiro?"

Cristina asintió. Cortado en el este, por lo que me dijeron. No se deje engañar. Es una piedra antigua, porque tiene una bendición tallada en árabe. El antepasado de mi marido lo trajo a casa de las cruzadas. Estuvo entre los caballeros que tomaron Sidón en 1110".

"¿Una pieza familiar?"

"Pero Gunther sólo tiene una viuda", dijo Cristina en voz baja, sabiendo que el hermano mayor de su esposo había reclamado todas las demás piezas del tesoro familiar. Esta pieza había sido el único legado de Gunther y ella lo otorgaría como él hubiera deseado. Cerró los dedos del monje sobre la gema. "Y ella da esto de buena gana".

"Dios te bendiga, hermana", dijo él. "Me aseguraré de que tu regalo arroje una larga sombra. Gunther, sus antepasados y su viuda serán bien recordados en este lugar". La bendijo y Cristina sintió que la inundaba un tremendo alivio.

Ella cuadró los hombros y caminó hacia Wulfe, que la había estado observando. Su pasado había sido sepultado, porque ese hombre había vuelto sus pasos hacia su futuro.

CRISTINA LLORABA.

Wulfe había esperado tener razón sobre el lugar de descanso de su esposo, y había anticipado que ella podría estar emocionada si se demostraba que era ahí. Él no había esperado que ella regresara con el rostro mojado por las lágrimas.

Tampoco se había preparado para su propia reacción a la vista.

Él quería consolarla. Quería que ella no volviera a llorar nunca más. Pero ella lloraba a su esposo, muerto esos nueve años y aún aferrado a su corazón. Él no pudo convocar una palabra de consuelo a sus labios, pero se separó de los monjes y la escoltó de regreso a la casa.

Estaban a mitad de camino cuando él pensó en el anillo. Miró hacia abajo, comprobando que se lo había entregado al hermano Franco, pero no se atrevió a preguntar.

Sin embargo, Cristina notó su mirada. "Lo di como limosna", dijo ella. "Sabrán dónde venderlo para tener el mejor precio, y harán que el dinero dure. Gunther hubiera deseado eso".

"Pensé que se habían negado a aceptarlo antes".

"Lo hicieron. Quizás pensaron que podrían estar aprovechándose de mi dolor. Yo seguramente no estaba pensando con claridad ese día".

"¿Y ahora lo estás?"

"Sí", reconoció ella con una convicción bienvenida. "No es racional, y lo sé bien, pero todos estos años supe que tenía que defender ese anillo. Sabía que no podía venderlo. Sabía que tenía un propósito y un lugar, aunque no podía discernirlo. Pensé que era porque le había prometido que lo mantendría siempre, pero este día, vi la verdad. Cristina tiró de Wulfe para detenerlo. "Pertenece allí, donde los niños serán alimentados y defendidos por eso". Ella se mordió el labio y él vio sus lágrimas caer de nuevo. "Él amaba a los niños", susurró ella, sus palabras eran roncas. "Sin embargo, no le di ninguno. Ahora está rodeado de ellos". Ella asintió con la cabeza y sus lágrimas cayeron como gemas. "Es lo correcto."

La garganta de Wulfe estaba apretada. Se atrevió a tocarle el codo, nada más, y guiarla por las concurridas calles. "No deberías culparte por esto. Lo amabas, y eso no es poca cosa".

"¿Cómo sabrías eso?" preguntó ella, no en desafío sino con curiosidad.

"Lloras, aunque han pasado muchos años desde su fallecimiento".

Cristina sonrió con tristeza. —Lloro, Wulfe, porque no lo amaba lo suficiente. Yo era joven y él era mucho mayor. Era un buen hombre, pero solo vi la edad entre nosotros. Me molestaba que me obligaran a casarme con un hombre muchos años mayor que yo y, en realidad, no me arrepentía en ese momento de que mi útero estuviera vacío. Fui obediente y lo honré, pero debería haber tenido más". Ella tragó. "Lloro porque no amé a Gunther como él se merecía".

Ante eso, Wulfe tomó su mano entre las suyas y le dio un apretón en los dedos. Él no creyó sus palabras, porque estaba claro que ella todavía tenía a su marido en alta estima. Sin embargo, no discutiría el asunto con ella. "Lo honraste entonces y lo honras ahora. Quizás ningún hombre se merezca más".

Ella le sonrió a través de las lágrimas y luego exhaló un suspiro entrecortado. "Prométeme que vendrás a verme esta noche, Wulfe".

Él intentó protestar, pero ella colocó las yemas de los dedos sobre sus labios para silenciarlo.

"Esto es todo lo que te pediré. Me diste un gran regalo este día y quisiera mostrarte mi gratitud".

Cómo deseaba Wulfe que ella pudiera pedirle más que placer físico y consuelo, a pesar de que sabía que él no podía ofrecerle más.

"No es necesario", logró decir, pero Cristina negó con la cabeza.

"Hay toda la necesidad. Entiendo tu determinación y no te habría tentado, no si no hubieras hecho esta bondad por mí". Sus ojos brillaban en su apelación y parecía tan vulnerable que Wulfe supo que no podría negarle ninguna petición. —Una última noche, Wulfe. Te lo ruego".

Él se inclinó y besó sus dedos, queriendo alejarse pero sabiendo que no podía. "Una última noche", estuvo de acuerdo él y la escuchó recuperar el aliento con alivio.

"Me aseguraré de que no te arrepientas", susurró ella, pero Wulfe no estaba seguro de que eso estuviera dentro del poder de la dama.

Él era débil pero codicioso. Aceptaría lo que la dama le ofreciera, sabiendo que sería la última cita entre ellos.

~

LA LLUVIA COMENZÓ cuando se sentaron a la cena y comieron guiso de pescado una vez más. Cristina no fue la única cuyo apetito era menor de lo que podría haber sido, ni tampoco fue la única que se quedó callada. El sonido de la lluvia en el patio parecía hacer eco de la tranquilidad que la había llenado.

Todo había salido bien.

Todo había salido bien gracias a Wulfe.

No había nada más correcto que seguirlo a su habitación después de la comida, nada más correcto que desnudarlo en silencio. No dijeron nada, porque no había nada que decir.

Esta era la última vez.

Ese abrazo tendría que ser suficiente.

Se amaron con silenciosa ferocidad, dando al otro un placer que los dejó a ambos temblando. Su encuentro fue potente y poderoso, suficiente para desanimarla de las caricias de cualquier otro. Ella sentía una comunión con él, como si sus pensamientos y sentimientos fueran uno, y era suficiente para hacerla desear poder disfrutar ese momento y mantenerlo por siempre.

Sin embargo eso no era posible.

Cristina se aferraba a Wulfe después de su éxtasis, disfrutando el calor de su abrazo y el latido de su corazón debajo de su mejilla. Ella escuchaba la lluvia, tan en paz como raramente había estado. Ella se sentía completa, como si sus almas se hubieran unido, y la sensación de sus dedos en su cabello la hizo cerrar los ojos contra las lágrimas.

¿Qué daría ella por pasar cada noche así?

Cristina nunca tuvo la intención de decir las palabras en voz alta, a pesar de que llenaban sus pensamientos. Pero en ese momento, cuando todo parecía tan correcto, ella pensó que sería una burla mantener su confesión para sí misma. "Te amo, Wulfe."

Por un instante, ella sintió la tensión repentina en él. Cristina tuvo el tiempo para esperar que el respondiera de la misma manera, pero cuando él no lo hizo ella esperaba que él no hubiera escuchado su confesión. Cuando él la movió a un lado y dejó el colchón, ella supo que sí lo había hecho. Cuando él se vistió con prisa y dejó la habitación, ella supo que sus sentimientos no eran correspondidos.

Darse cuenta de eso era devastador.

Una vez que los pasos de Wulfe se desvanecieron en la escalera, solo quedó el sonido de la lluvia cayendo sobre las piedras el patio más abajo. Cristina cerró sus ojos y soltó silenciosas lágrimas. Ella se sabía cientos de cuentos de amantes destinados a nunca estar juntos y tales historias siempre habían robado su corazón.

Resultó que eso no era nada en comparación a vivir ella misma tal desolación.

LUNES, JULIO 27, 1187

DÍA DE SAN PANTALEÓN Y DE LOS SIETE
DURMIENTES DE ÉFESO

CAPÍTULO 13

Te amo, Wulfe.

Tres palabras que Wulfe nunca había esperado oír de ningún alma y, maravilla de maravillas, las había pronunciado Cristina. Él se había sentido asombrado, complacido y luego escéptico.

Él no creyó ni por un momento que Cristina intentara engañarlo. No, en el momento en que ella pronunció las palabras, él las creyó. La dificultad era que él no creía posible que ella hubiera vuelto a entregar su corazón.

No tan pronto después de haber llorado esas lágrimas por Gunther.

Ella se sentía en deuda con él, tal vez, o agradecida de que hubiera encontrado la tumba de Gunther, pero ¿amor? Wulfe no podía dar crédito a la afirmación, por mucho que le hubiera gustado hacerlo. Se recordó a sí mismo que no podía ofrecerle un futuro de ningún mérito. No se atrevió a hacerle una confesión similar, porque su promesa sería verdadera.

Aun así, Wulfe reconocía el poder de la dama sobre él. Si ella le suplicaba que la amara, él perdería sus principios. Él se equivocaría y ambos pagarían el precio de eso.

Wulfe evitó a Cristina deliberadamente después de eso, porque era la única opción sensata. Nadie necesitaba saber cómo él saboreaba su dulce confesión, una y otra vez, ni cómo deseaba que su vida hubiera sido diferente.

Cuando salieron a caballo el lunes por la mañana, se sentía tenso como la cuerda de un arco. Llovía tan fuerte como había llovido el día anterior, pero no pudieron demorarse con la esperanza de un mejor tiempo. Cabalgaban por las sinuosas calles de la ciudad a paso de tortuga, frenado por el número de personas.

Wulfe quería poner las espuelas en Teufel y salir disparado al campo. De hecho, sentía una extraña desesperación por dejar atrás a Venecia rápidamente, y sabía que no era solo porque temiera por el paso seguro de Cristina a través de las puertas de la ciudad. También temía la soledad del camino por delante, los rincones tranquilos y el ladrón escondido en sus filas. ¿Era Everard? Él no podía decirlo con certeza. La sensación de que debía esperar a que el ladrón se moviera solo lo hacía más impaciente, más inquieto y más agitado.

Y eso fue antes de que él espiara a la puta de cabello oscuro.

Estaban cabalgando por una pequeña plaza, cerca de las puertas, cuando escuchó la risa de una mujer. Wulfe reconoció de inmediato la belleza que le habían presentado primero en la casa de Costanzia. Era hermosa y atractiva, sus labios rojos y su cabello negro brillante. Se reía de las palabras de algún comerciante y echó hacia atrás la capucha de su capa, desfilando por la plaza como una reina. Ella era ajena a la lluvia y, por sus maneras, podría no haberle estado cayendo encima. Parecía más rica y vital que aquellos que la miraban, y ella conocía bien su poder.

De hecho, lo saboreaba.

Vio a dos de los protectores que le habían quitado el dinero de la orden, merodeando no muy lejos de la mujer. Se hablaban el uno al otro, la mirada de uno que seguía perezosamente a la puta de cabello como el ébano. Ella observaba a la multitud con una sonrisa, buscando oportunidades. Con cautela, Wulfe tocó los costados de Teufel con los talones. Su grupo cruzaba ese extremo de la plaza, con destino al camino más ancho que conducía a las puertas de la ciudad en el oeste, y todos aumentaron el paso a su orden. Aun así, la puta hacía un camino lento en su dirección, uno que bien podría cruzar su curso.

¿Y ella si veía a Cristina?

¿Llamaría a los hombres?

Wulfe agachó la cabeza y siguió adelante, volviendo la cara hacia el otro lado para animar a sus compañeros. Cristina estaba cerca de la parte trasera del grupo, montada en uno de sus caballos, y se había subido la capucha de su capa. Stephen montaba en el caballo recién adquirido por Fergus, por invitación de ese caballero. El rostro de Cristina aún era visible, pero no había forma de que pudiera advertirle sin dirigir la atención de la puta hacia ella.

Tragó saliva, calculando la distancia hasta el punto donde el camino ancho dejaba la plaza. Volvió a mirar a la puta solo para encontrarla mirándolo. Ella miró fijamente, la forma en que sus labios se abrieron con sorpresa revelaron que lo reconocía.

Su mirada recorrió su grupo y el corazón de Wulfe se apretó cuando se dio cuenta de que había visto a Cristina.

Ella miró a los hombres y él apenas se atrevió a respirar.

Luego obsequió a Wulfe con una sonrisa ganadora. ¿Qué pensaba hacer ella? ¿Ella los delataría? ¿Estarían perdidos Cristina y todo el dinero? Tuvo un momento para temer lo peor, luego la puta se llevó una mano a los labios.

Ella le lanzó un beso con los ojos brillantes.

Él la saludó y compartieron una sonrisa, luego ella se dio la vuelta para continuar su paseo en la dirección opuesta. Los hombres de Costanzia la siguieron, ajenos a lo que ella había visto, y Wulfe se sintió muy aliviado de creer que ella los había alejado deliberadamente.

Parecía que él no era el único que quería un futuro diferente para Cristina, y esa era una buena noticia.

~

Era un viaje lamentable, aunque Cristina se preguntaba si algún otro miembro de su grupo estaría tan contento de dejar Venecia. No le importaba el clima ni la incomodidad que tuviera que soportar. Cuanto antes estuvieran detrás de ellas las puertas de esa ciudad, mejor.

Wulfe parecía compartir su sentido de urgencia, pues instó a Teufel a galopar tan pronto como cruzaron las puertas de la ciudad. El barro salía volando de los cascos de los caballos y todos quedaron empapados hasta los huesos, pero Wulfe no redujo el paso. Cristina habría cabalgado toda la noche para estar más lejos de Venecia, pero sabía que los caballos merecían más amabilidad que eso.

Aun así, se sintió decepcionada cuando Gastón insistió en que pararan esa noche. Estaba oscuro y todos tenían frío, pero aun así a Cristina le parecía que Venecia estaba demasiado cerca. Wulfe protestó, pero Gastón no hizo mejor demostración de prestar atención a la orden del Templario que antes. El lugar donde se detuvieron parecía ser una taberna, porque había muchos gritos estridentes en el edificio bien iluminado, y a Cristina no le importaba el sonido de las juergas de borrachos.

Ella no dormiría esa noche, seguro. Se mordió la lengua y resolvió sacar lo mejor del asunto.

Se les concedió el uso de un granero para su alojamiento, y uno que estaba más sucio de lo que Cristina había visto en muchos años. No había animales residentes en él, por lo que el estiércol estaba bien podrido y realmente pestilente. A juzgar por el disgusto de Wulfe, el precio del granero había sido demasiado alto.

Joscelin y Everard echaron un vistazo al establo y declararon su mutuo deseo por una taza de cerveza y un juego de dados. Dejaron sus caballos para que los cuidaran los escuderos de los caballeros y partieron hacia la taberna, cogidos del brazo.

Cristina intercambió una mirada consternada con la dama Ysmaine, luego ella y la criada se pusieron manos a la obra. La dama habría ayudado, pero parecía a la vez tranquila y con frío y la criada se apresuró a arrancar la escoba de las manos de su ama. Cristina dejó que la criada se preocupara por Ysmaine mientras ayudaba a arreglar las cosas. Se colgaron las capas sobre las vigas y se barrió el suelo. Los muchachos cuidaban de los caballos y los caballeros llevaban el estiércol afuera. Cristina no podía imaginar que pudieran dormir en un lugar así, y parecía de poca ventaja tener un techo encima.

Una vez que se despejó el piso, varios de los muchachos fueron a la taberna con Fergus y Gastón a buscar su comida. Duncan pidió a Hamish y Simón que lo ayudaran con algunas tablas sueltas que se encontraban en la parte trasera del granero, y crearon bancos en el extremo limpio del pasillo. Wulfe colgó un par de linternas allí. Laurent se acurrucó temblando, todavía envuelto alrededor de la alforja.

"Ojalá tuviéramos un fuego", murmuró Duncan, mirando a Ysmaine. "Las damas agradecerían el calor".

Wulfe negó con la cabeza. "Incluso si encontramos yesca seca, todo este granero podría arder. Es mejor tener solo las linternas, porque podemos quedarnos dormidos rápidamente".

Aunque su decisión era sabia, Cristina estaba helada hasta la médula. Ysmaine tenía una muda de ropa y también su doncella, pero Cristina solo pudo escurrirse el dobladillo. Laurent, notó ella, se acurrucó temblando, todavía envuelto alrededor de su alforja, y Stephen se sentó a su lado. La pareja parecía haberse hecho amiga. Para cuando sacaron el estofado de la taberna, Cristina no podía haber sido la única empapada de sudor por sus esfuerzos.

Ella supuso que había sobrevivido a cosas peores.

"Todos tendremos escalofríos por la mañana", predijo la criada de Ysmaine, su voz era baja y su tono oscuro. Cristina no podía negar eso. El olor del estofado no era particularmente apetitoso, pero supuso que sería mejor que nada. Bartolomé regresó entonces, con expresión de descontento, y se quejó del precio que les habían cobrado por el forraje de los caballos.

Entonces Cristina buscó las letrinas y las encontró solo por su olor.

De hecho, nada en su vida la había preparado para tal inmundicia. Ella no pudo soportarlo. Echó un vistazo a la taberna, luego continuó hacia el bosque, donde los pinos daban al aire un mejor aroma. ¿Seguramente una persona podría hacer sus necesidades en ese bosque sin contaminarlo demasiado? Encontró un matorral que escondería toda vista de ella tanto de la taberna como del granero y se agachó mientras se levantaba las faldas.

Apenas había suspirado de alivio cuando escuchó voces. Cristina no podría haber dicho por qué no había revelado su presencia —quizá eran esos instintos en los que confiaba— pero se agachó más y contuvo la respiración.

Era un hombre de la taberna que se dirigía a las letrinas con un muchacho. Hablaban juntos en voz baja y ella no pudo estar segura de sus identidades. ¿Era rubio el cabello del muchacho? Era difícil estar segura desde la distancia y bajo la lluvia. ¿Qué tan alto y ancho era el hombre? Ambos estaban envueltos en capas oscuras, y eso hizo que Cristina pensara en el ladrón del burdel.

Se agachó más para no ser detectada y esperó. Seguramente no tardarían mucho. Escuchó a Fergus gritar desde el interior del granero, instando a sus escuderos a que vinieran a comer. Wulfe llamó a Stephen y a Simón, el sonido de su voz hizo latir el corazón de Cristina. Ni siquiera se atrevía a esperar que él se ofreciera a mantenerla abrigada esa noche, porque apenas había reconocido su presencia en todo el día.

Estaba claro que su confesión lo había ofendido, pero de todos modos se alegraba de haberla pronunciado en voz alta.

Mientras ella miraba, el hombre de la taberna salió de las letrinas, pero no regresó a la taberna. ¿Dónde estaba el muchacho? Cristina miró por encima de los arbustos, mirando a través de la lluvia. Escuchó las pisadas del hombre, pero no pudo ver adónde había ido.

"¡Kerr!" Fergus gritó desde el granero. Cristina pudo verlo en la puerta, recortado por la luz y mirando hacia la noche. "¡Ven a comer antes de que tengas que quedarte sin comida!"

No hubo respuesta, salvo el golpeteo de la lluvia. Fergus les dijo algo a los demás en el granero, luego Cristina lo vio ponerse la capa y salir en busca de su escudero. Pareció considerar la taberna, pero primero se dirigió a las letrinas.

Cristina se preguntó quién había sido el otro hombre y adónde había ido, luchando contra la sensación de que era una locura revelarse todavía.

Entonces Fergus gritó y supo que había elegido bien.

"¡Rayos!" gritó. "¡Ayúdenme!"

¿Qué había sucedido?

Cristina vio a los demás salir del granero en respuesta al grito de Fergus. Incluso los hombres de la taberna se desparramaron para mirar, su curiosidad se encendió y ella vio luces oscilando en la oscuridad mientras varios bajaban la colina para explorar.

¿Era esa la silueta de un hombre entrando al granero, después de que los demás se habían ido?

Cristina se recogió las faldas y se movió en silencio por el bosque, con la intención de averiguarlo.

EL MUCHACHO, Kerr, estaba muerto.

Envenenado, incluso.

Wulfe había visto muchas cosas en sus días, pero se habría alegrado de no haber sido testigo de eso. El veneno era una forma poco amable de que cualquier persona terminara con su vida y no podría haber sido por elección. Cuando los hombres llegaron a Fergus, el color del muchacho no estaba bien y su rostro se contrajo de dolor.

Wulfe sabía que el asunto no podía terminar bien.

Gastón y Fergus intentaron ayudar al muchacho, y Gastón llamó a gritos a su esposa, que sabía algo de curación, para que lo ayudara. La dama, para su crédito, caminó a grandes zancadas por el barro y la lluvia en lo que tenía que ser su único kirtle limpio y seco, y no eludió la tarea.

Aunque era demasiado tarde. Kerr estaba convulsionando cuando los hombres salieron de la taberna, gritando como borrachos. Wulfe inspeccionó a la compañía reunida allí, con la esperanza de encontrar alguna pista sobre quién había cometido esa horrible acción.

Todos parecían preocupados y temerosos.

Pero no todos estaban ahí. Fergus, Duncan y Gastón intentaban ayudar al muchacho, Bartolomé miraba preocupado. Stephen y Simón habían seguido a Wulfe y miraban con horror manifiesto. Hamish estaba más pálido de lo que solía estar mientras veía sufrir a su compañero escudero. Aunque Kerr no era popular, nadie deseaba tal suerte a otro.

No, alguien le había deseado ese destino a Kerr.

Faltaba Cristina, al igual que el conde, Everard, quien tanto le disgustaba. Era imposible que estuvieran juntos. Joscelin no estaba presente, pero luego él y Everard habían ido a la taberna a jugar a los dados.

Ese hábito de Everard inquietaba a Wulfe, porque daba crédito a la afirmación de Cristina de que el conde no era quien él decía ser. Seguramente, ningún hombre piadoso jugaría a los dados con tanto entusiasmo.

¿Y dónde estaba Everard? Wulfe estaba seguro de que podía identificar la robusta figura de Joscelin entre las siluetas de los que se acercaban desde la taberna.

¿Dónde estaba Cristina?

Wulfe pensó al principio que el escudero Laurent había desaparecido, luego vio al escudero en las sombras detrás de Bartolomé. Cuando Wulfe vio que Laurent no llevaba la alforja, temió que el estado de Kerr estuviera proporcionando una distracción oportuna.

¿Cristina había intentado intervenir?

Wulfe dejó el grupo y se apresuró a regresar al granero, temiendo lo que encontraría.

La alforja se había ido.

No había ni rastro de Cristina. No podría haber tomado la

alforja, porque sabía que ya no contenía el tesoro. ¿O se había esforzado por engañar a otro? ¿Había atraído la atención del ladrón sobre sí misma para proteger a otro? El miedo lo invadió.

Wulfe se dio cuenta de que el granero estaba más oscuro de lo que había estado y vio que una de las linternas había desaparecido. Giró y encontró a Duncan apurado detrás de él. La mirada del hombre mayor voló hacia el lugar donde Laurent había estado abrazando la alforja y palideció.

"Rayos", susurró.

Entonces, Cristina tenía razón.

"Debemos encontrarlo antes de que sea llevado muy lejos", dijo Wulfe entre dientes, aunque en realidad estaba más preocupado por Cristina.

"Maldita sea esta lluvia", murmuró Duncan. "No podemos encontrar un rastro".

Ambos volvieron a caminar hacia la noche, buscando en la oscuridad algún indicio de la ubicación del tesoro. Alguien lo había sacado del granero y no podía haber llegado muy lejos. Los gritos y sollozos de las cercanías de las letrinas disimulaban muchos sonidos, pero hubo un repentino destello de luz en el bosque al otro lado de la taberna.

Duncan debió haberlo visto también, porque los dos hombres caminaban bajo la lluvia como uno solo. Esa luz distante desapareció, pero se acercaron al lugar, esforzándose por no emitir ningún sonido. Estaba claro que Duncan también había vislumbrado a su presa, porque su identificación del lugar donde la luz había brillado era casi idéntica a la de Wulfe.

¿Dónde estaba Cristina?

Wulfe pensó que podía distinguir la silueta de una figura y extendió una mano para detener a Duncan. Ese hombre ya se había congelado en sus pasos. La figura era demasiado alta y corpulenta para ser Cristina, pero estaba cubierta de modo que no se podía discernir su identidad. ¿Cristina había resultado herida? ¿O había regresado al otro grupo?

En silencio se acercaron más, los pensamientos de Wulfe se llenaron de preguntas.

La figura estaba inclinada sobre algo, moviéndose furiosamente. Hubo un repentino grito de furia, luego el crujido de algún objeto golpeando el suelo. La figura se acercó a ellos tan repentinamente que Duncan fue empujado a un lado y Wulfe apenas logró apartarse del camino. Intentó perseguir al ladrón, pero le lanzaron algo.

Se agachó y algo se hizo añicos contra el árbol a su lado. Solo cuando las piezas brillaron, Wulfe se dio cuenta de que era la linterna del granero.

El arma favorita del ladón.

Alabado sea que llovía con tanto vigor y no podía haber fuego. Wulfe habría perseguido a la figura que huía, pero una mujer habló en voz baja detrás de él.

"Miserable", susurró Cristina.

Wulfe se giró para encontrarla inclinada sobre un bulto en el suelo, con Duncan a su lado.

¡Ella estaba bien!

Cuando él se acercó, pudo ver que había una roca redonda ante ella, parcialmente desplegada de las capas protectoras de tela. La propia alforja podía distinguirse, descartada a un lado.

"Él sabe que era un truco", dijo Cristina sin sorpresa.

Duncan empujó la roca con el pie y exhaló. "Debo decir que me siento aliviado".

"¿Está seguro el tesoro real?" Wulfe le preguntó con silenciosa urgencia.

Cristina asintió sin vacilar.

Los hombres intercambiaron una mirada.

"¿Qué viste?" Preguntó Duncan. "¿Sabes quién fue?"

"No tengo pruebas", dijo Cristina. "Porque no lo vi claramente. Cuando todos corrieron hacia las letrinas, vi una silueta regresar al granero. Cuando me acerqué, esa persona volvió a salir del granero con algo. Lo seguí, esperando ver su rostro, pero cuando encendió la linterna yo estaba detrás de él. Traté de acercarme, pero no fui lo suficientemente rápida".

La idea de que ella había estado tan cerca del ladrón, el que mataría para ganar el tesoro, infundió miedo en el corazón de Wulfe. Que ella supiera la ubicación del tesoro y lo que era, solo le hacía temer más por lo que podría haber pasado.

"No deberías haber corrido ese riesgo", reprendió Wulfe. "Sabemos que este ladón mataría para ver sus fines logrados. ¡No te interpongas entre él y su tesoro! "

Cristina levantó la barbilla. "Mi vida es mía para arriesgarla como yo quiera", dijo ella en voz baja. "Y siempre elegiré el bien mayor".

"¡Podrías haber sido herida!" protestó Wulfe, pero su expresión no se suavizó.

Duncan miró de uno a otro, su expresión era pensativa, y Wulfe miró hacia otro lado.

"¿Qué pasó en las letrinas? ¿Por qué tanto alboroto? "Preguntó Cristina y Duncan negó con la cabeza.

"El muchacho fue asesinado".

Cristina jadeó. "¿No Laurent?"

El guerrero más viejo hizo una mueca. "No, fue Kerr, y habrá un infierno que pagar por eso, puedes estar segura". Wulfe miró al escocés sin comprender. "El sobrino adorado de la dama Isobel, el prometido de Fergus. Ella nunca dejará que él olvide eso, de eso puedes estar seguro".

"No te gusta mucho, ¿verdad?" Cristina preguntó en voz baja, pero Duncan solo le dio una mirada dura como respuesta.

"Mi punto de vista no tiene importancia en este asunto", dijo él con brusquedad.

"¿Qué más viste?" Wulfe le preguntó a Cristina.

"Solo un hombre y un muchacho salieron de la taberna a la letrina. El hombre se fue y el muchacho no. Mientras intentaba verlo, lo perdí de vista".

Wulfe asintió con la cabeza, deseando que alguien hubiera visto al hombre con claridad y presenciado el envenenamiento del escudero. No dudaba de que el ladrón hubiera planeado que el asunto fuera exactamente así.

"¿Veneno?" preguntó ella. "¿De verdad?"

"De verdad," verificó Duncan y ella hizo una mueca.

"Ningún alma merece un destino como ese", dijo Cristina en voz baja.

"Recuerda mis palabras", dijo Duncan con gravedad. "Se culpará a la dama Ysmaine, porque fue ella quien compró veneno en Ultramar".

Pero alguien le había robado veneno o había comprado más. La frustración se agitó en Wulfe de que ese ladrón fuera tan afortunado constantemente.

O tal vez simplemente tenía experiencia en su vicio y sabía cómo asegurarse de que sus acciones no fueran detectadas. Recordó la convicción de Cristina de que el hombre al que llamaba Helmut había matado al menos dos veces.

Debería ser llevado ante la justicia.

Duncan se inclinó entonces, enrolló la piedra en su tela y la volvió a colocar en la alforja. Se escuchó a los demás regresar al granero. "Yo digo que mantengamos el engaño", dijo él, su tono era práctico. "Porque puede resultar útil más adelante. Se lo diré a Fergus, y sin duda Laurent sabrá la verdad, pero pediré que no se le cuente a los demás".

Quizás el demonio revele su descubrimiento.

Ellos asintieron con la cabeza y regresaron al establo individualmente, asegurándose de mezclarse con el grupo sin ser notados. Todos estaban presentes cuando el grupo volvió a reunirse en el granero, y Wulfe se preguntó dónde podría estar realmente escondido el tesoro.

Sabía que no era el único del grupo que se preguntaba eso.

Seguramente Cristina no volvería a correr ese riesgo.

～

EL GRUPO ESTABA INQUIETO, incluso una vez que se instalaron para pasar la noche en el granero. La fechoría cometida contra Kerr podría haber sido un invitado no deseado en la mesa. Ysmaine estaba pálida y estaba sentada envuelta en su capa junto a su doncella. Evidentemente ella estaba alejada de su marido esa noche, la duda sobre el origen del veneno había hecho su trabajo.

Laurent estaba pálido, la mirada de ese escudero pasaba rápidamente de un caballero a otro, como si anticipara con temor alguna recriminación. Everard y Joscelin habían regresado a la taberna para jugar a los dados.

Hamish lloraba en silencio por su compañero escudero, o tal vez fuera de shock, y Fergus parecía sombrío. Duncan palmeó el hombro del muchacho que lloraba, pero claramente no estaba acostumbrado a darle consuelo. Stephen y Simón se sentaron juntos, cerca de Wulfe, y parecían muy jóvenes. Wulfe se apoyó en un pilar, cruzó los tobillos de las botas y sus rasgos se perdieron en las sombras. La linterna parpadeó y Cristina se preguntó si se sentarían en silencio hasta que se apagara la luz.

Ella no pudo soportarlo.

"Quizás necesitamos un cuento para distraernos de los eventos de la noche", dijo alegremente, no realmente sorprendida cuando muchos se volvieron hacia ella con alivio.

"¿Sabe de quién es el día hoy, mi señora?" preguntó Stephen, y ella le sonrió al muchacho por alentar su esfuerzo.

"En efecto. Hoy es el día de los Siete Durmientes de Éfeso". Se extendió las faldas con las manos, recordando los detalles de la historia. "Eran siete hombres de buenas familias que tenían la misma edad y eran buenos amigos también. Vivieron en los días en que Decio era el emperador y todos eran cristianos. Decio envió un mensaje a Éfeso de que se deberían construir templos para los dioses romanos y que todos debían adorarlos. Cualquiera que se negara a hacerlo sería ejecutado. Tan grande era el temor entre la gente de Éfeso que los amigos traicionaban a los amigos, los padres traicionaban a los hijos y los hijos traicionaban a los padres".

"¿Ellos no se traicionaron unos a otro?" exigió Stephen, su incredulidad era clara.

"No lo hicieron", dijo Cristina. "Sino que confesaron su fe y fueron castigados por el propio emperador. Debido a la riqueza de sus familias, les concedió un indulto y les pidió que reconsideraran su elección. En cambio, estos siete amigos entregaron toda su riqueza a los pobres y luego se retiraron a una cueva en las colinas para refugiarse del emperador. Allí ayunaron y oraron".

"Deben haber tenido hambre", supuso Stephen.

Cristina vio que Simón estaba escuchando con atención y que los ojos de Laurent estaban muy abiertos. Quizás Laurent reconocía la versión alternativa de la historia de los compañeros de la cueva. Cristina le sonrió a la muchacha para tranquilizarla y "Laurent" le devolvió la sonrisa tentativamente. "Sí tenían hambre, y uno de ellos, Malco, se vistió de mendigo para ir a la ciudad y tratar de conseguirles algo de comer. Mientras estaba allí, escuchó que Decio había decretado que los siete amigos deberían ser cazados y llevados a su ejecución. Regresó a la cueva para advertir a sus compañeros, y aunque consultaron, parecía que su martirio era inevitable. Oraron pidiendo fuerzas para afrontar las pruebas venideras. Por la gracia de Dios, cayeron en un sueño profundo y así fueron descubiertos por los hombres del emperador".

Los chicos se inclinaron hacia adelante.

"El emperador mismo vino a verlos, porque no pudieron ser despertados. De hecho, podrían haber sido lapidados. Entonces, la cueva fue tapiada, no fuera a ser un truco para permitirles escapar. Dos de sus compañeros cristianos, Theodorus y Ruffinus, se preguntaron si estarían presenciando un milagro. Escribieron la historia de los siete amigos y metieron el pergamino en una grieta entre las rocas que aseguraban la entrada a la cueva. Y así, los mártires fueron casi olvidados".

Cristina levantó un dedo. "Hasta que, unos trescientos años después, la herejía abundó en la ciudad y el emperador cristiano temió por las almas de sus ciudadanos. Dios sabía que se necesitaba un milagro y por eso instó a un pastor a construir un refugio en la ladera de la misma montaña donde los siete compañeros se habían refugiado en su cueva. Para construir el refugio, el pastor quitó las rocas que habían bloqueado la entrada a la cueva. Con un soplo de voluntad de Dios, los siete amigos se despertaron. Creían que habían dormido sólo una noche y tenían hambre. Malco se ofreció a ir de nuevo a la ciudad en busca de pan y también a averiguar cómo iba a proceder la búsqueda de ellos. Una vez más, se vistió de mendigo y, una vez más, salió de la cueva con temor a no volver".

"Pero la ciudad no era como la recordaba Malco. En lugar de los nuevos templos construidos por Decio, había iglesias por todas partes. La gente profesaba abiertamente su fe en Jesús y él no podía encontrarle sentido. Se preguntó si había ido a otra ciudad por error, porque esa se parecía tan poco a la que él conocía. Pensó que su ingenio estaba confundido por el hambre y trató de comprar pan, pero el panadero no quiso aceptar su dinero".

Laurent se sentó. "Se levantó un alboroto y se reunió una multitud, porque el dinero era antiguo y valioso", dijo el escudero. "El panadero pensó que ese hombre debía haberlo robado, mientras que otros pensaron que había encontrado un tesoro y que debía compartir su ubicación. Como pueden imaginar, él estaba muy confundido por todo eso".

Cristina sonrió. "La multitud exigió que el hombre que creían que era un extraño probara sus orígenes. El hombre dio su nombre y el de sus padres, pero nadie conocía a ninguno".

Los muchachos miraban entre Cristina y Laurent, quienes se sonreían la una a la otra mientras Laurent continuaba. "Él gritó de disgusto, porque todavía lo llamaban mentiroso y exigían que lo llevaran ante un magistrado del emperador. Cuando nombró al emperador que sabía que gobernaba el territorio que contenía la ciudad, la multitud retrocedió asombrada. Él no entendió su reacción y preguntó qué pasaba".

Cristina bajó la voz. "El panadero le dijo que el emperador había estado muerto durante siglos. Pero el emperador cristiano que ahora gobernaba la ciudad vino a ver a Malco. Él creyó ver la mano de Dios en esos eventos y suplicó que lo llevaran a la cueva. Allí abrazó a los siete hombres que habían dormido tanto tiempo, saludándolos como santos. El rollo escondido se encontró en la rendija y se leyó en voz alta, y la gente se regocijó, porque su verdadera fe fue restaurada por esta evidencia de la verdad de la resurrección. Los siete amigos se acostaron entonces a dormir, y esta vez no despertaron. Fueron enterrados en ataúdes dorados y la cueva fue adornada con oro y otras riquezas. Se convirtió en un santuario, un gran lugar santo que era testimonio del poder de Dios y la promesa de vida más allá de la muerte que nos ofrece a todos".

Se hizo el silencio cuando Cristina terminó su relato, pero no era tan melancólico como antes. La lluvia seguía golpeando el tejado y el granero todavía apestaba, pero algo había cambiado.

Sintió el peso de la mano de Wulfe aterrizar sobre su hombro. "Te agradezco por este recordatorio esta noche", dijo en voz baja. "Oremos todos por el alma inmortal de Kerr y esperemos que cada uno de nosotros tenga la oportunidad de despertar a una nueva promesa".

Nueva promesa.

Mientras oraba, Cristina empezó a pensar en su hogar, en antiguas promesas y legados. Por primera vez, se atrevió no solo a preguntarse, sino a esperar que realmente pudiera haber un nuevo comienzo para ella.

No fue ninguna sorpresa que deseara que fuera con Wulfe.

MIÉRCOLES 12 DE AGOSTO DE 1187

DÍA DE LOS MÁRTIRES SAN ANDEOLUS Y SAN TIBURCIO, Y DE LA VIRGEN SANTA WALDETRUDIS

Cristina se horrorizó al darse cuenta durante las semanas siguientes de que se había equivocado por completo acerca de la consideración del caballero Gastón por su esposa.

Eso fue suficiente para quebrantar su convicción de que debía prevalecer el bien mayor.

Ella había creído que Gastón e Ysmaine habían encontrado el amor en su matrimonio, a pesar de que su unión se había hecho recientemente. Pero había quedado claro la noche de la muerte de Kerr que Gastón pensaba que su esposa era la responsable de la muerte del escudero. Ella había esperado que su estado de ánimo pasara, pero solo se había vuelto más vehemente. De hecho, Cristina empezó a temer que Gastón dejara a su esposa a un lado.

Debido a sus sospechas infundadas.

Ella estaba indignada por esa falta de cortesía.

Ysmaine, aparentemente, se sentía conmovida por eso. Parecía incluso más enferma que antes y solo hablaba con su doncella. La criada lanzaba miradas furiosas en dirección a Gastón cuando creía que nadie la notaba, y Cristina no podía culparla.

Estaba claro que el hombre no sabía el riesgo que corría su esposa en su beneficio. Sí, era evidente que Ysmaine sabía algo de hierbas y, evidentemente, dado lo que había dicho Bartolomé, se había llevado un poco de acónito de Jerusalén y se había identificado el veneno que había matado a Kerr como esa misma hierba. Aun así, Cristina sabía que Ysmaine no podría haber matado al muchacho con tanta crueldad, y seguramente su esposo comprendía la naturaleza de su esposa tan bien como Cristina.

¿O estaban todos los hombres maldecidos a ser ciegos cuando se trataba de mujeres? Ella se sintió irritada de nuevo porque Wulfe nunca había respondido a su dulce confesión, aunque ella la había hecho sin intención. Cristina tenía claro que él deseaba que no hubiera ningún vínculo entre ellos.

Quizás él pensaba en ella como una puta más.

Que la dama Ysmaine hubiera tomado el tesoro bajo su propia custodia con un poco de riesgo sólo molestaba más a Cristina. Ella creía, dado el carácter de Ysmaine, que la dama trataba de proteger el tesoro que su esposo estaba encargado de defender. Pero él la rechazaba y, por lo que Cristina podía comprender, él nunca le había preguntado acerca de sus sospechas.

Por supuesto, habían pasado largos días en la silla de montar después de que enterraran a Kerr, como si Wulfe se apresurara a llegar al paso y deshacerse de ella a toda prisa. En verdad, Cristina sospechaba que él simplemente deseaba llegar a París para poder regresar a Ultramar. Ella estaba adolorida y cansada cada noche cuando se detenían, pero eso aseguraba que durmiera sin soñar. Cada día los acercaba al paso de San Bernardo, que estaba a pocos días de su casa.

A medida que esa morada se acercaba, Cristina se encontró pensando en sus hermanas y en su madre y esperando que todo estuviera bien. Ella recordaba los días en el jardín de hierbas y el huerto, ayudando con el trabajo que se realizaba allí o simplemente jugando con sus hermanas. Casi podía ver los pilares tallados de la iglesia en el pueblo y escuchar de nuevo la voz resonante del sacerdote mientras los bendecía a todos. ¿Estaba todavía allí? ¿Qué hay del cocinero y la tabernera, el senescal y el armero? Cristina podía ver cada rincón de la casa de su padre en su memoria, aunque dudaba que fuera exactamente como había sido nueve años antes.

Ella no se había atrevido a pensar en eso mientras estaba en la casa de Costanzia, porque temía no volver a verlo nunca más. No tenía sentido atormentarse a sí misma con el recuerdo. Cada día, sin embargo, la acercaba más.

¿Qué le diría a su familia de esos años? Lo menos posible, sin duda, porque su madre se sorprendería por lo que Cristina se había visto obligada a hacer para sobrevivir. De hecho, su madre desearía verla casarse nuevamente, una perspectiva que no llenaba a Cristina de emoción. Ella estaría feliz de ser viuda, tener un techo sobre su cabeza y una comida diaria en su vientre.

¿Le sugerirían que se retirara a un convento?

Dependería del sexo de los hijos de sus hermanas, sin duda. Cristina volvió a considerar la posibilidad de que ella no fuera la única estéril. Después de todo, era la mayor. Aunque la boda de Miriam había impulsado a Gunther a embarcarse en una cruzada, su hermana menor, Anna, podría no estar casada todavía.

¿Y si ni Miriam ni Anna tuvieran un hijo?

ERA TARDE cuando el grupo llegó a la posada en la cima del paso de San Bernardo y el aire estaba fresco. Las estrellas ya estaban emergiendo y la luz de la posada era muy bienvenida. Wulfe era muy consciente del silencio entre él y Cristina, pero aunque anhelaba volver a hablar con ella, no se atrevía a hacerlo.

Estaba enfermo ante la perspectiva de que ella se marchara del grupo al día siguiente. Él ya había resuelto entregarle el caballo que ella había estado montando, ya que eso aseguraría que llegara a casa más rápido. Eso solo podría aumentar su seguridad.

Habría preferido acompañarla él mismo a la casa de su familia, para ver mejor su llegada, pero el tesoro y la misiva tenían que ser entregados primero a París.

¿Le concedería ella un beso de despedida?

¿Tendría él alguna prenda para recordarla? No tenía derecho a pedir una, pero deseaba un mechón de su cabello.

Wulfe no tenía ninguna duda de que si se lo pedía, ella le concedería uno, pero no deseaba darle expectativas que él no pudiera cumplir.

De modo que estaba mirando de forma encubierta a Cristina cuando el grupo desmontó. Él había desmontado y sostenía a Teufel mientras los muchachos se deslizaban cansados de sus monturas. Primero coge el caballo de Cristina —le ordenó a Stephen, sabiendo que ella debía estar cansada. Ella le sonrió al muchacho cuando él alcanzó las riendas del caballo y luego lanzó una mirada a Wulfe que hizo que su corazón se encogiera.

Demasiado pronto, ella desvió la mirada.

Mientras tanto, Ysmaine caminó hacia la puerta, su cansancio era claro.

"Yo me ocuparé de su caballo, mi señora", dijo Bartolomé y la dama se volvió para agradecerle, tan amable como siempre. Wulfe vio que su capa se ensanchaba, pero no pensó en ello, hasta que vio la sorpresa de Bartolomé. Detrás del escudero, las facciones de Gastón se convirtieron en piedra.

Ysmaine se giró y se cerró la capa con una mano, aparentemente alarmada mientras se apresuraba de nuevo hacia la puerta. Gastón caminó detrás de ella y la agarró del codo, su expresión era más amenazadora de lo que Wulfe había visto nunca.

Parecía que la serenidad de Gastón podía verse perturbada.

¿Qué estaba mal?

"Mi señora", dijo Gastón con gravedad. "Quiero unas palabras, por favor."

Wulfe observó a la dama cuadrar los hombros y luego miró a Gastón como si no le preocupara. Él sabía que era lo contrario. "¿Sí señor?" Su mano cayó a su vientre y descansó allí, como si ella estuviera embarazada.

Esperando un bebé.

Wulfe parpadeó. ¿Tan pronto?

"Estás embarazada", la acusó Gastón, y Wulfe comprendió que su conclusión era la misma. No podía ser hijo de Gastón, si Ysmaine ya estaba tan avanzada.

El estado de ánimo del otro caballero de repente tuvo perfecto sentido.

"Así es, señor", respondió Ysmaine, con la barbilla en alto, "tenía entendido que deseabas un hijo".

Los ojos del otro caballero destellaban fuego. Aunque Wulfe se alegró de ver que algún asunto podía enfurecer a Gastón, no le habría deseado esas noticias a ningún hombre. Ser burlado y engañado era lo más repugnante. Descubrirlo ante un grupo de sus compañeros era aún peor.

Aunque él no estaba seguro de los planes de Ysmaine, este era un impacto no deseado.

¿Había tenido razón el anciano en que todas las mujeres eran indignas de confianza?

Gastón estaba claramente consternado. "Parece de gran tamaño para haber sido concebido en Venecia hace menos de un mes".

"Quizás me equivoqué y fue concebido en Samaria", dijo la dama, audaz en su mentira.

"Aun así, estar tan grande en tan solo un mes". El tono de Gastón vaciló, como si no estuviera seguro.

Ysmaine no se inmutó. Quizá sea alto, como su padre.

Cristina, que había seguido a la pareja, hizo un sonido despectivo. Gastón la miró, pero ella se encogió de hombros. "Ese bebé fue concebido hace tres meses, al menos". Gastón miró a Ysmaine que se sonrojó. "Debiste haberlo vendado para disfrazarlo hasta ahora".

—Sí —asintió Ysmaine apresuradamente. "Pero no pude soportarlo más y temía por el bebé".

¡Eso era censurable! ¡Ella había arriesgado el bienestar del niño para engañar mejor a su nuevo esposo! Wulfe estaba consternado.

"Como por supuesto deberías", murmuró él, incapaz de ocultar su disgusto.

"¿Tres meses?" Preguntó Gastón a su esposa. "¡Tres meses!"

"No puede ser tanto tiempo", protestó Ysmaine. "No exactamente."

"Debo decir que ni de cerca. Llevamos casados solo un mes". Gastón miró a su esposa con el ceño fruncido y luego guardó silencio con furia.

Wulfe no podía creer que su compañero caballero hubiera cometido tal desatino. "¿Nunca la viste desnuda?" preguntó él en voz baja, incapaz de evitar mirar a Ysmaine.

Ella apretó los labios, pero no se arrepintió.

"Ella se mantuvo cubierta, siempre", confesó Gastón, luego agregó con desprecio. "Yo pensé que era modesta".

"Quizás manipuladora, sea una mejor elección de palabra", se sintió obligado a decir Wulfe. Para su sorpresa, sus palabras provocaron la ira de Cristina.

Sí, ella habló con él por primera vez desde la muerte de Kerr, pero el intercambio no fue uno que él hubiera esperado tener.

"¿Y qué otra oportunidad de asegurar su propia salvación habría tenido?" le preguntó ella. "Te comportas como si las mujeres tuvieran todas las opciones que los hombres tienen en este mundo, y te aseguro que ese no es el caso".

"¡Ella podría habérselo dicho!" Insistió Wulfe.

¿Y perder la ayuda de la única persona que se había ofrecido a ayudarla? Sí, es una buena manera de morir de hambre". Los labios de Cristina se tensaron. "O de terminar en mi oficio".

Wulfe fue reprendido, porque sabía que Cristina veía mucho paralelismo entre su propia experiencia y la de Ysmaine, salvo que Ysmaine había encontrado un campeón a tiempo. O eso había pensado él hasta el día de hoy.

Quizás sus situaciones tenían más en común de lo que había creído.

"¿Te vendiste como una puta?" Everard le preguntó a Ysmaine, con el labio curvado.

Gastón miró a su esposa con el ceño fruncido, su ira era tan evidente que Wulfe se sorprendió un poco. Parecía que cuando Gastón dejaba de ser impasible, sus emociones se percibían con mayor facilidad que las de cualquier otro hombre. Era extraño. Wulfe habría esperado que la compostura del otro caballero se deslizara gradualmente, no que lo abandonara por completo en un instante.

Quizás le preocupaba especialmente que le pusieran los cuernos.

"Yo recé", afirmó Ysmaine al conde. "Pero se dice que Dios ayuda a los que se ayudan a sí mismos".

Everard negó con la cabeza y continuó hacia la posada. "Estoy realmente contento de no haber visto nunca motivos para casarme. Es cierto que las mujeres son la fuente de toda traición".

"Dijiste que ninguno de tus maridos había consumado el matrimonio", dijo Gastón, sus palabras retumbando de ira.

"Ellos no." Ysmaine bajó la mirada y luego tragó. "Lo siento, mi señor", dijo. "Teníamos que comer".

"Hay limosnas para los pobres", espetó Gastón.

"No tantas como cabría esperar. Las hermanas nos dieron cobijo, pero poco más".

Gastón alzó la voz con ira, claramente decidido a avergonzar a su esposa ante todo el que estuviera al alcance del oído. En verdad, toda la compañía podría haber estado clavada en el lugar, porque miraban y escuchaban, aparentemente incapaces de hacer nada más. Confiesa la verdad ahora, con toda esta compañía como testigos. ¿Me mentiste, Ysmaine de Valeroy?

Ysmaine asintió. —No sabía qué más podía hacer, señor. Te lo suplico... "

"¡No escucharé ninguna de tus súplicas!" gritó Gastón, luego movió un dedo delante de ella. "Te exigí una sola cosa".

"Honestidad", coincidió Ysmaine, su voz era mucho más baja, luego levantó la barbilla. Su falta de culpa era asombrosa, de verdad, y hacía difícil sentir compasión por ella. "Pero puedo explicar, señor, si me concede la oportunidad..."

"¡Solo una petición que te hice y esa única cosa no pudiste

cumplir!" Rugió Gastón. "Solo hay una explicación que quisiera de ti en este momento, y solo requiere una palabra en respuesta a mi pregunta". Volvió la mirada hacia su esposa, pero ella no se inmutó. ¿Pensaba ella que su elección tenía mérito? Wulfe se sorprendió.

"No seas tan tonta como para mentir esta vez", gruñó Gastón.

"No lo haría, señor."

Gastón señaló con un dedo tembloroso a su vientre y murmuró las palabras. "¿Llevas a mi hijo?"

Ysmaine se mordió el labio. Sus lágrimas brotaron, pero Wulfe no confiaba en que fueran genuinas. Ella apeló a Gastón. "Me temo que no, señor."

El otro caballero no se demoró en escuchar más. Marchó hacia los establos, como un hombre cuyo mundo ha sido sacudido.

"¡Gastón!" le gritó Ysmaine, pero en todo caso, él caminó más rápido. "¡Gastón, puedo explicarlo!" Ella huyó tras su esposo y lo agarró del brazo. "Si me permitiera un momento de privacidad..."

"Señora." Gastón habló con tanta frialdad que Wulfe encontró sus modales demasiado duros. Luego apartó la mano de su dama, como si no pudiera soportar su toque. "No hay una sola palabra que puedas pronunciarme que me gustara escuchar".

Ysmaine se quedó donde él la dejó, llorando amargamente. Su doncella fue a consolarla y los demás continuaron caminando, sintiéndose incómodos por lo que habían presenciado. Wulfe descubrió que su atención se volvía hacia Cristina, cuyos dedos se había llevado a los labios en aparente sorpresa.

Luego miró a Gastón.

¿Por qué de repente ella se puso del lado de Ysmaine? ¿De qué se había dado cuenta?

Él sentía que se había perdido un detalle clave.

Y que Cristina lo sabía.

Una vez más, anhelaba hablar con ella.

Pero Cristina giró y entró en la posada con la mirada fija en el suelo.

No había ninguna duda al respecto. Wulfe tenía que hablar con ella antes de separarse por la mañana.

Si nada más, no permitiría que las últimas palabras entre ellos fueran tan duras.

CRISTINA HABÍA TENIDO que dejar el grupo una vez que se dio cuenta de la ubicación del tesoro.

Era más que inteligente de la dama Ysmaine haber disfrazado el relicario como su propio vientre de embarazada. Nadie investigaría esa parte de su persona y ella siempre estaría segura de su ubicación. No podría estar en un lugar más seguro.

Ella suspiró con desaprobación por la reacción de Gastón. ¿No podría darle algo de crédito a su esposa? ¿No podía él preguntarle qué había sucedido en lugar de rechazarla frente a todo el grupo? Él había ido más allá de la falta de caballerosidad. Fue grosero.

Y lo que es peor, la dama solo tenía a su doncella para ayudarla a defender el tesoro ahora. Al menos antes, su marido se había ido a la cama algunas noches. Ahora, Cristina imaginaba que Ysmaine apenas se atrevería a dormir.

Eso no la dejaría lo suficientemente descansada como para estar alerta y defender el tesoro.

¡Maldito hombre por negarse siquiera a escuchar su explicación! Ysmaine podría haberle explicado la verdad en privado y contado con su protección, pero parecía que el orgullo de Gastón había sido dolorosamente pinchado. Él no le había parecido tan intemperante en sus reacciones, pero eso solo probaba que la verdadera naturaleza de un hombre no se podía anticipar fácilmente.

Solo había llegado a esa conclusión cuando Wulfe se sentó a su lado. Ella le dedicó una mirada fría, sin gustarle cómo él se había puesto del lado de Gastón.

"Puedes tomar el caballo mañana", dijo él, poniendo una copa de vino delante de ella en la mesa. "No quiero que camines".

Cristina le lanzó una mirada. "Te doy las gracias por ello."

Él le sonrió torcidamente. No es necesario que suenes tan sorprendida. ¿He sido tan desagradable para eso?

"Fuiste cruel con Ysmaine hoy".

Él frunció el ceño. "Me sorprendió. No la consideré engañosa".

"¿O impúdica?"

Su mirada se encontró con la de ella. "Entiendo que se deben tomar decisiones", dijo él en voz baja. "No te culpo por tu elección, ni la culpo a ella por la suya. Hay que hacer lo necesario para sobrevivir". Él bebió un sorbo de vino. Sin embargo, creo que es una mala decisión engañar a Gastón. Él no olvidará eso pronto, y están casados hasta que la muerte los separe".

Cristina estaba intrigada. "¿Crees entonces que ella simplemente debería habérselo dicho?"

Wulfe asintió.

"Él podría haberla golpeado".

"No, no Gastón".

"¡Pero estaba lívido hoy!"

"Estaba avergonzado ante todos. No estaría solo en ser un hombre que responde con mayor furia en tal circunstancia".

"Él se aseguró de que ella también estuviera avergonzada", no pudo evitar notar Cristina.

Wulfe volvió a sonreír. "Sí, está eso".

Entonces ella tuvo una idea. "¿podrías hablar con él?"

Él miró hacia arriba con evidente sorpresa.

"Anímalo a que se reconcilie con ella", instó Cristina.

Wulfe negó con la cabeza. "Tenemos mucha evidencia de que Gastón no hace caso de mi consejo. Me temo que no hará ninguna diferencia, salvo para fastidiarlo más".

"Creo que ella tiene una buena razón para su elección y que necesita su protección".

El templario frunció el ceño y bebió un sorbo de vino. ¿Debería él perdonarla porque ella lo necesita? Sería mejor si el asunto estuviera más equilibrado".

Cristina bajó la voz a un susurro. "¿Quién dice que no lo está?"

Sus miradas se encontraron y ella vio el destello de comprensión en los ojos de Wulfe. Él se enderezó y se volvió para inspeccionar la habitación, bebiendo un sorbo de vino, pero ella podía sentir la emoción palpitando a través de él.

Él habló más fuerte cuando continuó. Como dije, el caballo es tuyo para que lo montes mañana. ¿Qué tan lejos está la propiedad de tu familia? "

"Te agradezco la oferta, pero después de todo viajaré contigo hasta París".

"¿De verdad?"

"En efecto. Aprovecho para visitar a mis primos antes de regresar a casa", mintió Cristina.

Wulfe no se dejó engañar y ella lo sabía. "¿Qué es?" preguntó él en voz baja y ella supo que se refería al tesoro.

Pero él había dicho que era probable que lo probaran en su cumplimiento de la orden de no investigarlo, y ella no pondría en peligro su lugar en la orden más de lo que ya lo había hecho.

Después de todo, seguir siendo templario era su único deseo.

Cristina fingió no haberlo escuchado. "De hecho, siempre viajan a la propiedad de mi padre para la cosecha, así que podré viajar allí con ellos". Ella le sonrió a Wulfe. "Aún mejor, no necesitas entregar un caballo con esta galantería".

"Yo pagaría el precio de buena gana".

"Yo no te lo pediría".

"Yo te lo concedería".

"Viajaré a París". Cristina vio como Wulfe asentía pensativo. Estaba claro que podría haber continuado su conversación, pero Gastón entró en la sala común y miró en dirección a Wulfe.

Convocándolo.

Wulfe se levantó e hizo una reverencia a Cristina, luego siguió al otro caballero. Le dio una palmada en el hombro a Gastón, como si lo consolara, y ambos salieron juntos de la sala común.

Cristina se estremeció, sintiendo de repente un escalofrío, y ella misma se levantó de la mesa. Ella hablaría con Ysmaine y si su simpatía era bienvenida, tal vez defendería tanto a la dama como al tesoro en la noche.

~

—MI SEÑORA esposa esconde el tesoro —le confió Gastón a Wulfe, su voz era un murmullo mínimo cuando dejaron atrás el salón.

A Wulfe no le sorprendió eso, dada su conversación con Cristina, pero le sorprendió que Gastón supiera la verdad.

Gastón prosiguió. "Tomé su virginidad hace un mes, y su vientre era plano. Ella esconde el tesoro allí para garantizar su seguridad".

"Inteligente", dijo Wulfe, sin querer decir más.

—Peligroso —corrigió Gastón, tan sombrío como nunca lo había visto Wulfe. "Mi descubrimiento ante el grupo significó que tuve que rechazarla. El ladrón debe vernos divididos, porque debo parecer que creo en su engaño para defender su seguridad".

"Sin embargo, no puedes protegerla".

Gastón estaba claramente consternado por eso. Se pasó una mano por el pelo con rara agitación. "No me gusta el riesgo que corre. Sin embargo, no puedo revelar que la artimaña sea lo que es. ¡Me temo que ni siquiera tendré la oportunidad de defenderla! "

"Puede que hayas aprovechado la oportunidad para dejarla explicar".

"Debería haberlo hecho", gruñó Gastón. "Pero me equivoqué en el momento de mi sorpresa y ahora mi rumbo está establecido".

Wulfe puso una mano sobre el hombro del otro caballero para tranquilizarlo. "Fergus y yo somos dos para defenderla, y hacemos cuatro con Bartolomé y Duncan. Defenderemos a tu esposa".

Gastón respiró hondo y escudriñó el cielo. "No me gusta."

Wulfe no pudo evitar sonreír. "Parece el don de las mujeres que reclaman nuestro corazón saber mejor cómo molestarnos", dijo él, ganándose una mirada de reojo de Gastón.

"¿Realmente no tienes prospectos más allá de la orden?"

Wulfe negó con la cabeza, preguntándose por esta pregunta. "Ninguno."

Gastón frunció el ceño. "Tal vez podrías mandar sobre los caballeros juramentados de un barón que conoces bien". Él sostuvo la mirada de Wulfe. "Vuelvo para reclamar una propiedad y haría que me juraran hombres en los que pueda confiar plenamente".

Wulfe contuvo el aliento. "Realmente no puedes decir eso".

Gastón asintió. "El trabajo es tuyo, si lo deseas".

"Te lo agradezco." Wulfe quedó asombrado por la generosidad de esa oferta. Él sí confiaba en Gastón, y si hubiera estado convencido del afecto de Cristina, el puesto ofrecido podría ser la solución perfecta. Pero sospechaba que su regreso a casa solo reavivaría su ardor por su esposo perdido. Podría dejar la orden y perder la oportunidad de luchar por Jerusalén, solo para encontrarse solo en la baronía de Gastón.

"Te he sorprendido, y lo veo mucho," dijo el otro caballero en voz baja. Piensa en ello hasta que lleguemos a París.

Wulfe asintió y expresó su gratitud por la oportunidad. Se sorprendió al darse cuenta de que la perspectiva de morir en defensa de Jerusalén había perdido algo de su brillo, pero aun así había jurado la orden y aun así vería cumplida esa misión.

La dama Ysmaine y el tesoro que llevaba debían ser defendidos lo mejor que pudiera Wulfe, sin que ninguna otra alma se diera cuenta de que él conocía la verdad de su carga.

Seguramente eso era suficiente desafío para ocuparlo.

LUNES 24 DE AGOSTO DE 1187

DÍA DE SAN OUEN Y SAN BARTOLOMÉ

CAPÍTULO 15

legaron a París en la última semana de agosto, en el día
tanto del apóstol San Bartolomé como de San Ouen, obispo
de Rouen. Hacía mal tiempo otra vez, pero las calles estaban
atestadas de gente que celebraba la fiesta.

Cristina dejó deliberadamente que su caballo llegara al final del
grupo. Lo logró fácilmente, dado su lento progreso. Wulfe también
miró hacia atrás con menos frecuencia una vez que estuvieron
rodeados de peatones, porque se esforzaba por mantener unido al
grupo, asegurándose de que avanzaran de manera constante. La
tarea era lo suficientemente desafiante como para que no la obser-
vara con tanta atención.

Ysmaine también retrocedió en el grupo, su sirvienta a su lado.
Cristina no sabía si había sido por accidente o intencionalmente,
pero vio que tanto Duncan como Fergus acercaron más sus caballos
para proteger sus costados.

No cabía duda de que sabían la verdad sobre la carga de
Ysmaine.

Cristina estaba segura de que Helmut también sabía la verdad. Si
no se había dado cuenta antes, Ysmaine se había asegurado de infor-
marle varias noches antes.

Habían hecho una pausa en Provins y habían compartido una comida juntos, la última vez antes de que Joscelin los dejara para ir a su propia casa. El pequeño comerciante estaba decidido a festejar en su honor, como agradecimiento a los caballeros por asegurar su regreso seguro. Cristina no dudaba de que él también tuviera la intención de ganarse el favor de Ysmaine como cliente, ya que se había apresurado a ir a su almacén para traerle varios regalos.

Ysmaine, sin embargo, había manifestado agotamiento y se retiró temprano, poco después del regreso de ese hombre. Cristina había observado a Helmut cuando Ysmaine se detuvo antes de subir las escaleras hacia la habitación sobre la sala común. La doncella de Ysmaine se había adelantado a su ama para prepararle la cama, e Ysmaine se había detenido, como sin aliento. Cristina se preguntó si había tenido la intención de llamar la atención de todos. Ysmaine había colocado una mano en su espalda baja, aparentemente ajena a la mirada de Helmut sobre ella.

Luego se había golpeado el supuesto vientre con el puño, aparentemente por accidente. El sonido metálico había hecho que Helmut se enderezara por un latido antes de ocultar su respuesta en el acto de beber su cerveza.

Sin embargo, no había disimulo en el destello de avaricia en sus ojos.

Cristina estaba consternada. La dama se había convertido en una presa y estaba resuelta a que Ysmaine no debía pagar el precio de la codicia de Helmut.

Supuestamente había abandonado el grupo cuando partieron hacia París, declarando que tomaría otro camino mejor para llegar a casa de su padre a tiempo. Cristina no le creyó. No, no dejaría a Ysmaine fuera de su vista. Él quería seguirlos.

E Ysmaine confiaba en eso.

Mientras cabalgaban, Cristina se dio cuenta de que la elección de Ysmaine solo podía significar que ella ya no cargaba el relicario. Ysmaine había llamado la atención del ladrón para asegurarse de que el tesoro fuera entregado de forma segura al Templo, lo que significaba que ella no podía poseerlo. Ysmaine debía haber hecho otro intercambio. Cristina no dudaba que Helmut la mataría, tanto si le entregaba la ubicación del relicario como si no.

¿Dónde estaba el tesoro?

La mirada de Cristina se posó en la doncella y el bulto que agarraba. Se suponía que era el atuendo viejo y descartado de Ysmaine, que la criada conservaba para sí misma, pero antes había sido un medio para trasladar el relicario. Cristina estaba convencida de que a Radegunde se le había confiado el tesoro y sospechaba que Ysmaine alejaría a Helmut del grupo para garantizar su entrega segura.

No podía permitir que Ysmaine resultara herida.

Ella misma usaría el engaño de Helmut.

Cristina confiaba en que Wulfe tomara el camino hacia el templo que Gastón le había aconsejado. Una vez que atravesaron las puertas de la ciudad, el grupo fue asaltado por todos lados por mendigos y comerciantes. Los caballos perdieron el paso por un momento, hasta que Wulfe gritó y obligó al grupo a formar un conjunto apretado. Extendió la mano hacia atrás y agarró las riendas del caballo que estaba más cerca de él y los demás hicieron lo mismo, asegurándose de que nadie pudiera quedarse atrás. Tan pronto como Duncan tomó las riendas de su caballo, Cristina se bajó de la silla, esperando que nadie notara su partida.

Si Duncan la vio, no dio señales de ello.

Ella se agachó entre la multitud y se dirigió a la sombra contra una pared, con la mirada fija en la figura de Wulfe. Ella podría haber imaginado que él había sentido lo que ella había hecho, porque miró hacia atrás con el ceño fruncido. Su corazón dio un vuelco porque él podría detener el grupo y frustrar su plan, por lo que se escondió detrás de varios toneles grandes. Para su satisfacción y decepción, Wulfe volvió a centrar su atención en el camino.

¿Realmente podría él olvidarla tan fácilmente?

¿O había discernido el mismo plan?

Sólo cuando Cristina se puso de pie se dio cuenta de que no sería tan sencillo seguir el grupo. Los caballos abrían un camino entre la multitud, pero uno que rápidamente desaparecía de nuevo. Cristina pensó en un río que fluía alrededor de una roca, pero que continuaba más allá de ella sin señales de interrupción. Ella caminó lentamente por las concurridas calles y se alegró no solo del tamaño de Teufel sino de la armadura de Wulfe. El brillante destello de la luz del sol sobre el acero era como una estrella guía.

¿Cuándo dejaría el grupo la dama Ysmaine? Tenía que tener un plan para sacar a Helmut, o nunca habría cambiado la reliquia por el paquete. ¿Y dónde estaba Helmut? Cristina no se imaginó ni por un momento que él realmente hubiera abandonado el tesoro, y miraba hacia atrás repetidas veces, con la esperanza de verlo.

El puente hacia la isla estaba tan congestionado que los caballos tenían que viajar en fila india. Sin duda, en un día festivo como ése se montaban pocos caballos, porque estaba lleno de malabaristas, comerciantes y bufones. La gran plaza frente a Notre Dame estaba aún más llena de celebrantes que las calles y Cristina estaba desesperada por ponerse al día con el grupo. Ella podía verlos a lo lejos.

Se habían detenido.

Y Gastón se había vuelto.

¡Ese tenía que ser el momento! Cristina se abrió paso entre la multitud, necesitando estar lo suficientemente cerca para ver lo que sucedía. Saltó a la parte superior de la mesa de un comerciante, ganándose una maldición por alterar sus mercancías, y vio a Ysmaine desaparecer de la silla de su caballo. Gastón rugió, su bramido se escuchó incluso a la distancia.

Cristina mantuvo la mirada fija en el cabello rubio de la dama. El hecho de que su sirvienta permaneciera decidida en el grupo significaba que Cristina tenía razón sobre la custodia del relicario por parte de la sirvienta.

Pero Helmut no lo sabría. No, un hombre de su calaña supondría que la dama tenía la intención de robar el tesoro para ella, porque eso era lo que él habría hecho.

Cristina dio un vistazo a Ysmaine y luego otro. Eso fue suficiente para que ella adivinara que la dama se dirigía a la catedral. ¿Dónde más buscaría refugio una ex peregrina? Cristina sospechaba, sin embargo, que Ysmaine no encontraría un refugio seguro allí. Ella corrió alrededor del perímetro de la plaza, sabiendo que sería más rápido tomar el camino más largo.

Cristina llegó al porche solo para descubrir que no había señales de la dama. Observó a la multitud, aterrorizada de haberse equivocado y de que Ysmaine estuviera en peligro, solo para notar a un hombre familiar que se dirigía a grandes zancadas hacia la iglesia.

Helmut.

Afortunadamente, la catedral estaba adornada con varias puertas y él se dirigía a la más lejana. Cristina se subió la capucha y se metió dentro, parpadeando rápidamente cuando la oscuridad la envolvió.

Más adelante y a la izquierda, Ysmaine encendió una vela en un altar e inclinó la cabeza en oración. A Cristina se le hizo un nudo en la garganta cuando Helmut se colocó detrás de ella. La dama se puso rígida y Cristina deseó saber si fue la sorpresa o la punta de una daga lo que había provocado su reacción.

Helmut instó a Ysmaine a que se apartara de sus oraciones con tanta facilidad que supuso que era lo último. Cristina apenas tuvo tiempo de retroceder hacia las sombras y dejar que la capucha cayera sobre su rostro antes de que la pareja pasara. Estaban tan cerca cuando salieron de la iglesia que ella podría haber tocado a cualquiera de ellos. En cambio, murmuró para sí misma y se estremeció, como si fuera uno de los desafortunados que a menudo buscaban ayuda a través de la oración.

Helmut le dedicó una mínima mirada de repulsión y empujó a Ysmaine hacia la luz del sol. Cristina supuso que tenía la intención de llevar a la dama a un lugar privado, despojarla del relicario y luego quitarle la vida. No le iba a agradar verse engañado e Ysmaine podría pagar muy caro su elección.

Cristina también supuso que Gastón no abandonaría a su esposa con tanta facilidad. Sacó la pequeña bolsa de su cinturón y sonrió, sabiendo que el cinturón de Costanzia finalmente tendría un propósito apropiado.

Ella persiguió a Helmut, soltando uno de los relucientes eslabones del cinturón enjoyado a intervalos regulares en el camino que tomaba.

Cristina solo esperaba tener suficiente para marcar todo el camino.

~

¿QUÉ LOCURA ERA ESA?

Wulfe no encontró ningún consuelo en el hecho de que sus dudas sobre la inclusión de mujeres en la misión estuvieran finalmente justificadas. Ysmaine había abandonado su caballo en la Île de la Cité, justo cuando Cristina lo había abandonado en el interior de la Porte Saint Victor, y una vez más una oleada de confusión recorrió al grupo. Wulfe solo quería proceder con calma y como estaba planeado al Temple, pero parecía que las mujeres lo harían abandonar su plan.

¿Por qué Ysmaine se había ido con el relicario? Wulfe podría haber cabalgado tras ella él mismo, al menos hasta que captó la mirada de la doncella Radegunde. Agarraba el paquete de ropa que llevaba desde Venecia, pero a Wulfe le pareció que lo sujetaba con más fuerza que antes.

Ysmaine le había confiado el tesoro.

Debían seguir adelante, como si todo fuera según lo planeado. Gastón podía haber seguido a su esposa, pero para alivio de Wulfe, ese hombre se recuperó. A su tersa orden, los demás avanzaron con más convicción. Wulfe le dio a Fergus una mirada y ese hombre comenzó a hacer avanzar al grupo desde atrás.

Estaban tan cerca del Temple. ¡Nada podría salir mal ahora!

Cruzaron el puente hacia la orilla norte y la multitud se dispersó por delante. El camino estaba lo suficientemente abierto por lo que

Wulfe respiró aliviado. Podría haber impulsado a Teufel a una mayor velocidad, pero Gastón apareció de repente a su lado.

Ese hombre estaba más agitado de lo que Wulfe lo había visto nunca, pero no tuvo oportunidad de preguntar qué le pasaba. Gastón puso en sus manos las riendas del caballo que la doncella de su esposa montaba.

"¡Cabalga!" Ordenó Gastón. ¡Cabalga hacia el templo y no dejes que nadie se interponga en tu camino! Asegúrate de que ella esté contigo hasta el final".

Gastón sabía que la muchacha tenía el tesoro y, peor aún, su grito se había asegurado de que todos los demás también lo supieran. Ahora no podía haber sutilezas.

Wulfe le habría dado a Teufel con sus espuelas, pero Gastón golpeó primero con fuerza el flanco del caballo. El caballo relinchó y luego echó a galopar por su propia voluntad. El caballo que llevaba a Radegunde galopaba rápido a su lado. Wulfe sostenía las riendas de esa bestia y le murmuró a Teufel, esperando que la muchacha no cayera. La gente echaba un vistazo y retrocedía con miedo.

A lo lejos, detrás de él, Wulfe escuchó a Fergus gritar y el sonido de cascos en las piedras. Por su parte, se dirigió a las puertas del Templo a toda velocidad. La torre familiar se alzaba por encima de los muros delante de ellos.

"¡Señor! ¿Está lejos?" preguntó la doncella.

"Agárrate fuerte", ordenó Wulfe. "Ahí delante está la puerta".

"Sí señor. No lo dejaré caer".

Había una determinación en su tono que tranquilizó a Wulfe. Los caballos tronaban por el camino y Wulfe rugía cuando alguien se atrevía a salir a la calle delante de ellos. Los comerciantes y los hombres retrocedían, una mujer derramó su balde de agua y los maldijo con un puño en alto. Los pollos soltados de un jardín chillaban mientras huían de regreso a su refugio.

"¡Abran las puertas!" gritó Wulfe cuando se acercaron lo suficiente para que pudieran escucharlo. El portero se reveló y salió para mirar calle abajo. "¡Viajamos en una cuestión de urgencia para el Temple!"

El portero echó un vistazo al tabardo de Wulfe, saludó y volvió a desaparecer. Wulfe escuchó el crujido del rastrillo y se maravilló de que hubiera estado cerrado durante el día. Redujo la velocidad de Teufel para dar la vuelta, mirando a ambos lados de la calle en busca de alguna señal de persecución.

No había ninguna que pudiera discernir, pero aun así no se detuvo.

—Agáchate —le aconsejó a la doncella, aunque realmente él era el único en peligro cuando cabalgaron bajo el rastrillo parcialmente levantado. Él exhaló temblorosamente cuando los caballos se detuvieron al otro lado del patio. Teufel resoplaba y pateaba después de su carrera. Los otros galoparon hacia el patio detrás de ellos. Wulfe desmontó y le ofreció la mano a la criada, que abrazaba el paquete con fuerza.

"Supongo que hay una causa para esta interrupción", dijo un hombre con frialdad, y Wulfe se giró para encontrar al Gran Maestre mirándolo.

Él ayudó a la doncella a ponerse de pie y se arrodilló en una reverencia. "Señor, hemos salido del templo de Jerusalén, con un mensaje para usted".

El Gran Maestre arqueó una ceja. Y traes a una mujer al templo. ¿Cuál es tu nombre, hermano? Parece que la carga de la regla sobre ti es ligera". El resto de la compañía entró en el patio y el Gran Maestre los examinó. Frunció los labios y volvió a mirar a Wulfe. "Supongo que hay una explicación para esto".

"Por supuesto señor. Soy el hermano Wulfe, más recientemente del Priorato de Gaza, señor. Cabalgué hasta Jerusalén para recibir noticias de mi maestro, pero el hermano Terricus me envió a esta misión..."

"¿Terricus? Excelente. He estado esperando sus noticias". El Gran Maestre extendió la mano.

"No llevo la misiva, señor".

"¿La has perdido?"

"Se le confió a otro caballero de nuestro grupo, un caballero que dejó la orden para reclamar la propiedad de su familia".

El Gran Maestre examinó al grupo con obvia expectativa.

"No llega con nosotros, señor", admitió Wulfe.

El hombre mayor frunció el ceño. "Tienes una forma muy curiosa de entregar una misiva, hermano Wulfe".

"Él persigue a su esposa, señor, porque teme por su seguridad".

Las cejas plateadas del Gran Maestre se elevaron aún más. "Entonces, ¿debemos esperar que lleguen más mujeres dentro de los muros del Templo?"

"Eso creo, señor."

"Al menos su puta ya no está con nosotros", murmuró Bartolomé, y el Gran Maestre aspiró hondo.

Dirigió una mirada penetrante hacia Wulfe. "¿Tienes una puta, hermano Wulfe?"

"No, señor", dijo Wulfe, contento de que ahora fuera cierto. "Sin embargo, acompañamos a otra peregrina de Venecia que necesitaba nuestra ayuda".

"Esa es una forma novedosa de explicar tal situación, hermano Wulfe". Los labios del Gran Maestre se tensaron. "Si no tienes la misiva, ¿por qué tanto alboroto a tu llegada?"

"Por esto, señor," dijo la doncella y se arrodilló ante el Gran Maestre. Ese hombre dio un paso atrás, tal vez pensando que ella deseaba algo de él, pero Radegunde apartó la tela que protegía su carga. Aunque ella estaba delante de Wulfe, él pudo ver que ella todavía estaba temblando después de su cabalgata.

Luego vio que los ojos del Gran Maestre se agrandaron y su rostro palideció.

Wulfe dio un paso adelante y se quedó atónito. Un relicario de oro estaba envuelto por la tela áspera. Estaba tachonado de gemas, seguramente valía la pena el rescate de un rey, y brillaba tan intensamente a la luz del sol que era difícil mirarlo directamente.

El Gran Maestre cayó sobre una rodilla y extendió una mano,

como si no se atreviera a tocarla. "El relicario de Santa Eufemia", susurró con asombro, luego llamó a un hombre con un gesto brusco.

Él miró hacia arriba para encontrarse con la mirada de Wulfe. "Esto es suficiente misiva, hermano Wulfe", dijo con voz ronca. "De hecho, es más mensaje del que yo elegiría recibir. Si el hermano Terricus consideró oportuno sacarlo del tesoro, Jerusalén caerá". Se puso de pie y tragó, luciendo más viejo que unos momentos antes. "Si no lo ha hecho ya", agregó en un susurro. "Estas son realmente malas noticias".

Wulfe escuchaba las palabras del Gran Maestre, pero no podía apartar la mirada de la majestuosidad del relicario. Cristina tenía razón. Un ladrón fácilmente mataría por un premio como ese. Cristina estaba segura de que el ladrón era Everard y él se había marchado del grupo dos noches antes.

A menos que hubiera sido un engaño y los hubiera seguido, para tener el elemento sorpresa de su lado.

Él entendió que la dama Ysmaine había abandonado el grupo para asegurarse de que el ladrón no robara el tesoro en la última parte de su viaje.

Y Cristina había acudido en ayuda de Ysmaine.

Aunque Gastón la había perseguido, eso podría no ser suficiente para garantizar el bienestar de ambas mujeres. Si el caballero se veía obligado a elegir, tenía sentido que primero salvara a su esposa.

Wulfe se apartó del Gran Maestre y tomó las riendas de Teufel. Se subió a la silla de montar y giró el caballo hacia las puertas, que se estaban cerrando. "¡Detengan las puertas!" gritó.

"¡Hermano Wulfe!" gritó el Gran Maestre indignado. "No tienes permiso para partir".

"Debo terminar lo que ha comenzado, señor."

"Debe proporcionar un informe de todo lo que ha ocurrido..."

"No en este momento, señor." Wulfe inclinó la cabeza e instó a Teufel a seguir adelante.

El Gran Maestre alzó la voz imperiosamente. "¡Te ordeno que

desmontes, hermano Wulfe! Te ordeno que rindas un informe completo de tu viaje de inmediato..."

Wulfe hizo una mueca, porque era la primera vez que desafiaba una orden directa de un superior.

Pero no se detuvo y no miró hacia atrás.

El Gran Maestre farfulló.

"¿Él no tiene vergüenza?" susurró Bartolomé cuando Wulfe pasó a su lado.

"La torre se cae", dijo Fergus inexplicablemente.

"Quizás los cimientos fueron socavados", dijo Duncan, y los escoceses asintieron el uno al otro. Evidentemente era una broma privada.

El Gran Maestre no compartió su diversión. "¡Hermano Wulfe!" rugió. "Las puertas estarán cerradas contra ti y serás reprendido por esta desobediencia..."

Pero Teufel se deslizó por debajo de la puerta descendente como una sombra perseguida por el amanecer.

Y Wulfe se sintió libre.

Él estaría dispuesto a entregar todo lo que era suyo para garantizar la seguridad de Cristina.

De hecho, acaba de hacerlo.

Una vez en la calle, espoleó a Teufel, esperando que no fuera demasiado tarde. El caballo galopaba a una velocidad temible, como si sintiera la urgencia de Wulfe. Él escuchó el ruido de los cascos detrás y miró hacia atrás para ver a Stephen y Simón rápidamente detrás de él, Stephen sonriendo con deleite. Estaba claro que el muchacho había adivinado su intención.

La gente huía aterrorizada de su camino, y Wulfe se preguntó si el caballo parecía un demonio liberado del infierno. Los cascos de Teufel repiquetearon en el puente y él resopló ante la gran multitud de la isla. Sin embargo, se separaron ante la bestia, como si la Fortuna finalmente estuviera del lado de Wulfe.

Alcanzó la plaza de Notre Dame con mayor rapidez de la que hubiera esperado. Ysmaine había huido en esa dirección, como si abriera un camino hacia un santuario. Seguramente ningún ladrón la asaltaría allí. Él giraba a Teufel en el lugar, el caballo sacudía la cabeza y resoplaba con impaciencia por correr, y luego lo vio.

Una falsa joya de familiar tono anaranjado brillaba entre los adoquines.

A cierta distancia, vio otra.

Wulfe sonrió, muy contento de que Cristina hubiera anticipado la persecución. Él instó a Teufel para que siguiera adelante, inclinándose en la silla mientras seguía el rastro, y esperó a cada momento llegar a tiempo.

Cristina seguía a Helmut y a Ysmaine sigilosamente, temiendo que la atraparan. Ella sabía muy bien lo salvaje que él podía ser y no deseaba arrinconarlo. Tampoco deseaba abandonar a Ysmaine en su plan, fuera lo que fuera.

Ella dejaba caer las gemas a intervalos, su espíritu temblaba a medida que disminuía su número. ¿Se detendría alguna vez? Finalmente, se metió en un callejón estrecho con una sola puerta en el otro extremo. Miró hacia atrás tan repentinamente que Cristina apenas tuvo tiempo de esconderse, entonces oyó caer un pestillo.

Echó un vistazo para encontrar el callejón desierto.

¿Qué había detrás de la puerta?

¿Cómo podría entrar sin ser observada?

Cristina se acercó sigilosamente, agarrando con fuerza el saco de piedras restantes. Se apresuró a bajar por el callejón y escuchó. Con el corazón latiendo con fuerza, levantó el pestillo y miró por la rendija, sólo para encontrar a Helmut con la dama en un pequeño patio. Su caballo estaba atado debajo de un refugio en el otro extremo del espacio, y era el mismo que había montado desde Venecia. Ella había temido que él pudiera tener cómplices, pero no había ninguno.

Por supuesto, entonces se le habría pedido que compartiera el botín.

Se volvió hacia Ysmaine, y Cristina supo que tenía que ganar tiempo para que no matara a la dama antes de que llegara la ayuda. Ese era el momento de ser audaces.

Si no para incitarlo a la ira, para que cometiera un error.

Ella solo tenía que pensar en Gunther para llenarse de sed de justicia.

Cristina abrió la puerta de par en par y habló con claridad, ocultando su miedo a lo que pudiera hacer Helmut. "Al menos un alma está satisfecha con tu presencia," dijo ella, manteniendo su tono lánguido.

Helmut saltó de la manera más satisfactoria y luego se giró para mirarla. Cobarde como era, sostuvo a Ysmaine delante de él, con el cuchillo en su garganta. "¿Qué estás haciendo aquí?"

Cristina se apoyó contra la puerta. Ella le sonrió, sabiendo que parecía más segura de lo que se sentía. A ella le gustó cómo a él le preocupaban sus motivos y su presencia. "Digamos que deseaba asegurar el bienestar de otra mujer".

Él resopló. "Las putas solo se preocupan por su propio beneficio".

"Te sorprendería saber lo que les importa a las putas". Cristina miró la hoja que sostenía contra Ysmaine. "¿Es la marca de un hombre piadoso secuestrar a la esposa de otro hombre?"

A ella no le sorprendió que él no respondiera.

"Sin duda, quieres una recompensa propia", se burló él. "¿No se trata solo del dinero para los de tu especie?"

Cristina examinó el patio, que en verdad estaba desolado. "No veo ninguna posibilidad de recompensa en este lugar". Ella encontró su mirada de nuevo. "A menos que tu deseo sea por los encantos de la dama".

"¿En cuyo caso ofrecerías los tuyos propios?"

Ella sonrió, asegurándose de que su expresión fuera seductora. Él estaba agitado, aunque no sabía si se debía a su presencia, a la situación en sí o a su reacción hacia ella. A Cristina no le importaba mucho. Quería provocarlo a errar, ni más ni menos.

"Puede que me encuentres más de tu agrado como socia". Ella caminó hacia él, dejando que sus caderas se balancearan en invitación. Sus ojos brillaron y ella lo vio recuperar el aliento.

Pero entonces, ella sabía que él no era tan virtuoso como hacía creer a los demás.

"¿Crees que no me di cuenta de cómo me mirabas cuando pensabas que no te observaban?" Era falso, pero la afirmación podría inquietarlo. Él podría temer que su verdad hubiera sido revelada. Ella se detuvo un paso delante de él y alcanzó el lazo de su camisola. "Para ser un hombre piadoso, mostraste un interés muy terrenal en mis productos".

Helmut fingió ser desdeñoso, pero estaba mirando ese lazo.

O la carne que se reveló cuando se soltó.

"Simplemente te desapruebo a ti y a tu oficio".

"Porque eres un hombre irreprochable", intervino Ysmaine. "El secuestro y el asalto son juego limpio".

"Y el asesinato", agregó Cristina con una sonrisa. "No olvide el asesinato, mi señora".

—No sé a qué te refieres... —protestó Helmut, pero ella vio un destello de cautela en sus ojos.

Ese era el momento que había llenado los sueños de Cristina.

Ella extendió un dedo y recogió sangre de la carne de Ysmaine, luego se la mostró. Le faltan modales, señor. Esta dama es noble y está casada con un caballero. ¿Qué motivo tienes para amenazar su vida?

"Este es un asunto privado", resopló él. "Ella tiene una cosa de mi propiedad".

Cristina arqueó una ceja. "¿Algo que posees o algo que quieres reclamar?"

"¿Cómo te atreves a hablarme así?"

"Te he visto mirarme", murmuró Cristina. Ella se zafó los cordones de un lado de la falda lentamente y él la miraba con avidez. Ella se volvió para que él pudiera ver la sombra de su pecho a través de los costados de la prenda, y él la miró fijamente. Lentamente, ella levantó la tela para que él pudiera ver su pezón. Él ni siquiera parpadeó. "¿Le gustaría ver más de cerca?" preguntó ella en su tono más sensual. "¿Quizás a cambio de la libertad de la dama?"

"Puta", murmuró él, apartando la mirada. "No voy a negociar contigo..."

"Alimaña", dijo Ysmaine y trató de escapar de su agarre. Helmut maldijo y volvió a agarrarla con más fuerza.

Cristina desató el otro lado de su kirtle, asegurándose de que su vista mejorara.

"Soy Everard de Montmorency", declaró él, sus palabras salieron con prisa y furia. "Conde de Blanche Garde y heredero de Château Montmorency y no toleraré..."

"¿Lo eres?" demandó Cristina, interrumpiéndolo.

Él estaba sorprendido. Sin embargo, no sorprendido, no realmente. "¿Qué insinúas?"

Ella sonrió, sabiendo que eso lo molestaría. "Sólo sé que no eres Everard de Montmorency".

Helmut se quedó sin palabras. La dama Ysmaine miró entre los dos, tal vez eligiendo a quién creer.

"¿Cómo exactamente planeas convencerlos en Château Montmorency de que eres Everard en verdad?" Preguntó Cristina. "Fue sencillo ocupar su lugar en Ultramar, donde solo era conocido por su reputación, pero será más difícil engañar a sus propios parientes".

Helmut respiró hondo.

Cristina fingió no notar su desconcierto, pero sostuvo su mirada y se acercó más. Tenía que quitar ese cuchillo de la garganta de Ysmaine. Un movimiento de muñeca podía asesinar a la dama, ya fuera un gesto intencional o no.

¿Es por eso que el fiel y piadoso hijo del duque tardó tanto en emprender el viaje a casa para despedirse de su padre? —preguntó ella, viendo la chispa de ira en sus ojos. Ella lo provocó aún más, sabiendo que él estaba cerca de perder los estribos. "¿Esperabas que el padre muriera antes de tu llegada? Como hombre muerto, Everard no podría haber hecho el viaje en absoluto, pero hubiera sido una locura que el impostor que había robado su nombre y su bolsa revelara su propia mentira".

"¡Puta mentirosa!" Helmut arrojó a Ysmaine a un lado y agarró a Cristina, pero sus ojos la habían advertido. Ella le dio una fuerte patada en la entrepierna antes de que diera dos pasos. Él palideció y cayó de rodillas, y Cristina descubrió que su propia ira aumentaba. Ella le dio una patada en la cabeza sin dudarlo, sabiendo que no estaría saciada hasta que él yaciera muerto en un charco de su propia sangre.

Tal como él había dejado a Gunther.

"Nadie mira realmente a una puta", acusó ella, escuchando su propia ira. "Somos senos, en el mejor de los casos. Pero te invito a mirar de nuevo, a mirarme a la cara esta vez". Ella tomó una respiración temblorosa cuando él miró hacia arriba, las yemas de los dedos cayeron de su propia sien. "Yo estaba en el grupo de nobles peregrinos que viajaron al este contigo y Everard. Entonces estaba con mi marido, pero quizás tampoco mires nunca a las mujeres nobles. El hecho es que sé que no eres Everard".

Helmut gruñó y se lanzó tras ella, con las manos extendidas como garras. Cristina dejó que la atrapara. Era la única forma en que Ysmaine pudiera escapar.

Ella metió la mano en su liga y agarró la daga de Duncan, que había escondido allí, cuando él no pudo verla moverse.

"¡Tú mientes!" gritó él mientras la agarraba por el cabello. Cristina le dio a Ysmaine una mirada de advertencia y la dama pareció entender. Helmut luego golpeó a Cristina contra la pared de la casa y lo hizo con tanta fuerza que la dejó sin aliento.

Ella se desplomó, esperando evadir más violencia, pero él levantó la mano para golpearla de nuevo.

¡Sinvergüenza! Cristina lo golpeó con el cuchillo, sabiendo que la sorpresa estaría de su lado solo la primera vez. El desgraciado lo vio a tiempo y saltó a un lado para que ella fallara. La agarró y la arrojó al suelo, usando la fuerza de su propio golpe contra ella.

Cristina se rió, sabiendo que lo sobresaltaría. "¡Yo no miento!" Ella declaró y le sonrió con confianza. "Nos volvemos a encontrar, Helmut", murmuró ella e inclinó la cabeza.

Él palideció al oír ese nombre.

Los ojos de Ysmaine estaban asombrados.

Cristina avanzó hacia Helmut con la daga delante de sí misma, tan decidida a que la dama supiera la verdad como a asegurarse de que Helmut se supiera atrapado. Después de todo, podría no salir viva de ese patio y se aseguraría de que él no volviera a ocultar su crimen.

"Eras el mercenario asignado para defender a tu señor y patrón, y te recuerdo bien. Mi esposo notó entonces que eras mentiroso y lujurioso, y todavía eres una alimaña, aunque estés mejor vestido". Ella se burló de él y él saltó hacia ella, tratando de agarrar el cuchillo. Lucharon por él, incluso mientras Ysmaine miraba.

"¡Corre, mi señora!" gritó Cristina.

La dama fue impulsada a actuar, aunque sus pies la traicionaron. Tropezó cuando Helmut casi le arrebató la daga a Cristina y ella temió perder la batalla.

Helmut, al parecer, también tenía esa opinión. Él agarró el cabello de Cristina, tirándolo hacia atrás con vigor para que ella se viera obligada a mirarlo. Ella no podía ver a Ysmaine y solo esperaba que la dama ganara su libertad.

"¡Tú!" susurró Helmut, su mirada vagando sobre sus rasgos. "Eres Juliana, la esposa de Gunther..."

"Quien fue sacrificado por los siete te centavos de su bolsa, después de haber discernido tu verdadera naturaleza". le recordó salvajemente Cristina. "¿Le quitaste su bolsa, así como su vida? No lo dejaría pasar un hombre de tu calaña".

"No soy un ladrón".

Ella se rió, sabiendo que eso lo molestaría. Deja que el la golpeara. Deja que él la hiciera callar. La hazaña no se haría fácilmente, y valdría la pena el precio para ver a Ysmaine a salvo más allá del alcance de ese ladrón.

Helmut golpeó a Cristina con fuerza en la cara y ella no tuvo que fingir caer al suelo. Estaba mareada por la fuerza de su golpe y temía no ser capaz de entretenerlo el tiempo suficiente. De hecho, apenas podía mantener los ojos abiertos.

Hubo una grieta en ese momento, y miró hacia arriba para ver que Ysmaine había golpeado a Helmut en la parte posterior de la cabeza con una piedra. Se volvió hacia la otra mujer como una bestia loca, y Cristina no se atrevió a cerrar los ojos.

"¡Corre, Cristina!" Instó Ysmaine, aunque había pocas posibilidades de que eso sucediera. Ni siquiera podía ponerse de pie.

Ella observó con horror cómo Helmut golpeaba a Ysmaine con tanta violencia que ella perdió el equilibrio y se tambaleaba hacia atrás. No perdió un momento en agarrar el bulto que estaba disfrazado de su barriga. Lo arrancó con un gesto salvaje, revelando que sabía que no era un niño. Luego arrojó a Ysmaine a un lado para que cayera pesadamente contra la pared de piedra.

Ysmaine extendió la mano para detener su caída, pero cayó al suelo de todos modos. Sin embargo, incluso en su estado actual, Cristina podía disfrutar de que Helmut acunara un falso reemplazo del relicario y no el verdadero premio. Seguramente él huiría. Seguramente ella podría cerrar los ojos por un momento antes de ayudar a Ysmaine.

Pero escuchó el sonido de la paja que se movía y la sintió caer sobre ella. Abrió los ojos a tiempo para ver a Helmut golpear el pedernal y prender fuego a hebras de paja. Las arrojó a los tallos secos esparcidos y el fuego se extendió rápidamente. El patio se llenó de humo con una velocidad aterradora y ella apenas pudo distinguirlo cuando él agarró las riendas de su caballo.

"Adiós, señoras", se burló él. "¿No se dice que las brujas deben ser quemadas vivas?" Abrió la puerta de golpe y el viento avivó las llamas para que ardieran más rápido.

Ysmaine tosió mientras se arrastraba al lado de Cristina. Cristina quiso tomarle la mano, instarla a que se quedara quieta hasta que Helmut se fuera, pero el caballo de repente dio una patada y relinchó.

"Gastón", susurró Ysmaine.

"Creo que tenemos asuntos pendientes, señor" dijo ese caballero.

El alivio recorrió a Cristina.

Alguien había seguido su rastro.

La dama Ysmaine estaría a salvo, y Gunther sería vengado.

Aunque era lo que Cristina había creído que quería por encima de todo, parecía menos que satisfactorio ahora que el objetivo estaba cumplido.

Aun así ella había pagado su deuda. Dio un suspiro y dejó que sus ojos se cerraran.

CAPÍTULO 16

Solo las alimañas atacan a las mujeres.

Solo un tonto tocaba a la esposa de Gastón. Una mirada a Ysmaine, pálida con las manos manchadas de sangre, fue suficiente para prenderle fuego. Que ese demonio hubiera tenido la intención de que se quemara viva, que la abandonara en tales circunstancias, hacía que Gastón quisiera matarlo lentamente. Nunca se había sentido tan lleno de deseos de venganza.

Pero la dama que amaba nunca antes se había sentido tan amenazada.

Evaluó las llamas y vio que Ysmaine se inclinaba sobre Cristina. Podría haber huido y haberse salvado, pero esa no era su naturaleza. En lugar de que su esposa muriera en ese incendio, él vería a Everard morir en llamas.

Gastón dio un paso atrás y levantó su espada hacia el pecho de Everard. "En guardia", murmuró él, y las palabras apenas habían cruzado sus labios cuando el ladrón se abalanzó sobre él. Sus espadas chocaron con fuerza y Gastón sintió que le cortaba la mejilla. Paró con fuerza, empujando a Everard contra la pared con una ráfaga de golpes. Él obligó a ese hombre a alejarse de la puerta y se dio cuenta de que Ysmaine intentaba despertar a Cristina. Él deseaba que las mujeres estuvieran a salvo, pero sabía lo suficiente de su esposa como para adivinar que no abandonaría a su compañera.

Él se deslizó con fuerza, obligando a Everard a soltar las riendas, luego le dio una bofetada al caballo. La bestia huyó del fuego y atravesó la puerta hacia la calle.

Se había salvado una vida. Aún tenía tres que salvar.

"¡Atacas a la persona equivocada!" protestó Everard. "La puta quiere herir a tu esposa".

"Yo solo escuché que tú golpeaste a mi esposa", gruñó Gastón y se movió rápidamente, su espada cortando el hombro de Everard. "Wulfe tenía razón al dudar de tu intención desde el principio. ¿Qué hombre de mérito abandona una propiedad cuando está a punto de ser sitiada?

"No sabes nada de mi intención..."

Lucharon, moviéndose de un lado a otro, casi igualados. Cuando Gastón asestó un golpe, fue porque Everard no soltó su carga.

"Hablas bien", respondió él, queriendo provocar a su oponente. Si el hombre que se hacía llamar Everard estaba enojado, podría cometer un error. Durante todos estos años he creído que eras Everard de Montmorency, porque no tenía motivos para dudar de la historia que me contabas. Ahora me doy cuenta de que eso es mentira".

"¡La puta miente!"

"Mientes", respondió Gastón y vio los ojos de su oponente destellar. "¿Por qué no regresaste antes a Francia para visitar a tu padre enfermo?"

"Tenía una propiedad que defender".

"Pero al final la dejaste desprotegida".

"Vi que estaba condenada".

Gastón se burló. Tu historia tiene poco sentido, a menos que seas un cobarde. ¿Por qué dejaste Ultramar viniendo primero a Jerusalén?

"¡Busqué la ayuda de los Templarios! Es su misión jurada acompañar a los peregrinos en el camino..."

Estabas cerca del puerto de Jaffa en Blanche Garde. Si hubiera sido tu deseo dejar Ultramar a toda prisa, podrías haber zarpado incluso antes de que nosotros saliéramos de Jerusalén". Gastón negó con la cabeza. "No, la razón está en tu mano. Viniste buscando un tesoro para robar".

Un pedazo del techo en el lado opuesto del patio se derrumbó entonces, cayendo al suelo en una ráfaga de chispas. Las llamas ardieron más cuando la madera se prendió y más humo oscuro llenó el aire. Cristina tosió y Gastón vio que Ysmaine convencía a la otra mujer para que se pusiera de pie. Había algo mal en la mano de Ysmaine, pero se ocuparía de eso más tarde. Él deseó que se movieran más rápido.

"¡No estoy en un juicio!" replicó Everard. "No necesito explicar mis elecciones a ningún hombre..."

"No, estás condenado, por la carga en tus propias manos".

"Pero..."

"Todo lo que debes hacer para demostrar tu inocencia es entregármela", invitó Gastón. Él bajó su espada y estiró su mano izquierda, sabiendo muy bien lo que haría su oponente. Las mujeres pasaban por la puerta y el fuego casi había convertido el patio en un infierno.

El hombre que se hacía llamar Everard atacó. "¡No te debo nada!" rugió él incluso cuando sus espadas chocaron con fuerza. "¡No responderé a un monje que rompe sus votos tomando una esposa!" Luchó con fuerza contra Gastón y golpeó de repente. Gastón dio un paso atrás y solo entonces vio el peligro del que no se había dado cuenta.

Ysmaine había regresado a la puerta, sin duda buscándolo. No podía advertirle que se retirara, no sin llamar la atención de su oponente sobre su presencia. Él sintió que sus labios se estrechaban en una línea sombría cuando ella sacó su cuchillo de comer y se deslizó a lo largo de la pared detrás del ladrón.

La mujer tenía demasiado valor, sin duda.

"Morirás aquí, y la historia contigo", se burló Everard. "Venderé este tesoro para ver mi propio futuro asegurado".

"Alguien más te reconocerá".

"El silencio se puede comprar y yo tendré los fondos".

"No hiciste callar a Cristina".

"Todavía no", respondió Everard con gravedad. "Me ocuparé de eso". Él lanzó un barril hacia Gastón con una fuerza salvaje. "Y no sobrevivirás este día para compartir la historia". Ysmaine se acercó al ladrón, aunque Gastón no reveló su presencia. Ella saltó por encima del barril y atacó a Everard, con la esperanza de distraerlo de cualquier señal de la presencia de la dama detrás.

Pero Everard saltó a un lado para que el golpe de Gastón fallara. Agarró a Ysmaine, la hizo girar y la arrojó hacia el resplandor más brillante del fuego. Ella tropezó y gritó, pero Gastón no esperó a ver a su dama caer en las llamas. Se lanzó tras ella y la atrapó contra su pecho. Incapaz de evitar caer tras ella, la acunó por la fuerza de su aterrizaje y luego la hizo rodar debajo de él para protegerla de las llamas.

Para cuando se puso de pie, Everard ya había cruzado la puerta. Gastón escuchó al otro hombre cerrarla y bloquearla desde el otro lado. Él tiró de Ysmaine para que se pusiera de pie junto a él y corrieron hacia la puerta como uno solo. Él luchó contra el pestillo, pero fue en vano.

Él lanzó una mirada a las llamas y luego la agarró por la cintura. Casi la arrojó a la parte superior del muro del patio. "¡Salta, señora mía!" ordenó él cuando ella vaciló sobre la pared.

"Sí, salta", ronroneó Everard desde el otro lado de la pared, el sonido de su voz envió un escalofrío a través de Gastón. "Concédeme otro bonito tesoro".

Ysmaine vaciló. Gastón escuchó un grito que pensó que podría haber venido de Cristina. Ysmaine bailó hacia atrás cuando el otro hombre evidentemente se abalanzó sobre ella. Gastón oyó reír al impostor y luego el ruido de cascos.

Ysmaine saltó desde lo alto del muro al otro lado.

Gastón vio acercarse las llamas. La cumbre del muro era demasiado alta para que él pudiera subir su propio peso hasta allí. De hecho, ni siquiera podía rozar la cima con las yemas de los dedos. No había nada en el patio para trepar, porque todo estaba en llamas. Gritó, pero parecía que nadie escuchaba sus gritos. El humo era denso y empezó a toser, temiendo que Everard hubiera dictado su destino correctamente.

Al menos Ysmaine estaba a salvo.

Gastón la escuchó maldecir, luego el pestillo traqueteó. "¡Que calor hace!" se quejó, y él la escuchó patear la puerta. Para su alivio, ella abrió el pestillo del otro lado y el aire fresco entró en el patio.

"Ha tomado a Cristina y cabalgó por ahí", declaró Ysmaine cuando Gastón entró a trompicones en el callejón. La tomó de la mano y la llevó lejos del asqueroso lugar, tosiendo para aclararse los pulmones. Para su alivio, Wulfe estaba en la plaza frente a la catedral, a horcajadas en su negro corcel.

Gastón supo entonces que todo iría bien.

Cristina se despertó con el olor a heno y estiércol podrido.

Seguramente ella no podría estar de nuevo en ese sucio granero.

Tenía un ojo cerrado por la hinchazón y tenía las manos atadas a la cintura. Estaba tendida en el heno de un establo desconocido y le dolía la cabeza.

Lo último que recordaba fue que Helmut la había agarrado y la había golpeado en la cara.

Estaba oscuro, lo que no era tranquilizador. Solo era mediodía cuando ella e Ysmaine habían luchado contra Helmut. Si era de noche y ella todavía estaba en su cautiverio, entonces nadie la había seguido para ayudarla.

¿Gastón estaba muerto?

¿La dama Ysmaine había desafiado el infierno del patio para tratar de salvar a su esposo?

¿Habían muerto juntos?

Cristina no quería pensar en eso. A pesar de sus recelos, estaba claro que se amaban y que su matrimonio era prometedor para el futuro. Ella quería pensar en ellos felices juntos, en la propiedad de Gastón, su hogar lleno de hijos.

Algunas almas deberían ganarse los deseos de sus corazones, incluso si ella no fuera una de ellas.

"¿Ya despiertas?" exigió Helmut y pateó las piernas de Cristina para despertarla. "No tengo toda la noche, mujer". Él la pateó de nuevo y ella emitió un gruñido de dolor, incapaz de detenerse. Se agachó ante ella y sonrió.

Cristina le escupió. El ángulo era incorrecto y su saliva aterrizó en su tabardo, pero fue suficiente para ganarse una palmada de su guante de cuero. Ella cerró los ojos, pero él la agarró por la barbilla y la ayudó a sentarse.

Se dio cuenta de que estaban en la cabaña de un ladrón, no en un granero. A juzgar por los sonidos más allá de sus paredes, debe haber estado lejos de cualquier morada. Las paredes eran de piedra y no dudaba que el techo era de paja. El piso era de tierra y parecía una simple choza, en la que la familia vivía en un extremo y su ganado, al menos en invierno, en el otro. Había un agujero ennegrecido en el techo, donde indudablemente se había elevado el humo de un fuego, aunque no parecía que se hubiera encendido ningún fuego en la chimenea recientemente. La paja estaba gastada por encima y podía ver partes del cielo nocturno más allá.

Helmut la agarró por la barbilla y Cristina cerró el ojo para evitar verlo mejor.

"¿Dónde está?" —exigió él, y ella pudo sentir su cálido aliento en el rostro.

"¿Qué?"

Él la golpeó de nuevo por su impertinencia, pero a ella no le importó. Cristina abrió el ojo bueno y vio un montón de ropa esparcida por el suelo del establo.

Ella sonrió porque él se sentía molesto por volver a buscar el relicario. "¿Sabes siquiera lo que era?" preguntó ella y él la miró.

"Un tesoro, una pieza del tesoro templario y el único que creyeron conveniente salvar. ¿Qué más necesitaba saber? "

"Que era hermoso", dijo Cristina en voz baja. "El relicario más hermoso que he visto".

"¡Lo viste! ¡Tú!" La idea lo enfureció. "¿Cuán rico era?"

"Un tesoro incomparable". suspiró Ella. "Forjado en oro y profusamente con incrustaciones de gemas. Grandes también. Era realmente una maravilla".

La confesión hizo poco por complacer a Helmut, y Cristina se alegró de que el tesoro se le hubiera escapado. Ella continuó, decidida a atormentarlo con sus palabras, al menos.

"Santa Eufemia fue probada en tiempos de Diocleciano, en el año 303, porque no quiso sacrificarse a los falsos ídolos. No importaba cómo fuera atormentada o violada, no sufría ningún daño. Se decía que los ángeles la defendían por su fe".

"No me importan esos detalles", gruñó él. "¿Era el relicario realmente tan rico? Descríbemelo".

"Vi rubíes y esmeraldas, tan grandes como mi pulgar", mintió Cristina. "Amatistas y zafiros, y oro tan pesado". Ella sacudió su cabeza. "Fue diseñado para honrar a la dama santa cuyas reliquias estaban contenidas dentro".

"¿Dónde está?"

"No lo sé", admitió Cristina, y él la golpeó de nuevo, más fuerte que antes.

De hecho, le partió el labio y ella notó el sabor de la sangre.

Ella supuso que podría haberse puesto de pie y haber corrido, pero no estaba segura de lograr llegar lejos dado su estado actual. Ella guardaría esa táctica y tal vez lo tomaría desprevenido, cuando su cabeza se aclarara un poco más.

Helmut, sin embargo, la anticipó. Agarró el extremo de la cuerda que ataba sus muñecas y la arrojó sobre una viga, estirándola hasta los dedos de los pies y luego atándola para que ella pudiera hacer poco más que balancearse ante él.

Ella lo patearía cuando pudiera sorprenderlo.

Cristina moriría ahí, y ella lo sabía, pero primero lo irritaría poderosamente.

"¿Dónde?" preguntó él de nuevo.

Ella miró al suelo y evitó la pregunta. "Muchos milagros se atribuyen a las reliquias de Eufemia", continuó ella con suavidad. "De hecho, en el Concilio de Calcedonia en 451, defendió la humanidad de Jesús".

"¡Ella estaba muerta!"

"Sin embargo, se colocaron dos rollos en el ataúd con sus restos santos, uno argumentando que solo Dios es divino, y otro que Jesús era hombre y divino. Por la mañana, se abrió el ataúd y el rollo que defendía la divinidad de Jesús estaba en su mano derecha, el otro rollo echado a sus pies".

"Un truco, ni más ni menos".

"Un milagro, ni más ni menos", corrigió Cristina. "Como cuando el sarcófago dorado que le servía de relicario fue robado y arrojado al mar. Debería haberse perdido para siempre, pero fue recuperado por dos hermanos que eran pescadores. Sus reliquias estuvieron escondidas durante muchos años, luego fueron esparcidas, evidentemente, ese gran tesoro llegó a manos de los Templarios".

Helmut cruzó los brazos sobre el pecho. Te lo pregunto de nuevo. ¿Dónde está?"

"Si de verdad es de noche, supongo que ya estará a salvo en la tesorería de los Templarios en París".

"¡No lo creo! ¡Lo has robado! "

"¿Porque lo habría hecho?" Cristina dejó ver su desprecio. "Créeme que no deseo tener ni siquiera una inclinación en común contigo".

"¡Puta!" Él la golpeó de nuevo, haciéndola girar como un pez en un sedal. "Morirás aquí por tu engaño y nadie lamentará tu fallecimiento".

"¿Quién llorará el tuyo, Helmut?" preguntó ella, pero él ignoró su pregunta.

Sus ojos brillaron. "¡No me llames así! Ese hombre está muerto".

Ella se burló. "No, es Everard de Montmorency quien está muerto. ¿No crees que su padre notará la diferencia?

"Llegaré demasiado tarde para que el anciano me vea".

"¿Y crees que simplemente te concederán la soberanía de su propiedad?" Cristina negó con la cabeza y se rió, ignorando la sangre que brotaba de sus labios. "En verdad, Helmut, no has planeado este plan con tu cuidado habitual".

"Tuve que dejar Ultramar antes de lo esperado. Yo había pensado reclamar el tesoro, para negociar mejor por el apoyo de los Templarios para proporcionar pruebas de mi identidad".

"Había pensado que no se podían comprar".

"Todos los hombres pueden comprarse". Helmut se acercó más y entrecerró los ojos. "Todos los hombres tienen un precio. Perder el mayor premio de su tesoro, el que buscaban salvar por encima de todos los demás, bien podría haber sido el precio de los Templarios". Él dio un paso atrás y la miró con disgusto. "Pero tú, mujer y prostituta, me alejaste de lo que es mío."

"Así como tú me alejaste de lo mío", replicó Cristina. "¿Por qué mataste a Gunther?"

Porque él lo sabía, por supuesto. Me vio robar el anillo de sello de Everard". Helmut extendió una mano y el anillo de Montmorency brilló en su dedo. "Un barón menor bajo el pulgar de su padre, pero aun así un hombre que tenía más a su nombre de lo que yo podría esperar tener". Su labio se curvó. "Ni siquiera podía defenderse. ¿Cómo estaba bien que él tuviera más que yo? "

"Habías formado el plan para robar su nombre incluso entonces".

"Formé el plan de reemplazar a Everard tan pronto como fui contratado para defenderlo. Él habría hecho una peregrinación a algún punto más cercano. Fui yo quien lo animó a viajar hasta

Ultramar. Esa era la única forma en que podía tomar su nombre, su reputación y toda la riqueza que llegaría a sus manos". Él sonrió un poco. "Para un hombre tan piadoso, una mera mención de la Ciudad Santa fue suficiente para que su corazón ardiera al ver ese lugar él mismo. Fue fácil de hacer".

Cristina creyó oír unas pisadas fuera del granero y se atrevió a esperar que alguien la escuchara. "¿Y cómo murió, el querido Everard?"

"¿Querido?"

"Le tenía cariño. Era un hombre amable".

"¡Era un tonto!" dijo Helmut con disgusto. "Confió sin motivos para hacerlo".

"Supongo que su destino se decidió una vez que tuviste su anillo".

"Él pensó que estaba perdido. Gunther lo sabía mejor, pero no podía dejar que le confiara la verdad a su camarada. No, no podrían quedarse en la mesa hasta bien entrada la noche. Cuando Gunther salió solo de la posada, supe que tenía que aprovechar la oportunidad". Él sonrió un poco con reminiscencias. "Lo miré a los ojos, ya sabes, cuando el cuchillo se hundió, solo para que supiera quién le había cobrado la vida".

"Tienes suerte de que no se lo haya contado a nadie".

"Me aseguré de que no pudiera. Tomé su bolsa para que pareciera un robo". Helmut la rodeó y Cristina temió lo que haría él cuando estuviera detrás de ella. Ella se giró para mirarlo, maldita por su único ojo hinchado. "Yo sabía que su esposa tenía su confianza. Pensé que podrías saber lo que sabía Gunther, así que me aseguré de que no tuvieras oportunidad de advertir a Everard. Él se burló. "yo debería haber adivinado que sobrevivirías separando los muslos".

Cristina pateó fuerte y rápido, aterrizando una bota en su ingle. Helmut se echó hacia atrás con un gemido y palideció. De repente se enderezó, sacó la daga de la funda y se lanzó hacia Cristina. "¡Quemarte es demasiado bueno para ti!" murmuró él, pero la puerta del granero se abrió de una patada en ese momento.

"Yo no haría eso", aconsejó Stephen. La silueta del muchacho estaba de pie en la puerta portal, con su propio cuchillo desenvainado.

Él estaba solo.

¿Cómo es posible?

Helmut se burló al ver al muchacho. "¿Quién eres tú para detenerme?" demandó él.

Cristina escuchó un leve susurro en lo alto. ¿Alguien había subido por el techo? Si era así, ella sabía quién deseaba que fuera.

De hecho, su corazón latía con una nueva esperanza de que, después de todo, pudiera dejar esa choza.

"¿Es tu afecto por esta puta tan grande, muchacho, que morirías por ella?" Helmut continuó. "¿Qué diría tu caballero de una lealtad tan fuera de lugar?"

"Él la llamaría bien merecida", respondió Wulfe desde arriba de ellos.

Cristina miró hacia arriba para encontrar a Wulfe agachado en la viga del techo. Cortó la cuerda que la mantenía cautiva de un solo golpe y luego saltó sobre Helmut. Stephen cargó contra el supuesto conde desde la puerta, clavándole su hombro en la parte posterior de las rodillas. Helmut perdió el equilibrio y cayó, justo cuando Wulfe aterrizó encima de él. La pareja rodó por el suelo, luchando por la supremacía. Wulfe le dio un par de golpes sólidos y la nariz de Helmut comenzó a sangrar. Wulfe rompió la muñeca del otro hombre cuando no quiso soltar su cuchillo, luego lo hizo rodar boca abajo y se sentó encima de él.

—La cuerda, si puedes, Stephen —dijo, con la mirada fija en Cristina con preocupación—. Que sus pensamientos fueran tan visibles y sus ojos tan azules hizo que el corazón de Cristina se disparara.

¿Hacía él lo correcto o le correspondía su amor?

Stephen cortó la cuerda que ataba las muñecas de Cristina y luego se la llevó a Wulfe.

"¿Cómo te atreves a hacer esto?" se enfureció Helmut. "Soy

Everard de Montmorency, conde de Blanche Garde, y no tienes derecho a someterme a tal indignidad..."

"Pero escuché de tus propios labios que eres un tal Helmut, quien mató a Everard", respondió Wulfe amablemente. "E incluso si eso no es así, has abusado mucho de una mujer".

"Ella se lo merecía, la puta..."

"Ninguna mujer merece tal trato. Tú, sin embargo, tienes la suerte de estar condenado a no sufrir más que un golpe en la cara". Wulfe tiró bruscamente a Helmut de sus pies y lo empujó fuera del granero.

"No puedes matarme", enfureció Helmut.

Wulfe sonrió. "Por supuesto no. No tengo soberanía en estas tierras y no has cometido ningún delito contra mi propia persona. Por mucho que me gustaría dejar tu destino a la discreción de la dama, me temo que hay otro tribunal más adecuado para juzgar tus crímenes".

"¿Qué quieres decir?"

"Me refiero a que viajamos a Montmorency. Enviaré a Stephen por delante, para que le avise al viejo barón, con la esperanza de que se mantenga para ver a su amado hijo por última vez.

Helmut palideció. "¡No harías eso!"

"Stephen", dijo Wulfe y el muchacho dio un paso adelante para hacer una reverencia. "¿Conoces la ubicación de Montmorency?"

—Sí, señor, porque me acaba de decir hoy cómo llegar allí.

Wulfe sonrió. "Y tienes la suerte de tener una excelente memoria. Cabalga delante de nosotros, Stephen. Toma el caballo más rápido. Estaremos inmediatamente atrás".

"Sí señor." Stephen salió corriendo del granero y Wulfe le indicó a Cristina que lo precediera. Ella salió a una noche estrellada llena de mayores promesas de las que esperaba.

Simón se había quedado a cierta distancia con los caballos. Desató las riendas atadas del caballo de Helmut y se lo llevó a los demás, sin querer que Wulfe se distrajera de su tarea. Stephen se alejó con entusiasmo y Wulfe ató el otro extremo de la cuerda a su silla.

"Cabalgaré", insistió Helmut, pero Wulfe se limitó a negar con la cabeza.

Caminarás, porque no te concederé ninguna oportunidad de escapar. Solo te llevará unos días llegar a Montmorency y, de verdad, puedes usar el tiempo para orar por tu alma inmortal. No dudo que tengas mucho que confesar en tus oraciones".

Mientras Helmut echaba humo, Wulfe volvió al lado de Cristina. Observó sus heridas y le tocó la mejilla con la yema del dedo con cuidado. "Me gustaría matarlo yo mismo", murmuró él.

Cristina tomó su mano y apoyó la mejilla contra ella, avergonzada de haber derramado lágrimas de alivio. "Te lo agradezco."

No la besó, sino que tomó un pañuelo y envió a Simón a remojarlo en el agua fría de un arroyo cercano. Le lavó la cara, frunció el ceño y luego le pidió que sostuviera la tela contra su ojo hinchado. Luego la subió a la silla del caballo de Helmut y, cuando la luna se alejó de las nubes, cabalgaron siguiendo a Stephen.

A Montmorency y la justicia debida hacía mucho tiempo.

VIERNES 28 DE AGOSTO DE 1187

DÍA DE SAN AGUSTÍN DE HIPONA

ulfe esperaba poder darle a Cristina un obsequio que la animara a recordarlo con amabilidad, garantizando justicia para su marido perdido. Hablaron poco mientras viajaban a Montmorency, y su paso no fue rápido con Helmut caminando. Wulfe aprovechó el tiempo para considerar cuál era la mejor manera de demostrar la culpabilidad de Helmut.

El plan más simple sería cruzar las puertas, con las manos de Helmut atadas, y acusarlo de sus crímenes ante el duque y su corte. Si no hubiera transcurrido tanto tiempo desde la partida de Everard, Wulfe habría preferido ese plan. El hecho de que hubiera pasado una década desde la partida de Everard de la casa de su padre significaba que muchos en el torreón serían demasiado jóvenes para recordarlo. El recuerdo de los demás se habría desvanecido. Helmut tenía el anillo de sello de Everard, pero estaba sucio y sin afeitar.

Si Wulfe escoltaba a un hombre que afirmaba ser el hijo del duque hasta el patio, atado como un prisionero, la indignación por su trato podría asegurar que nadie mirara demasiado al hombre. El testimonio de Cristina podría ser descartado, porque ella era una extraña y no vestía como un aristócrata, y él era igualmente desconocido en esas tierras. Él esperaría que su camisola de templario le diera credibilidad, pero eso no podía garantizarse. Si Everard había sido tan querido como Wulfe sospechaba, la gente podría encontrar preferible darle la bienvenida a casa e ignorar las acusaciones de un extraño.

Una estratagema más audaz podría ser la mejor opción. ¿Y si dejaba que Helmut llegara como Everard? ¿Seguramente la gente miraría más al hombre? Seguramente Helmut se equivocaría y revelaría que él no era Everard.

Wulfe no podía olvidar que su propio padre lo había reconocido de un vistazo, más de una década después de haberlo vislumbrado cuando era un bebé. El padre de Everard, y gran parte de la familia, había visto al hijo del duque en plena madurez.

¿Seguramente se descubriría la verdad?

Al final, Wulfe decidió confiar en que lo haría.

Se habían detenido cerca de la fortaleza del duque esa última noche, porque deseaba llegar a la corte por la mañana. Le parecía muy probable que el padre estuviera despierto más temprano en el día que más tarde, o que un hombre enfermo podría estar más alerta entonces. Helmut se enfureció al verse restringido, pero su sorpresa fue clara cuando Wulfe le desató las manos.

"Simón, viajarás conmigo esta mañana", dijo Wulfe. Y la dama montará en tu caballo.

Helmut lo miró con sospecha.

"Para permitir que montes tu propio caballo". Wulfe hizo una mueca al darse cuenta. O el caballo de Everard. No tengo ni idea de si le robaste eso a él también".

"¿Qué es esto?" Preguntó Helmut.

Wulfe habló con suavidad, sabiendo que corría un riesgo, pero seguro que daría frutos. "Llegamos a nuestro destino. Aquí está la fortaleza de Montmorency. ¿Seguro que la reconoces? sonrió Él. "Te doy la bienvenida para que demuestres tu identidad a los que están dentro y reclames el legado de Everard. Esta es tu oportunidad de demostrar que los cargos de la dama están equivocados. Si tienes éxito, me iré y te dejaré con tus ganancias mal habidas". Él sostuvo la mirada de Helmut, incluso cuando los ojos de ese hombre se iluminaron. "Ten en cuenta que si huyes o si vuelves a herir a la dama, te perseguiré. Me aseguraré de que tu desaparición no sea fácil y ningún tribunal levantará la mano contra mí".

Helmut se estremeció ante la amenaza en el tono de Wulfe, pero echó un vistazo al lejano torreón, su esperanza era clara. Cuadró los hombros y se humedeció los labios con cierta inquietud. "Voy a demostrar que la verdad es así", declaró con una bravuconería que Wulfe pensó inmerecida. Se tocó la barba incipiente de la barbilla y se revolvió el pelo, inspeccionando la suciedad de su tabardo con satisfacción. "Nunca distinguirán la diferencia", murmuró él, pero Wulfe no estaba tan seguro de eso.

De hecho, confiaba en lo contrario.

Cristina no dijo nada, simplemente miró a los hombres. El hecho de que ella no desafiara a Wulfe lo alentó a que su conducta tuviera sentido para ella.

Montaron y emprendieron el hermoso camino que conducía al pueblo. Con un gesto, Wulfe se aseguró de que Cristina estuviera lejos a su izquierda, en el lado opuesto a Helmut, y que su mano estuviera libre para agarrar su espada. Simón tenía el ingenio para saltar de la espalda de Teufel si era necesario, y Wulfe se alegró de que ambos muchachos hubieran aprendido tan fácilmente.

"Declararé que me escoltas y no me desafiarás", dijo Helmut, su anticipación era evidente.

"No tienes falta de confianza", señaló Wulfe.

"La misiva decía que él se había quedado ciego", se burló Helmut. "Eres un tonto al concederme esta oportunidad, porque verás que triunfaré".

Cristina resopló, sus dudas sobre eso eran muy claras y continuaron cabalgando en silencio.

En las puertas, Helmut se adelantó a medio galope y levantó la voz. "¡Abran la puerta!" gritó él. ¡Es Everard que ha vuelto a casa! ¡Rezo para que mi padre aún respire! "

Hubo un grito de alegría del portero y Wulfe vio a Stephen dentro del patio. Estaba claro que se habían hecho preparativos para el regreso del hijo del duque, y muchos se reunieron para presenciar su regreso.

Helmut cabalgó con confianza por debajo de las puertas, deteniéndose para saludar a los miembros de la corte por su nombre. ¡Eustache! ¡Qué bien te ves! ¿Cómo le va a Margaret?

"Muy bien, mi señor", respondió ese hombre y se inclinó profundamente. "Gracias por mencionarla".

"¿Cómo podría olvidarlo? ¿Rezo para que ese hijo tuyo que estaba tan reacio a entrar al mundo esté sano?

Eustache sonrió. "Es alto y fuerte, mi señor, tal como usted declaró que sería".

Helmut soltó una gran carcajada, obviamente una imitación de Everard. El sonido pareció tranquilizar a muchos.

"Por supuesto, los conoce a todos", murmuró Cristina. "Seguro que algún alma lo reconocerá".

Pero parecía que los que estaban en el patio veían lo que deseaban ver: el hijo de su señor regresaba a casa a tiempo.

"¡Qué excelente noticia!" Helmut desmontó y luego se volvió hacia el hombre que tomó las riendas de su caballo. "¿Yvan? ¿Eres tú?"

"¡Sí señor!" El mozo de cuadra hizo una reverencia y luego se alborotó el pelo. "Hay más plata de la que había antes, mi señor, pero todavía estoy aquí".

Y bueno es verte. Estoy seguro de que los caballo del establo de mi padre se alegrarán de tu excelente cuidado.

"Esta es una hermosa bestia, señor".

"¿Tú crees? Tuve que elegir otro en Ultramar sin tu sabio consejo, y solo pude hacer lo mejor que pude.

Creo que está muy bien, señor. Un poco de avena y un buen cepillo, y estará listo para correr de nuevo".

"Excelente. ¡Excelente!" Helmut soltó esa risa de nuevo y esta vez, más en la multitud sonrieron. Él levantó una mano, asegurándose de que su anillo de sello brillara a la luz del sol.

"Miente bien", dijo Cristina en voz baja.

Wulfe asintió pero una vez, mirando al otro hombre con cuidado. La mayor prueba aún estaba ante él.

Helmut le hizo un gesto a Wulfe. Y he tenido la suerte de ser escoltado en este viaje por un caballero juramentado por los Templarios. Por favor, denle la bienvenida".

Las miradas se deslizaron de Wulfe a Cristina y ella no dudó que habían notado los moretones en su rostro. Él no dijo nada, dejando que Helmut ideara una explicación.

"Otra que necesita la defensa de la orden", dijo ese hombre en un susurro. Le dio una mirada significativa a Wulfe, como para insinuar que Wulfe era responsable de los moretones, y Wulfe contuvo el aliento con indignación.

"Fue tan noble como para defenderme del ataque de un asaltante", dijo Cristina, tocando el brazo de Wulfe con la punta de sus dedos. "Si no me hubiera encontrado en ese momento, debería haber muerto".

La multitud asintió con aprobación ante eso, una situación más acorde con sus expectativas de los caballeros de la orden.

Helmut se rió de nuevo, y Wulfe se dio cuenta de que el único rasgo de Everard que el otro hombre podía imitar de manera confiable era bastante inapropiado para visitar el lecho de muerte de un padre amado. "Oh, tengo tantas historias que compartir", dijo Helmut, sacudiendo la cabeza. "Pero primero, se los ruego, enséñenme a mi amado padre".

"Él lo espera, señor", dijo un hombre mayor que debía ser el castellano. "Aunque no se encuentra bien". La expresión de ese hombre era inescrutable, pero Wulfe notó que no podía dejar de inspeccionar a Helmut.

El caballero tenía dudas.

El padre solo tendría más.

~

CRISTINA NO TENÍA ninguna intención de dejar el éxito o el fracaso de Helmut al azar.

Lo antes posible, se fue a las cocinas, para todo el mundo una criada en busca de un bocado de pan.

"¿Es verdad?" le preguntó el cocinero y ella no estaba realmente sorprendida de que las noticias viajaran tan rápido. Era un hombre no mucho mayor que ella y se preguntó si él había estado en esa morada diez años antes. "¿Regresa el hijo del señor?"

"Aparentemente sí."

"¿Y el Templario te salvó del abuso?"

"Sí. Es un hombre excelente y un luchador valiente".

"Así que se dice que lo son todos". asintió el cocinero. Me gustaría echar un vistazo a ese hijo del duque. Se tomó su tiempo para volver a ver a su padre".

"No puedes hacer una acusación contra mi señor Everard", declaró una mujer mayor, chasqueando la lengua al cocinero. Estaba formando hogazas de pan y tenía harina en la nariz. "Es un hombre por encima del castigo, tan piadoso y bueno que tenía un halo de niño". sonrió ella. "Pensamos que era uno de los ángeles que había venido a la tierra".

"Es posible que te hayan engañado", dijo el cocinero. "Hay muchos hombres cuyo corazón no es tan bueno como su semblante sugiere".

La mujer negó con la cabeza. "Este no. Ah, era bueno desde la cuna. Debe haber tenido una buena razón para retrasar su regreso, y estoy segura de que su regreso dará fuerzas al duque, incluso ahora.

"Él necesita todo", murmuró cl cocinero, y Cristina se dio cuenta de que no había estrellas en sus ojos.

Aceptó un trozo de pan por invitación de la mujer y una taza de cerveza. —Entonces, su señor Everard debe haber sido bendecido con muchos amigos —se atrevió a decir ella.

"Sí, lo fue". La mujer se detuvo y miró a Cristina, con una mano enharinada apoyada en su cadera. "Mi señor Everard nunca ha tenido la habilidad de ver la maldad en otros. Incluso cuando llegó a la edad adulta, siempre creyó lo mejor de cada alma".

"Apuesto a que hubo quienes se aprovecharon de ese rasgo", dijo el cocinero con actitud adusta. Probó una salsa, la cuchara sostenida por el ayudante del que hacía las salsas, y negó con la cabeza. "Una medida más de sal, creo".

La mujer arqueó las cejas. —Sí, claro que sí. Recuerdo a un compañero suyo. Dios del cielo, pero el duque eligió a ese guerrero para acompañar a su hijo y defenderlo en su peregrinaje. Me alegré de ver lo último de él, eso es seguro, porque había algo en sus modales que no me gustaba". Giró para mirar a Cristina. ¿Dime que el mercenario Helmut no regresó con mi señor Everard?

Cristina dejó su taza, sabiendo que había encontrado al aliado que buscaba. "Quizás deberías venir y saludar al señor que regresó," dijo ella en voz baja.

El cocinero y la mujer intercambiaron una mirada, luego ambos se limpiaron las manos y caminaron hacia el pasillo con determinación. Ella solo podía admirar lo protectores que eran con su señor duque y esperaba que se creyera en su testimonio.

El bribón lo conseguiría.

Wulfe no podía creerlo.

El duque fue llevado al salón para recibir a su hijo que había regresado, pero un vistazo al débil inválido hizo que Wulfe temiera el resultado. Helmut estaba eufórico, aunque ocultó bien su reacción. Fingió consternación al ver por primera vez a su padre, luego se enderezó como si no quisiera molestar al anciano con la verdad de su reacción. Varios en el salón asintieron con simpatía, pero el viejo duque claramente no podía ver muy lejos.

"¿Everard?" —exigió, su voz era aguda y fina.

"¡Padre!" Helmut declaró, su voz retumbó tan fuerte que nadie podía dejar de escucharla. Claramente, ese era un rasgo del verdadero Everard, porque el viejo duque se sentó un poco más erguido. Helmut luego emitió esa risa y el duque se agarró a los brazos de su silla. "Recibí noticias de que no estabas bien", dijo él. "¡Pero aquí estás, tan en forma como siempre!"

El duque se rió entre dientes por ser tan burlado y Wulfe vio una lágrima brillar en su mejilla. "Hijo mío", susurró y extendió una mano.

Helmut cruzó la habitación, arrojó su capa y se arrodilló para besar el anillo de su padre. "Estoy maltratado por el viaje, padre, y no soy apto para estar en su compañía en este estado". Él se aseguró de que se le rompiera la voz. "Pero tenía que verte lo antes posible".

"¡Mi hijo!" declaró el duque y apretó la mano de Helmut.

Seguramente, ¿él no podría dejarse engañar tan fácilmente?

Las manos del duque eran delgadas y estaban llenas de venas azules. Parecía débil y delgado, y se aferró a Helmut mientras sus lágrimas fluían. "¿Cómo se ve mi hijo, Rupert?" le preguntó al senescal que estaba detrás de él protectoramente.

"Como un hombre cambiado", dijo Rupert con firmeza. "De hecho, apenas lo habría reconocido, salvo por el anillo en su dedo".

Helmut soltó esa risa una vez más, y Wulfe realmente se cansó de su sonido. "Ah, Rupert, siempre has sido el más vigoroso en la defensa de mi padre". Bajó la voz a un susurro. "Recé en el Santo Sepulcro para que encontraras alivio del dolor de tu rodilla izquierda. ¿Ha mejorado? "

El senescal estaba visiblemente sorprendido. "No lo ha hecho, pero le agradezco la oración, señor". Él miró al recién llegado, sus dudas se sacudieron.

Wulfe estaba horrorizado por la destreza de Helmut con la falsedad. ¿Cómo podría convencerlos a todos de que vieran la verdad que tenían ante ellos?

Estaba claro que deseaban que esa ilusión fuera verdad con tanta vehemencia que ignorarían sus propias impresiones, para que el duque no se sintiera decepcionado. Su pueblo debía tenerle mucho cariño, lo que empeoraba aún más esa parodia.

"Me alegro de haberte vuelto a ver, hijo mío," susurró el duque con voz ronca. No cedió su agarre a la mano de Helmut y ese hombre daba la impresión de ser un hijo devoto arrodillado a los pies de su padre.

"¡Tú!" Gritó una mujer desde el otro lado del pasillo y Helmut miró hacia arriba.

Una mujer mayor con un delantal, harina por toda su falda, marchaba furiosa por el suelo. ¿Cómo te atreves a volver a este lugar y sin mi señor Everard? ¿Qué le has hecho, demonio?

El duque parecía desconcertado. La ira brilló en los ojos de Helmut por un latido antes de que él también se las arreglara para parecer confundido.

El senescal se enderezó, los ojos brillando mientras miraba.

Wulfe vio que un hombre de cabello oscuro con las mangas arremangadas acompañaba a la mujer. Él observó con evidente curiosidad. Junto a él estaba Cristina, con expresión tan llena de satisfacción que Wulfe supo que se había asegurado de que la mujer llegara al pasillo en ese momento.

"Marta, ¿verdad?" Dijo Helmut, como si no estuviera seguro de su memoria. Chasqueó los dedos cuando la mujer se abalanzó sobre él. ¡Sí, Marta! Recuerdo bien cómo horneabas, sin duda, porque no ha habido otro en todos estos años para hacer un pan tan fino y ligero... "

"Debería ser más que mi cocción, ¿recuerdas?, ¡maldito!" declaró Marta y lo golpeó en la cara.

Todos los presentes se quedaron sin aliento.

¡Marta! Olvidas tu lugar", dijo el senescal, pero sin verdadero entusiasmo.

"No soy yo quien se olvida. ¡Mira a este hombre a la cara! ¡No es Everard! Es ese villano de corazón negro Helmut, ese mercenario contratado para defender a mi señor Everard. Ella lo miró de arriba abajo. "¡Desde mi postura, parece que trata de engañarnos a todos, para fingir que es Everard!"

Todos comenzaron a susurrar, pero Helmut se mantuvo erguido ante ella. Su tono se volvió imperioso. "No tienes derecho a hacer tal acusación..." comenzó, pero no avanzó antes de que el duque levantara la cabeza.

"Suenas como Helmut," dijo él en voz baja, sus manos temblaban mientras las doblaba en su regazo.

"¡Padre!" Helmut apeló, cambiando de tono. "¿Seguramente no puedes tomar la palabra de una mujer de las cocinas contra la de tu propio hijo?"

"Si eres su propio hijo", dijo Marta, su tono era desafiante.

"¡Lo soy!" Helmut volvió a reír. "Es evidente para todos".

Los labios del senescal se tensaron. "La verdad se puede probar fácilmente", dijo en voz baja pero con determinación. "Mi señor Everard tiene un patrón de lunares en la espalda". Chasqueó los dedos y cuatro hombres de la guardia cayeron sobre Helmut.

"¡Esto es un atropello! Padre, no puedes permitir que me hagan esta indignidad... "

Pero el duque esperó el veredicto de su senescal.

Wulfe se tragó la sonrisa cuando Helmut se despojó fácilmente de su tabardo. Ese hombre luchó pero no era rival para los decididos caballeros. Sólo cuando le quitaron la camisola, dejándolo con el torso desnudo, la pelea lo abandonó. Inclinó la cabeza mientras Rupert caminaba a su alrededor y el pasillo estaba en silencio con anticipación.

"Sin lunares", decretó Rupert. "Lo siento, mi señor, pero este hombre es un impostor que quiere robar el legado de su hijo".

El duque dejó caer la cabeza entre las manos y lloró. Parecía aún más pequeño y frágil que antes, y Wulfe lamentó que la verdad le hubiera robado lo único que podría haberle dado consuelo.

El senescal miró a su señor, con simpatía en su mirada, luego tomó el mando. "Átenlo". Helmut luchó contra los caballeros pero no tuvo más éxito que antes. En unos momentos, estuvo atado. "Se enfrentará a la justicia del duque cuando el duque considere oportuno escuchar cualquier caso que pueda presentar en su propia defensa".

"¡Everard lo tenía todo!" rugió Helmut de amargura. "Era débil y no tenía habilidad con la espada. Otorgaba misericordia donde no era merecida. No podía quedarse con su dinero, sino que concedía limosnas a los mendigos en todo momento. No tenía derecho a ser rico, a ser un caballero, a ganar una propiedad, cuando yo, yo, que he luchado por cada baratija que ha llegado a mi mano, era mucho mejor en todos los sentidos".

"Guárdalo para ti", dijo Wulfe y el senescal asintió.

"¿Lo mataste?" —preguntó el senescal a Helmut, con un tono engañosamente suave. Sus ojos brillaban con una indignación que Wulfe compartía.

"Le quité lo que tenía sólo con desdén", declaró Helmut con amargura. "Él regalaba su dinero pero yo lo saboreé. Le importaba más la vida que pensaba que tendría en el cielo, así que lo envié allí".

"¡Canalla!" gritó Marta.

"¡Alimaña!" gritaron los presentes mientras el duque lloraba.

Wulfe se volvió hacia Cristina cuando Helmut fue conducido al calabozo, solo para descubrir que su rostro estaba surcado de lágrimas. Sin embargo, ella sonreía y él casi podía sentir el alivio que la llenaba.

Gunther había sido vengado.

Él le había dado este regalo a ella, y ahora sus caminos debían separarse.

Pero primero, la acompañaría a cualquier lugar que ella llamara hogar, incluso si el tiempo extra en su compañía solo lo atormentaría. Él se dijo a sí mismo que no tenía prisa por enfrentar ninguna disciplina del Gran Maestre en París, pero que no por eso elegía ese camino.

Él quería saber con certeza que Cristina estaba a salvo.

∾

Cristina no pudo soportar ver la angustia del padre de Everard. Qué trágico terminar sus días sabiendo que su hijo más amado estaba perdido. Entonces pensó en su propia madre y se preguntó si su propia desaparición había angustiado a su madre.

Nunca había tenido la intención de hacer eso, pero Cristina estaba tan angustiada por su propia situación que no había enviado un mensaje. Le había parecido más cruel ponerse en contacto con su familia cuando no podía salir de Venecia, pero ahora se preguntaba si su orgullo le había impedido pedir una ayuda que podrían haberle ofrecido voluntariamente.

¿Y si su madre hubiera muerto en su ausencia?

Cristina salió del salón y vagó por los jardines detrás del torreón, asqueada por la posibilidad.

De hecho, la bilis subió sin expectativas y ella vomitó. Al menos se las arregló para llegar al montón de hojas secas y recortes que se dejaban para hacer fuego durante el invierno. Con manos temblorosas, enterró la evidencia de su enfermedad, solo para darse cuenta de que una mujer mayor la observaba desde un huerto de col rizada. No era Marta, porque ésta tenía el pelo más oscuro, pero había un pragmatismo bienvenido en sus modales.

"¿Es el engendro del villano o el Templario?" preguntó esa mujer, para gran confusión de Cristina. Cuando ella negó con la cabeza, la mujer se encogió de hombros. "De cualquier manera, tendrás un largo camino por delante, querida."

"No entiendo."

"¿No? Sin duda, traer un niño al mundo sin el apoyo de su padre es un desafío. No es tan poco común como eso, pero aun así no es deseable". La mujer hizo una mueca y volvió a arrancar las malas hierbas. "Pero si el villano es el padre, el señor podría ser amable contigo. De hecho, ambos habrían sido engañados por el mismo hombre, y él podría ser generoso por eso. El duque tiene compasión, sin duda".

Cristina sonrió. "Estoy simplemente enferma este día, lo cual es muy inconveniente, pero no estoy embarazada".

"¿No lo estás?"

"Nunca estaré embarazada. Soy estéril".

La mujer se rió entre dientes. "Verás en la primavera si ese sigue siendo el caso o no".

"¡Pero no puedo estar embarazada! Es imposible."

"Por la forma en que el Templario te mira, yo diría que es muy posible de hecho. Sigue mi consejo y no discutas que es un nacimiento virginal. Es mejor reconocer la verdad desde el principio".

Embarazada. Cristina examinó el jardín sin verlo realmente. ¿Podría ser así?

Pareces muy sorprendida. ¿De verdad no lo sabías?

"Todavía no lo sé."

La mujer trabajaba una hierba obstinadamente libre. "¿Y cuándo fue la última vez que tuviste tus cursos? ¿Has tenido intimidad con un hombre desde entonces? ¿Cuántos días has perdido tu comida? No es necesario que me lo confieses todo, pero te vendría bien pensar en ello.

Cristina no había sangrado desde varias semanas antes de conocer a Wulfe en Venecia. Ella contó con los dedos. Había llegado a la casa de Costanzia en el día de la Magdalena, el 22 de julio. Ahora era el día de San Agustín, más de un mes después. Habían sido íntimos, varias veces. Y su vientre había estado muy revuelto desde que dejó París.

¿Podría ella llevar al hijo de Wulfe?

Ella miró a la mujer con asombro.

"Tus pechos, entonces", continuó la mujer. "¿Parecen más grandes? ¿Y tiernos?

"Lo están", reconoció Cristina y se sentó con brusquedad, porque su mundo había sido sacudido. Una nueva esperanza hizo que su corazón se acelerara. ¿Era posible que ninguna de sus hermanas menores hubiera tenido hijos todavía?

¿Era posible que ella pudiera darle a Wulfe un futuro fuera de la orden?

"Realmente no lo sabías entonces", dijo la mujer, y Cristina se dio cuenta de que había venido a pararse a su lado. Lo siento si te sorprendí, porque pensé que lo sabías. Sin embargo, es mejor saberlo más temprano que tarde".

"Sí. Me alegro de saberlo. Te lo agradezco."

La mujer sonrió con expresión amable. "Que tú y el bebé sean bendecidos, querida".

Cristina sonrió y abrazó impulsivamente a la mujer. "Gracias", dijo de nuevo, luego se apresuró a encontrar a Wulfe. De alguna manera tenía que contarle la noticia.

No podía hacer una confesión tan íntima en compañía. No, necesitaba un momento de privacidad, cuanto antes, mejor. Cristina esperaba que Wulfe estuviera decidido a acompañarla a casa.

AQUELLA NOCHE ACAMPARON en el bosque, no muy lejos del torreón de Montmorency, pero mucho más allá del pueblo. Había quedado claro que ellos, como portadores de malas noticias, no habían sido bienvenidos a quedarse, aunque el barón y su familia les habían ofrecido la invitación. Wulfe la había declinado cortésmente, insistiendo en que tenían que viajar lejos, y Cristina estaba igualmente feliz de estar lejos de Helmut.

Por mucho que le desagradara y desconfiara de él, se dio cuenta de que no tenía ningún deseo de presenciar que se hiciera justicia. Era suficiente saber que lo habían descubierto y que pagaría por sus crímenes.

Las estrellas eran numerosas esa noche y tenían provisiones de las cocinas de Montmorency. Se les había concedido una piel llena de buen vino tinto, pan y salchichas duras, queso y manzanas. Wulfe y los muchachos habían encendido una fogata, los muchachos recogiendo leña a su orden y se sentaron alrededor de ella después de comer. Los caballos estaban amarrados cerca y un pequeño arroyo salpicaba al pasar por el lugar que habían elegido. La ola del invierno estaba en el aire, aunque no tendrían demasiado frío esa noche. Ella mantuvo la mano sobre su vientre, consciente de que era más redondo y se preguntó qué diría Wulfe si le hablaba del bebé.

¿Él negaría que fuera suyo? Ella lo miró disimuladamente, dudando que fuera tan grosero. Él estaba sentado en el lado opuesto del fuego, con las piernas estiradas y cruzadas a la altura de los tobillos, su postura relajada le dio a ella una curiosa alegría. Estaba menos severo que cuando lo había conocido, más a gusto, y a ella le gustó mucho el cambio.

No, no rechazaría su papel en la creación de su hijo. Pero la confesión lo preocuparía, podía adivinar, porque creía que no podría casarse con ella de manera honorable. Le haría volver a ser consciente de su falta de fortuna, y ella no deseaba hacerlo sentir menos de lo que era.

De todos modos, se preguntó qué harían, ella y este niño creciendo dentro de ella.

Ella se atrevió a esperar de nuevo que sus hermanas no hubieran sido más afortunadas que ella. ¿Y si volvía a casa y descubría que todavía no habían tenido un hijo?

¿Y si el hijo de Wulfe fuera un niño? La posibilidad de concederle el hijo que todo hombre debe desear fue suficiente para emocionarla, incluso sin la posibilidad de ganar el legado de su padre. Ella bajó la mirada, considerando cómo podría decirle la verdad, más temprano que tarde.

"¿Podría contarnos un cuento, mi señora?" Preguntó Stephen.

"Seguramente has tenido suficientes historias de santos para saciarte" bromeó ella, queriendo permanecer en silencio esa noche, para pensar mejor en las posibilidades. "Digo que es hora de que Wulfe comparta una historia".

Él le lanzó una mirada y, para su sorpresa, cedió. Quizá sea así. Solo conozco un cuento, aunque lo compartiría con ustedes".

Los muchachos intercambiaron sonrisas y se acercaron para escuchar.

Wulfe miró fijamente al fuego. "Una vez, había un joven. De hecho, no era mucho mayor que ustedes. Se dispuso a buscar fortuna". Hizo una pausa y frunció el ceño. "Suena así como si hubiese elegido buscar fortuna, pero en realidad, la elección fue hecha por él. Había crecido en el bosque, al cuidado de un guardabosques. Cuando ese hombre murió, el joven estuvo solo. No tenía nada en su mano, ninguna ventaja, ningún padre, ningún pariente o incluso un hogar que pudiera llamar suyo. Buscó fortuna para poder sobrevivir".

Cristina supo entonces que hablaba de su propia vida.

"Viajó lejos y vio mucho antes de que un día lo recibieran en la morada de un guardabosques. Ese hombre tenía un plan, sin que el joven lo supiera, aunque rápidamente se hizo realidad. El noble que dominaba esa propiedad visitó al guardabosques, como era su costumbre, y el guardabosques presentó al joven como candidato para entrenar con el propio sobrino del señor. El noble estuvo muy satisfecho con esa sugerencia, ya que parecía que había estado buscando un oponente de tamaño y fuerza adecuados para su sobrino".

"Él deseaba que su hijo ganara", sugirió Stephen.

Wulfe sonrió. "Deseaba que su sobrino no fuera derrotado todo el tiempo. Su propio hijo era mayor y se había ganado sus espuelas, por lo que el sobrino tenía pocas posibilidades contra él. El noble le dijo al joven que si bien se aprende más en la derrota que en la victoria, el sobrino necesitaba un oponente más equitativo. Y aquí estaba la oferta que le hizo al joven: si aceptaba pasar cinco años entrenando en la casa del noble junto al sobrino, el noble también lo llamaría caballero".

"¡Es una buena oferta!" exclamó Simón.

"En efecto. El joven se apresuró a aceptar, y así comenzaron los cinco años más desafiantes que había conocido. Aprendió mucho, tanto en la victoria como en la derrota, y se convirtió en un consumado espadachín. Aprendió estrategia y tácticas y, mejor aún, él y el sobrino se hicieron buenos amigos. Se ganaron sus espuelas juntos y fueron nombrados la misma mañana, y tal fue la generosidad del noble que les dio armas a los dos. El joven sabía que la espada y la armadura del sobrino eran mejores que las suyas, pero eso era lo correcto. No era pariente y el noble le había otorgado más de lo que se podía esperar de cualquier otro".

Wulfe tomó un sorbo de vino. "Y así fue como el sobrino regresó a su casa, y como el joven estaba nuevamente resuelto a buscar fortuna, viajaron juntos a esa propiedad. Resultó que el sobrino tenía una hermana de notable belleza. Él pensaba poco en sus encantos, porque ella era más joven y siempre lo había seguido cuando eran niños, pero cuando el joven la vio, podría haber estado tallado en piedra. Solo en virtud de su belleza, la amaba, y sabía que haría cualquier cosa para ganar su mano. Hay que decir que su buena suerte hasta ahora le había dado grandes expectativas, pero no puedo culparlo por tal optimismo. De hecho, parecía que la doncella lo favorecía".

"¿Se casó con ella?" Preguntó Simón.

"¿Se ganó una propiedad y luego se casó con ella y tuvo muchos hijos?" Preguntó Stephen.

Cristina sonrió ante su entusiasmo y bajó la mirada a sus manos, temiendo saber cómo terminaría esa historia.

"Él le prometió su amor y fue bien recibido. Parecía que nada podía salir mal para esa pareja, y cuando ella lo besó completamente, él pensó que su corazón estallaría. Y así fue como él esperó tener una esposa en matrimonio, pero, por desgracia, tal buena suerte no se produjo".

"¿Por qué no?" Preguntó Stephen.

"Porque la señora le confesó su secreto a su hermano, quien se rió de ella. Parecía que siempre había jurado que se casaría con un príncipe o un rey, y su hermano se burlaba de ella de que el caballero que se había ganado su afecto ni siquiera era de noble cuna. Él no quiso decir nada con eso, porque pensaba que su amor era verdadero y, de hecho, creo que estaba contento de que su amigo se hubiera ganado el afecto de su hermana, pero la doncella afirmó que la habían engañado. Ella rechazó al caballero desde ese momento y se negó a volver a hablar con él.

—Entonces su amor era escaso —se atrevió a decir Cristina.

"En efecto." Wulfe estaba tenso con esa admisión y parecía que el rechazo aún dolía. "Su afecto tenía un precio alto, un precio más alto de lo que él podía pagar".

"¿Pero qué le pasó?" Preguntó Simón.

Wulfe se encogió de hombros. "Dejó ese lugar y siguió adelante, con el corazón sangrando porque el amor de su dama no había sido suficiente para aceptarlo como era. Entonces supo que nunca más se atrevería a amar, y se unió a una orden militar, para no caer en la tentación de volver a errar".

"Y las únicas mujeres que conocía eran putas", supuso Cristina.

La mirada de Wulfe se encontró con la de ella a través del fuego. "Sí", dijo con voz ronca. "Nunca la misma dos veces".

"¿Entonces él siempre estuvo solo?" Preguntó Stephen.

"Sí."

"Eso no es un cuento", se quejó Simón. "Él debería haber conocido a una princesa o encontrado un tesoro".

Wulfe sonrió. "No dudo que él estaría de acuerdo contigo".

Entonces hubo silencio entre ellos, salvo por el crepitar del fuego.

"Cristina cuenta mejores historias", señaló Stephen, con un tono de disgusto.

—Entonces tal vez no debiste pedirme uno —dijo Wulfe con suavidad.

Los chicos, sin inmutarse, se volvieron hacia ella, sus rostros encendidos. "¿Podrías contarnos un cuento, mi señora?" Preguntó Stephen.

Cristina sonrió. "He escuchado la misma historia", dijo, bien preparada para que Wulfe la mirara rápidamente. "Pero el final fue diferente en la versión que escuché".

"¿Verdaderamente?" Dijo él suavemente. "Entonces tal vez lo compartas".

"¡Sí, cuéntalo!" dijeron como uno Simón y Stephen.

"La historia era la misma hasta este punto, pero el joven

continuó buscando fortuna. Ya era un caballero, como saben, y estaba seguro del lugar que ocupaban las mujeres en su vida. Entonces, una noche, conoció a una viuda que no estaba tan dispuesta a dejarlo escapar de sus afectos. Ella lo mantuvo a su lado durante un día y una noche, y luego, cuando él se fue, ella lo siguió".

"Ella le lanzó un hechizo, sin duda", dijo Wulfe.

Cristina sonrió. "Quizás la magia estaba entre ellos, porque parecía que ninguno podía alejarse del otro. Y así hablaban frecuentemente y se reían juntos, y descubrieron que sus pensamientos coincidían a menudo. Ellos yacían juntos y se confesaban sus secretos el uno al otro, e incluso resolvían problemas juntos, Entonces un día, la mujer se dio cuenta de que ella estaba embarazada de él."

Wulfe casi deja caer su copa ante eso, y sus ojos se abrieron con asombro.

"¿Ellos estaban casados?" Preguntó Simón.

Cristina sonrió y sacudió la cabeza. "No, porque el caballero creía que él no tenía nada que ofrecerle a una esposa. Yo creo él todavía estaba herido por la imposibilidad de la otra doncella de ver su verdadero mérito. La verdad era, sin embargo, que esta mujer solo tenía hermanas. Pero como el caballero no conocía su familia, no sabía eso, y ella no le había hablado a él sobre eso. Pero el padre de ella estaba convencido que la propiedad debía pasar de padre a hijo. Pero como no él tenía hijos decretó que la primera de sus hijas que tuviera un hijo sería la que heredaría la propiedad. Y así fue que la dama le preguntó al caballero que la escoltara a casa, y ella rezaba cada día y cada noche para estuviera embarazada de un barón, para que el caballero creyera que podía casarse con ella honorablemente." Ella se quedó en silencio, su mirada fija en la de Wulfe.

"Otro asunto que ellos podrían resolver juntos," murmuró Wulfe.

"¿Y qué pasó?" Preguntó Stephen.

"¿Era un niño o una niña?" dijo Simón.

"No lo sé. Eso fue todo lo que escuché del cuento. Solo supe que viajaron a la casa de la família de ella. Espero que fuera un niño y que el niño se convirtiera en heredero, pero no lo sé con certeza."

Stephen exhaló con insatisfacción. "Ese cuento no estaba mucho mejor. Un buen cuento merece un final feliz."

"Y quizás este tuvo un final feliz," dijo Wulfe firmemente. "Pero ya es tarde y nos levantaremos temprano para cabalgar." Él se levantó y apagó el fuego, cubriendo los restos, mientras los muchachos se envolvían en sus capas. Él se volvió hacia Cristina, su mirada brillaba en la oscuridad. "Hay humedad esta noche," dijo él suavemente. "Yo me aseguraría de que esté caliente esta noche, mi señora."

Cristina sonrió y se puso de pie, demasiado feliz de obedecer.

¡Un hijo!

Wulfe estaba impactado y encantado a la vez. Él calmó su expresión con cuidado hasta que los muchachos se durmieron y él se hubo asegurado que los caballos estuvieran bien atados. Él regresó hacia Cristina entonces, atrapado otra vez por su mirada luminosa. Él abrió su capa en el suelo. Y se acostaron juntos, entonces él la atrajo hacia sus brazos y los envolvió a ambos en su capa. Ella se acunó contra él, como había hecho la primera noche en Venecia, la espalda de ella contra el pecho de él, las piernas de ella dobladas delante de las de él. La suavidad del cabello de ella jugaba con las fosas nasales de él, y su olor lo invadió. Él encontró su mano no solo deslizándose sobre su cintura, sino aterrizando en su vientre. Sus dedos se abrieron protectoramente sobre ella y Cristina puso su mano sobre la de él.

"¿Un hijo?" murmuró él en su oído.

"Un hijo" asintió ella suavemente.

"¿Cómo puede ser esto?"

Ella se viró un poco para que él pudiera ver el brillo de sus ojos.

"Dime que no has olvidado nuestros encuentros tan pronto," bromeó ella

"Nunca," dijo él con vehemencia. "Pero dijiste que tú vientre no engendraba fruto."

"Y nunca lo había hecho, hasta ahora. Yo misma no puedo entenderlo." suspiró ella. "Emprendimos el peregrinaje porque yo era estéril, pero yo nunca llegué al santuario de Jerusalén. No puede haber absolución para mis pecados, y realmente son peores ahora de lo que eran entonces."

"¿No concebiste, ni en el establecimiento de Costanzia?"

Ella sacudió su cabeza y él le creyó. "Yo sabía que no concebiría. Ellos tenían pociones y preparados y los usé, solo para estar segura. No había elección. Pero yo sabía que nunca concebiría un hijo."

"Porque no terminaste tu peregrinaje," concluyó Wulfe.

Cristina negó con la cabeza y se acurrucó contra su calidez.

ÉL enroscó un mechón del cabello de ella en su dedo, pensando en la otra confesión de ella. "¿Es verdad el resto?"

Ella asintió, giró su cara hacia él, entonces sus palabras se suavizaron. "Mi padre estaba decidido a dejar su propiedad solo a hombres, pero yo solo tengo dos hermanas. Yo soy la mayor, y se puede asumir que yo sea la primera en tener un hijo."

"¿Así que fue más que el amor a un hijo lo que promovió la decisión de Gunther?" En verdad, Wulfe se alegró de que el esposo de Cristina no fuera tan santo como él había imaginado.

"Él era un hijo menor. Aunque era de familia noble y había sido nombrado caballero, no había propiedad que cayera en sus manos. A mi padre le agradaba mucho él, y se aseguró de que nuestro matrimonio se hiciera antes de su muerte. Creyendo que el futuro estaría seguro antes de un año."

"pero no lo estuvo."

Cristina negó con la cabeza. "Mi hermana Miriam es tres años más joven que yo, y ella ya tenía entonces un pretendiente devoto. Otto era el hijo de un primo lejano, otro hijo menor sin ningún legado. Él jugaba con nosotras cuando éramos pequeñas, y él siempre había favorecido a Miriam. Ella también lo favorecía a él. Ya llevábamos casados cuatro años cuando su compromiso fue anunciado, y Gunther temió que la oportunidad estuviera perdida."

"¿Y no has sabido nada de tu casa desde entonces?"

"No me atreví a contar mi situación," admitió ella suavemente. "Ya que yo no podía cambiarla." Cristina sacudió su cabeza, luego miró a Wulfe.

Él tenía que hacer la pregunta, aunque era una pregunta grosera. " ¿Estás segura que el hijo es mío?'

Ella le sonrió, y él se alegró de que ella no resintiera la pregunta. "Una pregunta justa, Wulfe, pero no puede haber duda en la respuesta. Yo trataba de evadir mis responsabilidades en la casa de Costanzia. Yo había tenido mis cursos dos semanas antes de que tú llegaras, pero había estado insistiendo sobre la persistencia de mi ciclo. Ese día Costanzia me exigió buscar un cliente para la noche entera o me arrojaría a las calles en la mañana."

"Entonces mi llegada fue oportuna."

"Como se espera de un campeón," bromeó ella. "Y no puede haber duda del padre del bebé."

Wulfe asintió con alivio y atrajo a Cristina más cerca. Cuanto anhelaba él hacerle una dulce promesa, pero él no tenía derecho a hacer eso.

Ella agarró su tabardo, y su tono se volvió urgente. "Wulfe, ¿qué hay si Miriam y Ana han sido estériles como yo? ¿Qué tal si tuvieron solo hijas?"

"Han pasado nueve años," dijo él, negándose a tener esperanzas.

"No, han sido trece años, corrigió ella tranquilamente.

Él negó con la cabeza, su corazón sopesando la posibilidad. "Puede ser."

Ella sonrió. "Puede ser."

"Solo hay modo de descubrir la verdad" dijo él, viendo como sus ojos bailaban de emoción. "Debemos cabalgar hacia tu hogar, con toda prisa."

"Sí," dijo Cristina y se acomodó contra él con abierta satisfacción. "Sí, Wulfe, debemos hacerlo." Suspiró ella. "Y yo rezaré, como raramente he rezado antes."

Wulfe también rezaría, sin embargo él dudaba de que cualquier petición que él hiciera fuera recibida con tanta consideración como esa de la dama en sus brazos.

¿Era posible que pudieran tener un futuro juntos?

Ahí fue cuando él decidió su rumbo: si una de las hermanas de Cristina había reclamado el legado, pero la dama aun lo deseaba, él le recordaría a Gastón su promesa.

MIÉRCOLES, SEPTIEMBRE 16, 1187

DÍA DE SANTA EUFEMIA

El corazón de Cristina latía con fuerza cuando su pequeño grupo llegó a la cima de la colina y pudieron mirar la propiedad de su padre.

No era grande, pero había sido próspera, y todavía parecía serlo. La mirada de Cristina recorrió los viñedos y, por la actividad en los campos, supo que la cosecha había sido buena. Los techos del pueblo estaban cuidadosamente cubiertos de paja y el mercado estaba lleno de gente. El río en la base del valle brillaba y ella podía escuchar las grandes piedras girando en el molino. El torreón de piedra estaba elevado en un monte por encima del pueblo, sus puertas estaban abiertas por el día y la insignia de su padre blasonaba el estandarte que blandía sobre su torre más alta.

Ella descubrió que tenía lágrimas en los ojos, porque había temido más de una vez que nunca volvería a ver ese lugar. Wulfe la miraba con expresión cautelosa y ella le sonrió. "Ven. Los centinelas ya le habrán dicho a mi madre que hay un grupo en la carretera. Ella tendrá curiosidad".

Cuando él vaciló, ella lo miró de nuevo. "¿Tan ricos son?" murmuró él, sus dudas eran claras.

Cristina sonrió y lo instó a seguir adelante. "No tan ricos ", reprendió ella, pero Wulfe no parecía persuadido.

De hecho, él parecía muy pensativo.

¡Pero ella estaba en casa! Ella cabalgó a medio galope, desesperada por saber la verdad. Los muchachos trotaban y corrían detrás de ella con sus caballos, Wulfe y Teufel en la retaguardia. Los que estaban en el mercado se volvieron con curiosidad y luego se separaron para dejarlos pasar. Cristina escuchó los susurros de las especulaciones, pero quería ver a su madre ella misma primero.

Si de hecho, esa mujer todavía respiraba.

Antes de que ese miedo pudiera hacerse más grande, el senescal salió de la puerta de la fortaleza. Todavía era Bertrand, aunque más canoso que antes. Cristina casi gritó aliviada. Él evaluó el grupo y luego hizo un gesto hacia el patio detrás de él.

Apenas un momento después, apareció una mujer alta, asegurándose de detenerse hasta estar frente a él. La boca de Cristina se secó al reconocerla. Su madre vestía con su tono favorito de azul y tenía bordados plateados en los puños y dobladillos. Su velo era tan blanco como la nieve, su diadema tan plateada como el cabello debajo. Su mirada era tan aguda como la de un halcón cazando, y miró los rostros de los que estaban en el grupo, su curiosidad era muy evidente.

Wulfe desmontó con una floritura y se acercó a ayudar a Cristina. Él le dio a sus dedos un pequeño apretón justo antes de que ella echara hacia atrás su capucha.

Su madre contuvo el aliento y se llevó las manos a la boca. "¡Juliana!"

"Buenos días, mamá", dijo Cristina, encontrando su voz ronca.

"Es un buen día que mi hija regresa a casa", dijo su madre apresuradamente, luego se apresuró a abrazarla con fuerza. Ellas giraron juntas en un fuerte abrazo y Cristina vio la confusión de Wulfe.

"Santa Cristina fue sostenida por su fe", dijo Stephen en voz baja, y Wulfe sonrió ante eso.

"De hecho, lo fue", murmuró él, y ella recordó cómo él había estado seguro esa primera noche de que Cristina no era su nombre en verdad. Desde el principio, había sido imposible ocultar su verdad a ese hombre, una marca segura del amor que había crecido entre ellos tanto como podía ser.

Juliana se ruborizó por haberle mentido, pero Wulfe no parecía demasiado preocupado. Era extraño que ella tuviera que acostumbrarse de nuevo a su nombre. Juliana se dio cuenta de que su madre estaba mirando entre ella y Wulfe, evaluándolos con la vista.

"Escoltada por un caballero templario", dijo esa mujer. "Yo diría que has tenido suerte, Juliana, si no hubieran pasado más de nueve años desde que dejaste estas puertas".

"Mamá, este es el hermano Wulfe, más recientemente del Priorato de Gaza". Wulfe hizo una reverencia y Juliana notó cuán atentamente lo miraba su madre. Y sus escuderos, Stephen y Simón.

"¿Hay alguna razón por la que Gunther no regresa contigo?"

Ella sabía que su madre realmente le preguntaba por la demora en su regreso. "Mamá, lo mató un ladrón en Venecia"

Los labios de su madre se separaron y la consideración amaneció en su mirada. "Estabas sola en esa ciudad", susurró ella. "¡Mi niña!" La madre de Juliana la abrazó con más fuerza que antes.

"No pude enviar un mensaje, mamá", susurró Juliana para que solo su madre pudiera escuchar. "No podría haber soportado decirte por qué se me prohibía salir de esa ciudad."

"¿Y este hombre te ayudó a irte?" preguntó su madre suavemente. Juliana miró hacia arriba para encontrar que no había censura en la mirada de su madre. Su madre sonrió. "No te extrañes, mi Juliana. Yo fui quien te enseñó a hacer lo que haya que hacer para sobrevivir. Yo hubiera enviado ayuda".

"Lo siento, mamá."

Su madre le besó la frente y la abrazó con fuerza, alzando la voz. ¡Lo que debiste haber soportado! Y estás demasiado delgada." Ella se echó hacia atrás y respiró temblorosamente, sus ojos se llenaron de preocupación familiar mientras pasaba las yemas de los dedos por la mejilla de Juliana. Pero en casa. Felizmente en casa."

Se abrazaron de nuevo, la visión de Juliana se nubló por las lágrimas.

Luego su madre se volvió hacia Wulfe con su gracia habitual. "Todos deben venir al salón", invitó, aunque no dejó de sujetar el brazo de Juliana. "Estoy segura de que hay muchas historias para compartir. ¡Bertrand! "

"Por supuesto, mi señora. Los caballos estarán bien cuidados." Bertrand hizo una reverencia a Wulfe. "¿Le gustaría ver nuestros establos, señor? Sé que más de un caballero no descansa tranquilo sin estar seguro del bienestar de su compañero. ¡Y qué buen caballo monta! ¿Fue criado en Ultramar por casualidad?

Wulfe y Juliana intercambiaron una mirada de diversión mientras Bertrand charlaba con su habitual entusiasmo, incluso mientras conducía a Wulfe hacia los establos del torreón.

"Le tienes cariño", le susurró la madre de Juliana al oído.

Ella solo pudo asentir.

"¿Y tiene buena familia?"

"No tiene ninguna." Ella se negó a decirle a su madre que Wulfe podría ser el bastardo de un noble, porque sentía que la historia no era suya para compartirla.

Su madre parecía pensativa. "Qué amable de su parte escoltarte todo el camino a casa."

"En efecto." Juliana miró hacia arriba a tiempo para ver a su madre negar con la cabeza.

"Debes saber que Miriam y Otto tienen tres hijos ahora", dijo ella con suavidad. "Otto es el señor, Juliana, y es bueno. " Ella sonrió, deslizando sus dedos por la mejilla de Juliana, su mirada era demasiado perceptiva. "Espero que no hayas ofrecido lo que no es tuyo para prometer, hija mía."

Juliana tragó y parpadeó para contener las lágrimas. "Por supuesto que no, mamá", dijo, pero su voz se quebró con las palabras. "Han pasado nueve años, después de todo."

Su madre vio todo lo que Juliana habría escondido y quizás más, porque la atrajo hacia otro fuerte abrazo. Estar en casa, ver a

Gunther vengado y abrazar a su madre era más de lo que Juliana había esperado experimentar, pero su mirada seguía a Wulfe.

Sin embargo, en su corazón, sabía que todo eso no era suficiente para saciarla.

～

CRISTINA VENÍA de una familia que asombró a Wulfe. Ella creía que sus orígenes no eran ricos, pero para él, esa propiedad con su obvia prosperidad podría haber sido el palacio de un rey. Aunque ella había soportado mucho en Venecia, su educación había sido tan diferente a la de él que sus expectativas no podían ser tan modestas como las de él.

Ella no se contentaría con ser la esposa de un hombre de armas al servicio de Gastón. Ella se merecía algo mejor que eso, un caballero con título que fuera al menos igual en riqueza al marido de su hermana, Otto, que ahora había reclamado la propiedad de la familia.

Él estaba decepcionado, sin duda, de que Miriam tuviera hijos, pero no le había sorprendido realmente. Wulfe se sorprendió más al darse cuenta de que la única oportunidad que tenía de pedir honorablemente por su mano no sería suficiente. Oh, ella podría aceptarlo, pero con el tiempo, se cansaría de tal estatus y oportunidades limitadas. Él no podía soportar verla llegar a despreciarlo por su falta.

Sin embargo, ella daría a luz a su hijo, de todos modos.

A él le irritaba que pudiera dejar un bastardo en el mundo, incluso uno que probablemente se criaría en una riqueza considerable. Él nunca desearía hacer eco de ninguna hazaña de su padre.

Wulfe sabía muy bien que las mujeres morían a menudo en el parto y, aunque rezaba para que no fuera así, comprendía las ramificaciones. Sin madre, su propio hijo sería prácticamente huérfano.

Su hijo, hijo o hija, podría compartir su propio destino.

Cristina sería repudiada por tener un hijo fuera del matrimonio, aunque sabía que ella deseaba un bebé más allá de todo lo demás. Él había participado del festín que ella le había ofrecido y a él le irritaba enormemente dejarla sola para enfrentar las consecuencias.

Pero, ¿qué elección tenía? Él conocía demasiado bien las realidades del mundo.

Ese era un asunto que tenían en común, supuso. Ésa sería la razón por la que ella no discutió con él cuando él declaró su determinación de irse y ella no le suplicó que se quedara.

Cristina, o debería decir Juliana, lo sabía. Él vio la tristeza en sus ojos.

Fue agridulce darse cuenta en ese momento de que su confesión de amor no había sido una mentira. Ella lo amaba y él la amaba, pero no le concedería una razón para anhelar lo que no podía ser. Si él le confesara su amor, ella podría cerrar su corazón contra todos los demás. Si ella se creía rechazada, podría llegar a amar a cualquier hombre que su madre encontrara para tomar su mano.

Era menos, mucho menos, de lo que Wulfe deseaba para la dama que siempre reinaría en su corazón.

¿Qué podía hacer él?

Se detuvo en el camino, fuera de la vista de la residencia de la familia de Cristina, profundamente descontento con su situación. Al oeste se encontraba París, su deber jurado para con los templarios, y ciertamente una reprimenda por desobediencia, si no más. Más allá de eso, estaba la propiedad de Gastón y la oportunidad de trabajar para un barón honesto.

Pero hacia el este se encontraba el pasado de Wulfe, en todas sus sombras enmarañadas. Él había jurado no volver nunca, pero sabía en ese momento que tenía que volver para tener alguna esperanza de ofrecerle un futuro a Cristina.

Para tener alguna posibilidad de reclamar el deseo de su corazón, tenía que enfrentar su miedo más profundo.

Tomada su decisión, Wulfe espoleó a Teufel y cabalgó hacia el este, con los muchachos detrás de él.

WULFE NO ESPERABA RECONOCER el bosque donde había crecido bajo la protección del anciano. De hecho, él había temido que un tramo desierto fuera muy parecido a otro. Mientras cabalgaban, él temió poder cabalgar toda su vida, escudriñando los bosques, buscando algo de familiaridad. Temía que nunca sabría su destino, incluso si lo cruzaba. Sabía que el bosque tenía que haber cambiado y dudaba de la fiabilidad de su propia memoria.

Mientras cabalgaban, comenzó a dudar del mérito de su búsqueda.

Sin embargo, al quinto día, subieron a la cima de una colina para encontrar un vasto bosque ante ellos, y el corazón de Wulfe dio un salto en reconocimiento inmediato. Casi gritó de alegría. Sí, la colina se curvaba de la manera que él recordaba, el río se doblaba exactamente y él podría haber señalado el lugar donde las orillas se estrechaban y el agua corría rápido. En la zona profunda de abajo, siempre se podía pescar un pez para cenar. Las bayas crecían abundantemente en ese claro distante y allí, donde todavía había un claro, había estado la ubicación de la cabaña del anciano.

"¿Dónde estamos, señor?" Preguntó Stephen, evidentemente notando el asombro de Wulfe.

"En casa", admitió él en voz baja, sintiendo la opresión en su pecho.

Los muchachos miraron con nueva curiosidad, pero Wulfe espoleó a Teufel. Condujo a los muchachos al bosque, con el sol de la tarde a la espalda hasta que pasaron bajo la sombra de los árboles. Cada vista confirmaba sus sospechas, y más de un árbol viejo le resultaba familiar. Él sintió como si los pájaros cantaran en señal de bienvenida. Hacía fresco en el bosque y, para alivio de Wulfe, aún lo encontraba tranquilo.

Tal como lo había hecho de niño.

Cabalgó con confianza hasta la orilla junto a ese estanque profundo e instruyó a Simón para que pescara algunos peces y a

Stephen para que hiciera un fuego. "Encontrarás yesca y ramas secas allí", le indicó, y luego respiró hondo el aroma de este bosque. Su mezcla de pino, musgo y maleza le parecía específica, e imaginó que podía sentir el fantasma del anciano mirándolo.

"¿Cómo puede ser esta tu casa, señor?" Preguntó Simón. "Es un bosque."

"Pero crecí cerca de aquí".

"Como el joven del cuento", le recordó Stephen a su compañero, quien miró a Wulfe con sorpresa. Evidentemente, Simón acababa de darse cuenta de que podía haber verdad disfrazada en un cuento.

Fue en ese momento que Wulfe supo lo que tenía que hacer. Presentaría sus respetos al anciano. Estaban muy atrasados. Dejó a los muchachos y los caballos, caminando por el bosque hasta el lugar donde había cavado ese hoyo, tantos años antes. No estaba lejos y no tardaría mucho en irse.

Para su sorpresa, había un segundo montículo en el claro, y era nuevo. El que había creado se había asentado y las plantas habían crecido sobre él, aunque la forma aún era distintiva. El nuevo estaba cubierto con tierra fresca y había una cruz de madera marcando uno de sus extremos.

Wulfe se quedó en las sombras del bosque. ¿Quién había cavado esa tumba?

¿Quién yacía dentro de ella?

Solo se dio cuenta momentos después de que había un anciano, apoyado en su bastón, al otro lado de la tumba. Estaba tan quieto que podría haber sido forjado en piedra. Wulfe se retiró con la intención de regresar más tarde, no queriendo perturbar las oraciones del hombre. Sin embargo, un palo crujió bajo su bota y el anciano se enderezó, mirando por encima del hombro.

"¿Quién está ahí?" preguntó, su voz quejumbrosa y temblorosa. Su capucha cayó hacia atrás, revelando que su cabello era tan blanco como la nieve fresca. Hizo una mueca y se apoyó pesadamente en su bastón, poniéndose de pie sin poco esfuerzo, luego se enderezó para mirar a su alrededor.

El corazón de Wulfe se apretó. Aunque el hombre tenía una edad superior a las expectativas y estaba claramente enfermo, Wulfe lo habría conocido en cualquier parte.

En ese lugar, no cabía duda de su identidad.

Dio un paso adelante, revelándose.

Un criado se puso de pie abruptamente, con la mano en la empuñadura de su espada, pero el padre de Wulfe le indicó que se fuera. Wulfe vio entonces que había un par de caballos atados al otro lado del claro, y un perro de caza, que yacía a sus pies, con expresión alerta.

Él y su padre se miraron el uno al otro durante largos momentos en silencio, luego el hombre mayor caminó hacia él. Fue doloroso ver su progreso, porque claramente su herida lo molestaba mucho. Prefería una pierna y parecía incapaz de soportar su peso. Se había vuelto encorvado desde la última vez que Wulfe lo había visto y parecía mucho más pequeño de lo que había sido antes.

Menos aterrador.

De hecho, Wulfe sintió una inesperada compasión por aquello en lo que su padre se había convertido.

Aun así, no se movió. No se lo puso más fácil a este hombre, que no se lo había puesto nada fácil. Su padre respiraba con dificultad cuando se detuvo ante Wulfe y la mano sobre el bastón temblaba por el esfuerzo de caminar tan lejos.

Aun así, era orgulloso y se mantuvo tan erguido como pudo. Su mirada recorrió a Wulfe y un destello de lo que podría haber sido orgullo iluminó sus ojos. Wulfe optó por no ablandarse por eso. Su padre levantó una mano temblorosa hasta la cicatriz en la mejilla de Wulfe, y su dedo estaba sorprendentemente frío.

"El muchacho de Agneta", dijo en voz baja, luego asintió, sin necesidad de confirmación de Wulfe. Se volvió levemente e hizo un gesto hacia la tumba más nueva. "A ella le hubiera gustado haberte vuelto a ver."

Si él tenía la intención de hacer una acusación, Wulfe no se disculparía.

"Lo dudo", dijo secamente. "Ella me abandonó, después de todo."

Esos ojos azul pálido volvieron a mirar a Wulfe. "Ella eligió, muchacho, eligió entre tú y yo, porque yo la obligué a hacerlo."

"Me dijeron que estaba muerta."

Él asintió. Para su padre, bien podría haber estado muerta una vez que se convirtió en mi amante. Él no aprobaba ni eso ni a mí." Él frunció el ceño. "Siempre me pregunté si ella lamentaba su decisión."

Wulfe parpadeó. "¿El anciano era mi abuelo?"

"El padre de Agneta. Por supuesto. Por eso no pude casarme con ella". Él se burló un poco. ¿El señor de la casa solariega casándose con la hija del leñador? No, no puede ser así. No sería así. Mi padre lo prohibió y la palabra de mi padre era ley". Suspiró, entrecerrando los ojos mientras miraba la tumba fresca. "Y entonces me casé con una arpía de noble linaje, como me instruyeron, y nuestro matrimonio fue tan maldito que ella nunca tuvo un bebé vivo. Ella murió, despreciándome".

"¿Y Agneta?"

"Ella me desafió al dejarte vivir, al esconderte de mí. Nunca supe que ella tuvo poder para engañarme hasta el día en que tú y yo nos conocimos." Él volvió a mirar la cicatriz de Wulfe. "Y para cuando mi furia pasó, todo había cambiado."

"¿Cómo es eso?"

Agneta se enteró de lo que yo había hecho y regresó a la casa de su padre. Ella nunca volvió a reconocerme". Su ceño se frunció de nuevo. "Es extraño que una vez que la suerte de un hombre se revierte, no pueda volver a arreglarse. Todo salió mal cuando Agneta me dejó. Perdimos batallas en nuestras fronteras que deberíamos haber ganado. Nuestros productos se vendieron por menos dinero de lo esperado en mercados y ferias. La peste se apoderó de nuestras cosechas y la enfermedad se extendió por nuestras aldeas. Algunos dijeron que era la paga del pecado y, a medida que pasaba el tiempo, se hizo más difícil descartar la idea. "Él hizo un gesto a su pierna. " Me hirieron en la guerra y la herida no cicatrizó. En cambio, se pudrió, e incluso Agneta no hizo que la toxina fuera expulsada de mi carne".

"¿Ella regresó a ti?"

"Le imploré que lo hiciera. Ella vino solo para atender mi herida, para aliviar mi sufrimiento tanto como pudiera. Ella me pidió que me arrepintiera de mis errores y reconstruyera mi propiedad de nuevo" Él tomó un respiro profundo. "Y luego ella me dejó de nuevo. En verdad, la segunda despedida fue peor que la primera, porque sabía que nunca volvería a verla".

"¿Quién la enterró?"

"Mis hombres, a mi dictado. Le enviaba regalos, principalmente alimentos." Él sonrió. "Tenía un afecto poco común por la angélica confitada con miel, y era algo que yo todavía podía darle. Mi mensajero la encontró muerta en la cabaña de su padre hace quince días. El hombre mayor miró a Wulfe de nuevo. "Y aquí estás, demasiado tarde para que ella viera al hombre en el que te has convertido."

"No puedes negar tu parte en eso."

El anciano suspiró. "No puedo", reconoció con lo que parecía pesar. Su mirada se arrastró hasta la tumba. "Quizás era el destino de Agneta que siempre le quitaran lo que le pertenecía." Él se apoyó en su bastón, tambaleándose un poco. "Quizás ese fue el precio por amarme." Su voz se quebró con esas palabras y Wulfe sintió que la compasión florecía dentro de su corazón.

"Debería sentarse, señor", dijo, hablando con más suavidad que hasta entonces. Había un tronco caído a menos de tres pasos de distancia, y había sido un árbol frondoso. Tomó a su padre del codo y lo ayudó a sentarse sobre el tronco, notando cómo el hombre mayor suspiró aliviado.

Luego empaló a Wulfe con una mirada. "Y así, contra toda expectativa, mi único hijo regresa. ¿Por qué viniste?"

Sólo ahora Wulfe veía que su propia historia hacía eco de la de su padre, y después de escuchar la confesión de su padre, creyó que podría obtener lo que buscaba.

Entonces habló sin rodeos, queriendo saber la verdad antes.

"Quiero casarme con la mujer que amo antes de que dé a luz a nuestro hijo, y no tengo derecho a pedir su mano." Wulfe frunció el ceño y tragó saliva, muy consciente de la ávida mirada de su padre sobre él. "Pensé que podrías afirmar mi linaje, que podrías declararme digno de ella."

"¿Ella es de nacimiento noble?"

Wulfe inclinó la cabeza.

"¿Y ella está embarazada?" Ante el asentimiento de Wulfe, insistió. "¿Tu hijo?"

"Sí, pero aunque no fuera así, es su hijo y yo aseguraría su futuro."

"¿Cómo vas a hacer eso?" Su padre señaló con la yema del dedo el tabardo de Wulfe. "Ningún Templario toma esposa."

"Puedo ocupar un puesto en la residencia de un antiguo compañero y servir en su defensa." Eso era mucho menos de lo que deseaba Wulfe, pero no tuvo la audacia de pedirle directamente a su padre un legado.

De hecho, no sabía si podría haber uno. ¿Tenía hermanos? ¿Su padre se había vuelto a casar y había engendrado hijos? ¿Había perdido la propiedad todo su valor en esos años oscuros después de la partida de Agneta?

Su padre negó con la cabeza. "No será suficiente. Debes tener más sangre noble en tus venas. Debes tener una propiedad y una fortuna a tu nombre. Debes tener un título para ofrecerle." Se enderezó. "Yo no entregaría a una hija mía a menos que eso".

Wulfe se volvió, temiendo tener su respuesta.

El peso de la mano de su padre aterrizó sobre su brazo. "Puedo concederte los dos, hijo mío".

Wulfe miró hacia atrás, tentado pero cauteloso. "¿En efecto?"

"En efecto. No tengo otros hijos. La propiedad es grande y podría ser próspera, especialmente si está gobernada por un hombre que no sea yo".

Wulfe todavía estaba receloso de las intenciones de su padre. "Sin duda, ese regalo tendría un precio."

Su padre se burló. "No es un regalo. Es un legado". Su mirada se encontró con la de Wulfe, algo de diversión acechaba en lo profundo de sus pálidas profundidades. "Pero tienes razón. Hay un precio."

Wulfe arqueó una ceja.

"Perdón", dijo el hombre mayor con fuerza. "Ni más ni menos que eso". Ofreció su mano, su mirada inquisitiva, y Wulfe vio la esperanza en los ojos de su padre.

"Un nuevo comienzo", dijo Wulfe en voz baja y ante el asentimiento de su padre, tomó la mano del hombre mayor y se la estrechó.

Su corazón saltó con la convicción de que pronto todo saldría bien.

MIÉRCOLES, 25 DE NOVIEMBRE DE 1187

DÍA DE SANTA CATALINA DE ALEJANDRA

CAPÍTULO 19

Habían pasado más de dos meses desde la partida de Wulfe cuando llegó la misiva.

Juliana había vuelto a dormir hasta tarde, después de haber estado inquieta la noche anterior. Su vientre era más redondo y sus pechos estaban más llenos. Ella se sentía avanzada y cansada, y las miradas de reojo de preocupación de su madre no mejoraron su estado de ánimo. Pronto, sería visible para todos que esperaba un hijo, y eso sin un anillo en el dedo o un pretendiente a la vista.

Ella temía las preguntas de su madre sobre el padre.

Su hermana Miriam era tan amable y generosa como siempre, y su esposo, Otto, era un buen hombre. Juliana no podía arrepentirse de que él manejara la propiedad, no cuando era tan tolerante con su madre y hacía tan feliz a su hermana. Sus hijos eran muchachos encantadores y, de manera similar, ninguna persona de mérito podía resentirse de su buena suerte. Su hermana menor, Anna, aún no se había casado, pero tenía casi una docena de pretendientes. El retraso venía de su negativa a decidir, no de la falta de oportunidad.

Juliana supuso que ella sería la hermana escandalosa, la que daría a luz a un hijo fuera del matrimonio y seguía siendo una carga para las finanzas de la casa. No era la vida que esperaba tener, pero no entregaría al hijo de Wulfe por ningún motivo. Si ese fuera el precio de criar a un niño con amor, ella lo pagaría.

Soñaba con Wulfe, el único hombre que había deseado para ella sola, y sospechaba que lo haría todas las noches de su vida. Ella lo habría seguido de buena gana, incluso si él hubiera tomado su oficio como mercenario, y hubiera aprovechado al máximo esa vida errante. Ella sabía que él había tomado una decisión sensata al dejarla para volver a la orden, pero ella deseaba que él hubiera elegido con pasión, solo una vez.

Aunque sabía que no era su naturaleza ser tan irresponsable. De hecho, eso era parte de la razón por la que ella lo amaba tanto.

Durante mucho tiempo ella había esperado que él se detuviera para despedirse en su ruta de regreso a Ultramar, pero después de tantas semanas, sabía que ya tenía que haber completado su viaje. Su madre había recibido la noticia de que la propia Jerusalén se había perdido el 2 de octubre y Juliana había rezado fervientemente por alguna señal de que Wulfe no se había perdido en ese asalto.

Ella no había tenido ninguna.

Sin embargo, no podía soportar pensar en él muerto o incluso herido.

Aquella mañana, Juliana acababa de descender de su habitación, la que había compartido con Miriam cuando eran niñas, cuando su madre se apresuró a subir las escaleras hacia ella. Los ojos de esa dama brillaban de emoción. "¡Qué maravillosa suerte, Juliana!" declaró ella. "¡Un pretendiente llega a verte!"

Juliana sintió la sorpresa de la criada que la seguía.

"¿A mí?" preguntó ella. "Seguro que hay un error."

"Al contrario, querida, estoy segura de que ha oído hablar de tu conocida belleza y dulce carácter." Su madre se fijó un poco en el kirtle de Juliana. "Alabada seas que elegiste este esta mañana", murmuró ella frunciendo el ceño. "El verde intenso te favorece muy bien y el corte, bueno, la plenitud es favorecedora." Su madre forzó una sonrisa y Juliana supo que temía que el pretendiente pudiera discernir su estado.

"Se lo diré, mamá."

Su madre inhaló profundamente, pero antes de que pudiera hablar, Juliana continuó. "No es un buen augurio comenzar un matrimonio con una mentira, y ningún hombre es lo suficientemente tonto como para creer que su bebé llegará en seis meses. Le diré."

Los labios de su madre se tensaron. "Supongo que tienes razón, pero Juliana, ¡una pretendiente! Justo cuando lo necesitas. Parece ser la gracia de Dios obrando, y no quiero que se enoje ningún pretendiente. Quizás no le confíes esa verdad en tu primer encuentro."

"Puede que no sea un buen partido."

"No estás en condiciones de ser exigente", dijo su madre con una mirada feroz, luego apresuró a Juliana a bajar las escaleras hacia el pasillo. Un hombre estaba de pie en medio del pasillo, con las manos cruzadas delante de él mientras esperaba. Había una capa de nieve sobre los hombros de su capa y miró hacia arriba con interés al verlas acercarse.

Como te he dicho, Juliana, aquí está el mensajero enviado para anunciar la llegada de su señor amo a nuestras puertas. Esta es Juliana, mi hija mayor".

Juliana se sentó en el salón y cruzó las manos sobre su regazo. Su madre dio palmadas para que se atendieran los fuegos y realmente el salón se veía acogedor. Juliana observó cómo el mensajero inspeccionaba rápidamente el salón y no dudó de que él hubiera evaluado el valor de cada baúl y alfombra antes de inclinarse ante ella. Tenía el pelo oscuro y rizado sobre el cuello y, aunque todavía era un hombre joven, Juliana no dudaba de que las criadas estuvieran hablando sobre él. Su librea era negra y dorada, y sus botas eran tan finas que podrían haber sido nuevas. Un niño estaba detrás de él, vestido con los mismos colores.

Su señor era rico entonces. ¿Quién podría ser el hombre?

"Me disculpo por interrumpirla tan temprano", dijo él, aunque no era para nada temprano. "Mi señor quería asegurarse de que su llegada fuera anticipada."

"¿Entonces no le gustan las sorpresas?"

El mensajero sonrió. "Él piensa que es impropio causar problemas a un anfitrión potencial."

"Él es muy considerado, entonces." La madre de Juliana sonrió con aprobación ante eso y ella podía ver a su madre planeando una boda ese mismo día y una comida lujosa a continuación. Sin duda, su madre había revisado el inventario de la cocina. "¿Y quién es tu señor?"

"Sir Ulric von Altesburg", dijo el mensajero con orgullo.

Juliana mantuvo una expresión cortés. Ella nunca había oído hablar de ese hombre.

Su madre, sin embargo, sí. "¿Sería el hijo de Konrad von Altesburg?" preguntó ella, su expresión ávida le decía mucho a Juliana.

"De hecho, lo es, mi señora. El único hijo de ese hombre. Viajan juntos y llegarán aquí en breve, sin duda".

La anticipación llenó la expresión de la madre de Juliana. Ella lanzó una mirada a Miriam, que había aparecido en la puerta. Esa mujer asintió una vez y se alejó apresuradamente, sin duda para enviar a algún alma a matar a alguna criatura para el festín.

El mensajero chasqueó los dedos y el joven dio un paso adelante con un baúl. Se inclinó y se lo ofreció a Juliana. "Una muestra de la estima de mi señor", dijo una vez que ella aceptó el baúl, luego dio un paso atrás y desplegó una misiva.

Juliana miró el baúl con cierta inquietud. Si era un regalo muy rico, le costaría mucho rechazar la oferta. Miriam estaba de regreso en la puerta, sus ojos brillaban de alegría ante la evidente buena fortuna de Juliana.

Sabiendo que no podía eludirlo, Juliana abrió el baúl. Ella no podría haber dicho lo que esperaba que hubiera dentro, pero sus labios se abrieron con asombro ante el pelaje sedoso que lo llenaba hasta reventar.

"Mi señor caballero quiere que sepa que este otoño, él fue el primero en matar a un lobo en los bosques de su familia en Altesburg. Se considera un presagio en su familia que cuando un hijo alcanza la mayoría de edad y mata al primer lobo de la temporada, debe tomar una esposa. Mi señor Ulric le envía esta piel como muestra de su estima y le ruega que la conserve, acepte o no su petición.

Juliana miró sorprendida de que el caballero en cuestión no asumiera que su propuesta sería aceptada.

El mensajero sonrió. Se me ha instruido que le diga que él cree que un hombre aprende más de la derrota que de la victoria, aunque no entiendo por qué ordenaría eso en un momento como este".

Juliana se agarró a la piel con el corazón martilleando.

No podía ser.

"¿Juliana?" preguntó su madre, evidentemente notando su sorpresa. "¿Seguramente no estás mal?"

—No, mamá. Estoy bien." Juliana le hizo un gesto al mensajero, incluso mientras su corazón latía con fuerza. "Te ruego que continúes."

El mensajero se aclaró la garganta e hizo lo mismo. "El verdadero regalo, dice, está envuelto en la piel, lo mejor para garantizar un viaje seguro."

Juliana sacó la piel del baúl con cuidado, asegurándose de que nada cayera al suelo. La piel era gruesa y de un tono plateado profundo, y la piel era grande. De hecho, era difícil creer que hubiera cabido dentro del baúl. Su madre estaba directamente a su lado, acariciando el pelaje y murmurando agradecimiento. El pequeño bulto que guardaba dentro cayó rápidamente al regazo de Juliana. Pesaba para todo su tamaño y estaba envuelto en un trozo de seda.

Ella desplegó la tela bajo la atenta mirada de su madre, solo para encontrar un pequeño libro.

"Un devocional", respiró su madre con asombro.

De hecho, su asombro era merecido. Tales volúmenes eran extremadamente caros, las baratijas de las reinas, no las de su familia. Juliana giró el libro en sus manos con asombro. Las fundas eran de cuero rojo, muy suaves, y cosidas con cuidado. Las páginas de vitela eran delgadas y la letra pequeña. Había un marcador entre las páginas, y ella se dispuso a quitarlo, porque incluso esa cinta dejaría una impresión. Los labios de Juliana se abrieron maravillados ante las ilustraciones entre las oraciones, imágenes tan finamente detalladas que ella temió que no pudieran ser reales.

El rotulador estaba en una página con una imagen y Juliana no pudo evitar examinarla. Una mujer de cabello largo y rubio estaba siendo quemada y los rayos de luz alrededor de su cabeza mostraban su condición de santa. Ella parecía ajena al fuego lamiendo su carne y las heridas donde habían estado sus pechos. Su mirada estaba fija en una paloma que descendía del cielo, y su expresión era extasiada.

Era una imagen exquisitamente hermosa.

"Mi señor caballero me pide que le diga que buscó por todas partes este volumen, porque deseaba que su regalo para usted incluyera una imagen de Santa Cristina."

Juliana miró hacia arriba en estado de shock.

El marcador se había colocado con un propósito.

¡Santa Cristina!

El mensajero sonrió. "Él dice que aprendió mucho de su historia, particularmente cómo uno puede ser sostenido por la fe cuando soporta un desafío".

Juliana se puso de pie, agarrando el devocional en una mano y sosteniendo la piel contra su pecho. "¿Y cuál es el nombre de su señor caballero?"

"Sir Ulric von Altesburg", respondió el joven. Pero debo confesar que a menudo lo llamamos Wulfe Stürmer, porque es feroz con la espada. Sirvió como caballero templario antes de regresar a la morada de su padre".

Juliana lanzó un grito de alegría y huyó de la habitación, sin atreverse apenas a creer en su buena suerte.

"¡Solo usas pantuflas!" lloró su madre detrás de ella. "¡No tienes capa!"

A Juliana tampoco le importaba. Huyó por el pasillo y entró en el patio. Irrumpió a través de la puerta y vio a un gran grupo acercándose a las puertas, con sus insignias todas negras y doradas. Ella cruzó corriendo el patio y atravesó la puerta, con el corazón cantando cuando vio al gran corcel al frente del grupo.

Era tan negro como la medianoche.

Y el caballero a horcajadas sobre él tenía el pelo rubio dorado que brillaba a la luz del sol.

"¡Wulfe!" lloró ella y él se rió en voz alta. Él saltó de la silla y Juliana apenas pudo verlo por las lágrimas en sus ojos. Él caminó hacia ella y se dejó caer sobre una rodilla, tomando su mano entre las suyas. Teufel lo siguió, aunque Wulfe había soltado las riendas.

"¿Me atrevo a esperar que mi propuesta sea bien recibida?" preguntó él, sus ojos brillando.

—Sí, Wulfe. ¡Sí!"

Él se rió de nuevo y se paró ante su insistencia, acercándola y besándola profundamente. El devocional estaba apretado entre sus corazones palpitantes, el pelaje aplastado debajo de su barbilla y los brazos de Wulfe estaban apretados alrededor de ella. Juliana pensó que su corazón podría estallar de alegría.

"¿Estás bien, entonces?" preguntó él cuando rompió el beso, su mirada buscando la de ella.

"Bastante bien, pero mejor ahora", admitió. "Mi hermana dice que me sentiré mejor en la Navidad, si nuestro bebé es como el de ella." Ella sonrió, solo que ahora se complacía con las palabras de su hermana. "De hecho, dice que son los niños los que enferman a una madre tan temprano."

"No me importa si es un niño o una niña", admitió Wulfe. "Solo que pusiste tu mano en la mía".

"Lo hago. Lo haré. Seguro que podemos casarnos hoy mismo."

Wulfe sonrió. "Seguramente no puede haber motivo de demora. ¡Pero no estás vestida para este viento! "Se quitó su propia capa y la envolvió con ella, frunciendo el ceño ante sus zapatillas. Juliana se rió cuando él la tomó en sus brazos y la subió a la silla de Teufel. Entonces ella vio que Stephen y Simón cabalgaban con Wulfe, también adornados con su librea, y que había un hombre mayor de pelo blanco detrás. Ese hombre inclinó la cabeza hacia ella cortésmente, pero los muchachos no se mostraban tan comedidos.

"Estoy muy contento de volver a verla, mi señora", dijo Simón.

"Y me alegro de que seas nuestra señora", agregó Stephen.

"Como yo" Juliana les sonrió a ambos, sosteniendo sus regalos con una mano mientras agarraba las riendas con la otra.

"Deberías saber que he recibido una invitación de Gastón", dijo Wulfe. "Le escribí para decirle que había dejado la orden y por qué, y él respondió, deseándome lo mejor en mi búsqueda de tu mano. Nos invitó a los dos a Châmont-sur-Maine para el día de San Nicolás, para que pudiéramos presenciar a Bartolomé ganando sus espuelas".

"Eso es menos de quince días."

"Sí." Wulfe le dirigió una mirada. "Si te sientes lo suficientemente bien como para hacer el viaje, me gustaría estar allí. Él escribió que Fergus también se quedó para la ceremonia. Podríamos estar en casa para el Yule".

"Apostaría a que garantizarás mi bienestar", bromeó Juliana y Wulfe le sonrió.

"No sería una gran apuesta", respondió él, sus ojos brillaban y ella se rió en voz alta.

"Me encantaría ir."

"Entonces será así."

Juliana miró a Wulfe mientras conducía a Teufel hacia las puertas, y supo que nunca había sido tan feliz en todos sus días. Su madre y su hermana estaban de pie en la puerta del pasillo mismo, con las manos juntas y los rostros radiantes. Otto se unió a ellas, asintiendo con satisfacción mientras se acercaba el grupo.

Juliana besó el devocional, sabiendo que eso era solo el comienzo de la alegría que vendría en su camino. Ella y Wulfe se habían enseñado mutuamente a tener esperanza, y el futuro era suyo para reclamarlo.

De hecho, él había demostrado ser su campeón.

379

ACERCA DEL AUTOR

Claire Delacroix vendió su primer libro, un romance medieval, en 1992. Desde entonces, ha publicado más de setenta novelas en una amplia variedad de subgéneros, que incluyen romance histórico, romance contemporáneo, romance paranormal, romance de fantasía, romance de viaje en el tiempo, ficción femenina, paranormal adulto joveny fantasía con elementos románticos. Ha publicado bajo los nombres de Claire Delacroix, Claire Cross y Deborah Cooke. The Beauty, parte de su exitosa serie de romances históricos Bride Quest, fue su primer título en aparecer en la Lista de libros más vendidos del New York Times. Sus libros aparecen habitualmente en otras listas de bestsellers y han ganado numerosos premios. En 2009, fue escritora residente en la Biblioteca Pública de Toronto, la primera vez que la biblioteca organiza una residencia centrada en el género romántico. En 2012, tuvo el honor de recibir el premio Mentor del año de Romance Writers of America.

Actualmente, escribe romances contemporáneos y romances paranormales bajo el nombre de Deborah Cooke. También escribe romances medievales como Claire Delacroix. Vive en Canadá con su esposo y su familia, además de muchos proyectos de tejido sin terminar.

http://delacroix.net
http://deborahcooke.com

www.ingramcontent.com/pod-product-compliance
Lightning Source LLC
Chambersburg PA
CBHW030516190726
48283CB00006B/1657